압록강 블루

압록강 블루

1판1쇄 발행 2018년 3월 14일

지은이	이정
펴낸이	김형근
펴낸곳	서울셀렉션㈜
편 집	우지원
디자인	박미정

등 록	2003년 1월 28일(제1-3169호)
주 소	서울시 종로구 삼청로 6 출판문화회관 지하 1층 (우03061)
편집부	전화 02-734-9567 팩스 02-734-9562
영업부	전화 02-734-9565 팩스 02-734-9563
홈페이지	www.seoulselection.com

ⓒ 2018 이정

ISBN 978-89-97639-92-2 03810

책 값은 뒷표지에 있습니다.
잘못된 책은 구입하신 서점에서 바꾸어 드립니다.

* 이 책의 내용과 편집 체재의 무단 전재 및 복제를 금합니다.

압록강 블루

이정 장편소설

서울셀렉션

차례

1장	안개의 끝	7
2장	둑 안에서	37
3장	국경의 봄	74
4장	압록강의 밤바람	101
5장	실종	144
6장	우기	187
7장	폭풍의 시간	235
8장	눈보라 치는 밤	278
9장	해후	301
10장	푸른 낙엽	321
11장	경계 너머	347

작가의 말   359

1장
안개의 끝

1

 안개가 짙게 꼈다. 왕복 6차선 도로 양옆에 늘어선 3, 4층짜리 낮은 건물들과 연초록빛 버드나무 가로수들이 수묵화의 한 장면처럼 웅크렸다. 두 량(輛)짜리 빨간 무궤도전차가 그런 풍경을 천천히 가로질러 지나갔다. 유리창 너머로 승객들의 얼굴이나 등이 희미하게 보였다. 전차가 왼쪽 건물들 틈으로 꼬리를 감추자, 혜리가 탄 승용차가 길을 건넜다. 안개가 승용차의 진행방향을 거슬러 물결처럼 흘렀다. 이내 웅크린 건물들과 가로수들이 몸을 열고 대동강변에 위치한 하얀 건물을 드러냈다. 오로지 저 혼자 있는 것처럼 건물은 안개 밖으로 나와 우뚝 서 있었다. 15층쯤 될까. 사진으로 보던 그 건물이었다. 맞아. 거기야! 혜리는 가슴을 펴며 속으로 외쳤다.
 "저 앞에 차 세우라."
 운전기사 옆자리에 앉은 지도원 강성철이 턱을 내밀어 하얀 건물 앞 공터를 가리켰다. 자기가 가진 권력을 감추어서 과시하는 법을 모르는 하급 관리 같은 태도였다. 이런 사람을 혜리는 경멸했지만, 내색하지 않았다. 아직은 손님다운 처신을 포기할 때가 아니었다. 하얀 건물로 올라가는 계단 밑에 승용차가 섰다. 1층 입구에 누런 목재로 된 '4.26아동영화촬영소' 현판이 보였다. 뒷좌석 혜리 옆에 앉은 연출가 로일현이 담배를 뽑아 들고 차문을 열었다. 찬바람이 훅 몰려들었다. 혜리는 일현을 따라 내렸다. 나부끼는 스카프를 여미며 계단을 올라갔다. 숄더백 안에 손을 넣어 애니메이터들에게 줄 선물이 제대로 있는지 만져 보았다. 샤프펜슬이 든 딱딱한 플라스틱 케이스들이 손바닥 안으로 들어왔다. 건물 정면 유리창에서 군청색 제복을 입은 늙은 수위가 방문객이 누구인지 내다보았다. 이제 저 건물 안으로 들어가면······. 두근거리는 가슴을 진정시키려고 혜리는 마른침을 삼켰다.

애니메이션 합작 합의서에 서명한 뒤, 민경련(민족경제협력위원회. 북한의 대남경제협력창구) 베이징대표부 김 부대표가 한 말이 떠올랐다.

"남측에서 정권이 교체된 다음부터 북남관계가 좋지 않다는 걸 잘 아시죠? 금강산 관광을 중단하고, 10.4선언을 부정하고······. 기런데도 우리가 감독 선생님의 작품 '새'를 첫 북남 합작으로 진행하갔다는 건 아주 특별한 경우야요. 이산가족 문제를 다룬 작품이라서 상부의 반향이 좋았어요. 이젠 뻥 뚫린 고속도로를 탄 거야요. 쎄리 액셀을 밟으라요."

그는 '특별한'이라는 말에 한껏 힘을 주었다. 상투적인 말은 아니었다. 1년이나 질질 끌다가 갑자기 서명을 한 터였다. 짧은 밤에 긴 이야기를 늘어놓는 사람을 대하듯 속 썩이며 기다리던 오랜 시간의 의미가 되레 빛났다. 민경련 사무실을 나올 땐 실랑이하느라고 그동안 밥 한 끼 제대로 사지 못한 것이 마음에 걸렸다.

건물의 정문을 향해 서너 계단쯤 올라갔을까. 뒤따라온 지도원 성철이 느닷없이 혜리의 손목을 잡아챘다.

"허허, 왜 이러십니까?"

혜리는 걸음을 멈추고 멀뚱히 그를 쳐다보았다. 그의 일그러진 표정이 '평양에선 네 멋대로 해서 되는 일이 아무것도 없어'라고 말하고 있었다. 보위원 티를 지나치게 냈다. 그제 순안공항에 도착해 처음 만났을 때, 그는 민경련 지도원이라고 스스로를 소개했다. 일현이 애니메이션 연출가이므로 그는 보위원일 수밖에 없었다. 평양을 다녀온 사람들은 남한 사람 곁에는 반드시 이런 가외의 인물이 따라붙는다고 귀띔했다.

"들어가시면 안 됩니다."

성철이 태연히 말했다.

"아니, 왜요?"

혜리는 다 아는 문제일 것으로 기대했는데, 막상 시험지를 받아드니 눈앞이 캄캄해지는 상황이 불쑥불쑥 되풀이되는 것이 언짢았다. 어제 오후의 일도 그랬다. 작품의 두 장면에 해당하는 원화와 배경화를 평양에 도착하면 볼 수 있도록 그려 달라고 민경련에 부탁했었다. 제작능력을 테스트한다기보다 함께 일할 사람들에게 작품 내용을 알리려는 의도였다. 북한 애니메이션에 관심을 가져온 이래 혜리는 그들의 작화와 연출 능력에 충분히 감동받고 있었다. 하지만 결과물들을 연출가 일현에게서 받아들고 깜짝 놀랐다. 하룻밤 새 변심한 애인을 만난 기분이 그럴까. 상상력이 사라진, 다큐멘터리를 닮은 메마른 장면이 눈앞에 펼쳐져 있었다. 사회주의 리얼리즘이다 뭐다 해서 사실적 표현을 중시하는 작품을 제작한다는 북한 문화예술계의 경향을 모르지는 않았다. 일현이 연출했다는 북한의 유명 애니메이션 '영리한 고양이'도 그런 경향의 작품이었다. 하지만 혜리가 칭찬해 마지않던, 최근 유럽 국가들이 제작을 의뢰한 작품들은 그렇지 않았다. 외국작품에 대해서는 그들의 독특한 성향을 고집하지 않는 듯했다. 그런데…….

"구경만 하시라요."

성철이 지시에 가까운 말투로 대꾸했다. 건물 안으로 들어가지 못하게 하는 이유에 대해서는 네가 알 바 아니라는 듯 묵살했다.

"들어가야 구경을 하죠."

"여기서 쳐다보시라요."

"겉모습만?"

성철이 고개를 끄덕였다. 혜리는 시선을 돌려 일현을 찾았다. 그는 승용차 곁에서 담배를 피우고 있었다. 아예 계단에 올라올 생각조차 하지 않았던 모양이었다. 내뿜은 연기가 맞바람에 쓸려 그의 얼굴을 감쌌다. 혜리와 눈이 마주치자, 어쩔 수 없다는 듯 바닥에 담배를 비벼 끄고 계단 밑으로 쭈뼛쭈뼛 다가왔다. 성철은 터무니없이 자신감이 넘치는 반면, 그는 터무니없이 몸을 움츠렸다. 나이가 성철과 비슷해 보일 뿐 아니라 합작 실무책임자인데도 성철에게 꽉 잡힌 사람처럼 굴었다. 민경련 베이징대표부 김 부대표는 북한 제일의 연출가라고 여러 차례 그를 치켜세웠다. 다른 속사정이 있으니 그와 함께 작업해야 한다는 강요처럼 여겨질 정도였다. 일현을 만나고 보니 그 정황이 어렴풋이 짐작되었다. 그는 뒤에 있는 누군가의 도움을 받지 않으면 차려 준 밥도 먹지 못할 만큼 고지식한 축에 들었다.

"여긴 남쪽 일을 할 수 없는 데라는 겁니다."

일현이 남의 말을 하듯 말을 건넸다. 어둠속에서 명멸하는 불빛처럼 움푹 꺼진 눈을 심하게 끔벅거렸다. 말이 안 되는 말인 줄 알면서 말해야 하는 멋쩍음을 견뎌내려는 기색이 역력했다. 평양에 도착한 이후 혜리의 말과 행동을 통해서 혜리의 요구사항이 무엇인지 진작 눈치챘을 것이다.

"평양에 애니메이션 촬영소가 또 있나요?"

"우리 공화국엔 이곳밖에 없습니다."

그는 꼬박꼬박 '~습니다'라고 말을 맺었다. 자기 식대로 그어 놓은 금 안에서 살겠다고 다짐한 사람의 말투였다.

"여기 애니메이터들이 작품을 제작하기로 하지 않았나요?"

"하긴 합니다. 기러나 이 촬영소 내에서 하지는 않는다고 합니다."

장님이 장님 따라 길을 나선 것처럼 혜리는 가슴이 답답했다. 목에 매달려 거추장스럽게 나부끼는 스카프를 풀어 손에 감아쥐었다.

"그럼?"

"이 촬영소 사람 스무 명을 데려다 따로 제작실을 꾸릴 거라고 합니다."

 입을 연 김에 말을 다 해야겠다는 듯 일현이 덧붙였다. 혜리는 기가 막혔다.

"스튜디오도 아직까지 안 꾸렸다는 말씀이세요?"

"……."

"그건 그렇다 쳐요. 하지만 건물이나 구경하자고 여길 오자고 했겠어요? 함께 일할 애니메이터들은 만나 봐야 하잖아요?"

"건물 구경을 하자는 게 아니었습니까? 기렇담 이렇게라도 감독 선생님의 요구를 들어 드리려고 저희가 노력하고 있다, 여겨 주십시오. 미술가(애니메이터)들도 틀림없이 여기 사람들을 뽑을 거니까 근심 놓으십시오."

 뭐? 애니메이터들까지 아직 뽑지 않았다고? 혜리의 손아귀에서 힘이 스르르 빠져나갔다. 손에 쥐었던 스카프가 날아갔다. 근심을 놓게 하려면 믿음직스런 구석을 보여줘야 할 것 아니에요? 혜리는 그의 얼굴을 향해 튀어나가려는 울화를 입을 앙다물어 삼켰다.

"아이들 겨울방학에 맞춰 상영해야 돼요. 제작 일정이 넉넉지 못하다고 베이징대표부에 분명히 말씀드렸어요. 실무문제 토의를 마치면 곧바로 제작에 착수하겠다는 말씀도 드렸고요."

"저희가 합의서 조항을 어긴 건 없습니다."

 일현이 다시 눈을 끔벅였다. 스카프가 그의 발 근처 나무 등걸에 걸려 나풀댔다.

"합의서에 숨 쉬는 시간까지 적어 넣어야 직성이 풀리시겠어요?"

혜리의 눈총을 견디지 못하고 일현이 대동강 쪽으로 고개를 돌렸다. '내가 해 줄 수 있는 게 없어요'라고 실토하는 듯했다. 먼 데서 보니 아름다웠으나 가까운 데서 보니 쓸쓸할 뿐인 풍경 속에 발을 디뎠음을 혜리는 새삼 깨달았다. 마치 시내 어느 곳에서나 하늘 위로 우뚝 보이는 105층짜리 류경호텔처럼. 류경호텔은 30년 가깝도록 완공을 보지 못했다고 했다.

"왔으니까 들어가 봐요."

성철도 들으라는 듯 혜리는 애원조로 말했다. 어처구니없게도 성철은 잔뜩 이마를 찌푸리고 있었다. 일현이 너무 고지식하게 대응한다고 생각하는 것이 분명했다.

"남이나 북이나 똑같습니다. 시설이나 사람 다……"

일현이 나풀대는 스카프를 주워서 혜리에게 내밀었다. 혜리는 어쨌든 합작을 해야 한다는 생각과, 사서 고생할 필요가 있을까 하는 생각 사이에서 헤맸다.

애니메이션 제작기획서를 들고 무려 1년 반 동안 영화투자사들을 쫓아다녔었다.

"투자사 대표랑 결혼하는 게 빠르겠다, 얘."

어떤 친구는 투자 유치로 애를 태우는 혜리의 모습을 보고 한숨을 쉬었다.

"전투경찰에 쫓기다가 벗겨진 신발을 줍는다고 잡혀서 이마에 별을 붙이더니, 이제 본격적으로 친북운동권에 편입할 태세구나. 퍼주기 앞잡이로 나섰다, 이거지?"

어떤 친구는 학창시절을 상기시키며 빈정거렸다.

"어쩌다 아무도 생각지 않은 사람이 아무도 생각지 않은 큰일을 해낼 때가 있죠. 그건 천 명 중 하나에 속하는 행운아들의 경우예요."

어떤 투자사 대표는 대놓고 면박을 주었다.

간신히 대학 선배의 남편이 대표로 있는 회사에서 투자를 따냈다. 그 대표는 선배의 종용에 마지못해 혜리의 손을 잡아 주었다. 뒷날 선배는 '그 애는 밤새 울어 피 다 토해낸 소쩍새 목에서도 피 내먹을 사업가 체질'이라고 남편에게 소개했다고 자화자찬했다. 액수는 순제작비에 지나지 않는 7억 원. 그것도 여차하면 회수하도록 부모님과 혜리의 집을 담보로 한 전환사채 형식이었다. 투자금 수령 때마다 10퍼센트의 리베이트를 대표의 뒷주머니에 찔러 준다는 이면조건까지 붙어 있었다.

평양에 오기 전날 그 투자사 대표가 전화를 걸어 왔다.

"오 감독이 줄기차게 주장했다시피 이 작품의 비즈니스 컨셉은 남북문제를 다룬 작품을 남북이 같이 만드는 데 있어요. 이 점이 바로 투자의 전제조건이고요. 그래야 분단국가의 합작품임을 내세워 국제 애니메이션 페스티벌 같은 데서 상 하나라도 넘보죠. 상을 받아야 흥행을 노릴 수 있고요. 이런 조건을 안 지키면 별수 없어요. 계약 조항에 따라서 투자를 중단하고 투자금을 회수할 수밖에. 전 통일운동가가 아니에요."

투자를 결정하기 전부터 입에 달고 살던 말을 그는 또 되풀이했다.

혜리는 도리질을 쳤다. 가슴 저 안쪽에서 자신을 다독이는 목소리가 울려 나왔다. 일생일대의 소원처럼 민경련 대표부를 찾아다니며 합작을 애걸복걸하던 때를 생각해봐. 복병이 많고 어려우니까 남북 합작의 의미가 더 큰 거라구. 네가 이 사람들을 못 믿고 미주알고주알 따지듯, 이 사람들 또한 너와 일하려고 너를 길들이려 하는지 몰라. 혜리는 고개를 숙인 채 아동영화촬영소 계단을 내려왔다. 나는 설레는 마음을 안고 평양에 왔어요. 더 안심하고, 더 자신감을 가지려고. 그런데 이미 불안이 커질 만큼 커졌어요.

버드나무 가지가 안개를 가르며 휘날렸다. 혜리는 타고 온 승용차가 그들 곁으로 다가오기를 기다리며 버드나무 둥치를 발로 툭툭 찼다. 일현도 따라서 발길질을 해댔다. 이 모든 불협화음이 자기 탓이나 된다는 듯 풀이 죽었다. 혜리는 그런 일현을 넌지시 바라보았다. 푹 꺼진 볼과 눈, 생각이 깊어 되레 자신감이 없어 보이는 눈빛, 무거운 것에 오래도록 짓눌린 듯 처진 어깨, 금간 유리창 같은 불규칙한 주름들이 사방으로 뻗친 모직 코트……. 각진 깃이 달린 말쑥한 코트를 입고 국가대표처럼 구는, 붉은 혈색을 지닌 성철과 유난히 대비되었다. 유명 연출가로서 은연중 드러내기 마련인 자긍심마저 찾아볼 수 없었다. 전의를 잃은 병사 같은, 그래서 상대의 전의까지 무력화시키는, 한 걸음 더 나아가 상대가 그의 요구를 무조건 들어주어야 할지조차 깊게 고민하게 만드는 분위기가 풀풀 풍겨 나왔다.

"감독 선생님, 촬영소를 배경으로 사진이나 한 장 박고 가자요. 저는 기러자고 오자고 하신 줄 알았댔단 말입니다."

일현이 기어드는 목소리로 말했다.

2

 승용차가 역전거리를 지나고 있었다. 아동영화촬영소를 떠나 주체사상탑과 모란봉을 구경하고 혜리가 투숙한 창광거리의 고려호텔로 돌아가는 중이었다. 바람이 곧 떨어져 나가려는 연 꼬리처럼 차체에 매달려 파닥파닥 메마른 소리를 냈다. 오전 내내 거리에 머물던 안개는 걷혔다. 가로수 사이로 파란 하늘이 드러났다. 나무 그림자가 잔가지까지 펜으로 그린 듯 또렷하게 인도를 수놓았다. 합작 진행 방법을 모색하다가 뒤죽박죽이 된 혜리의 머릿속 또한 적잖이 갰다.
 "로일현 선생님."
 옆 좌석에서 창밖에 한눈을 팔던 일현이 어깨를 움찔했다. 또 무슨 말을 듣게 될지 걱정하고 있었던 듯했다.
 "선생님이 그리신 평양거리 배경화 속에는 자동차와 행인이 바글바글하던데요?"
 혜리는 창밖의 한산한 거리 모습을 보며 속내의 한 자락을 드러냈다.
 "기건 우리 맘대로 그리라고 하지 않았댔습니까?"
 일현이 혜리 쪽으로 고개를 돌렸다.
 "우리가 평양을 모르니까 그랬죠. 평양 선전 영화를 만드려나 보다고 착각할 뻔했어요."
 "……."
 "원화도 제 지시를 따르지 않았고요."

"부모와 떨어져 혼자 피란 배에 오르는 아이의 행동이 기래서 됩니까? 기걸 옳게 수정한 건데……."

일현이 턱을 들며 입을 비쭉 내밀었다. 다른 것은 몰라도 이것만은 자신이 옳다는 기색이 비꼈다. 앞에 앉은 성철을 의식하여 자존심을 세우려는 것만은 아니었다. 하지만 그런 태도에서 혜리는 그의 연출상의 문제점을 제대로 보았다는 느낌을 굳혔다. 눈보라가 사납게 몰아치고 포성이 긴박하게 울려 퍼지는 원산항 부두의 피란민 대열. 수많은 피란민들이 너 나 할 것 없이 남쪽으로 내려갈 배들로 몰려드는 혼잡한 상황. 중학교 2학년생인 '새'의 주인공 민호 역시 피란민들 틈에서 기를 쓰며 배로 접근했다. 시골 고향에 있는 부모와 떨어져 도시에서 공부를 하던 중 전장의 혼란 속에 휩쓸렸다. 일현의 말은 민호의 몸이 무척추동물처럼 늘어나거나 오므라들면서 인파를 헤쳐 나가는 것이 말이 되느냐는 것이리라. 그런 동작이 그의 상상 속에는 아예 없으리라.

"과장된 행동에 시선을 더 오래 주는 아이들 심리를 모르세요?"
"기런 건 언제든지 원하시는 대로 수정해드릴 수 있습니다."

이럴 때가 있을까 싶도록 일현의 목소리가 컸다.

"원화 연출조차 저희가 일일이 지시해야 하는 건 작은 문제가 아니에요. 그래서야 그림에서 감정이 살아나지 않죠."

"……"

일현이 대꾸하지 못했다. 큰소리를 낸 것이 멋쩍어서 혜리의 문제 제기를 나름 이해하려고 머리를 쓰는 것일까?

혜리의 시야에 청색 제복을 입은 여자 교통경찰이 나타났다. 네거리 가운데 있는 원형 단 위에 서서 절도 있는 동작으로 수신호에 여념이 없었다. 그녀의 손짓에 따라 차들이 멈췄다. '3대 혁명 붉은 기 쟁취……' 어쩌고 쓴 대형 사각 깃발을 든 수십 명의 사람들이 열 지어 횡단보도를 건너갔다. 행인들은 늘 있는 일처럼 주목하지 않았다. 대열의 선두는 3층 정도 되는 옆으로 긴 건물 앞을 지나갔다. 건물의 2층 벽에는 '오늘을 위한 오늘에 살지 말고 래일을 위한 오늘에 살자!'라고 빨간 글씨로 쓴 플래카드가 걸렸다. 그래. 나중에 웃기 위해 오늘은 험로를 택하는 거야.

"두고 보라요. 일현 동무는 죽더라도 솜씨 좋은 손만은 관 밖에 내놓고 죽어야 할 사람이야요."

지도원 성철이 얼굴을 두 사람 쪽으로 돌리며 일현을 거들었다. 일현 혼자 놔둬서는 아무래도 안 되겠다고 여긴 모양이었다. 그는 애니메이션이 뭔지 모르는 사람이다. 사실이야 어떻든 자기네 편이 이겨야 직성이 풀릴 것이었다. 승용차가 다시 움직였다.

"테스트 검토 결과를 보면, 저나 우리 남쪽 사람이 연출가 선생님을 옆에서 도와 드려야 작품이 돼요. 작품을 제작하는 동안 제가 평양에 머물도록 해주시면 아무 문제가 없겠는데, 그건 보나마나 안 된다고 하실 것이고……"

혜리는 성철의 말을 무시하고 준비한 결론을 꺼냈다. 일현과 성철이 동시에 눈동자를 키웠다.

"기러니까니 우리 사람들을 외국으로 내보내 달라는 말이야요?"

성철이 다그쳐 물었다.
"지도원 선생님이 보시기에도 그 방법이 최선책이죠?"
혜리가 별 대수로운 일이냐는 듯 가볍게 응수했다.
"하아, 찬밥 더운밥 너무 따지면 굶게 되는데."
"작품을 제대로 만들려고 그러는 거예요."
"우리가 대방(상대방)을 잘못 본 것 같아요. 이것저것 트집 잡을 때부터 수상하다 했댔어요. 형식이나 중시하고, 대방을 믿지 못하고. 아무리 보아도 감독 선생님은 일을 하자는 분이 아닌 것 같아요."

성철의 말이 거침없고 엉뚱했다. 누구나 처음 만나면 밀고 당기는 협상을 한다. 그래서 내밀어 본 나름의 전략상 말일까? 다만 그도 오랜 시간 준비한 말의 한 부분을 뱉어낸 것은 틀림없는 것 같았다. 지금까지 그는 혜리를 영 못마땅한 눈빛으로 바라보곤 했다.

"북과 남이 서로 믿지 못해 통일을 못하는 거야요. 북남이 합작사업을 하려면 무조건 대방을 믿어야 합니다. 이것 자체가 작은 통일이란 말입니다. 이 따위 코딱지만 한 일로 외국에까지 우리 사람들을 내보낼 순 없어요."

성철이 덧붙였다. 합작을 결정한 윗사람들한테 그가 코가 납작해지도록 혼나면 얼마나 좋을까? 피해망상증 환자처럼 확대 해석을 밥 먹듯 하는 지도원 동무, 바로 당신 같은 사람 때문에 통일이 안 되는 거야!

"선생님도 절 믿어야 한다구요. 중국에 나가지 않으면 저도 합작하기 어렵겠어요."

혜리는 단호하게 말했다.

"그게 합작의 전제조건이란 말입니까?"

"네."

"확실해요?"

성철이 혜리를 뚫어지게 쳐다보았다. 이럴 줄 알았다는 표정과 해도 너무 한다는 표정이 겹쳐 있었다.

"그렇다니까요."

"닭도 울지 않았는데, 날이 새네요. 기런 얘긴 베이징 대표부에서 말하셨어야죠. 기럼 여기까지 오시는 수고가 없었갔는데."

"여기 와서야 깨달은 걸요."

성철이 어처구니없다는 듯 고개를 제자리로 돌렸다. 곁눈질로 보니 일현의 얼굴이 하얗게 변했다. 자신 때문에 일이 잘못될까 우려하는 기색이 역력했다.

"우리가 외국 감각에 어두울 겁니다. 기런 점을 감안해서 제가 잘 해보갔습니다."

일현이 끼어들었다.

"감각이 어두운데 어떻게 잘 해요?"

"외국에 안 나가고 합작하는 방법이 영 없갔습니까?"

"미안해요."

일현의 눈이 생기를 잃었다.

건물들 사이의 공터에서 운동복을 입은 학생들이 체조연습을 했다. 수십 명은 됨 직했다. 확성기를 든 여자 지도교사가 앞에서 빽 빽 고함을 쳤다. 큰 국가행사를 앞두고 연습공간이 모자라 공터로 몰려나온 것일까? 공터마다 비슷한 광경들이 펼쳐지고 있었다. 그들의 모습이 건물에 가리며 창광거리라고 쓴 도로 표지판이 나타났다.

3

혜리는 호텔 객실에 머물며 고민을 거듭했다. 그러다가 투자사 대표가 평양에 올 때 귀띔해준 말을 기어코 실행할 순간이 다가왔음을 깨달았다.

"후진국 관리들은 나라가 백만 달러를 버는 것보다 제 호주머니에 백 달러를 챙겨 넣는 것을 더 선호해요. 북한 관리들이라고 다를 바 있겠어요?"

그의 머릿속에는 세상을 쉽게 살아가는 수많은 비법들이 숨겨져 있는 듯했다. 돌아가기 어렵도록 이미 너무 먼 길을 온 뒤에야 그가 한 말을 무시하고 얕잡아보았다는 자책이 일어난 것이다. 비상시를 위해 아껴 둔 마지막 한 발의 총알을 장전하듯 혜리는 베이징의 김 부대표 전화번호를 눌렀다.

"액셀을 쎄리 밟으려다 보니까 저승길로 가는 이정표만 보이더라구요."

평양에서 경험한 상황을 보태지도 빼지도 않고 설명했다.

"똑똑한 사람인데 티를 내지 않았군요. 지방에 살다 보니까니 겸

손해졌나 봐요."

김 부대표는 여전히 일현을 두둔했다. 억양에서 은근한 걱정이 느껴지는 것이 그나마 다행스러웠다. 하지만 일현이 지방에서 살았다는 그의 말이 또 혜리의 귀에 턱 걸렸다.

"공화국 최고의 애니메이터라고 하시지 않았나요?"

"맞지요. 다만 아동영화를 그만둔 지 10년 남짓 될 겁니다."

"네에?"

한꺼번에 다 말하면 충격에 빠질까 봐 그들이 시간을 나눠 하나씩 터뜨리는 것만 같았다.

"나라 경제부터 살리고 보자 해서 자강도 M시의 산골에 가서 석유탐사도 하고, 부업지 개간도 했더라구요. 그 사람이 대학에서는 지질학을 전공했거든요. 정신이 제대로 박힌 흔치 않은 혁명전사야요."

김 부대표는 마지막 기대조차 박살내려고 달려드는 것 같았다. 혜리는 압록강 너머로 본 북한 땅 M시를 떠올렸다. 언젠가 고구려의 옛 수도인 국내성이 있는 중국 지안을 관광한 적이 있었다. 벌겋게 녹슨 공장 굴뚝과 털 뜯긴 닭 같은 민둥산, 잡초와 구분이 안 되는 키 작은 옥수수들⋯⋯. 처음 본, 말로만 듣던 북한 사람들의 삶의 터전이 눈에 밟혔었다. 문득 그런 환경 속에서 애니메이션을 만들어 유럽에 수출한다는 사람들을 만나 보고 싶었다. 그들과 함께 작품을 만들면 남북 간의 희소한 경험을 사 주는 사람들의 성원 아래 덤으로 생길 이득 또한 클 것 같았다. 남북 최초의 애니메이션 합작이란 언론의 수사로 이름값을 올리고, 통일운동에 일조한다는 칭찬을 듣고, 그것을 바탕으로 관객을 끌어모으고……. 그 직후부터 북한과 합작을 꿈꾸기 시작했던가. 그 꿈이 커져서 어느덧 물러서면 인생이 망가지기라도 할 것 같은 완강한 고집이 되었다.

"그런데 왜 애니메이션 일로 되돌아오려는 거죠?"

"죽도록 일했다는데, 성과가 없었답니다. 전에 하던 애니메이션 일이 오히려 조국의 발전에 더 도움이 되겠다 싶더랍니다."

혜리가 보기에도 일현은 국가를 자신의 주인으로 섬기고 사는 인물이었다.

"하필 그런 분을 왜 제게 붙였어요? 더구나 그런 이야기를 왜 이제야 해주시고요?"

혜리는 자포자기의 심정을 다스리며 물었다.

"북남관계가 나쁜 상황에서 합작 일을 하려는 사람과 그 일을 지지해 나서는 용감한 사람의 조합을 만들어내기가 여간 어렵지 않았어요. 절대로 먹지 못할 떡을 드린 건 아니야요. 공화국 최고의 연출가로 이름을 날리던 그 사람 재주가 어디 가겠어요? 합작을 진행하다 보면 제기된 문제를 능히 풀 사람인데, 미리 말해서 감독 선생님을 혼란스럽게 할 필요가 뭐 있었갔어요?"

김 부대표는 말끝에 흐흐 멋쩍은 웃음을 매달았다. 지지부진하던 합작 협의가 돌연 일사천리로 진행된 까닭이 있었다.

"아유, 풀리지 않으니까 전화한 거잖아요. 알았어요. 알았다구요. 대신 로일현이라는 분을 중국 단둥으로 내보내 주세요. 구차하게 설명하지 않아도 부대표님이 제가 요청하는 의도를 아실 거예요."

"중국? 제가 잘못 들은 건 아니죠?"

"단둥에 스튜디오를 차리겠어요."

"히야, 안 들어도 좋을 말을 듣네요."

"그 방법 외에는 제가 버틸 힘이 없어요. 진짜예요. 대가 없이 이루어지는 일이 없다는 건 이제 저도 알아요. 귀국하면서 베이징에 들를게요."

통화를 엿듣는 이가 있다 해도 혜리는 달리 돌려 말할 수 없었다. 혜리의 노골적인 애원이 몇 마디 더 이어졌다.

"감독 선생님의 입장이 정 그렇다면 내가 노력은 해보갔어요. 평양에 전활 치갔어요."

김 부대표가 공손해졌다. 하지만 그의 말은 혜리의 부탁을 수락한다기보다는 지지하는 쪽에 가까웠다.

"닭알로도 바위를 깰 수 있다는 우리 위대한 장군님의 말씀을 믿고 힘 잃지 말라요."

전화를 끊으면서 그가 덧붙였다. 하느님을 믿으면 만사가 오케이라는 말을 닮은 그의 말을 믿어야 할지 혜리는 불안했다. 그가 허풍을 떤 전례가 켕겼다. 하지만 이제 남은 총알이 더는 없었.

4

호텔 로비는 시간이 뚝 멈춘 공간처럼 한적했다. 손님이 별로 눈에 띄지 않았다. 이방인에게는 조용하지 않으면 안 될 사정이 있는 듯 느껴질 지경이었다. 의례원 아무개란 명찰을 가슴에 단 여종업원 둘은 리셉션 데스크 안쪽 벽에 등을 기대고 서 있었다. 그녀들은 로비를 간간히 지나다니는 손님들을 멀뚱멀뚱 쳐다보았다. 아무리 심심해도 손님이 부르지 않으면 그 자리에 서 있겠다고 작정한 듯했다. 벽에 걸린 TV에서는 늙은 군인들이 도열해 합창하는 장면이 나왔다. 군인들은 모두 문어 대가리처럼 유난히 큰 군관용 정모를 썼다.

리셉션 데스크 앞에서 후줄근한 코트를 입은 이의 뒷모습이 혜리의 눈에 띄었다. 객실을 막 나온 혜리가 두리번거리며 찾던 일현과 닮았다. 그는 데스크의 전화기를 들고 소곤거리는 중이었다. 혜리는 그리로 발길을 옮겼다.

조금 전 혜리는 호텔 밖으로 저녁식사를 하러 가자는 지도원 성철의 전화를 받았다. 그는 혜리의 제안을 상부에 보고는 해야 하니 외출하겠다며 로비에서 일현을 만나 같이 식당으로 오라고 했다. 보고가 끝나는 대로 자신은 먼저 식당으로 가 있겠다고 했다. 늘 붙어 다니며 세상일이 다 제가 있어야 돌아갈 것처럼 참견하고, 협조하기보다 시비하는 데 관심을 둔 것처럼 보이던 그였다. 혜리가 전염병 환자라도 되는 것처럼 자기네 주민들과 접촉하는 것 또한 막무가내로 막았다. 그런 그가 근사한 저녁식사를 기대해도 좋을 것이라는 말까지 했다. 웃으며 헤어지면 화가 복이 된다는, 서로 작별할 시간을 염두에 둔 농담을 함께 건네기는 했다. 일이 진전될 조짐이 없는 한 혜리는 내일 비행기 편으로 평양을 떠나야 한다. 아무리 그래도 그가 좀체 할 것 같지 않은 짓을 하는 데 혜리는 가슴이 설렜다. 성철이 '깜짝 놀랐죠?'라고 서두를 떼며 자기 입장을 바꾸면, 놀란 척이라도 해야겠다고 마음먹었다.

통화를 하는 이의 목소리가 또렷하게 귓속으로 파고들었다.

"우리 집사람이 죽은 거 아니지? 어디 있는지 기태 너는 알지? …… 벌써 소문이 마을을 몇 바퀴나 돌았는데, 나만 모른다는 게 말이 돼? …… 나를 더 이상 머저리로 만들지 말라."

혜리는 걸음을 멈추고 그의 모습을 한 번 더 살폈다. 연출가 일현이 맞았다.

"M시로 돌아갈게. …… 돌아가야 하게 됐어."

이건 또 무슨 소리? 할 말을 다 한 참이었는지 그가 수화기를 직원에게 건네고 돌아섰다. 마침 이곳을 지나가고 있었다는 듯 혜리는 발걸음을 옮기려 했다. 하지만 그가 한 발 앞서 혜리를 발견하고 어색한 미소를 지었다.

"제가 들으라고 하신 말씀 같네요?"

엿듣지 않은 척할 수 없어 혜리는 불만스럽게 물었다. 묻고 보니 큰불 난 집 사람에게 작은 불 꺼 달라고 하는 불편한 마음이 한편에서 일었다.

"기렇게 결론이 났을 게 뻔해요."

일현이 지레짐작하여 한 말이라는 것에 혜리는 안심했다. 그가 내키지 않는 걸음으로 어정어정 앞장섰다. 로비의 대리석 바닥에서 일렁이던 햇살이 창광거리 건너편으로 빠져나갔다. 가로수들이 오렌지

빛으로 물들기 시작했다.

평양역 역사가 가까이 보이는 창광거리를 두 사람은 나란히 걸었다. 이동매대라고 부른다는, 빵이나 아이스크림을 파는 작은 포장마차들이 간간이 눈에 띄었다. 한 매대에서는 흑인 사내가 아이스크림을 핥고 있었다. 시커먼 입 주변에 하얀 거품을 잔뜩 묻혔다.

"기태라는 분은 누구예요?"

혜리가 궁금증을 견디지 못하고 물었다.

"제 동섭니다. 저를 감독 선생님과 만나도록 주선한 사람입니다."

"아내 자매의 남편?"

"예."

"민경련에 근무하시나요?"

"그쪽과 가까운 사람입니다."

김 부대표가 말한 용감한 사람들의 조합에 끼어 있는 사람일까?

"아이는 몇이나 돼요?"

혜리는 머릿속에 걸린 그의 아내에 대해 물을까 하다가 에둘러 먼저 자녀에 대해 물었다.

"딸 하납니다. 중학교 1학년생."

"그럼 열세 살?"

"열한 살입니다."

"아, 여긴 소학교가 4년제니까. M시에 있겠네요?"

"예."

"아이 엄마도 애니메이터였어요?"

그가 숙인 고개를 더 아래로 떨어뜨렸다. 그의 바지가 바람에 펄럭였다. 흔적만 남은 바지 다림선이 보였다.

"아닙니다."

"지금 어디에 계신지는 왜 모르세요?"

"……"

"생활이 그렇게 어려우셨나요?"

죽도록 일했는데 성과가 없었다고 한 김 부대표의 전언을 떠올렸다. 그는 대답하지 않았다. 혜리는 그를 몰아붙이던 기세가 온데간데없이 사라지는 것을 느꼈다. 그래요. 내가 당신에게 사뭇 너그러워지는 이유가 따로 있었어요.

"우리, 중국에 나가 함께 일해요. 돈도 더 벌 수 있잖아요. 선생님이 민경련에 그래야 된다고 주장해주시면 좋겠어요."

혜리는 한껏 부드럽게 말을 건넸다. 성철의 태도를 보면 이미 결정이 났는데, 그만 모르고 있을지 몰랐다.

"기렇게만 되면 얼마나 좋갔습니까. 저는 상부의 결정에 따를 뿐입니다."

"선생님이 적극적으로 제기하고 나서면 안 되나요?"

"기런 말을 꺼내면 누구나 웃을 겁니다."

"왜요?"

"공화국 인민이면 다 아는 답을 저만 모르는 게 되니까요."

"용기 있는 사람은 안 되는 일을 되게 만들죠."

"용기만으로는 되지 않는 일을 지금 보고 계시잖습니까?"

일현은 깊은 갈망을 가진 듯 보였지만, 그것을 이루려고 맹렬하게 노력하지 않는 것처럼 보였다. 자신의 한계를 실제보다 너무 낮게 설정한 사람 특유의 조심성 때문일까?

윤이상음악당 건물이 저만큼 앞에 보였다. 건물 1층 모퉁이에 붙은 '민족식당'이란 하얀 아크릴간판 앞에 성철이 서 있었다.

"여기!"

그가 외치며 손짓을 했다.

5

붉고 푸른 조명을 밝힌 아래층의 무대에서 한복을 입은 여가수가 노래를 불렀다. '봉선화'를 어쩜 저렇게 처량하게 부를까? 음률에 한이 끝 간 데 없이 서렸다. 북풍한설 속에서 처량하게 떠돌 것 같은 일현의 아내가 뜬금없이 눈앞에 어른거렸다.

식당에 도착한 뒤, 세 사람은 민족식당 2층 구석의 원탁에 둘러앉았다. 식사를 겸해 술잔을 기울였다. 혜리는 성철과 일현에게 맥주에 양주를 탄 폭탄주를 권했다. 마음껏 마시도록 돈을 쓸 작정이었다. 거기에 더해 성철이 취해서 혜리가 기다리는 말을 얼른 꺼내기를 바랐다. 그는 노골적으로 일현을 제치고 대화의 주도권을 쥐었다. 뒤에서 일현을 지도하는 것보다 직접 나서는 것이 낫겠다고 판단했으리라. 위에서 이미 어떤 지시를 받았으리라. 해외 파견 조건으로 제작비를 더 올려 받으라든가. 현지 체재비, 수속비를 확실히 부담시키라든가. 혜리는 어느 정도의 보상을 각오했다. 하지만 그런 이야기는 아직 나오지 않았다. 중국 파견 문제에 대해서는 부정적인 말로 짧게 변죽만 울렸다. 맑은 정신으로 입장을 바꾸는 것이 마땅치 않을까? 혜리를 놀라게 하기 위해서는 더 뜸을 들여야 한다고 믿을까? 그는 베이징의 김 부대표처럼 남한이 6.15선언과 10.4선언을 지켜야 한다는 자기네 정부의 주장 따위만 길게 늘어놓았다. 이것 보세요. 난 당신이 충분히 기뻐할 만큼 놀랄 채비가 되어 있어요. 성철과 달리 풀이 죽은 일현은 술만 덥석덥석 받아 마셨다. 여자가 마시자니까 폭탄주가 별것 아닌 것으로 안 모양이었다.

어느새 그들은 양주 반병을 비웠다. 해야 할 말을 다 하지 못하고 나자빠지면 어쩌나 하는 걱정이 들 만큼 눈망울이 많이 풀렸다. 혜리는 두 번째 잔을 입에 댔다 뗐다 하는 중이었다. 아직 정신이 말짱했다. 듣고 싶은 말을 들을 때까진 마시는 시늉만 하면서 버틸 작정이었다.

잠시 무대로 옮겼던 시선을 혜리는 성철과 일현에게 되돌렸다.

"이젠 된다, 이런 말을 해보자고요."

혜리가 중단된 대화를 이었다.

"날이 샜다고 이미 알려드렸는데……"

성철이 받았다.

"아이, 자꾸 말 돌리지 말고 사실을 말해 달라니까요."

"몇 번을 더 말해야 알아듣갔어요?"

더는 미룰 수 없는지 혜리가 원하는 화제 속으로 성철이 끌려 들어왔다.

"민족끼리 잘 해보자고 하셨죠? 꾸물거리지 말고 조선속도(빠른 일처리 속도)로 확 내뻗어 보세요."

"하나 묻자요. 이 일에 국정원이 개입하고 있지요? 놈들이 감독 선생님 뒤에 몽달귀신처럼 달라붙어서 교묘히 감독 선생님을 조종하리란 걸 우리가 모르지 않아요. 우리 사람을 데리고 나와 썩은 자본주의 물을 팍 들여놓으라고 놈들이 시켰지요?"

성철이 화제를 다시 엉뚱한 데로 돌리려 했다.

"말이 되는 말씀을 하세요."

"감독 선생님이 꼭두각시라는 걸 감독 선생님만 모르는 모양입니다."

"빈총일지라도 맞는 사람은 억수로 기분 나쁜 법이에요."

성철이 잔을 들어 한 입에 털어 넣었다. 혜리가 그의 빈 잔에 술을 따르려고 술병으로 손을 옮겼다. 하지만 그가 먼저 병을 잡아 제 잔을 채웠다. 남이 따라 주는 술을 받아먹기에 감질이 나는 듯했다.

"작별의 자리를 좀 더 멋있는 데서 만들지 못해 미안할 따름이야요."

이것이 다 협상전략에서 나온 말이라고 성철이 실토할 때가 되었다. 그런데 말이 자꾸 정곡을 피해 갔다. 취기가 되레 오기를 키웠을까? 혜리는 뭔가 잘못됐다는 생각이 불현듯 들었다. 성철이 그의 말처럼 이미 한 말을 다시 할 필요가 없다고 여기는 것일까? 합의서에

서명하기 전까지 베이징의 김 부대표가 잘 될 것이라고 한 말을 믿고 1년이나 기다리던 일이 떠올랐다.

"평양이 좋긴 좋다."

일현 또한 잠꼬대처럼 엉뚱한 말을 중얼거렸다. 목까지 차오른 말을 취한 김에 토해내는 듯했다. 누군가 시야를 터 준다면 비바람에 삭아가는 연출가로 남지 않을 텐데. 누군가 도와준다면 생활이 어려워 아내가 가정을 떠나는 상황은 오지 않을 텐데.

"중국 체류비용도 제가 다 책임지겠다고 했잖아요. '새'에 대한 상부의 반응이 좋았다면서요?"

혜리는 성철에게 매달렸다.

"죽은 아이 불알 만지지 마시라요."

"아이, 나쁜 말 하지 마시구요."

혜리는 스스로 듣기에도 민망할 만큼 목소리가 잦아들었다. 불길한 예감이 머릿속에서 세력을 넓혀 갔다. 무슨 말을 했든, 무슨 짓을 했든 듣고 싶은 말 한 마디만 하면 다 용서하려고 했다. 안 될 일이 된 것처럼 호들갑을 떨려고 했다. 따지고 보니 총알 한 발이 더 있었다. 혜리는 핸드백 안의 지갑에 손을 넣었다. 백 달러짜리 두어 장을 뽑아 재킷의 호주머니로 옮겼다.

일현이 별안간 눈을 깜빡거리며 성철에게 초점을 맞추었다. '우리 연극에 속았지?'라면서 반전을 시도할 것이라는 한 가닥 기대를 품고 혜리는 그를 바라보았다.

"지도원 동무, 난 아무리 생각해봐도 평양에서 살아야갔습니다."

일현이 또 상황과 다른 말을 했다.

"평양이 아니고 중국이란 말이에요."

혜리가 그의 등을 탁 쳤다. 성철이 잔을 입에 가져다 대다 말고 그를 꼬나보았다.

"취했어?"

성철이 반말을 하며 자신의 지위를 노골적으로 드러냈다. 일현이 취기를 떨쳐내려는 듯 도리질을 쳤다.

"감독 선생님, 일현 동무가 평양이 좋아 평양에서 살겠다고 방금 한 말 들었지요? 우리 공화국 사람이라면 응당 기래야지요. 저는 저런 골(머리)이 없어서 아까 윗분들한테 말이 되는 소리를 하라고 와장창 깨졌단 말입니다."

성철이 이번에는 혜리를 쳐다보고 말했다. 혜리는 고개를 창 쪽으로 돌렸다. 안에서 새어나간 불빛에 비친 정원의 목련에 터질 듯 부푼 꽃망울들이 매달렸다. 머지않아 목련은 하얀 나비 떼가 올라앉은 듯 소담스런 꽃들을 터트릴 것이다. 그것이 만개한 화려한 날이 내게서 영영 물 건너갔을까?

"일현 동무는 M시로 돌아가. 자원해서 간 곳이라며? 가고 싶은 곳에 가 있으니 얼마나 좋잖나? 자, 이 잔만 들고 일어나기오."

혜리가 대꾸하지 않자, 성철이 다시 입을 열었다. 막 비운 잔을 탁 소리가 나도록 테이블 위에 내려놓았다.

"감독 선생님은 서울로 돌아가시고, 나는 평양에 남고. 서로 만나기 전의 위치로 돌아가는 거라요. 이런 의미 없는 만남이 어디 한두 번이야? 일없어요."

 성철이 엉거주춤 몸을 일으켰다. 얼마나 냉정한 사람인가 보여 주겠다고 작심한 듯했다. 혜리는 재킷 주머니에서 지폐를 꺼내 테이블 밑으로 보이는 성철의 손에 쥐어 주었다. 눈빛이 슬며시 살아났다.

"이게 뭡니까?"

 감촉으로 알았을 법한데 성철이 물었다. 이내 테이블 위에 지폐를 올려놓았다.

"국정원 공작금입니까?"

"하! 빈총 쏘지 말라니까요."

 혜리가 지폐를 다시 성철의 손에 쥐어 주었다. 성철이 입을 하 벌리고 별꼴 다 본다는 표정을 지었다. 일현이 눈치채기 전에 어서 지폐가 성철의 주머니 안으로 들어가기를 혜리는 바랐다.

"자본주의 것들은 다 이 모양이야."

 성철이 다시 지폐를 테이블 위에 올려놓았다. 돈으로도 어쩔 수 없는 상황이 되었다는 뜻일까? 혜리는 고개를 툭 꺾었다. 너는 네가 믿고 싶은 것만 믿으려 하는 게 탈이야. 혜리는 스스로에게 뇌까렸다. 자신의 머리를 쿡, 쥐어박고 싶었다. 상식적인 것이라고 여겨온 일들이 왜 여기서는 이상하고 특별한 일들이 될까? 일현도 성철을 따라 손바닥으로 테이블을 짚고 몸을 일으켰다. 그러다가 빈 자루처럼 주저앉으며 옆으로 벌러덩 넘어졌다. 테이블이 크게 들썩였다. 종업원이 놀라서 다급하게 다가왔다.

"제 아내가 평양으로 돌아오길 무척 원했단 말입니다. 지도원 동무, 내 말 알아들었습니까?"

 종업원의 부축을 받아 일어나려고 버둥거리며 일현이 중얼거렸다. 성철은 비틀비틀 출입구로 향했다. 그러거나 말거나 혜리는 망연히 자리에 앉아 있었다.

6

 "베이징행 고려항공 JS151편의 탑승이 30분 후부터 시작됩니다. 승객 여러분께서는……"

 출국수속을 재촉하는 안내방송이 울려 퍼졌다. 사람들이 불투명 유리로 된 출국심사장 속으로 하나 둘 빨려 들어갔다. 혜리는 출국심사장 출입문 앞까지 따라온 일현의 손을 잡았다. 투박한 그의 두 손이 혜리의 손을 맞잡았다.

 "잘 가십시오."

 일현이 작별인사를 건넸다. 성철은 혜리가 빨리 떠났으면 좋겠다는 듯 따라오지 않고 항공권 체크인 카운터 부근에서 멈춰 섰다. 거기서 이미 혜리와 악수를 나눴다.

 "바라시는 대로 안 돼서 미안합니다. 꼭 좋은 작품을 만드십시오. '새' 상영 소식이 들리면 감독 선생님이 드디어 만들어냈구나 여길 겁니다."

 일현의 눈에 희망을 잃은 사람의 쓸쓸함이 담겼다. 혜리 자신도 그와 다르지 않을 것이었다.

"선생님과 같이 일하고 싶어요. 제가 민경련 베이징대표부를 다시 설득하겠어요. 물러설 방법을 찾지 못했어요."

혜리는 자신에게 하고 싶은 말을 일현에게 했다.

"말이나마 고맙습니다."

맞잡은 일현의 손에 힘을 주었다. 그리고는 애니메이터들에게 주지 못한 샤프펜슬들을 숄더백에서 꺼냈다.

"작업하시면서 쓰세요."

말은 이렇게 했지만 뭔가를 일현에게 주면 그와의 연결이 끊어지지 않을 것 같았다. 그가 손사래를 치다가 받았다.

"부인도 어서 찾으시고요."

혜리가 돌아섰다.

"통일이 되면 만납시다."

"아니, 그 전에……."

혜리가 고개를 반쯤 돌려 억지로 미소를 지었다. 일현이 손을 흔들었다. 혜리는 출국심사장 안으로 느릿느릿 걸음을 옮겼다.

2장
둑 안에서

1

 일현은 횡단보도 앞에서 걸음을 멈췄다. 빨간 신호등이 켜졌다. 8차선 도로 건너편에 평양역이 보였다. 역사 꼭대기에 있는 팔각탑 벽면의 대형시계가 오후 2시 13분을 가리켰다. M시행 열차시간이 임박했다. 이 횡단보도를 건너면 다시 평양으로 돌아올 수 없을 것이다. 인생을 살맛나게 하는 것은 꿈이 실현되고 있다는 믿음이라고 했던가. 하지만 '당신이 손을 대면 다 돼'라던 환호와 격려가 이젠 주위에 남아 있지 않았다. '내가 손을 대면 뭐든 다 깨져'라는 좌절감과 낭패감이 가슴을 채웠다. 그런데도 뭔가를 하러 돌아가야 하다니. 이승과 저승의 경계를 넘는 심정이 이럴까?
 치렁치렁 늘어진 버드나무의 연초록 실가지들이 바람에 휘날렸다. 아동영화촬영소에서 해외작품을 연구할 때 본 샴푸광고 속 여인의 머리칼처럼 그 모습이 부드러웠다. 어제까지만 해도 저토록 부드러운 손길로 누가 붙잡아 주기를 간절히 바랐다. 그런 기대가 오늘은 과거 어느 때의 꿈을 되새기듯 아득했다. 하늘의 별을 보고 소망을 빌던 어릴 적 망상이 이랬을까? 자신을 진정 구해줄 사람이 이 세상에 아무도 없다는 것을 다시 한 번 알아차렸을 뿐이다.

"일현! 일현 동무!"

뒤쪽 멀리서 부르는 소리가 들렸다. 기태의 목소리를 닮았다. 일현은 돌아보지 않았다. 일현이라는 이름이 흔한 이름이라고 고집을 부렸다. 부르는 사람이 설령 기태라 해도 그에게 더는 기대할 것이 없었다. 성철이 받아 온 방침에 따르면 당에서는 해외 파견만은 안 된다고 했다. 기태인들 뾰족한 수가 있을 턱이 없었다.

파란불이 들어왔다. 횡단보도에 발을 들여놓았다. 열차가 커엉, 커엉 우짖었다. 저 소리를 들으면 예전엔 가슴이 설레었다. 희망이 서린 새 세상과 연결할 준비가 되었다는 신호 같았다. 지금 저 소리는 '딴 맘 먹지 마라우. M시에 뼈를 묻어야지'라며 뒷덜미를 잡아채 제자리로 돌려놓겠다는 준엄한 꾸짖음으로 들렸다. 결국 시간이 지나면 '동무라고 뾰족한 수 있어? 동무가 어떻게 M시를 일으켜 세우겠다고?'라며 내팽개칠 것이면서.

지금은 중학교 1학년생이 된 딸 은숙이 소학교에 갓 들어갔을 때였다.

"아버지, 동무들이 왜 저를 자추 딸, 자추 딸, 부르나요?"

학교에서 집으로 돌아온 은숙이 물었다. 아버지에 대한 비난의 한 자락을 누군가로부터 들은 모양이었다. 평양에서 먹고 살기 바빠서 내려온 자들이 되지도 않는 일에 매달려 시의 재정을 축내고 있다고. 사실 비난은 진작부터 있었다. 은숙의 귀가 그제야 그것을 받아들였을 뿐이었다. 일현은 은숙도 아버지의 과거를 알 때가 되었다고 여겼다. 그래야 제 어머니의 아버지에 대한 불평불만도 이해할 수 있을 테니까. 일현은 은숙과 마당가 백양나무 아래 페인트가 드문드문 벗겨진 나무벤치에 마주앉았다.

"네가 태어나 1년도 안 됐을 때였어. 고난의 행군시기였댔지. 석유를 찾아내겠다고 평양에서 일곱 사람이 이 도시로 내려왔단다. 네 이모부 방기태, 진철이 아버지 김철룡도 그때 함께 왔지. 모두 자원해서 왔어. 사람들은 우리를 자진해서 추방당해 왔다는 뜻으로 자추라고 불렀어. 추방은 얼토당토않은 말이었지만."

일현은 그날 얼토당토않다는 표현을 쓴 것이 마음에 걸렸다. 지방에 가면 논밭이 있다. 그런대로 먹을 것이 있지 않겠나 하는 계산이 마음 한편에 없지 않았다. 그런데도 그렇게 말한 것은 스스로의 선택을 후회하지 않으려는 다짐이었다.

횡단보도를 막 건넜을 때 등 뒤에서 인기척이 느껴졌다. 이내 크고 강한 손이 일현의 팔을 잡아챘다.

"기렇다고 기냥 가?"

목소리에 조금 성난 기색이 서렸다. 일현이 돌아보았다. 짐작했듯 기태였다. 양복 안에 입은 하얀 와이셔츠가 흠결 하나 없는 사람처럼 그를 돋보이게 했다. 인민복을 즐겨 입는 평양사람 스타일이 아니었다. 돌아간다고 전화를 했더니 업무를 미뤄 놓고 뛰어나온 모양이었다.

"괴로울 땐 이야기하고, 죽고 싶을 땐 노래하라잖아."

기태가 덧붙였다. 한가한 소리나 하고 자빠졌다는 핀잔이 목줄기를 타고 올라왔다. 하지만 그래 보았자 무슨 소용이 있을까? 기태가 팔을 놓아 주지 않고 일현을 따라왔다.

"이야기하고 노래한들 들어줄 사람이 있어야지."

"내가 있잖아."

"네가 노력해서 모처럼 평양 구경을 시켜 준 것만도 가슴에 사무치게 고마워."

일현의 대꾸에 심란한 심사가 묻어 나왔다.

기태는 철룡과 함께 일현의 지질대학 동창생이다. 대학 졸업 후, 전공을 살려 원유공업총국에서 일하던 철룡과 달리 일현과 기태는 4.26아동영화촬영소에서 일했다. 당시는 시골에 내려가 살기 싫었다. 지질대학 졸업생은 지방 지질탐사대로 배치 받기 십상이었다. 일현과 기태는 전국 규모의 미술대회에서 출판화로 상을 받은 것을 내세워 진로를 바꿨다.

일현은 아동영화 일에서 꽤 성공을 거두었다. 하지만 그에 따른 동료들의 시기와 지질대학 출신이라는 핸디캡을 감내해야 했다. 그런 중에 고난의 행군이 시작되었다. 개구리 뜀질하듯 폴짝폴짝 건너뛰던 배급날이 급기야 기억의 저편에서 어슬렁거리는 지경이 되었다. 일현은 태어나 한 번도 상상해 보지 않은 현실에 망연자실했다.

그때 철룡이 만나자고 연락해 왔다. 대동강변의 연광정(練光亭) 기둥에 기대어 서서 일현은 비로소 정신을 차리고 철룡의 이야기에 귀를 기울였다.

"M시에 석유가 있대. 러시아 탐사기술자들이 석유를 찾아 놓고 탐사비를 안 준다고 탐사결과자료도 내놓지 않은 채 돌아갔다고 하더라. 이젠 우리 공화국의 탐사기사가 필요할 때라는 거야. 거기로 가자."

M시 지질탐사대는 러시아 탐사기술자들을 지원하기 위해 특별히 설립된 것이었다. 5개월 전까지 러시아 기술자들은 M시에서 탐사활동을 했다. 그들은 마이크로렙톤(Micro-lepton) 탐사라는 신기술을 활용했다. 러시아의 젊은 물리학자가 막 개발했다는 기술이었다. 국제적으로 널리 인정되고 사용되는 기술은 아니었다. 하지만 지하에서 방출되는 소립자를 검출하여 원유의 유무는 물론이고 매장위치, 매장량까지 추정한다고 했다. 그들은 M시 인근에서 무려 12억 배럴의 매장량을 추정해냈다. 조국에 현재 있는 모든 공장들을 풀가동시키더라도 20년간 쓸 수 있는 막대한 양이었다. 그런데 추정치를 확인하는 시추를 눈앞에 두고 그들이 돌연 나자빠졌다. 워낙 작은 회사였다. 수백만 달러나 드는 시추비를 감당할 능력이 없었다. 자신들에게 할당된 광구지분을 줄여 주겠다면서 시추비에 해당하는 액수만큼 탐사비의 중간결산을 요구했다. M시 시당은 계약과 국제관례에 따르겠다고 맞섰다. 아무리 획기적이라 해도 입증되지 않은 기술에 거액의 시추비를 대는 것은 무리였다. 더구나 그들이 신기술을 적용해볼 데가 없어 자신들을 이용하는 것은 아닐까 의심하던 터였다. 러시아 기술자들은 결국 돌아갔다. M시 시당은 그들의 추정

을 뒷받침할 만한 근거를 물리탐사를 통해 확인하기로 했다고 했다.

일현은 철룡의 말을 들으며 별들이 반짝반짝 빛을 발하는 하늘을 올려보았다. 그것들이 일제히 자신을 향해 손을 까불러댔다. 조무래기들의 반응에 울고 웃는 쪼잔한 일을 하면서 자만했어. 가진 것이 지하자원밖에 없다고 해도 지나친 말이 아닌 나라야. 일현은 나라가 살아나야 자신이 살아날 것이라는 자명한 이치를 이제야 터득한 사람처럼, 난세에 매달릴 것을 이제야 발견한 사람처럼 철룡의 손을 힘주어 잡았다.

"기태도 데려갔으면 좋갔어."

일현의 부탁에 철룡은 힘쓰겠다고 약속했다. 일현은 당장 기태네 아파트로 달려갔다. 기태는 제 아내의 동생을 일현에게 소개해 결혼하게 한 동서 사이였다. 그는 아동영화촬영소 간부에게 식량 살 돈을 꾸러 갔다가 빈손으로 돌아오던 길이었다.

"가자. 지옥보다는 낫갔지."

철룡의 제안을 들은 그 또한 반색했다.

하지만 일현의 아버지는 달랐다. 아내를 통해서 일현의 결심을 전해들은 아버지가 아파트로 찾아왔다.

"평양에서 살면 굶어죽지는 않아. 배급 중지는 일시적인 현상이야. 철룡이한테 원유공업총국의 사무직이나 부탁해봐. 철룡이 자리가 빌 거 아냐?"

일현은 아버지 때문에 미술대학 진학의 뜻을 접은 적이 있었다. 앞으론 미술보다는 채취공업 기술을 전공해야 세상 살기가 수월하다며 극구 반대했다. 채취공업 기사는 4호 공급대상(간부들의 식량 및 생필품 공급 등급. 채취공업 분야 기사는 간부가 아니라도 일반 기업소의 간부에 준하는 4호 공급대상임)이라는 점을 염두에 두었을 것이다. 이번에는 당신이 원하던 대로 채취공업 분야로 가겠다고 하는데 평양에 남기를 바랐다.

아버지의 영향을 받아 아내도 M시행을 반대했다.

"여보, 머잖아 석유를 캐내면 오장육기(옷장, 찬장, TV, 선풍기 등 가정 집물. 북한 은어)를 다 새것으로 바꿔주진 못해도 냉장고 하나는 사줄 수 있을 거야."

짧지 않은 설득이 이어진 뒤에야 아내가 동의했다. 그녀는 냉장고에 고기를 넣어 두고 먹는 미래를 꿈꾸었다.

그렇게 그들은 M시에 첫발을 디뎠다. 일현은 지질탐사대의 원유탐사소대에 배치되었다. 하지만 곧 자신이 아무나 올 수 있는 자리에 꼈다는 사실을 알았다. M시의 탐사기사 지원 요청을 내각 원유공업총국은 아주 인색하게 다뤘다. 일현 등 일곱 명을 '젊은 혁신자들'이라는 호칭을 붙여 내려보내는 것으로 지원하는 시늉을 했을 뿐이었다. 그럴듯한 호칭과 달리 '젊은 혁신자들'은 탐사경험이 거의 없는 풋내기들이었다. 원유공업총국은 애초부터 러시아 기술자들의 기술을 탐탁지 않게 여겼던 것이다.

원유탐사소대 막사는 M시 시내가 대야 속처럼 바라보이는 산중턱이었다. 일현은 실망감이 없지 않았다. 그래도 원유 개발이란 마취제에 취해 신명을 냈다. 고통을 감내하지 않고 성공을 바랄 수는 없는 법이야. 성공이란 건 누구나 안 된다고 등을 돌릴 때 마지막까지 지켜봐 준 이를 위해서 선뜻 나타나는 선물인 거야. 당시 일현이 품었던 생각이었다.

지금은 기태도, 철룡도 다 M시를 떠났다. 기태는 3년 전 벙긋벙긋 웃으며 옹알이를 하던, 늦게 둔 아들이 죽은 직후에 그것을 떠날 핑계로 삼았다. 술만 먹으면 여우 피하려다 호랑이 굴로 들어왔다고 투덜거리던 그였다. 어떤 줄을 탔는지 아동영화촬영소에서 평양으로 올라오라는 통지가 그에게만 왔다. 통지가 취소될까 봐 M시에 아내를 놔둔 채 허겁지겁 평양행 열차를 타던 그의 모습이 아직도 눈에 선했다. M시 역에서 그에게 손을 흔들 때 일현은 가슴이 아렸다. '나도 부르도록 힘을 써 봐'라고 말하고 싶은 마음이 불뚝 솟았다. 하지만 그땐 그런 말을 입에 올릴 만큼 의지가 약하지 않았다. 겨우겨우 견디던 철룡은 지난 초겨울 중국 탄광에 품팔러 간다며 몰래 압록강을 건넜다. 그것을 두고 어떤 사람은 아랫동네(남한. 북한은어)로 도망치기 위해서 국경도시 M시로 온 것이라고 그를 욕했다.

아동영화촬영소에 복귀한 기태는 줄을 한 번 더 탔다. 중국 파견을 이루어냈다. 제가 가진 능력을 십분 살리면 많은 외화를 벌어 올 수 있다는 주장을 굽히지 않았다고 했다. 제 살 구명만 찾는다는 동료들의 소곤거림을 못 들은 척했을 것이다. '외화벌이가 교화벌이(외화벌이에 나서면 교도소에 가기 십상이라는 북한 은어)'라며 두고 보자는 사람들도 있었다.

2주 전 기태는 중국에서 돌아왔다. 제 말처럼 많은 외화를 벌지는 못했다는 말이 돌았다. 그래도 얼마간의 외화를 조국에 바쳤고, 제 밥그릇만큼은 확실히 챙겨 온 것 같았다. 지금 진행 중인 해외 귀국자 총화(평가모임)가 끝나면 곧 M시에 있는 아내도 평양으로 불러올릴 계획이다.

일현은 기태에게 팔을 붙잡힌 채 역사를 향해서 걸음을 옮겼다. 사람들이 그들을 흘끔거리며 지나갔다.

"내가 방도를 댈게. 방도가 있다마."

기태가 아무렇지도 않게 말했다. 그러면서 더는 앞으로 나아가지 못하게 하려고 팔목이 시큰하도록 손아귀에 힘을 넣었다.

"뭔데?"

"남조선 대방이 중국에 나가 일하자고 했다며?"

혜리가 그 말을 꺼냈을 때, 일현은 귀를 바짝 세웠다. 그리고 기태를 떠올렸다. 그는 중국에 있으면서 촬영소 동료들의 해외 파견을 도왔다. 고결한 혁명적 동지애를 과시한다는 칭찬이 M시까지 전해졌다. 어디까지나 도움을 받은 사람들이 감동하여 떠들었다는 말이었다. 실상은 해외에 나가서 번 돈을 뒤에 받기로 하고 먼저 제 돈을 상부에 고였다. 그 과정에서 저도 이자를 포함해서 얼마간 뜯어먹었다는 말이 가만히 돌았다. 이번에 일현을 평양으로 부른 것도 그가 민경련에 손을 쓴 것이었다. 알고 보니 제 아내의 부탁을 받았다. 그 또한 일현을 M시에 그냥 놔두고 보자니 마음이 편치 않았던가 보았다. 물론 성사된다 하더라도 일현에게는 돈을 달라고 하지 않을 것이다.

"기래서?"

일현이 같잖다는 듯 물었다.

"응하면 되지."

일현이 기태를 꼬나보았다. 대답이 너무 쉬워 어리둥절할 지경이었다. 아무리 날고 기는 그라도 이번 건만은 능력의 한계를 느끼리라. 민경련은 중앙당의 방침을 이미 명백히 확인시켜 주었다. 남조선 작품을 만들기 위해 영화미술가들을 해외 파견까지 시킬 수는 없다고 했다. 당 방침을 그가 무슨 수로 번복시킬 수 있을까? 남조선과 연관된 조건에서는 당의 규정들이 더욱 엄격하게 적용될 것이다. 더구나 M시 시당 책임비서는 일현을 M시로 돌려보내 달라고 중앙당에 건의까지 했다. M시로 돌아가면 다시 대면하게 될 지겨운 가난과 죽도록 애를 써도 되지 않을 일들이 눈앞에서 빙빙 맴돌았다. 생각만으로도 뻐근한 통증이 가슴에서 돋아났다.

"네가 뭐든 다 할 수 있다고 생각하는 건 오산이야."

일현이 빈정거렸다.

"일단 우리 집으로 가자마. 차분히 토론하자마."

"은숙이가 기다려. M시로 가갔어."

"은숙이를 봐서라도 기러지 말라우. 어머니도 없는 아이라 불쌍해 죽갔는데 동자질(부엌일)까지 시킨다며?"

지난 초겨울, 집을 나간 아내가 죽었다는 말이 나돌았다. 일현은 마침내 삶의 온전한 패배자가 된 것 같았다. 한결 홀가분해진 몸을 버릴까 하는 마음까지 먹었다. 하지만 딸에게 더는 몹쓸 짓을 안겨 줄 수 없었다. 아버지마저 잃게 한다는 것은 너무 가혹한 처사였다.

일현은 기태가 잡은 팔을 뿌리쳤다. 등에 학교 이름이 새겨진 흰 체육복을 입은 여학생들이 광장 왼쪽 모퉁이의 무리로부터 사방으로 흩어지고 있었다. 기태가 일현의 팔을 다시 움켜잡았다.

"서울서 온 아동영화회사 대표가 그냥 돌아갔다는 소식을 듣고 내가 가만히 있었갔어? 엊저녁에 대외사업부서 간부들을 두루 찾아다녔다마. 합작 일을 살려 달라고. 너를 파견시켜 달라고."

"쓸데없는 짓을 했어."

"능력에 따라 일하라 했어. 네가 무슨 도움이 된다고 지방에서 개고생을 계속해? 아동영화 연출이 제 밥그릇인 줄 알라마."

"난 너처럼 심장이 두 개가 아냐."

일현이 심하다 싶도록 면박을 주었다. 기태는 못 들은 척했다. 일현은 땅바닥에 달라붙듯 떨어지지 않는 발걸음을 옮겼다. M시로 가지 않을 수만 있다면 무슨 짓이든 할 것 같았다. 기태가 지금 스스로 나타나 붙잡고 있다. 더군다나 중국으로 나가라고 권하고 있다. 아내가 살아 있다면 십중팔구 중국에 있을 것이다. 살아 있다는 새로운 소문이 초여름 햇볕에 넝쿨손 뻗어나가듯 마을에 점점 더 넓게 번져가는 중이었다. 그런데 왜 부득부득 기태가 못해낼 것이라고 우길까? 설령 해내지 못한다 해도 그에게 매달려야 하지 않을까?

탐사를 한다고 산과 들을 헤매고 다니던 광경으로 일현의 회상이 이어졌다. 눈보라가 파도처럼 밀려오던 날, 대원 다섯 명이 산속에서 길을 잃었다. 지진파용 다이너마이트가 든 자루를 메고 발파 위치를 찾아다니다가 생긴 일이었다. 그 중 두 명은 일현과 기태였다. 도무지 막사로 내려가는 길을 가름할 수 없었다. 오래된 GPS는 영하 30도의 혹한에 얼어붙어 쓸모없는 짐에 지나지 않았다. 다진 눈과 나뭇가지를 쌓아 굴을 만들어 피신했다. 점심 대용식량으로 가져온 옥수수 두 자루를 이미 먹어 치운 뒤였다. 눈을 퍼먹고 솔잎을 씹으며 사흘을 버텼다. 이러다가 죽을 수 있겠구나 하는 생각이 언뜻언뜻 머릿속을 스쳐갔다. 그때 옆에 앉아 있던 기태가 슬그머니 일현의 손에 마른 명태 쪼가리를 몇 개 쥐어 주었다. 알고 보니 혼자서 몰래 먹던 것이었다. 일현은 그것을 잘게 찢어 기태가 보란 듯 대원들에게 한 쪽씩 나눠 주었다.

"이게 내 주머니 속에 있었다니."

일현은 대원들에게 거짓말을 했다. 하지만 구출된 뒤 기태가 가만히 먹던 것이었음이 발각되었다. 그는 전 대원들 앞에서 자아비판을 해야 했다.

정당하지는 못했지만, 그는 일현을 위해서 끊임없이 도움을 주었다. 일현의 아내가 저세상 사람이 되었다는 소식이 전해진 지난 겨울부터는 제 아내를 통해 매월 마오쩌둥이 그려진 붉은 중국지폐 한 장을 일현에게 보태 주었다. 그가 중국에서 번 돈이라고 했다. 일현은 그동안 그것으로 연명했다. 반면 일현이 그를 위해서 해준 것은 무엇일까? 번지르르한 말을 하여 M시로 데려가 고생을 시킨 것 말고는 아무것도 없었다. 그가 그런 것들에 앙심을 품었다면 사달이 나도 진작 났을 것이다.

"목표를 대담하게 세워야 투쟁의 힘이 커지는 법이라마."

기태가 일현의 어깨를 붙잡아 발걸음을 돌리게 했다. 가방까지 빼앗아 제 팔에 끼고 등을 대차게 밀었다. 일현은 이렇게 해주기를 기다린 것처럼 밀려갔다.

2

악취가 났다. 시큼하다고 할까, 구리다고 할까? 딱히 어떻다고 말할 수 없는 냄새였다. 한 군데서 나는 것이 아니었다. 골목 전체에 이내처럼 퍼져 있었다. 대로에서는 느껴지지 않았다. 주택가 골목으로 들어오니 어디 갔다 오느냐고 묻듯 욱 콧속으로 밀려들었다. 기억 속에 묻혀 있던 9년 전의 평양 생활을 단박에 일깨워 주었다. 일현 자신이 살던 때와 별로 달라지지 않았다는 증거 같았다. M시만 달라지지 않은 것 같아 얼마나 애를 태웠던가. 일현은 그동안 호텔에서 묵었다. 평양에 온 지 일주일이 됐어도 면목이 없어 부모님한테조차 못 갔다.

"전력사정이 나쁘니까니 여전히 물이 귀해. 고층아파트에 살면서 바케스에 똥을 누어 버리는 나라는 우리나라밖에 없을 거라마. 조국에 돌아오니까니 딱 원시시대로 돌아간 기분이 든단 말이야."

기태가 지나치게 당당하게 말했다. 일현은 대꾸하지 않고 기태를 뒤따라 아파트 계단을 올라갔다. 기태는 현관의 엘리베이터에는 아예 시선을 주지 않았다. 이골이 난 듯 번쩍번쩍 두 계단씩 내딛었다. 계단에 하얀 햇살이 쏟아졌다. 한 층 반쯤 올랐을까? 이번에는 한 계단씩 내딛었다. 일현이 힘들 것이라는 생각을 한 모양이었다.

"내게 인사하던 우리 아파트 경비원 말이야. 그 사람이 날 몰라본 적이 있다마."

조금 전 경비원은 정문 주변에서 삽으로 배설물 쓰레기들을 치우고 있었다. 그들이 정문으로 들어서자 황급히 허리를 펴고 부동자세를 취했다. 높은 간부를 대하듯 기태를 향해 거수경례를 했다. 듣던 것보다 기태가 훨씬 더 위세를 떨치고 있었다.

"일 때문에 중국에서 잠시 귀국했을 때라마. 그 경비원이 나를 아파트 안으로 못 들어가게 하는 거야."

"……."

"왜 그런 줄 알아? 나를 몰라본 거야. 내가 결혼 전까지 여기 어머니 아파트에서 쭉 살았잖아. M시에서 올라와 두어 달 남짓 살 때에도 그 경비원이 날 잘 알아보았다마. 기런데도 내가 아니라고 막무가내로 고집을 부려. 환장하갔대. 할 수 없어서 아동영화촬영소로 가서 경비원을 아는 이를 데려왔어. 촬영소가 가까웠으니까니 망정이지."

그가 쓸데없는 말을 지껄였다. 내겐 모든 고난이 다 과거의 일이 되었어. 지금은 내가 이렇게 달라졌다고. 이런 말을 하고 싶은 것이리라.

"촬영소 사람을 보더니 경비원이 뭐라는 줄 알아? 이 사람이 기태가 맞다 해도 우리 공화국 사람은 아니라는 거야. 남의 나라로 도망 쳤다가 침투한 것 같다는 거라마. 열이 확 뻗치더군. 먹살을 잡아 패대기를 쳤지."

"……."

"그때 구역 보안원(경찰)이 달려왔어. 경비원이 벌써 분주소(파출소)에 신고 전화를 한 거였어. 보안원 역시 내가 아는 사람이었지. 보안원이 경비원에게 물었어. 내가 왜 공화국사람이 아니라고 생각했느냐고. 경비원 대답이 야아, 기가 막혀. 살이 너무 쪘대. 살찐 사람은 우리 공화국 사람이 아니래."

실없는 소리나 나불대는 것을 보니 그는 정말 공화국 사람이 아닌 것 같았다.

"내 말 들어?"

그가 뒤따르는 일현을 돌아보았다. 일현이 건성으로 고개를 끄덕였다.

"중국은 말이야. 먹을 게 너무 흔해. 그 나라 14억 인민들이 먹다 버리는 음식을 모두 모으면 이 지구상에 굶어 죽는 사람이 하나도 없을 거래. 중국에서 살던 초기엔 나도 무지 먹어댔어. 고기, 술 다 처음 보는 음식 같더라마. 나중에 거울을 보니까니 내 얼굴이 살로 뒤덮였어. 눈동자가 아예 안 보일 정도더라마."

유전을 개발하던 때의 광경이 일현의 머릿속을 다시 차지했다. 열 명의 탐사기사가 서른 대여섯 명의 대원을 데리고 산간을 뒤지고 돌아다닌 지 다섯 해, 탐사대의 존재는 이제 M시 인민들의 기억에서 희미하게 퇴색되고 있었다.

"로스케 놈들 허풍에 우리만 죽어나누나."

대원들이 투덜거리며 네 번째 시추를 하는 중이었다. 그들은 들짐승 같은 시커먼 얼굴에 넝마를 닮은 작업복을 걸치고 있었다.

"재정이나 축내는 놈들이라고 시당에서도 우리에게 욕을 해댄대."

"지긋지긋해. 이놈의 손모가지를 잘라내면 이 짓 그만둘 수 있을까?"

"손모가지 가지고 되갔나? 모가지를 바쳐야지."

쿵쾅 소리가 앞산과 뒷산에 부딪혀 만들어낸 메아리가 연속적으로 산간에 울려 퍼졌다. 시추기가 기를 쓰며 땅속으로 파고들었다. 계기판의 붉은 수치들은 시추기 날이 지하 2,735미터 지점에 이르렀음을 알려 주었다. 푸른 초원처럼 펼쳐진 골짜기 다락논들이 시추 소리에 놀란 듯 벌렁거렸다.

굴착소대에 배속된 지질검사원 세 사람이 막사 한편에 둘러앉아 있었다. 막 시추기가 채취한 시료를 작업대 위에 올려놓고 들여다보는 중이었다. 용기에 담긴 시료는 투명한 액체였다.

"왜 시커멓지 않지?"

"맑은 게 로스케 놈들 좆물 같다마."

"맞아. 맹물이구먼."

대원들은 별것이 다 나왔다는 듯 한 마디씩 했다.

"온천 개발하는 데나 쓰는 시추기니까 저 강에 흔한 물을 찾아낸 모양이지."

일현도 농담을 던졌다. 한가한 틈을 타 그들 옆에서 구경하던 참이었다. 한 검사원이 라이터를 켜 액체에 가져다 댔다. 아무래도 냄새가 심상치 않았던 것 같았다. 봄바람에 불이 날리듯 함께 채취된 곁의 토양에까지 순식간에 불이 옮겨 붙었다. 막사 안에 밝은 빛이 확 살아났다. 대원들은 화들짝 놀랐다. 서로의 얼굴을 쳐다보았다. 과연 현실인지 확인하는 표정들이었다.

"원유야! 원유!"

누군가 소리쳐서 길지 않은 침묵을 깼다.

"나왔어! 나왔다고!"

탐사대원들은 막사 안 다른 편에 쪼그려 앉거나 비스듬히 누워 잡담을 나누고 있었다. 그들이 검사원들이 둘러앉은 곳으로 고개를 돌렸다. 이젠 저것들에게 헛것이 보이기 시작했는가 보다고 그들의 눈빛이 말하고 있었다. 지난 다섯 해 동안 석유라고는 시추기를 작동시키는 발전기에 넣다가 주유구 밑에 찔끔찔끔 흘린 것밖에 보지 못했다. 하지만 그들도 검사원들의 얼굴에서 일렁이는 불빛을 보았다.

"정말?"

일제히 일어나 시료 주변으로 몰려들었다. 시추기 작동을 돕던 대원들도 뛰어 들어왔다. 모두 제정신이 아니었다. 장비 부실로 불확실하긴 했지만, 탐사대는 10억 배럴 정도의 원유매장량을 예측하고 있었다. 러시아 기술자들의 추정치에 조금 못 미치는 양이었다. 그것이 드디어 터진 것일까?

"맞다! 맞아!"

검사원들이 벌떡 일어나 외쳤다. 갑자기 엉뚱한 형상으로 원유가 드러나리라고는 누구도 예상하지 못한 일이었다.
 "만세! 만세! 만세!"
 대원들 모두 허리를 꼿꼿이 펴고 팔을 힘차게 치켜 올렸다. 멈춰서는 안 될 소리처럼 만세소리는 오랫동안 압록강변 산간에 메아리쳤다. 대원들은 곧 경애하는 장군님의 접견자가 될 것이라는 기대에 부풀었다. 그뿐이 아니었다. 공화국의 노력영웅까지 될 참이었다.
 계획대로 일이 진행되었더라면 지금 어떻게 되었을까? 아파트 엘리베이터가 가동되고, 이 시큼한 냄새 정도는 영영 사라졌을까? 기태는 내게 뭐라고 말했을까? 함께 노력영웅이 되어 으스대고 있을까?
 "다 왔어."
 기태가 계단과 연결된 복도로 걸음을 옮겼다. 계단 벽에 '11'이라는 층 번호가 검은 페인트로 큼직하게 쓰여 있었다.
 "일현, 내가 외국 다녀온 자랑이나 하려고 주절대는 게 아냐. 고난을 이겨내려면 용기도, 인내도, 희망도 필요하지. 하지만 기것보다 더 중요한 건 마음의 여유를 갖는 거야. 하하하."
 정말 기태는 마음의 여유를 얻었다. 자랑만은 아니라는 것을 왜 모를까? 나도 한가한 이야기나 주절대면서 살았으면 좋갔어. 기러지 못하는 심정을 네가 이해해? 기태 같은 인간을 외부세계를 들락거리면서 사회주의의 둑을 허무는 적으로 모는 일이 얼마나 힘겨울지 일현은 잘 알았다. 호사와 부를 내려놓고 고뇌와 괴로움이 가득 찬 금욕생활을 택하라고 누가 감히 그에게 말할 수 있을까? 아내조차 제대로 건사하지 못한 놈이라고 그가 욕을 한다면? 그 한 마디로 일현의 입은 딱 봉해질 것이다. 이것저것 셈하지 않고 자신을 도와주는 것만으로도 무척 고마운 일이었다. 그래서 그가 그르고 자신이 옳다고 속으로 끈질기게 따져보지만, 일현은 끝내 결론을 내지 못하고 있었다.

남조선 오혜리 감독이 단둥에 아동영화 제작실을 차리겠다고 말하던 모습이 화사한 봄꽃처럼 일현의 머릿속에 톡 돋아났다. 아이들이 내 작품을 보면서 즐거워하는 모습을 다시 보고 싶어. 앞으로는 절대 아동영화 연출을 쪼잔한 일이라고 함부로 말하지 않을거야.

복도의 가운데쯤에 있는 출입문 앞에서 기태가 걸음을 멈췄다. 일현을 물끄러미 바라보았다. 더는 빼지 않고 여기까지 따라온 일현의 복잡한 마음을 어루만지는 듯했다.

3

거실의 식탁에 기태가 대여섯 병 남짓 되는 맥주를 올려놓았다. 그 중 하나의 뚜껑을 따 일현의 잔에 따랐다. 실로 3년 만에 일현은 그와 마주앉았다.

총각 때 자주 왔던 그의 부모님 집인데 낯설었다. 앉은뱅이책상과 미술책들이 놓였던 거실에 벽걸이 텔레비전이며 냉장고가 버티고 있었다. 전등을 켜는 데 쓰는 축전지도 거실 모서리에서 시선을 붙잡았다. 창문에 친 커튼도 젊은 여자들의 치맛감처럼 화사했다. 기태 어머니 옷차림도 평범한 아낙네 차림새 같지 않았다. 분홍색 티셔츠 위에 털스웨터를 입었다. 저렇게 고운 옷을 입고 어떻게 집안일을 할까? 기태와 떨어져 지낸 세월만큼 그와 자신의 간격이 벌어진 것이 실감났다. 일현은 남 못지않게 열심히 일했다고 자부해왔다. 하지만 그래서 네가 이룬 것이 뭐냐고 따진다면 할 말이 없었다. 결과가 늘 나빴다.

"거긴 말이야, 통행증이 없어. 모든 인민이 그 넓은 땅을 맘대로 다녀. 그뿐인 줄 알아? 여자들은 치마를 올리고픈 대로 올리고 다닌다마."

어머니가 거실과 연결된 부엌문을 열고 들어왔다. 방금 그가 한 말을 들었는지 보일락 말락 눈살을 찌푸렸다. 마른 명태를 불에 살짝 구운 안주 접시를 식탁에 내려놓았다. 강원도 사람들은 껍질을 벗긴 마른 명태를 그냥 탈피라고 불렀다. 어머니가 원산 출신이라 그런지 그는 이 호칭을 썼다. M시에서 탐사 중에 몰래 먹은 것도 이것이었다.

"날씨가 따뜻해지니까니 냄새가 더 심해. 베란다에 닭을 키우는 집이 날로 늘어나."

어머니가 딴소리를 했다. 여자 이야기나 입에 올리는 아들이 싫었을 것이다. 다시 부엌 쪽으로 향하던 어머니가 시선을 일현에게 돌렸다.

"자네도 중국에 나가지 기래? 이젠 아버님 걱정을 덜어 드려야지."

일현이 대답할 말을 못 찾고 머뭇거렸다. 부모님 안부까지 물을까 봐 얼굴 근육이 뻣뻣이 굳어졌다. 기태가 얼른 일현에게 맥주잔을 내밀었다. 어머니가 자신들 사이에 섣불리 끼어들면 일현이 더욱 자존심을 세울까 염려하는 것이리라.

"자, 마시자마."

기태가 제 잔을 일현의 것에 부딪혔다. 어머니가 부엌으로 돌아갔다. 자신을 꺼리는 분위기를 눈치챈 듯했다.

"난 중국에 아니 가갔어."

일현이 마침내 입을 열었다. 왜 마음에도 없는 말이 튀어나올까?

"너는 해보지도 않고 포기하는 버릇이 있어. 될 일이 아닌 것에 죽자 살자 매달리는 버릇도 있고. 둘 다 네 큰 병이라마."

"외국에 나가 살만 찌면 뭐해. 나라 안에서 주체적으로 경제를 잡아야지."

"네가 애쓴다고 잡힐 것 같아?"

"……."

"원유 탐사를 해봤잖아? 왜 그 꼴이 됐어?"

그 시절이 지금 기억 속에서 튀어나와 마음을 어지럽히는 것을 네가 알아? 이미 상영이 시작된 영화처럼 과거의 장면들이 쉼 없이 일현의 머릿속에서 흘러갔다.

탐사대는 채취한 원유 시료를 중국 석유공사에 보냈다. 평양에 있는 원유공업총국의 분석기술이 미덥지 못했다. 중국은 최고 성능의 시험장비를 갖추고 있었다. 원유 개발 경험도 많았다. 원유 소비량의

50%를 자체 생산했다. 탐사대는 무엇보다도 제대로 된 원유인지 궁금했다. 원유라 하더라도 시커멓지 않고 투명해서 경제성이 있을지 의심쩍었다. 두 주 남짓 지나 분석결과가 나왔다. 중국 석유공사는 보통의 원유보다 품질이 좋은 초경질유라는 판정을 내렸다. 유전에서는 이런 원유가 일부 나올 수 있다고 했다. 정유 없이 바로 사용해도 될 만큼 깨끗한 원유라는 것이다.

탐사대원들은 나라의 전기 사정뿐만 아니라 경제 사정까지 단박에 해결할 수 있다고 믿었다. 러시아 기술자들을 돌려보낸 것을 백번 잘한 일이라고 입을 모아 떠들었다. 일생일대의 행운을 자신들이 차지한 것에 안도했다. M시 시당에서는 장군님께 원유 시료를 올려보냈다.

며칠 지나지 않아서였다. 대원들 모두 시당 청사로 들어오라는 연락이 왔다. 대원들은 흰 구름과 바람과 별의 친구가 되어 하늘을 날아다니는 기분이었다. 집에 들러 수염을 깎고, 옷을 갈아입었다. 일현은 아내에게 어깨를 으쓱해 보였다. 평생 오늘을 기다려왔다는 듯 아내가 그를 포옹했다. 얼굴에 울화와 짜증을 달고 살던 그녀였다.

"전기도 없고 넣어둘 음식도 없어 냉장고를 사 준다는 약속을 무시하고 살았는데, 이젠 그걸 사 주는 거지요?"

아내는 M시에 오기 전 일현이 한 말을 잊지 않았다.

"'전'자가 들어가는 모든 가전제품을 다 사 줄게. 전기밥가마(전기밥솥), 전기난로, 전자덥히개(전자레인지)……."

곁에 있던 은숙이 덩달아 헤헤 웃었다.

시당 청사 지붕 위로 펼쳐진 맑은 하늘엔 새털구름이 한가롭게 흘러 다녔다. 대원들이 하나 둘 청사 마당에 모였다. 마당가의 플라타너스가 넓은 이파리를 까부르며 환영했다. 붉은 카펫이 청사 현관에서 마당 쪽으로 길게 깔려 있었다. 대원들은 카펫을 가운데 두고 두 패로 나눠 도열했다. 햇살이 온통 자신들만 비추는 것 같았다.

현관에서 인민복 차림의 간부 십여 명이 카펫 위로 걸어 나왔다. 가운데에는 갈색 선글라스를 낀 사람이 있었다. 아, 장군님이었다. 대원들은 "위대한 장군님 만세!"를 목청껏 외쳤다. 그분이 마이크 앞에 섰다.

"우리 경제의 어려움은 에너지 사정이 딱한 데 있소. 미제 놈들이 악랄하게 구는 핵 문제라는 것도 그 근본 이유 중 하나는 우리가 에너지를 확보하려는 데서 비롯된 것이오. 동무들, 반드시 석유를 캐내 인민들에게 크나큰 기쁨을 안겨 주시오. 나와 우리 당은 여러분 한 사람 한 사람의 노고를 영원히 잊지 못할 것이오."

대원들의 우레와 같은 박수를 받으며 장군님이 연설을 마쳤다. 그분은 일현을 비롯한 탐사기사와 대원들의 손을 일일이 잡아 주었다. 여기저기서 감격에 겨워 흐느끼는 소리가 들렸다. 일현은 자신들이 해낸 일이 생각했던 것보다 훨씬 큰 일임을 깨달았다. 여보, M시에 잘 왔지? 내가 얼마나 탁월한 선택을 했는지 여실히 증명됐지?

플라타너스 밑에서 잔치가 벌어졌다. 고기와 술이 풍성하게 돌았다. 대원들의 어깨 사이로 흥겨운 대화가 넘실댔다.

"전기 사정이 좋아지면 욕을 입에 달고 사는 우리 탐사대장 동지의 심보부터 비춰 봐야갔어."

철룡도 목소리를 높였다.

"나는 마누라 아랫도리부터 살펴봐야갔다고. 어케 생겼는지 토옹 기억나지가 않아."

기태도 흥분을 감추지 못했다. 모두 오늘을 위해서 살아온 것처럼, 오늘은 무슨 짓을 하든 다 용서가 되는 것처럼 흥청댔다.

원유공업총국에서 시추장비를 사라고 자금을 내려 보냈다. 제대로 된 시추장비가 있어야 채굴 가능한 매장량을 확정하고, 원유 생산에 돌입할 수 있었다. 모든 일이 잘 돼 나갔다. 캐나다에 알맞은 시추장비가 있었다. 뚫는 지층마다 원유가 얼마나 매장됐는지 모니터링을 하도록 개발된 최신 장비였다. 다만 전략물자인 것이 문제였다. 유엔 안보리는 공화국에 대한 전략물자 수출을 금지시켰다. 정상적인 방법으로는 수입이 불가능했다.

"좋은 일에는 마가 끼게 돼 있소. 그놈들이 정책을 가졌으면 우리는 대책을 가졌소."

탐사 현장에 나온 시 인민위원회 무역일꾼은 말했다.

그들은 중국에 나가 중국 무역회사와 은밀히 교섭했다. 시가보다 3분의 1이나 더 높여 150만 달러를 시추장비 대금으로 지불하기로 했다는 말이 퍼졌다. 밴쿠버에서 선적된 장비가 중국 다롄항에 도착했다. 주문한 지 3개월 만이었다. 트럭에 실려서 중국 정부의 감시망을 피해 시시각각 두만강변 훈춘을 향해 다가왔다. 훈춘 취안허통상구와 공화국의 나선특구 원정리를 잇는 두만강대교를 통해 넘겨

받을 참이었다. 중국 측 협조자들이 먼 길을 돌아가더라도 안전이 제일이라며 마련해 놓은 운송경로였다. 통상적이라면 단둥을 거쳐 신의주로 들여와야 했다. 그 사이 일현은 대원들과 함께 시추 현장에서 시 외곽 저유탱크 건설 예정지까지 송유관을 깔기 위한 설계 작업을 도왔다. 이제 석유가 펑펑 쏟아지는 일만 남았다.

일현이 맥주를 꿀꺽꿀꺽 마셨다. 그동안은 탐사 실패가 자기 책임이라도 되는 것처럼 부끄럽고 속이 쓰렸다. 하지만 지금 기태로부터 왜 그 꼴이 됐느냐는 물음을 당하자 억울하고 부아가 치밀었다.

실패는 만주벌판을 횡단한 트럭이 훈춘으로 접어들었을 때 공안이 불쑥 앞을 가로막고 나선 데서 드러나기 시작했다. 그들은 화물의 최종목적지를 대라고 요구했다. 자신들이 이미 아는 것을 확인하기 위한 것이었다. 다롄항에서부터 트럭을 추적하고 있었다. 트럭이 지나온 경로를 보면 국경을 코앞에 둔 그 지점에서는 선적서류상의 목적지와 다른 이유를 둘러댈 방도가 없었다.

"중국 공안 놈들이 시추장비를 빼앗아 생긴 일이지."

일현은 왜 실패했느냐는 기태의 물음에 퉁명스럽게 대꾸했다.

"왜 기랬게?"

"미국 놈들이 수작을 부린 게 뻔하지."

"중국도 미제의 식민지라고 말하려는 건 아니갔지?"

"……."

"중국을 무시하지 마라마. 불법적인 물품이니까니 중국이 스스로 압류한 거야. 당과 내각이 총동원되어 여기저기 줄을 대 돌려 달라고 얼마나 사정했어? 그때마다 중국 정부는 돌려줄 것이라면 안보리 결의에 참여하지도 않았을 것이라고 딱 잘라 말했어. 그 정도로 조용히 넘어간 것만 해도 다행이야. 우리 사람들은 걸핏하면 미국 놈 핑계를 대는 의식구조를 가진 게 문제야. 안 되는 일은 다 미국 놈, 남조선 놈 탓이야. 왜 내 탓을 하지 않지? 기래서야 나라 발전이 되갔어?"

"현실이 기렇잖아? 미국과 평화협정을 맺자고 해도 그 놈들은 거들떠 안 보고, 남조선 놈들이 사이에 끼어 이간질을 놓고."

"기러니 외교를 잘해야 하는 것 아니갔어? 평화협정을 맺지 않고는 못 배기도록 외교를 잘해야 하는 것 아니갔냐고."

"미국 놈들에게 빌붙자, 그놈들 가랑이 밑으로 기어들어 가자, 그 말이야?"

"비약하지 마라마. 외교란 친구해서 서로 돕고 살자는 거라마."

기태가 이미 패배주의에 휩싸였다고 일현은 생각했다.

"주체란 게 뭐야? 제 힘으로 나라를 지키고 일으키자는 거야. 네가 외국물을 먹더니 잊은 게 너무 많아."

일현은 다시 맥주를 꿀꺽꿀꺽 마셨다.

"넌 공화국의 고뇌를 혼자서 다 짊어진 것처럼 굴고 있어. 인간으로 태어나 공화국 사람이 되지 않았다면 개나 돼지가 되고 말았을 거라고 말하고 싶어 미치갔어? 네가 뭘 안다고 원유탐사까지 해? 학부에서 조금 배운 것으로 기리 크게 써먹어도 되는 거야?"

"우린 보다 혁명성이 투철해져야 해. 이 핑계 저 핑계 대고 외국 따라 배우기나 하면 어찌 돼? 어쨌든 우린 원유를 찾았어."

"나도 한때는 너처럼 생각했어. M시에 내려가 원유 탐사를 한 이유 중에는 그런 혁명성도 있었어. 기러나 탐사가 실패로 끝나고 난 뒤 깨달았다마. 준비되지 않은 열성은 말썽이 된다는 걸. 우리는 지식과 경험이 아니라 만용을 앞세웠거든. 우리가 추정한 예상매장량도 잘못된 건지 몰라. 이젠 전문가들이 전문분야에서 일하게 해야 돼. 기술이 부족하면 외국 기술을 빌리고……. 긴 말하지 마라마. M시에 내려갈 것 없어. 이 길로 중국에 나가는 수속을 밟으라."

"아니 간대도."

"스무 명 정도로 한 팀을 무어서(조직해서) 나가면 스무 명의 외화벌이 동무가 생기는 거고, 조국은 그만큼 부강해지는 거야."

"남조선 감독이 제작실은 차리갔대?"

일현은 속에 걸려 있는 말을 엉겁결에 내뱉었다. 그리고는 곧 속을 내보인 자신을 책망했다.

"기걸 간절히 원하는 사람이라던데."

어깨에서 힘을 쭉 뺀 채 순안공항 출국장을 빠져나가던 오혜리 감독의 모습이 떠올랐다. 그녀는 민경련 베이징대표부를 통해서 다시 교섭하겠다고 말했다. 공화국을 몰라도 너무 모르고 하는 말이었다.

"기냥 물어본 거야."

그러고 보니 일현 자신이 입에 밴 말들을 기태에게 뱉어내고 있었다. 오랫동안 가슴속에 틀어박혀 당이 요구하는 저 높은 곳을 향해 가야 한다고 자신을 채찍질하던 기세가 스민 말들이었다. 그 말들이 슬프게도 다른 길을 넘보지 못하게 가로막고 있었다.
"기태, 내가 역에서 너를 따라온 이유가 뭔지 알아?"
잠시 사이를 두었다가 일현이 말을 이었다.
"평양으로나 오게 해줘. 다시 아동영화촬영소에서 일하게 도와줘. 내가 잘하는 일을 하는 게 당과 인민에게 도움이 된다는 걸 나도 깨달았어. 어렵더라도 기렇게 해주면 좋갔어."
"정신차리라마, 제발!"
기태가 입에 가져가던 잔을 도로 내려놓았다. 그리고는 일현을 쩨려보았다.
"잔말 말고 중국에 나가. 곧장 앞으로 뻗어나갈 길이 네 앞에 환하게 열릴 거야. 거기선 이런 퀴퀴한 냄새를 맡으며 살지 않아도 된다마."
일현은 그의 얼굴을 피했다. 창 너머로 눈을 돌렸다. 시가지 위로 푸른 하늘이 보였다. 기래. 중국으로 가고 싶어 죽갔어. 중앙당에서 안 된다고 한 걸 네가 알기나 해?

4

창문에 붉은 노을이 비꼈다. 기태가 일어났다. 거실 벽에 붙은 전등 스위치를 눌렀다. 축전지에 연결된 형광등이 언제든 명령에 따를 준비가 돼 있다는 듯 깜빡이다가 하얀 빛을 달았다. 부엌에서 연탄

가스가 연하게 거실로 새어 들어왔다. 직화탄(번개탄과 유사한 연탄)을 피우는 모양이었다. 기태 어머니가 저녁식사를 준비하는 것이리라.

"원유탐사가 실패한 뒤 우릴 기렇게 내박칠 줄은 꿈에도 생각지 않았다미. 우리가 잘못한 게 뭔데 연대책임을 물어."

기태가 끈질기게 일현의 약점을 파고들었다. 그는 남한테 모질게 구는 구석이 있다. 제 이익을 챙기기 위해서는 날쌔게 행동하기도 한다. 하지만 그가 일현을 위해 애를 태우는 것은 인사치레나 돈벌이 때문이 분명 아니었다.

산골짜기 개간장에서 일할 때였다. 바람이 사납게 몰아쳤다. 골바람에 강바람까지 합세했다. 얼굴을 할퀴고 몸을 밀어붙이며 덤벼들었다. 날씨가 아무리 가혹해도 일을 멈출 수 없었다. 농사철이 시작되기 전에 한 뙈기라도 더 개간해야 했다. 시커먼 도끼와 곡괭이가 대원들의 머리 위에서 번쩍거렸다. 기계톱이 가르릉가르릉 용을 쓰며 바람 소리를 갈랐다. 대원들은 나무 밑동을 자르고 뿌리를 들춰냈다. 이따금씩 돌들이 우렛소리를 내며 굴러 내렸다.

시추장비 수입에 실패한 뒤 탐사대원 마흔다섯 명 전원은 부업지 개간반 노동자가 되었다. 당의 신임에 부응하지 못한 책벌을 뒤집어썼다. 자원의 형식을 빌어 당이 가장 곤란을 겪는 일에 투입된 것이다. 바위산과 골짜기에 50정보의 부업지를 만들어야 했다. 바위가 즐비한 골짜기들까지 개간 대상이 되었다. 바위 위에 1미터 이상 흙을 퍼다 쌓아야 하는 곳도 적지 않았다. 엎친 데 덮친 격으로 시의 식량사정은 최악에 이르렀다. 탐사대원들의 가정에 특별히 공급되던 식량은 대원들이 개간반 노동자로 전락하자 곧바로 정지되었다. 아직까지 배급을 받는 놈들이 있는지 이제야 알았다는 듯했다. 기태는 그 직후 평양으로 달아났다.

첫 삽을 뜨던 날, 시당 책임비서가 대원들을 격려하기 위해 찾아왔다.

"우리 시가 산을 모두 벌거숭이로 만든다고 비난을 퍼붓는 사람들이 있다는 걸 내가 모르지 않소. 그런 시비꾼들은 인민들에게 낱알 한 되박 보태 주지 않는 사람들이오. 오늘은 비록 미제 놈들, 남조선 괴뢰 놈들 때문에 어렵게 살지만, 개간 사업에 매달리는 동무들이야말로 우리는 반드시 이기며, 잘 살 수 있다는 확신을 온몸으로 보여 주는 사람들이오. 열심히 일해서 혁명전사로 거듭나기 바라오."

그는 앞에 줄지어선 대원들에게 개간에 반대하는 도 산림국을 비판했다. 풀이 죽은 대원들은 여느 때와 달리 건성건성 박수를 쳤다. 그때 일현은 백척간두에 올라서서 한 걸음 더 앞으로 나아간다는 옛말을 되새겼다. 그거야! 육체노동만이 내 열정을 가장 확실한 성과로 보여 줄 수 있어. 엊그제 평양으로 떠난 기태를 은연중 동경하던 자신에게 강한 수치심을 느꼈다. 어려운 일에 자신을 내던지면 의지가 더욱 강인해지리라. 운동선수가 죽을힘을 다해 신기록을 세우는 것처럼 투지의 끝을 보리라. 일현은 초급당 비서를 찾아갔다. 노동자로 신분을 바꿔달라고 요청했다.

"자추가 맹추가 됐는가 보군."

소문이 번져 동료들 사이에서 비웃는 말이 들렸다. 일현은 개의치 않았다. 남보다 더 열성적으로 개간 작업에 매진하는 나날을 보냈다. 요청은 결국 거부되었다. 하지만 마음만은 이미 자신이 노동자가 되었다고 여겼다.

"동무가 당을 도와 큰일을 하는 날이 언젠가 올 것이오. 우리 당은 동무를 꼭 기억해 둘 것이오."

개간 작업을 독려하러 온 시당 책임비서가 일현의 등을 두드려 주었다. 별난 사람이 다 있다는 소문이 그의 귀에까지 들어갔던 것이다.

살을 에는 추위가 계속되었다. 찬바람이 산판을 장악하고 맹렬한 기세로 울부짖었다. 눈송이 하나하나가 바늘이 되어 얼굴을 찔러댔다. 대원들은 자신들에게조차 식량 지급이 제대로 안 되는 임시막사에서 합숙을 하며 언 땅과 싸웠다. 딱딱한 옥수수떡을 볼이 메지게 뜯어먹으며 한 뼘 한 뼘 농토를 늘려 나갔다. 그 즈음 자재담당자가 돌연 죽었다. 배가 갑자기 불뚝 튀어나와 자재를 다 제 뱃속에 넣은 모양이라고 놀림을 받던 이였다. 송치(옥수수 이삭의 속뼈)까지 가루를 내 만든 옥수수떡이 소화되지 못했던 것이다. 그를 비롯한 후방지원 대원들이 다른 대원들을 위해서 자신들이 먹는 옥수수떡에 송치가루를 더 많이 넣은 것이 원인이었다. 적잖은 후방지원 대원들의 얼굴 또한 불어터진 국수처럼 부어올랐다.

난관이 쉼 없이 이어졌다. 이번에는 늙은 사과나무들이 차지한 작은 땅을 발견한 것이 문제를 일으켰다. 그 땅은 개간 예정지 서쪽 끝에 이어진 무성한 잡목 속에 있었다. 이렇게 괜찮은 땅을 왜 여태 버려두었을까? 왜 진작 부업지에 포함시키지 않았을까? 대원들은 의아해했다. 얽힌 사연을 알 만한 사람이 있을 법했다. 대원들 대부분은 M시에서 평생을 산 사람들이었다. 하지만 아무도 나서지 않았다. 목표량을 더 중요하게 생각했을 것이다. 곡절을 모르는 대원들은 개간 예정지를 획정한 사람들의 실수로 여겼다. 더는 따질 것이 없었다. 곡괭이질이 시작되었다. 절반 이상 개간했을 때, 한 대원이 새된 소리를 질렀다. 잡목에 가려진 오래된 비석을 손가락으로 가리켰다. 다른 대원이 나서서 뻔한 내용인 줄 알면서 비석에 묻은 이끼를 벗겨냈다. 비석에는 '김정숙(김일성 주석의 부인) 어머니가 보아주신 사과나무'라는 글이 음각되어 있었다. 1988년에 세운 것이었다.

"김정숙 어머니가 언제 분인데 쌍팔년에 이 과수원을 보아주셨단 말인가?"

그녀의 사망연도를 들어 말이 안 된다고 주장하는 사람이 더러 있었다. 그녀는 조국해방전쟁(6.25전쟁) 전에 죽었다. 사정을 시당에 보고했다. 사실이라면 의지할 데라고는 공개처형장의 기둥밖에 없었다. 모두 큰 사건을 저지르고 말았다는 두려움에 떨었다.

이내 시당 소속의 3대혁명역사연구실이 비석의 사연을 밝혀냈다.

항일빨치산 시절, 김정숙 어머니께서 이곳을 지나가시게 되었습니다. 마침 이곳 사과나무에 열린 사과 몇 알을 따서 대원들과 나눠 드셨습니다. 일제로부터 해방된 뒤, 어머니께서는 다시 이곳에 오셨습니다. 옛 기억을 되살리셔서 이 사과나무를 찾아내셨습니다. 수행원들과 함께 사과나무에 얽힌 옛날의 빨치산활동을 추억하셨습니다. 1988년에 부임해 온 새 시당 책임비서 동지가 이런 사연을 뒤늦게 전해 듣고 아무런 기념물이 없는 것을 애석해하며 이 비석을 세운 것입니다.

하지만 90년대 말 숱한 사람들이 굶어죽은 고난의 행군 시기를 보내면서 사과나무는 사람들의 관심 밖으로 밀려났던 모양이었다. 열매를 맺지 않는 늙은 사과나무를 관리할 여력이 어디 있었겠는가.

개간반장을 비롯하여 연루된 대원들에게 반당반혁명 혐의가 씌워졌다. 그동안의 무관심에 대한 보복이라도 하듯.

"어머니가 보아 주시지 않은 조선 땅이 어디 있는지 말해보라."

개간반장은 아무 소용이 없는 것을 알면서도 항변했다. 과수원에 첫 곡괭이질을 한 다섯 사람, 어떤 땅인지 모른 척한 두 사람과 함께 그는 시의 탄광 채탄공으로 혁명화(생산현장에 보내 사상을 단련시키는 처벌)를 떠났다. 모두 탐사대 시절부터 일현과 고락을 같이했던 대원들이었다. 어지러운 세월이 참작되어 공개처형은 면했다. 일현은 안일함을 추구한 그들을 성토하는 데 힘을 보탰다. 그리고 남은 대원들과 함께 과수원을 원상 복구하느라고 애를 먹었다.

부분적으로 완성된 부업지에 심은 옥수수들은 여름을 견디지 못했다. 폭우에 흙이 씻겨 나갔다. 부업지는 다시 바위산이 되고, 골짜기가 되었다. 문제점을 찾아내 다시 개간에 나서야 했다.

그때쯤 일현의 가정에도 잠복해 있던 문제들이 드러나기 시작했다. 아내가 장사에 나선 것이다. 그동안 그녀는 불평을 입에 달고 살았다. 일현은 그 원인의 절반쯤을 사상적 해이로 여겼다. 누구나 굶주리던 때였고, 굶주려 죽는 사람이 드물지 않던 때였다.
　일현은 그 이후의 일을 기억 속에서 꺼내고 싶지 않아 기태를 힘없이 바라보았다. 그가 냉장고에서 서너 병의 맥주를 더 꺼내 빈 병들 곁에 놓고 있었다.
　"아내는 왜 잃고?"
　일현의 아픈 곳을 끝까지 파헤치자고 작심한 듯했다. 그의 눈빛이 '너는 이미 내 손아귀 안으로 들어왔어'라고 말하듯 느긋했다. 일현은 맥주잔을 들어 단숨에 들이켰다. 부엌에서 그릇들이 부딪히는 소리가 났다. 구수한 밥 냄새가 풍겨 왔다. 신혼시절 아내와 함께 꾸리던 안온한 가정이 문득 그리웠다. 우중충한 M시의 기억에서 깨어나기 위해 일현은 몸을 부르르 떨었다.
　"다시 한 번 묻자. 내 아내는 죽은 게 아니지?"
　이번에는 일현이 기태에게 물었다. 자신이 모르는 사실들을 그는 다 알 것 같은 예감이 떨쳐지지 않았다.
　"왜 자꾸 내게 물어? 이 세상 사람이 아니라고 네가 말하지 않안?"
　그의 대답이 전보다 더욱 자연스러웠다. 오랫동안 이 질문을 염두에 두고 연습을 한 배우처럼. 처음에 일현은 M시 시당 책임비서가 아내가 죽었다고 전해준 말을 믿었다. 그는 직책에 걸맞게 보통사람들보다 아는 것이 많았다. 그런데 요즘에는 당으로부터 일현이 문책을 당할까 봐 꾸며낸 말이 아닐까 하는 의심이 들었다.

"네가 내게 보내 준 생활비 말이야. 아내가 보내 주는 것 같단 생각이 자꾸 들어."

"저승에서?"

"아니. 중국에서. 하필이면 왜 아내가 죽었다는 소문이 난 뒤부터 보냈지?"

"오죽하면 아내까지 잃었을까 해서."

기태가 일현을 똑바로 쳐다보았다. 자신의 성의를 모른다는 서운함이 밴 것 같았다. 거짓을 들키지 않으려는 강한 부정이 깃든 것도 같았다. 아내가 살아있다 한들 당장 무엇을 어떻게 할 수 있을까? 찾아내서 또 굶기고, 또 다퉈? 그래도 일현은 아내가 살아 있다면 기필코 찾아야겠다고 별렀다.

"네가 M시 인민들을 위해서 한 일이 도대체 뭐야? 가정도 망치고, 인민들에게서 신임도 못 얻고……."

기태가 서둘러 말머리를 돌렸다.

"그 말은 맞아."

일현은 자학적인 기분이 되어 수긍했다.

"의지로만 되는 게 아니란 걸 진작 알아챘어야지. 낡은 제도와 관습들이 너를 쓰러뜨리고 있는 거라마. 썩어서 사라져야 할 망령들이 아직도 이 땅에 펄펄 살아서 너를 갉아먹고 있는 거라마."

일현은 기태가 변명을 한다고 여겼다. 하지만 반박할 말을 찾지 못했다.

"하고 싶지 않은 말이네만 네가 하도 딱해서 하는 말이야. 내가 아들을 잃은 것 기억하지? 나 기때 눈이 뒤집혔댔어. 네 딸 은숙이까지 기렇게 잃을 수는 없잖아?"

일현은 고개를 꺾었다. 한두 번 머릿속을 스쳐간 생각이 구체적 현실로 눈앞에 닥친 느낌이 들었다.

"잘 들으라마. 다시는 조국 걱정하지 않아도 되는 길도 있어."

"내가 죽으면 가능할 테지."

"조국을 떠나면 돼."

기태가 자신의 말에 정당성을 부여하려는 듯 고개를 쳐들며 눈을 치켜떴다. 외국을 드나드는 자들이 묻혀 들여온 쉬파리들이 쉬를 슬면 사회주의 둑이 터진다는 말이 다시 일현의 머릿속에 스쳤다. 자본주의란 악착같이 달라붙는 쉬파리 같은 것이라고 했던가. 하지만 웬일인지 이런 당의 충고가 아득한 옛날이야기처럼 여겨졌다. 눈꺼풀이 무거웠다. 취기가 몸을 지배하려고 어슬렁댔다.

"나더러 조국의 배신자가 되라는 건 아니갔지?"

기태가 그쯤 해두자는 듯 대꾸하지 않고 일현의 빈 잔에 맥주를 따랐다.

"나도 인츰(곧) 다시 나갈 거야."

조금 시간이 흐른 뒤 그가 입가에 은근한 웃음기를 매달며 말했다. 일현은 제 능력으로는 그의 말과 표정을 온전히 해석할 수 없었다. 천천히 눈에서 힘을 뺐다. 잘못한 말이거나 잘못 들은 말이라고 애써 의미를 죽였다.

"일현, 바로 출국수속을 밟아. 내가 이렇게 강권하는 힘이 어디서 나오는지 아직도 모르갔어? 엊저녁에 중앙당 간부과까지 찾아가 가만히 네 부탁을 해뒀다마. 당에서는 외국에 한 사람이라도 덜 내보내려고 하는 게 사실이야. 나는 한 사람이 나가도 사상교양이 잘 된 너 같은 사람이 나가야 한다고 주장했다마. 지방에 자원 진출해서 고생한 사람을 당이 배려해주어야 한다고 주장했단 말이야. 당에서 곧 긍정적인 결정이 나올 거라마."

기태가 감춰 두었던 카드를 넌지시 꺼내 보였다. 생각한 것보다 그는 더 윗선에 줄을 대고 있었다. 일현의 심장이 쿵쿵 뛰었다. 몸에 이제야 피가 돌기 시작한 것처럼. 일현은 잔을 들어 맥주를 들이켰다. 맥주가 막힌 속을 시원하게 뚫고 지나갔다.

3장
국경의 봄

1

 자작나무 꼭대기에 걸린 아침햇살이 아래쪽으로 천천히 자리를 넓혀갔다. 햇살이 닿은 곳마다 나무들 사이에 낀 옅은 안개가 가뭇없이 갰다. 나무들에 연녹색 기운이 서렸다. 사방에서 새 생명이 거죽을 헤치며 올라오느라 부산을 떠는 소리가 아련히 들리는 듯했다. 숲이 부드럽고 맑게 표정을 바꿔가는 중이었다.

 이렇게 밝은 날, 진철이 먼지를 풀풀 날리며 기어가는 낡은 화물차처럼 은숙을 열 걸음쯤 앞서 가고 있었다. 돌멩이를 볼 다루듯 요리조리 몰면서. 그런 중에도 은숙을 흘끔거리면서. 무슨 말을 할 듯한데 말이 없었다. 며칠 전부터 은숙 주변을 맴돌 뿐이었다. 오늘은 등굣길에 나타났다. 진철이 찬 돌멩이가 대구루루 구르다가 길가 둔덕 위로 튕겨 올랐다. 진철이 돌멩이 앞으로 다가갔다. 드센 폼을 잡고 냅다 걷어찼다. 헛발질이었다. 엉덩이를 땅바닥에 찧으며 뒤로 벌렁 나동그라졌다.

"하하하! 축구영웅이 되갔다더니 넘어지는 재간도 별나구나."

은숙이 큰소리로 웃었다. 진철 앞에서는 아무런 표정을 짓지 않겠다고 마음먹었는데, 그렇게 되지 않았다. 진철이 얼른 일어나 엉덩이를 털었다. 은숙을 향해 눈을 부라렸다.

요즘 진철은 못된 기질을 노골적으로 드러내놓고 다녔다. 몸속에 숨어 햇빛 보기를 기다리던 악마가 드디어 꿈틀대는 것 같았다. 부모가 중국으로 도망쳤기 때문일 것이다. 처음에는 아버지만 도망갔다. 작년 초겨울이었다.

"먼 곳에 노임을 주는 탄광이 있어. 돈을 벌어 와서 어머니더러 이밥(쌀밥)을 푸짐하게 해주라 하갔다. 두어 달만 기다리라."

아버지가 집을 떠나며 남긴 말이라고 했다. 그 먼 곳이 강 건너 중국이라는 사실은 며칠 못 가서 드러났다. 진철 어머니가 보안서에 불려갔다. 그 뒤 어머니 또한 집을 나갔다.

"아무리 배를 곯아도 아버지가 옆에 있는 게 낫다고 네가 말했지? 아버지를 찾아올게. 동생을 잘 돌보라. 한 주면 되지 않갔나 싶다."

하지만 한 달이 다 된 지금까지 두 사람 다 돌아오지 않았다. 진철은 여동생 명희와 함께 이웃집들을 다니며 밥은 눈곱만큼 얻어먹고, 눈총은 아름으로 얻어먹는 신세가 되었다.

진철이 다가왔다. 뭔가 다짐한 듯 어깨를 조금 폈다.

"네 어머니가 어디 있는지 나도 알아."

순간 은숙이 걸음을 멈췄다. 아스라한 기억 속에서 어머니 얼굴이 눈앞에 툭 튀어나왔다. 요즘 마을 아주머니들이 모여 있는 곁을 지나갈 때면 그녀들이 말을 멈추고 은숙을 바라보곤 했다. 네가 들으면 안 되는 이야길 하는 중이야. 어서 가. 그녀들의 표정이 말하고 있었다.
"거긴 개들도 이밥을 먹는 낙원이래."
진철이 은숙의 말을 기다리지 않고 제 말을 이었다.
"이젠 거짓말쟁이까지 되려고 기를 쓰는구나."
은숙이 쏘아붙였다.
"나도 다 알아! 안대도!"
거짓말임을 스스로 인정하듯 진철이 소리쳤다.
"그딴 소릴 한 번만 더 하면 네 입을 찢어놓을 거야."
"너도 거기로 갈 거지? 네 아버지까지 거기로 간 줄 내가 다 알아! 나도 데려가 줘. 우리 어머니도 거기 있을 거래."
진철은 애원하는 눈길로 은숙을 바라보았다.
"자꾸 엉뚱한 말을 하면 가만 안 둬."
은숙은 주먹을 쥐고 진철을 뚫어지게 쏘아보았다. 진철이 은숙의 눈총을 견디지 못하겠는지 교문 안으로 달아났다. 내가 당분간 이모네 집으로 옮겨가 사는 것을 보고 지레짐작한 것이리라. 아버지는 당의 부름을 받아 일주일 전에 평양에 갔다. 하지만 은숙은 가슴속에서 일어난 파문을 잠재우지 못했다.
은숙도 교문 안으로 들어섰다. 언 땅에서 풀려나온 낙엽들이 바람을 타고 물고기 떼처럼 은숙을 향해 우우 몰려들었다. 네 어머니는 살아 있어. 우리는 다 아는데 너만 모르는 게 안타까워. 그것들이 은숙에게 재잘대는 듯했다.

2

 '선군 조선의 태양이신 장군님 만세!' 입간판 하나에 한 자씩 쓴 구호가 농장 위턱에 길게 늘어서 있었다. 페인트칠을 새로 해 입간판들이 강물처럼 반짝거렸다. 스무 명 남짓한 농장원들이 간판 밑쪽에서 쇠스랑질을 했다.

 은숙은 밭둑에 쭈그려 앉았다. 겨우내 입었던 점퍼를 벗었더니 바람이 속살을 살짝살짝 만지는 느낌이 들었다. 철이 이르기는 했지만, 학교가 끝난 뒤 나물을 캐러 나왔다. 쑥, 씀바귀, 졸뱅이, 질경이, 비름, 냉이……. 이런 나물들의 이름을 기억 속에서 하나하나 살려냈다. 은숙은 마른 풀숲을 헤쳤다. 모습을 내밀락 말락 하는 쑥의 새싹이 눈에 들어왔다. 손을 대면 땅속으로 쏙 숨어들 것 같았다. 과도를 꽂아 쑥을 캤다.

 무슨 소리가 들리는 듯했다. 진철이 여기까지 따라왔을까? 슬며시 주위를 둘러보았다. 입간판 밑의 농장원들을 빼놓고는 은숙처럼 나물을 찾아 밭둑을 헤매는 마을사람들 몇몇만 눈에 띄었다. 조금 전 은숙이 이모네 집에서 나올 때 진철은 이모네 집 울타리께서 어정거리고 있었다. 진철네 집은 이모네 집과 바다같이 넓은 옥수수 농장을 사이에 두었다. 짧지 않은 거리를 일부러 온 것이다. 은숙은 이모네 집 뒷문을 택해 진철을 따돌렸다.

 진철의 모습은 보이지 않았다. 대신 잠깐 비껴 있던 이모가 머릿속으로 폴짝 뛰어들었다.

"길쎄, 시당 책임비서 동지가 네 아버지를 평양으로 조동(전출)시킬 수 없다고 중앙당에 건의했다는구나. 아버지 같은 인재를 부업지 개간에나 써먹으면서 기런 말을 어케 할 수 있는지 모르갔다."

아까 집에 있을 때, 이모는 씨감자를 구하러 밖에 나갔다가 막 돌아오면서 말했다. 은숙 앞에서 이모가 불평을 하는 것은 대체로 그것을 이겨낼 수 있다는 자신감을 가졌을 때였다. 그런데 이모의 얼굴에는 근심이 잔뜩 서려 있었다. 아버지가 평양으로 갈 수 없을지 모르니 그리 알라는 것처럼.

"저는 사람들이 아버지를 '영리한 고양이' 연출가 아바이라고 불러주는 게 더 좋아요."

은숙은 이모에게 은근히 제 희망을 전했다.

"누가 아니래. 언녕 하던 일을 했어야지."

쇠스랑을 들고 마당으로 향하는 이모에게서 은숙은 한동안 눈을 떼지 못했다. 더 나올 말을 기대했다. 이모는 불편해지기 시작한 은숙의 마음을 눈치챘는지 서둘러 감자를 심을 마당의 텃밭을 일궜다.

아버지, 어서 이 도시를 떠나야 해요. 더 있다가는 아버지가 진철이 아버지처럼 도망자가 되거나 어머니처럼 잘못될까 겁이 나요. 은숙은 가만히 뇌까렸다. 아버지는 이 도시의 보통 사람들과 다를 줄 알았다. 어느덧 하나도 다르지 않게 되었다. 아버지는 누구 못지않게 가난하고, 누구 못지않게 이 도시를 떠나고 싶어 했다. 전과 다른 아버지의 짜증스런 몸짓이 이 도시에서 견딜 만큼 견뎠다는 사실을 말해주고 있었다.

근근이 버티던 어머니가 돌변한 것은 아버지가 일하던 탐사대가 없어진 다음부터였다. 식량 배급이 그때 중지되었으니까.

재작년 여름, 아파트 창문으로 따가운 아침 햇살이 기어드는 중이었다. 그 시각까지 은숙은 잠자리에서 옴짝달싹 못했다. 방바닥 속에 사는 어떤 것이 등에 달라붙어 잡아당기는 것처럼 갑자기 몸이 무거웠다. 억지로 일어나면 못 일어날 정도는 아니었다. 하지만 파철(고철)을 수집해 오라는 학교 과제를 못한 것이 마음에 걸렸다. 빈손으로 학교에 가서 선생님에게 잔소리를 듣기 싫었다. 그런 마음이 들자 일어나는 것이 더욱 힘이 들었다. 멀건 옥수수죽이 올라앉은 아침상을 치우지 못하던 어머니가 옆으로 왔다. 등 밑에 손을 넣어 일으키려고 했다.

"아이구! 이를 어째요?"

어머니가 별안간 자지러지는 소리를 냈다. 은숙 자신조차 놀랄 정도였다. 마침 부업지 개간장에서 일하는 아버지가 하룻밤 머물고 돌아가려던 참이었다. 아버지는 일주일에 한 번 꼴로 집에 들르곤 했다.

"뱃가죽이 허리에 붙었어요!"

어머니가 입에 밴 말로 심하게 과장했다. 아버지도 개미허리가 된 지 오래였다. 어머니는 늘 엄부렁한 몸뻬를 입고 다녀서 허리가 잘 드러나지는 않았지만, 아버지와 다르지 않다는 것을 은숙은 알았다. 마을사람들 또한 썩은 과일처럼 배가 푹 꺼지지 않은 이가 없었다. 아버지가 등에 둘러멘 배낭을 방바닥에 내려놓았다. 의사가 그렇게 하듯 은숙의 배며 옆구리, 가슴을 골고루 만졌다.

"야네 이모네처럼 아이 죽이는 꼴 보게 생겼어요. 찬물 먹고 이 쑤시라 말고 찬물 먹고 속 좀 차리라요. 더는 못 살겠어요. 여기 온 지 벌써 아홉 해째야요."

아버지는 한동안 천장을 올려다보았다. 그러다가 출입문을 박차고 나갔다. 은숙은 어머니의 호들갑이 차라리 잘 됐다고 생각했다. 덕분에 학교에 가지 않고 종일 누워 있었다.

그날 밤, 술에 취한 사람들이 흐느적거리며 집으로 돌아오면서 부르는 노래 소리가 아파트 주변에서 간간히 들려오던 시각이었다. 어쩐 일인지 아버지가 돌아왔다. 불룩해진 배낭을 짊어지고서. 어머니가 얼른 배낭을 받아 끈을 풀었다. 곧 어처구니없다는 듯 아버지를 뚫어지게 쳐다보았다. 배낭 안의 것들을 꺼내 창밖으로 내던졌다. 식물의 초록 이파리들이 어둠 속으로 흩어졌다. 몇 개는 팔랑대며 방바닥으로 떨어졌다. 그 시기에 들판에 흔하던 콩잎이었다.

그날 이후, 어머니는 막살기로 작정한 듯한 행동을 노골적으로 드러냈다. 스산한 기운이 아예 제 집인 양 집 안에 주저앉았다.

며칠이 지나지 않아 은숙은 상점거리를 지나가다가 어머니를 발견했다. 새날을 기다리는 것처럼 까마득히 오래 전 문을 닫아건 새날사진관 앞에서 어머니는 머리통만 한 돌 세 개 위에 양은솥을 걸어놓고 장작불을 지피고 있었다. 사진관의 화단 자리에서 자라난 맨드라미와 호박잎이 어머니 어깨처럼 축 늘어진 땡볕 속이었다. 솥 옆에는 아버지가 책상 대용으로 쓰던 삐뚜름한 나무탁자가 놓였다. 국수 매대를 차린 것이다. 이모에게서 꾼 돈을 밑천 삼았을 것이다. 여름이라 농장 일이 한가하긴 했다. 하지만 어머니의 태도는 농장 일에는 아예 발을 들여놓지 않겠다고 다짐한 듯 보였다. 은숙은 그날 이후 되도록이면 상점거리에 나가지 않았다. 어머니가 보기 싫었다.

다시 며칠이 지났다. 진철이 숨이 턱에 차서 집으로 찾아왔다. 그때 은숙은 진철과 사이가 나쁘지 않았다.

"난장판이 되었어. 좌판을 거둬 재까닥 뛰는 사람, 뛰다가 넘어진 사람, 음식을 땅바닥에 둘러엎고 주저앉은 사람, 물건을 빼앗기지 않으려고 실랑이를 벌이는 사람, 국수 한 가닥이라도 주워 먹자고 덤벼드는 꽃제비(부랑아)……."

더디 나오는 말을 답답해하며 진철이 상점거리에서 일어났을 법한 일들을 늘어놓았다.

"무슨 말을 하는 거야?"

은숙이 재촉했다.

"야아, 이번은 세게 하더라니까. 장사 물건을 다 빼앗고……. 난리를 피운단 말이야."

"우리 어머닌?"

"네 어머니도 인츰 걸리게 됐으니까 말해주자고 온 거지. 도망치지 못하게 보안원들이 길을 다 막았어."

진철의 어머니는 장사를 하지 않았다. 하고 싶어도 돈이 없어 못했을 것이다. 그래선지 진철은 은숙을 비웃진 않았다. 되레 은숙이 이런 지경에 이른 어머니가 못 견디게 창피했다.

선군남새상점을 돌아서면 나오는 상점거리로 은숙은 내달렸다. 거리는 청년들이 패싸움을 한 뒤의 고샅 같았다. 무엇이든 아무렇게나 널브러져 있었다. 단속을 나온 보안원들이 전봇대처럼 여기저기 서서 설쳐댔다. 어머니의 매대 역시 이미 뒤죽박죽이 됐다. 양은솥은 사진관 옆 시궁창 속에 엎어졌고, 나무탁자는 한쪽 다리가 부러져 비딱하게 기울어졌다. 사발들은 탁자 주위에서 나뒹굴었다. 그런 흉측한 풍경의 한가운데에서 어머니는 보안원이 잡은 밀가루 포대의 한쪽 끝을 움켜쥐고 울부짖고 있었다.

"장사조차 못하게 하면 어케 먹고 살라는 말이야요? 밥 굶고 어케 사회주의를 해요?"

보안원이 더는 못 참겠다는 듯 곤봉을 번쩍 치켜들었다. 은숙이 달려가 어머니를 감쌌다. 보안원이 어머니의 어깨를 내리쳤다. 은숙의 등에도 난생 처음 겪는 끔찍한 아픔이 느껴졌다. 어머니가 포대를 놓치면서 하얀 밀가루가 먼지처럼 피어올랐다. 어머니와 은숙은 땅바닥에 나뒹굴었다. 그런 와중에도 어머니가 손을 뻗쳐 은숙을 끌어안았다.

"눈이 있으면 골목골목 다니면서 인민들이 사는 꼴을 보라요!"

밀가루 포대를 빼앗아 돌아서는 보안원의 뒤에 대고 어머니가 발악을 했다. 셔츠가 찢겨져 옆구리가 다 드러났다. 은숙은 자신을 안은 어머니에게서 몸을 빼내려 버둥거리며 울었다. 이런 망신이 다 어머니 탓이라고 여겼다. 보안원은 새날사진관 앞에 멈춰선 트럭 적재함에 포대를 내던졌다.

"아이구! 이를 어째."

어머니는 벌떡 일어나 쓸데없는 일인 줄 알면서도 다른 곳으로 이동하는 트럭의 뒤꽁무니를 쫓아갔다. 장사가 비사회주의적인 행위라는 것을 보안원들은 단속을 통해서 이따금씩 깨닫게 했다. 누구나 장사를 한답시고 나서면 농장이나 공장을 움직일 사람들이 하나도 남지 않을 것이다. 은숙을 뒤따라온 진철은 벌써 꽈배기 좌판 옆에서 땅바닥에 흩어진 꽈배기를 주워 먹느라 정신이 없었다.

　나물을 캐던 은숙은 압록강 쪽으로 눈길을 돌렸다. 국경경비대 병사 둘이 농장 아래 압록강변을 따라 난 오솔길을 건들건들 걸어가고 있었다. 거추장스러운 듯 소총을 거꾸로 둘러멨다. 총탁(개머리판)이 어깨 뒤로 비쭉 솟았다. 어머니가 정말 저 강 건너에 살아 있을까? 아버지나 이모는 그 사실을 알까? 아버지마저 돌아오게 되면? 터무니없는 의문을 품지 말자고 은숙은 거듭 다짐했다. 그런데도 고요해지면 먼 데서 울려 퍼지는 기적처럼 의문이 아득히 되살아나곤 했다.

3

　오래된 팽나무 위에 이른 반달이 떴다. 솔개처럼 큰 새가 푸르스름한 하늘을 낮게 맴돌다가 팽나무 위로 내려앉았다. 그런 모습이 물속 풍경처럼 고즈넉했다. 은숙은 먼발치로 팽나무를 바라보며 이모네 집을 향해 걸었다. 손에는 한줌도 안 되는 나물을 담은 봉지를 들었다. 팽나무 둥치 뒤쪽에서 시커먼 것이 얼핏 눈에 띄었다.

끄윽, 끄윽.

 큰 새가 우짖었다. 무슨 기척을 느끼고 몸을 뒤척이는 것 같았다. 하지만 시커먼 것은 금방 사라졌다. 보긴 보았는지 의심스러울 정도로 그 자리에는 아무것도 없었다. 은숙은 도리질을 치며 머릿속을 어지럽히던 생각으로 돌아왔다.

 "네 어머니를 보면 물 빠진 웅덩이에서 파닥거리는 물고기 같았어. 살아 보겠다고 몸부림치지만, 힘은 점점 빠지고, 물은 점점 메말라가고……."

 이모는 늘 어머니를 감싸고돌았다. 이런 언니가 없었다면 서러워서 어찌 살까 싶을 정도였다. 하지만 은숙은 자전거를 처음 타는 아이가 멋모르고 내리막길을 치닫는 것 같은 어머니가 불안했다.

 하늘을 향해 한껏 키를 돋운 수수가 밭둑에서 바람에 살랑거리던 때였다. 어머니가 온다 간다 말없이 사라졌다. 장사 단속에 걸린 문제로 아버지와 한바탕 다투기는 했지만, 농장 일에 다시 열의를 보이던 어머니였다. 어머니의 불평과 아버지와의 다툼 소리가 없어져서 은숙은 되레 좋았다.

 "마을 아주머니들과 어울려 되거래 장사를 하러 갔다는구나. 통행증도 안 끊고. 어촌에 가서 수산물을 사다가 농촌에서 쌀과 바꾸면 남는 게 많다는데 말처럼 될지……."

 이모가 어머니의 행방을 알아왔다. 집에 들른 아버지는 은숙에게 틈틈이 역에 나가보라 일렀다. 또 장사를 하러 갔느냐면서 화를 낼 줄 알았는데 그러지 않았다. 은숙은 날마다 학교가 끝난 뒤엔 내키지 않은 걸음을 역을 향해 옮겼다. 대합실에는 열차를 기다리는 사람들이 가득했다. 초라한 배낭이나 보따리를 소중한 것이 든 것처럼 옆구리에 끼고 맥없이 나무의자에 앉아 있었다. 그 틈을 헤집고 무엇인가를 찾다가 지친 눈빛으로 꽃제비들이 어슬렁거렸다. 열차는 정해진 시각과 관계없이 헉헉대며 들어오거나 나갔다. 열차에서 내려 대합실로 들어오는 사람들을 보노라면 길을 잘못 찾아든 짐승 같다는 생각이 들었다. 사흘이 가고 나흘이 가도 어머니 일행은 나타나지 않았다. 일주일이 다 가도 마찬가지였다. 은숙은 어머니가 나타나지 않으면 되레 안심이 되었다.

그날도 역무원 아바이가 대합실로 난 쪽문에 얼굴을 내밀고 마지막 열차시각을 소리쳐 알려 주었다. 하지만 반 시간이 지나도록 열차는 들어오지 않았다. 멀지 않은 곳에서 전기가 끊겨 멈춰 섰을 것이다. 어느 때는 하루나 이틀을 기다려야 할 때도 있었다. 웅성거리던 손님들이 하나둘 앉거나 누우며 장기 대기 태세로 돌아갔다. 은숙 또한 집으로 돌아가기 위해 막 대합실을 빠져나오고 있었다. 그때 열차가 커엉, 커엉 기적을 울리며 들어왔다. 정신이 번쩍 든 손님들이 우르르 플랫폼으로 몰려나갔다. 이내 열차에서 내린 사람들이 몰려 들어왔다. 어둠이 내려앉는 역 앞 큰길 쪽으로 그들이 어정어정 걸어가는 것을 은숙은 지켜보았다. 그러다가 긴장을 풀고 다시 발길을 돌렸다. 몇 걸음이나 떼었을까? 뒤에서 자신을 부르는 소리가 들렸다. 돌아보니 몸을 잔뜩 웅크린 채 너덧 명의 여군들이 다가오고 있었다. 열차 뒤에서 사람들이 사라지기를 기다렸다 나오는

가 보았다. 어리둥절하여 은숙은 눈망울을 키웠다. 눈에 익은 얼굴들이었다. 그 속에서 어머니가 달려 나왔다. 와락 은숙을 끌어안으며 울음을 터뜨렸다. 어머니와 함께 있던 마을 아주머니들도 눈시울을 붉혔다. 왜 군복을 입었으며, 왜 어머니답지 않게 약한 모습을 보이는지 은숙은 그다지 궁금하지 않았다. 다시 소란이 시작될 집안의 모습만이 눈앞에 선히 그려졌다. 마을에 도착하자 그녀들은 군복을 입은 모습을 마을 사람들한테 들키지 않으려고 어두운 골목길을 골라 제각기 집을 향해 흩어졌다.

어머니는 자신들에게 일어난 일에 대해서 입을 꼭 다물었다. 남 말하기 좋아하는 사람들이 씨부렁대는 듣기 거북한 말이 떠돌아다녔다. 은숙은 흘려들었다. 설마 그럴 리가······.

"마을 아주머니들은 마른 명태를 사 짊어지고 평안도 농촌으로 들어갔단다."

지난겨울 어머니가 죽었다는 소식이 전해진 뒤에야 이모는 그때 떠돌던 소문이 대부분 사실임을 알려 주었다.

그녀들은 농촌으로 가는 열차 안에서 쌀 시세를 알아보았다. 예상했던 대로 명태값이 비싼 데 비해 쌀값은 퍽 헐했다. 드디어 장사다운 장사를 하게 될 것 같은 기대에 설레었다. 진작 이 길로 들어서지 않은 것을 아쉬워했다.

어느 역에서 내렸다. 밀짚모자를 쓴 사내가 다가왔다. 역 출구를 빠져나오는 순간부터 번번이 눈길이 마주치던 이였다. 얼굴에 지나친 미소를 담은 그는 아직 마흔이 채 안 돼 보였다.

"기거 명태 맞지요? 쌀을 시세보다 눅게 내놓갔으니 바꾸자요."

밀짚모자가 그녀들의 등짐을 손가락으로 가리켰다. 그녀들은 값을 높이기 위해 사양하는 시늉을 했다. 속으로는 밀짚모자가 말을 바꿀까 봐 조마조마해 하면서. 명태 값을 올릴 만큼 올린 뒤 밀짚모자를 따라갔다. 밀짚모자는 쌀을 싣고 오겠다며 동구 밖 느티나무 아래에 그녀들을 떼 놓고 혼자 마을로 들어갔다.

"저이가 좀 모자란 것 같아. 믿어도 좋을까?"

"마을로 우리를 데려가지 않는 걸 보니 아무래도 떳떳하지 못한 물건 같지?"

"혹시 협동농장에서 훔친 쌀이면 어째?"

"걱정도 팔자야. 제 속 검은 사람이 남의 속 검다 하는 법이라요."

"우리가 훔친 쌀이 아니니 우리가 진 죄는 없는 거지."

그녀들은 횡재를 놓칠까 걱정도 하고, 부풀어 오른 기대를 깨지 않으려고 깔깔 웃기도 했다.

얼마 지나지 않아 밀짚모자가 비슷한 또래의 다른 사내 셋을 데리고 돌아왔다.

"어찌 빈손이랍니까?"

그녀들이 물었다. 밀짚모자는 능글맞게 웃으며 품속에서 시퍼런 과도를 꺼내 보였다. 그녀들은 주저앉아 땅바닥에 놓아두었던 명태 보따리를 끌어안았다. 그 사이 건일 어머니가 사내들 앞에 가슴을 쑥 내밀고 나섰다.

"죽일 테면 죽어 보오. 못 죽이면 가만두지 않겠소."

사내들은 같잖다는 듯 실실 웃었다. 법기관(법 집행기관)들이 너희까지 지켜 줄 만큼 한가한 줄 아느냐고 묻는 듯했다. 밀짚모자가 한 발 앞으로 나와 건일 어머니의 팔을 잡아챘다. 과도로 팔을 쓱 그었다. 검붉은 피가 배어 나왔다. 건일 어머니 또한 털썩 주저앉았다. 한 아주머니가 그 틈에 보따리를 머리에 이고 냅다 뛰었다. 하지만 뒤따라간 사내의 발에 채여 앞으로 꼬꾸라졌다. 사내들이 그녀들에게 한꺼번에 달려들었다. 그녀들은 있는 힘을 다해 보따리를 몸으로 감쌌다. 사내들이 발길질을 해댔다. 결국 그녀들은 하나 둘 배를 움켜쥐고 나뒹굴었다.

사내들은 보따리를 빼앗는 데 그치지 않았다. 몇 푼에 지나지 않는 현금과 시계 따위의 돈 될 만한 물건까지 죄다 빼앗았다. 마지막엔 추적하지 못하도록 한답시고 옷까지 벗으라고 했다. 달랑 팬티만 걸친 알몸이 되고 말았다. 사내들은 실실 웃으며 보따리들을 챙겨서 온 길로 사라져 갔다. 그녀들은 느티나무 밑에 쪼그리고 앉아 숨죽여 울었다.

밤이 되어서야 마을로 들어올 때 보았던 근처의 여군부대를 찾아 나섰다. 달빛이 맨살 위에서 번들거렸다. 사내들에게 때늦은 욕을 퍼부으며 걸음을 서둘렀다. 마침내 정문을 발견하고 누가 먼저라고 할 것 없이 안으로 뛰어들었다. 그런데 웬일일까? 그녀들보다 더 기겁하는 남자 초병들이 거기 있었다. 그들이 호각을 불어댔다. 여자부대 옆에 있는 남자부대였던 것이다. 총을 메고 정문 앞에 서 있던 여군 초병만 기억에 담아 두었던 탓이었다. 그녀들은 몸을 돌려 다시 뛰었다.

정문에서 쏟아져 나온 한 무리의 병사들이 뒤쫓아 왔다. 죽기 살기로 달아났다. 병사들은 초소 꼭대기에 설치된 서치라이트를 켰다. 들짐승처럼 부대 앞길을 이리 뛰고 저리 뛰는 그녀들의 모습이 다 드러났다. 논 속으로 뛰어들자, 바짝 다가온 병사들의 손전등이 우르르 따라왔다. 논과 밭, 야산을 필사적으로 뛰어다니다가 모두 붙잡혔다. 그녀들은 원래 찾아가려던 여군부대로 옮겨졌다. 군복은 그래서 얻어 입게 되었던 것이다.

어머니의 이야기를 전하는 이모의 눈가에 굵은 눈물방울이 맺혔다. 어머니가 저세상 사람이 되었다고 하기 때문에 가슴이 더 미어졌을 것이다. 은숙 역시 눈물방울이 주르륵 볼을 타고 미끄러져 내렸다. 서로 그런 모습들을 바라보고 있으면 슬픔이 더 크게 자라날 것 같았다. 은숙과 이모는 고개를 반대방향으로 돌렸다.

은숙이 팽나무 근처에 다다랐다.

끄윽.

큰 새가 또 우짖으며 날개를 퍼덕였다. 은숙은 팽나무 뒤에서 나온 시커먼 것이 자신의 등 뒤에 붙어 서는 것을 알아챘다. 아까 얼핏 보이던 것이었다. 돌아보기도 전에 그것이 은숙의 등을 툭 쳤다.

"어머나!"

질겁하여 주저앉았다.

"너, 압록강을 건널 거지? 나도 너를 따라 건널 거야. 나를 제발 데려가 줘."

진철이었다. 아버지가 평양에 간 것을 알게 되어 이젠 따라다니지 않을 줄 알았다.

"날 감시하는 거야?"

은숙이 노려보며 냅다 고함을 질렀다. 멋쩍은지 진철이 머리를 긁적였다. 은숙이 벌떡 일어나 주먹으로 진철의 가슴을 떠밀었다.

"네 어머니, 아버지가 우리 어머니랑 같이 있을 거라니까. 네 아버지는 우리 아버지와 달라. 꼭 널 데리러 올 거야."

"우리 어머닌 죽었어! 우리 아버지는 네 아버지와 같은 비굴한 당원이 아냐. 평양에 간 거 몰라?"

"어른들이 집을 나가면 아파서 누웠다고 하고, 식량 구하러 먼 데 갔다고 하지. 다른 나라로 도망쳤다고 하지는 않아."

"나쁜 자식!"

은숙이 돌아서서 막 뛰었다.

"은숙 동무! 은숙 동무!"

진철이 따라오면서 외쳤다.

얼마나 달렸을까? 다리에 맥이 풀려 넘어졌다. 땅바닥에 배를 대고 엎드려서 은숙은 오랫동안 숨을 골랐다.

4

감자를 심던 농장원들이 까마귀 떼를 쫓느라 소란을 떨었다. 막

씨감자를 묻은 자리를 까마귀 떼가 휘젓고 다니며 씨감자를 빼먹었다. 농장원들의 눈치를 보기는 하지만, 이런 모험을 하지 않으면 자신들도 굶어야 한다는 듯 자못 대담했다.

"저 놈들은 제 맘대로 국경을 넘나들 수 있는데, 왜 강 건너론 가지 않는지 몰라."

검은 털모자를 쓴 선옥이 언니네 아버지가 흙을 한 움큼 집어 까마귀 떼에게 던졌다. 까마귀들이 공중으로 튀어 올랐다.

"중국에서는 개들도 잘 먹어 짖는 소리가 옹골차기만 합대. 어째 못사는 사람 땅에서 지랄을 떠는지."

"아, 개들만 그런 게 아니오. 중국 사람들은 이밥에 고기만 먹으니까니 팔딱 한 번 뛰면 백두산 천지 물이 다 왈캉왈캉 한답대."

곁의 농장원들이 한 마디씩 거들었다.

오늘 은숙은 이모와 함께 나물을 캐러 나왔다. 이모는 아는 농장원 집에 삽을 빌리러 나섰던 참에 은숙을 따라온 것이다. 일 년에 한두 번 이밥 먹듯 일하는 사람이 일이 바쁜 철이 다가오자 농기구를 찾는다고 이모는 그 집 아주머니한테 노골적인 지청구를 들었다. 사정사정한 끝에 겨우 밤 시간에 빌려 쓰기로 했다. 오래 전부터 이모는 이모부 덕에 농장에 나가지 않고 울타리 안의 텃밭을 일구며 지냈다. 농장에서 죽도록 일만 시키며 분배는 쥐꼬리만큼 준다며 투덜댄 뒤부터였다. 돈을 들여 은숙네와 같이 살던 아파트에서 텃밭을 만들 마당이 있는 단독주택으로 옮겼다. 이모는 삽을 빌리지 못해 낮에 별 할일이 없게 되자, 나물을 캐러 나선 것이다. 하지만 은숙은 진짜 이유는 다른 데 있을 것이라고 생각했다. 은숙을 바로 보지 못하는 이모의 눈빛이 '네게 위로가 필요해'라고 말하는 듯했다.

"평양 아이들은 공부를 잘해. 너도 거기 가서 살려면 공부에 열중해야 해."

아버지가 막 평양으로 떠났을 때만 해도 나물을 캔다고 들로 나돌아 다니는 은숙에게 이모는 말리는 말을 했다. 하지만 어제 씨감자를 구하러 나갔다 온 뒤부터는 더는 그런 말을 하지 않았다. 이런 이모의 태도만으로는 마음 쏠 일이 아니었다. 수업이 끝난 뒤 들로, 산으로 먹거리를 구하러 다니는 일은 누구나 하는 일이다. 어머니 같았으면 어서 들로 나가지 않는다고 성화를 대고, 적게 캐왔다고 눈을 부라렸을 것이다. 이모가 딱 부러지게 말리지 않는 까닭이 따로 있다면? 아버지가 평양에 조동(전출)돼 가지 못한다는 말을 곧 이모에게 듣게 될 것 같은 예감에 은숙은 사로잡혀 있었다.

농장원들이 다시 일을 시작했다. 공중에서 까불대던 까마귀 떼가 가까운 밭둑에 내려앉았다. 종종걸음으로 농장원들의 뒤를 따라가면서 여전히 씨감자를 빼먹었다. 은숙이 발밑의 돌멩이를 주워들어 까마귀들에게 던졌다.

"아이쿠!"

돌멩이가 진철네 옆집에 사는 아주머니 장딴지에 맞았다.

"아이들까지 지랄이네."

아주머니가 돌아서서 은숙을 쏘아보았다. 은숙이 머쓱해져 이모의 손을 잡아끌었다. 둘은 강변길 쪽으로 걸음을 옮겼다.

도화지를 구겨놓은 것처럼 하얀 빛을 토해내는 압록강이 눈에 들어왔다. 건너편 중국 쪽 복숭아 과수원에서 깃이 푸른 호반새가 날아와 강 위를 낮게 날았다. 강 건너엔 은숙이 모르는 것들이 참 많았다. 난생 처음 본 귤과 바나나란 과일이 저 강을 건너왔다. 끓는 물에 넣기만 하면 세상에 더없을 것처럼 맛있다는 꼬부랑국수(라면. 북한 은어)도, 구름 위에 올라선 것처럼 사뿐하다는 나이키 운동화도 저 강을 건너왔다. 강을 건너온 것 중에 이 도시 사람들을 무엇보다도 놀라게 한 건 손전화라는 것이었다. 옷을 잘 차려입은 어른들만 쉬쉬하면서 쓰는 물건이었다. 선이 없는데도 번호만 누르면 아무리 먼 나라에 사는 사람도 척하니 불러냈다. 요즘엔 평양에도 손전화가 있다지만, 외국 사람까지 불러내지는 못한다고 했다.

  숱한 사람들이 강 건너에서 까부르는 손짓을 견디내지 못했다. 밤을 도와 강을 건너갔다. 예전엔 국경경비대의 총에 맞아 강에 버려진 사람도 있었다고 했다. 더러는 아랫동네(남한. 북한 은어)까지 간 사람이 있다고 소곤대는 소리도 들렸다.

  언젠가 선생님은 칠판에 '국경은 주체의 울타리'라고 큰 글씨로 썼다.

  "울타리를 벗어나면 어미 품을 잃은 병아리꼴이 되고 말아. 귤이요 옷이요 꼬부랑국수요…… 강 너머에서 온 것들은 다 미 제국주의 반동들의 낚싯밥이야. 그런 것에 군침을 삼키면 종국엔 남조선처럼 제국주의자들의 꼭두각시가 되고 만다는 걸 동무들은 잘 알지?"

  진철이야말로 반동들의 낚싯밥에 걸린 것이 아닐까? 그래서 제 부모처럼 우리 부모가 도망자가 되었다고 믿는 것일까?

 은숙과 이모는 강변의 역사 근처에서 걸음을 멈췄다. 어제보다 더 많은 사람들이 나물을 캐러 나왔다. 강둑이나 밭둑 여기저기에 쭈그리고 앉아 있었다. 누구나 겨울이 오기 전까지는 저렇게 들판을 헤매고 다닐 것이다.

 작년 여름 내내 은숙은 어머니에게 이끌려 산비탈을 헤매고 다녔다. 나물이나 버섯, 약초, 기름개구리 따위를 찾아서. 가깝거나 경사가 완만한 산은 다 개인 소유의 뙈기밭으로 개간되었기 때문에 마을에서 20리나 30리 떨어진 곳까지 갈 때도 많았다. 어머니를 따라다니기 싫었지만, 안 따라 나선다고 잔소리를 듣는 것보다 나았다. 파철이나 진거름(사람이나 짐승의 똥)을 수집해 오라는 학교 과제가 없으면 어머니의 말을 거역하지 못했다. 대부분의 나날은 해질녘이 되어도 빈손이나 다름없이 돌아왔다. 왜가리 떼가 날아와 앉은 것처럼 사람들이 비탈을 하얗게 뒤덮었으니 남아날 것이 없었다.

 그날 은숙과 어머니는 집으로 돌아가기 위해 터벅터벅 농장 밭둑을 걸었다. 옥수수가 파도처럼 골을 지으며 바람에 일렁였다. 여느 때처럼 병사 한 명이 농장의 모퉁이에 앉아 지키고 있었다. 그렇게 하지 않는다면 농장은 농장원들의 제 살 베어 먹기식 습격을 피할 수 없었다. 옥수수 이파리가 뺨이며 팔을 성가시게 할퀴어댔다. 돌연 앞서 걷던 어머니가 걸음을 멈췄다. 이마에 손을 얹어 햇살을 가렸다. 좀 멀리 떨어진 초병을 유심히 살폈다. 초병은 총을 가슴에 그러안고 앉아 꾸벅꾸벅 졸았다. 어머니는 은숙의 손목을 낚아채 밭고

랑 안으로 들어갔다.

"안 돼요! 안 된다고……."

말이 채 끝나기 전에 은숙의 입은 어머니의 억센 손바닥에 막혔다. 은숙은 부들부들 떨었다.

어머니는 옥수수 열매를 따냈다. 열매는 고작 손가락 굵기밖에 되지 않았다. 그것들을 배낭에 쑤셔 넣었다. 몸뻬에 달린 커다란 주머니까지 더 넣을 수 없을 만큼 악착같이 채웠다. 그느러라 옥수수대들이 심하게 흔들렸다. 은숙은 가슴을 쥐어뜯었다. 가슴속에서 개똥벌레들이 들쑤시고 다니는 것 같았다.

그때 자박자박 다가오는 발자국 소리가 들렸다. 어머니는 비로소 동작을 멈추고 몸을 웅크렸다. 은숙은 어머니와 함께 옥수수대들 사이로 빠끔히 드러난 밭둑을 뚫어져라 쳐다보았다. 코가 뭉툭한 군화가 밭둑에 나타났다. 그것이 우뚝 멈춰 섰다.

"정말 큰일이군."

군화가 중얼거렸다.

"아새끼 고추보다도 작은 옥시를 따내서 어쩌자는 거나요?"

어머니는 땅바닥에 풀썩 주저앉았다. 옥수수 열매 몇 개가 몸뻬 주머니에서 삐져나와 땅바닥에 떨어졌다. 은숙은 두 손으로 눈을 가렸다.

"빨리 나오라요. 이러니까니 우리가 농장이나 지키는 머저리 군대가 된 거야요."

어머니가 고개를 푹 꺾은 채 옥수수대를 헤치고 밭둑으로 나갔다. 부풀어 오른 주머니 때문에 오리처럼 엉덩이를 뒤뚱거렸다. 은숙도 어머니를 뒤따랐다.

"어라? 학생 도둑도 있네. 도둑질을 학습시키나요?"

총을 든, 이제 갓 입대했을 나이의 병사가 기가 막힌다는 듯 입을 쩍 벌리고 서 있었다.

"한번만 눈감아 달라요."

어머니가 두 손을 모아 빌었다. 병사가 어머니의 몸뻬 주머니에 반쯤 걸려 있는 옥수수 열매를 빼내 살펴보았다. 그러더니 총을 어깨 위로 번쩍 치켜들었다. 어머니를 향해 내려치는 시늉을 하다가 쿵 소리가 나도록 땅바닥에 내려놓았다. 어머니가 병사의 손을 덥석 잡았다.

"죽을죄를 지었어요. 제발 한번만……."

볼에서 눈물이 주르륵 흘러내렸다. 병사가 어머니의 손을 내쳤다. '이래 봬도 내가 군인이요'라고 말하듯 몸에 익은 단호한 몸짓이었다.

"아주머니 간은 하늘만 합니까? 익지 않은 곡식을 훔치는 건 인민의 적 중의 적이야요. 백 명이 먹을 걸 한 명이 털어 먹는 중대범죄란 말이요. 통 크게 아이까지 데리고……."

어머니가 무너지듯 무릎을 꿇었다. 다시 두 손을 모아 빌었다. 은숙도 따라 빌었다.

"따라오기오!"

입을 앙다문 병사가 큰소리로 명령했다. 어머니가 하얗게 질린 얼굴로 뒤뚱뒤뚱 따라갔다. 그러다가 별안간 뒤돌아서서 은숙의 머리

채를 우악스럽게 휘어잡았다. 은숙의 고개가 발랑 뒤로 젖혀졌다.

"뭐 좋은 거라고 너까지 도둑감투를 쓰려는 거야?"

어머니는 병사가 들으라는 듯 목청껏 외쳤다. 병사가 뒤돌아보고서는 참아내려는 듯 눈을 지그시 감았다.

"어서 집으로 가라! 어서!"

어머니는 은숙을 힘껏 떼밀었다. 은숙은 앞으로 고꾸라질 듯 병사 앞으로 튕겨나갔다. 내친김에 앞으로 내달렸다.

"내가 총살을 당한대도 어린 딸년까지 도둑년 소리를 듣게는 못하갔어요."

어머니의 목소리가 등 뒤에서 들려왔다.

그 순간을 떠올리자 은숙은 숨이 멎을 듯했다. 이모는 그날의 이야기를 듣고 "에그, 열 살이 넘은 게 어찌 기렇게 제 어머니 심정을 모를까?"라고 은숙을 나무랐다. 난 왜 병사에게 어머니를 놓아 달라고 사정하지 못했을까? 왜 어머니를 미워만 했을까? 어머니는 신분을 오랫동안 밝히지 않아 보안원들을 꽤 애먹였던 모양이었다. 사건 뒤 아버지와 이모가 되레 어머니의 행방을 수소문하고 다녔으니까. 아버지에게 영향을 끼치게 될까 봐 그랬으리라. 어머니는 노동단련대에 갇혀 있었다고 했다. 다행히 아버지는 초급당에서 비판을 받는 것으로 사건을 마무리 지었다.

3주가 지나 단련대에서 나온 어머니는 전혀 다른 사람으로 보일 정도로 달라져 있었다. 마을사람들에게 얼굴을 싹 바꿨다. 괜한 시비를 걸고 싸웠다. 툭하면 욕설을 퍼부어댔다. 향숙이 어머니의 얼굴에 침까지 뱉어 귀뺨을 얻어맞은 적도 있었다.

마을 아주머니들 사이에 어머니에 대한 말이 흘러 다니기 시작했다.

"단련대에서 정신줄을 놓쳐서 그래."

"남편이 부업지 개간장으로 내몰린 지 두 해가 넘었는데 재배치를 못 받고 있잖아. 열이 뻗쳐도 한참 뻗쳤을 거야."

"아이구, 그 불편(불편할 뿐인 남편. 북한 은어)이 부업지 일을 너무 열성으로 해서 못 빠져 나온답대. 오히려 평생 노동자로 살겠다고 했답대. 은숙이 어머니가 얼마나 답답했을까?"

"세상 물정에 누구보다 밝은 이가 그리하는 건 필시 꿍꿍이속이 있을 거야."

어머니는 도둑년이란 딱지 위에 미친년이란 딱지를 하나 더 붙였다. 영원히 제자리로 돌아오지 못할 것 같은 타락분자의 대열에 끼어든 것이다. 이모가 집에 드나들며 어머니를 보살폈다. 정신이 맑아진 듯하면 어머니는 한밤중에 깨어나 은숙을 끌어안고 울었다. 가슴에 품어 따뜻하게 덥혀둔 장갑을 학교에 가는 은숙에게 건넨 적도 있었다. 안 하던 행동들이었다. 은숙은 어머니가 정신이 나가서 그러는 줄로만 알았다. 어머니를 사정없이 밀어내고 장갑을 내던지기도 했다.

어머니는 은숙과 마을사람들로부터 멀어져갔다. 마침내 마을에서 영영 사라졌다. 미치광이로 객지를 떠돌아다닌다고 했다. 작년 초겨울에는 죽었다는 소식이 전해졌다. 예상은 했지만 기대하지는 않았던 일이 기어코 일어나고야 말았다는 듯 아버지는 한숨을 푹 내쉬었다.

아, 어머니! 왜 이제야 어머니가 보고 싶을까? 은숙아, 보고 싶다. 나 죽지 않았어. 여기 이렇게 멀쩡히 살아 있어. 어머니가 은숙의 머릿속에 들어와 말을 걸었다. 어머니, 어디 있어요?

"이모."

은숙이 이모를 불렀다. 양지바른 둔덕 쪽의 풀을 헤치던 이모가 은숙을 돌아보았다.

"진철이가 제 어머니와 우리 어머니가 강 건너에 함께 있다고 헛소리 해대요."

이모가 정지된 TV 화면처럼 꼼짝하지 않고 은숙을 바라보았다. 한참을 그러고 있었다.

"네 어머니가 제 부모와 같은 줄 아는 모양이지? 진철이 어머니는 자식을 버리고 도망갔고, 네 어머니는 가족을 먹여 살리려다 잘못됐어. 진철이 어머니가 나중에 하늘나라로 네 어머니를 찾아간대도 네 어머니 얼굴조차 볼 수 없을 거야. 네 어머니와 격이 다른 사람이니까."

말을 마친 이모가 눈을 끔벅거렸다. 눈꺼풀로 물기를 지워보려는 것이리라. 저러다 펑펑 우는 것은 아닌지.

강변으로 이어진 철로를 따라 열차가 들어오고 있었다. 열차 지붕 위에 탄 사람들 중 한 사람이 넋을 놓고 은숙을 바라보았다. 시커먼 솜옷을 입었다. 아버지가 부업지 개간장에서 일할 때 입던 옷과 비숫했다. 은숙은 그를 따라 눈길을 옮겼다. 아버지가 코트를 찾아 입고 평양에 간 것을 기억해냈다. 제발 아버지가 저런 모습으로 되돌아오지 않기를…….

4장
압록강의 밤바람

1

열차가 역 구내로 들어오며 대기를 가르는 소리가 들렸다. 대합실 전면 벽에 붙은 전광판에서 빨간 글자가 깜빡였다. 평양을 출발한 국제열차가 도착할 시각임을 알리고 있었다. 전광판을 주시하던 마중 나온 사람들이 하나 둘 2층 입국장에 연결된 통로 쪽으로 다가갔다. 혜리 역시 김 PD와 함께 입국장 출입문이 잘 보이는 곳으로 갔다.

부아앙 부아아앙.

벽 너머 플랫폼에서 기적이 울렸다. 혜리의 가슴 속에서 설렘과 두려움이 엎치락뒤치락하기 시작했다. 새로운 사람들과 만나 일을 하게 됐다는 설렘이 또 다른 복병을 만나 일이 틀어질지 모른다는 두려움을 간신히 누르고 있었다.

"오긴 오겠죠?"

김 PD가 어깨를 펴며 물었다.

"누가 오느냐가 문제지. 올 거야. 온다구."

혜리는 스스로에게 확신을 심어 주듯 온다는 말을 강조했다.

평양을 떠나올 때 혜리는 민경련 베이징대표부에 들렀다. 김 부대표는 "뻥 뚫린 고속도로에서 사고가 나면 누구 책임이냐?"라고 말 같지 않은 말을 늘어놓았다. 변명보다는 힐난에 가까웠다. 혜리는 "그 지도원이라는 분은 해머로 쳐도 안 깨질 바위 같던데 무슨 수로 달걀로 깨겠느냐"라며 불평했다. 하지만 김 부대표는 다른 말을 더는 입에 올리지 않았다. 일이 성사되지 못한 것에 대해 그 자신 역시 아쉬워하는 것이 그나마 다행이었다. 혜리가 평양에서 전화로 약속한 돈 봉투를 내밀어서 그랬을까? 결국 혜리는 일을 실패로 끝내지 않기 위해 통사정을 하는 것으로 입장을 바꿔야 했다. 그는 "통일이 된 뒤에는 원하는 것을 다 들어주겠다"라는, 하나 마나 한 말을 마지막으로 남겼다. 나라의 돈벌이를 헌신짝같이 여기면 자자손손 가난을 벗어나지 못할지니. 혜리는 속으로 저주를 퍼부어댔다.

서울로 돌아온 뒤에도 민경련에 도와 달라는 전화를 줄곧 해댔다. 그것이 북한의 문을 두드리는 유일한 방법이었다. 또 실패로 끝나가는 시간을 위무하는 유일한 일거리였다. '새'의 합작이 무산되면 투자비를 반환해야 한다. 7억 투자금 중 이미 2억 2천만 원을 받아 썼다. 더구나 투자사는 투자금을 회수하거나 투자를 중단할 빌미를 찾고 있었다. 그럭저럭 지탱되던 남북 간 정세가 돌연 하루가 다르게 악화되었다. 이 시간을 기다렸다가 한꺼번에 쏟아내는 것처럼 북한의 대남비방이 거칠고 드셌다. 북한은 남한의 새 정권이 전 정권들이 서명한 합의나 선언들을 지키지 않는 점을 끈질기게 물고 늘어졌다. 남한의 새 정권은 북한에 일방적으로 퍼주기식의 정책을 편다고 전 정권을 맹비난하던 정당이 차지했다.

된다, 안 된다, 딱 부러진 결론을 내지 못한 까닭에 혜리는 투자사에 평양과의 합작 협의 결과를 알리기를 미적거렸다. 그런 한편으로 행운이 자신을 필사적으로 피해 간다고 한탄했다. 설령 '새' 합작을 이루어낸다 하더라도 예상했던 홍보 분위기가 되레 피해 분위기로 작용하게 될 것을 근심했다. 그렇다고 포기할 수 없었다. 원래 남북 관계란 고산기후처럼 변덕이 심한 법이었다. 위기가 심화되다가 극적 반전이 이루어진다면 교류사업은 그 실질적 진행이야 어떻든 합작을 한다는 사실 자체로 언론의 집중 조명을 받을 것이었다. 그땐 인생의 휘황한 다음 단계가 펼쳐질 것이었다. 딱 한 번만 더 베이징으로 날아가 사정해볼까? 돈 봉투를 하나 더 만들까? 일이 안 풀리면 돈 봉투를 떠올리는 자신이 애처로웠다. 그때 민경련 김 부대표로부터 전화가 왔다.

"감독 선생님의 뜨거운 민족애를 모르는 척할 수 없네요. 중국에 20명을 파견하갔단 말입니다."

혜리는 김 부대표의 말을 한참 동안 새김질했다.

"정말이에요? 믿어도 돼요?"

자신의 열망을 끝내 알아주는 것 같아 무척 기뻤다. '뜨거운 민족애'라는 말에 낯이 뜨거웠지만. 김 부대표는 '새' 제작 스케줄과 관계없이 3년간 애니메이션 일감을 보장해 달라는 조건을 달았다. '새' 제작에 필요한 기간은 6개월 정도에 지나지 않는다. 자기들의 돈벌이를 책임지라는 것이었다. 명색이 감독인데 '새'가 끝난 뒤 남이 연출한 작품을 제작해야 한다는 것이 부담스러웠다. 하지만 그런 문제를 따질 형편이 아니었다.

"로일현 연출가가 나오나요?"

혜리는 기쁨을 억누르며 물었다.

"기건 모릅니다."

김 부대표는 곤란한 질문에는 늘 그랬듯 더는 설명하지 않았다. 3년간 일감 제공 조건만을 반복해서 강조했다. 그런 식으로 그들은 자기네 조건은 명확히 하고, 상대 조건은 최대한 깔아뭉갰다. 일현이 나오지 않을까 봐 불안했다. 그를 떠올리면 잘못한 것도 없이 미안했다.

베이징에 들렀다. 민경련이 내민 새로운 합의서에 도장을 꾹꾹 눌렀다. 준비한 돈 봉투는 건넬까 하다가 그만두었다. 물고기가 낚시를 문 것을 알면서 낚시밥을 던지는 것처럼 쓸데없는 일로 여겨졌다. 부랴부랴 단둥으로 왔다. 단둥에서 가까운 선양의 랴오닝의대 부속병원 의사로 있는 대학 동창 형욱에게서 단둥 사람인 조선족 안 총경리(總經理, 회사 사장. 중국어)를 소개 받았다. 안 총경리는 압록강 수풍호에서 내수면어업에 종사했다. 그의 도움으로 싼마거리에 스튜디오용 사무실과 숙소용 아파트를 월세로 임대했다. 마침 한국 건축회사가 지은 빈 아파트들이 스튜디오로 정할 건물 바로 옆에 있었다. 여러 날에 걸쳐서 스튜디오 내부를 꾸미고 제작설비를 갖췄다.

혜리는 위층의 입국장 출입문에 시선을 주면서 호흡을 가다듬었다. 긴장된 시간이 째깍째깍 흘렀다. 입국심사를 마친 사람들이 경사진 통로를 따라 내려오기 시작했다. 손수건만 한 빨간색 삼각기를 손에 든 중국인 관광객들이 먼저 몰려나왔다. 신사복에 하얀 운동모자를 쓰고, 명찰을 목에 둘렀다. 재킷 왼쪽 앞가슴에 훈장인지 뭔지 모를 메달을 주렁주렁 단 머리 허연 노인들도 눈에 띄었다. 6.25 전쟁을 중국식으로 일컫는 항미원조전쟁(抗美援朝戰爭)에 참전했던 인민해방군 노병들이 북한을 다녀오는 모양이었다. 짐을 싣는 카트에 뚱보 아내를 태우고 장난을 치며 나오는 중년사내도 보였다. 아내는 뭐가 좋은지 어린아이처럼 싱글싱글 웃었다.

"사실은 애니메이터들이 와도 문제예요."

김 PD가 농담 투로 말을 건넸다. 내심 아직도 걱정에서 벗어나지 못한 모양이었다.

"15년쯤 전 대운그룹이 남포에서 가방공장을 운영했다네요. 그런데 3개월에 한 번씩 종업원을 바꿔치기해서 꽤 애를 태웠대요. 숙련될 만하면 바꿨대요. 남한 물정을 알게 될까 봐 그랬다네요. 결국은 사업을 포기했대요. 우리라고 그러지 말라는 법이 있겠어요? 눈에 보이지도 않는 쪼만한 회사니까 더 우습게 알겠죠. 로일현이라는 이는 아예 안 내보낼 것 같아요. 얼굴마담으로 내세운 사람이라는 생각이 들어요. 이번에도 우리가 예상하지 못한 일이 터질 거란 말이에요."

"지금이라도 때려치울까?"

혜리는 마음에 없는 말을 던졌다.

"보위부 요원까지 따라 나온대요. 그 사람 월급도 우리가 줘야 하는 거라니까요."

대북사업에 경험이 있는 이들로부터 처음 이런 이야기를 들었을 때, 혜리는 어떻게든 북한의 흠을 들춰내려는 사람들의 이야기일 것이라고 여겼다. 이젠 하나도 어색하게 들리지 않았다.

"당장 때려치우면 되겠냐니까?"

"일현이라는 이가 그렇게 맘에 드세요? 남북 간 1호 애니메이션 사업을 엮어낼 거니까 남북 간 1호 결혼이라고 못 엮어낼 게 없죠."

김 PD가 엉뚱한 데로 말을 돌렸다. 30대 중반이 넘도록 결혼하지 못한 노처녀라고 약을 올리는 짓이었다. 자기 판단엔 별 내세울 것 없는 일현을 기다리는 것을 비아냥거리는 짓이기도 했다. 혜리는 매서운 눈총을 쏘았다. 김 PD가 낄낄거리며 혜리를 피해 두어 걸음 뒷걸음질 쳤다.

"이 일을 때려치운다면 김 PD는 어떻게 할 건데? 직장은 잃고, 값싼 분유는 입에도 안 댄다는 신통방통한 아이는 생겼고……"

"상 다 차려놓고 둘러엎긴 뭘 둘러엎어요."

김 PD가 다시 낄낄낄 웃었다. 그는 혜리의 미술대학 애니메이션 동아리 후배다. 2년 전까지만 하더라도 작은 광고회사에서 비정규직으로 근근이 밥벌이를 했다. 혜리는 그를 찾아가 꼬드겼다. 언젠가는 너도 영화 한 편 만들어야 할 것 아니냐고. 내 밑에서 연출을 배우라고. 대학시절부터 혜리는 실험적인 단편 애니메이션들로 국내외의 상을 다섯 개나 받은 그들의 우상이었다. 그는 결혼한 지 갓 한 해를 넘긴 처지였다. 혜리의 제안을 고민할 가치조차 없다는 듯 거절했다. 혜리의 스튜디오는 대학 구내 인큐베이터에 세 들어 있었다. 투자금을 받기 전까지는 일이 없으면 월급을 못 주는, 일이 있어도 제때 못 주는, 그런 데였다. 아무리 비정규직이라 해도 그가 다니는 광고회사의 처우와 비교하는 것 자체가 말이 안 되었다. 그런데 거절한 지 한 달이 지나지 않아 찾아왔다.

"선배랑 일할 기회가 아무한테나 오진 않죠."

그답지 않게 퍽 진지하게 말했다. 그는 평소 자신을 남들에게 가볍게 보이게 하려고 애쓰는 성격이다. 제 속이 꽉 찼다는 착각을 그런 식으로 드러낸다. 그래서 시답잖거나 빈정대는 말을 잘한다. 하지만 이때는 달랐다. 혜리의 성공이 자신의 꿈을 실현하는 담보라는 점을 철석같이 믿는 눈치였다.

이번엔 가슴에 붉은 배지를 단 사람들이 입국장을 빠져 나왔다. 북한 사람들이었다. 세관 검사와 입국 심사가 중국 사람들보다 길어졌던 모양이었다. 정장을 차려입은 젊은 남녀들의 모습도 보였다. 간단한 여행가방을 든 것이 아니었다. 커다란 종이박스나 보따리까지 실은 카트를 밀고 있었다. 당분간 중국에서 살려고 나오는 사람들이 분명했다. 김 PD가 'HR애니메이션'이라고 적힌 피켓을 가방에서 꺼냈다. 그것을 머리 위로 치켜들었다. 그들이 피켓에 시선을 모았다. 혜리가 손을 흔들었다.

"거 보라구."

혜리는 만수위까지 차오른 긴장이 툭 터지는 기분을 느꼈다.

"저기 웃는 사람이 그 사람?"

"맞아."

김 PD의 얼굴도 활짝 갰다.

"근데 저 사람까지 나왔네."

혜리가 턱을 내밀어 또 다른 사람을 가리켰다.

"로일현 연출가 옆에 있는 사람. 저 사람이 보위원이야, 강성철이라는."

그들이 통로를 걸어 내려왔다. 혜리가 몇 걸음 앞으로 나아갔다. 앞장선 일현에게 손을 내밀었다. 두 사람은 오랜 친구라도 되는 듯 반갑게 악수를 나누었다.

"M시로 돌아가지 않으셨군요."

"한 수 배우고 싶어서 나왔습니다."

일현이 멋쩍게 웃었다.

2

"동무가 미술대학 설립 50주년 기념 축전에서 1500명 대합창단의 일원으로 노래했댔지? 공연장면이 TV에까지 나왔다면서?"

대표단장이란 새 직함을 가진 일현이 회식자리의 사회를 보았다. 성철 앞에서 찍소리를 못하던 사람이 '나 사실은 이런 사람이야'라고 선포하듯 어깨를 활짝 폈다. 조개들이 기어간 자국 같은 주름이 가득한 코트를 입고 움츠린, 고려호텔에서 본 그가 이 사람이란 것이 믿어지지 않았다. 의지 같은 것이 어깨와 가슴에 꽉 차서 한사코 그를 꼿꼿하게 세워놓고 있는 듯 보였다.

회식은 애니메이터들을 환영하기 위해 혜리가 마련했다. 이마거리에 있는 북한식당 청류관 2층에 큰 홀 하나를 잡았다. 청류관 측에서는 자기네 조국 사람들이 온다고 제일 호화로운 홀을 내줬다. 가운데에 크리스털로 된 샹들리에가 있고, 네 개의 대형 원탁이 놓였다. 혜리는 과하다 싶을 정도의 비싼 고기 요리들을 주문했다. 김 PD는 앞으로 이런 일을 한 번 더 겪어 봤으면 좋겠다고 빈정거렸다. 애니메이터들은 식사 뒤 술잔을 주고받으며 여흥을 즐겼다. 조금 전까지는 간판들이 건물에 다닥다닥 달라붙은 거리 풍광과 사람들의 현란한 옷차림을 낯설어했었다. 이제야 긴장이 풀리는 모양이었다.

창가 테이블에서 일현의 지명을 받은, 감색 재킷을 입은 여성이 일어섰다. 두 손을 앞에 모으고 노래를 불렀다. 모두 박수로 장단을 맞추었다. 가곡조의 리듬과 모범생 같은 단정한 몸짓이 혜리에게는 어린 시절의 한때로 돌아간 기분을 불러일으켰다. 혜리와 김 PD도 리듬에 맞춰 박수를 쳤다.

그러다 혜리는 뚝 동작을 멈췄다. 감색 재킷의 노래에서 '장군님 만수무강' 어쩌고 하는 노랫말이 귀에 턱 걸린 것이다. 돌연 길가로 기어 나온 뱀을 만났을 때의 느낌이 이럴까? 김 PD도 동작을 멈췄다.

"우리가 없으면 더 잘 놀 사람들 같지?"

혜리가 옆에 앉은 김 PD의 옆구리를 슬쩍 찔렀다.

"우리가 있으니까 더 잘 노는 것 같은데요."

혜리는 밖에 볼일이 있는 척하며 일어섰다. 따라 일어서지 않는 김 PD의 어깨를 잡아끌었다.

"모처럼 성찬을 즐기는 참인데, 너무해요."

김 PD가 볼멘소리를 하며 끌려왔다. 부단장으로 나온 성철이 만류하려고 손을 들다가 어정쩡하게 내렸다. 사람들을 통제하려는, 태어날 때부터 몸에 밴 듯한 행동이 여전했다.

"어딜 가십니까?"

성철 대신 일현이 물었다. 감색 재킷이 노래를 멈췄다. 성철이 일현에게 눈을 찡긋했다. 내버려두라는 신호였다. 자기들끼리 노는 것이 더 좋겠다고 여기는 것이리라.

"노래나 한 곡 부르고 나가십시오."

일현이 체면을 살리기 위해선지 군말을 달았다.

"좋아요. 우리 김 PD가 한 곡 뽑고 가도록 하죠. 딱 한 곡."

혜리가 노래를 김 PD에게 미뤘다. 엉거주춤 선 혜리와 김 PD가 도로 주저앉았다. 감색 재킷이 노래를 마저 끝냈다. 김 PD가 벌떡 일어섰다. 안 시켰으면 서운했을 것 같았다.

"저는 1500명 대합창단의 일원으로 노래를 부른 사람이 아니고, 그러니까 1500명 관객 앞에서 독창을 부른 사람입니다."

애니메이터들이 "와아!" 탄성을 질렀다.

앞 남산에 딱따구리느은 생구멍도 뚫는데에,

우리 집에 저 멍텅구리는 뚫어진 구멍도 못 뚫네에.

김 PD가 정선아리랑을 불렀다. 하필 이 따위 노래람? 혜리가 그의 허벅지를 꼬집었다. 그는 아랑곳하지 않았다.

아리라앙 아리라앙 아라리요오.
아리라앙 고개, 고개로오 넘어간다아.

곡조를 알아듣고 애니메이터들이 까르르 웃었다. 흥이 오르는지 "한 곡 더!"라고 외쳤다. 혜리는 김 PD의 손목을 잡아챘다. 외침을 뒤로 하고 밖으로 나왔다. 그가 겨우겨우 발걸음을 옮겼다.

3

붉은 네온사인이 방정맞을 정도로 빠르고 현란하게 깜빡였다. 압록강단교와 압록강대교의 난간을 따라 설치된 것이었다. 단교는 6.25전쟁 때 미군의 폭격으로 끊어진 다리다. 60년 가까운 상흔을 간직한 채 중국 쪽 절반이 남았다. 대교는 단교를 대신해 백 미터쯤 떨어진 강 상류 쪽에 전쟁 후 새로 건설된 다리다. 중국 쪽 다리 시작지점부터 켜진 단교나 대교의 네온사인은 강 가운데쯤에 이르러 자취를 감추었다. 거기서부터 남쪽으로 단교는 옛 흔적이 남아 있지 않지만, 대교는 북한이 관리하는 구역이다. 이제 8시 반이 갓 지났다. 그런데도 대교의 남쪽 구간과 마찬가지로 강 건너 북한 쪽은 흐린 날 밤하늘에 뜬 별처럼 희미한 불빛 몇 개만 띄엄띄엄 보였다.

혜리는 일현과 나란히 압록강 변을 걸었다. 회식을 마친 일현과 성철이 혜리와 김 PD를 찾아 강변으로 나왔다. 도착 첫날부터 술을 과하게 마셔서 내일부터 착수할 작업에 지장이 생기게 할 수 없었다고 일현은 말했다. 밤거리나 구경시켜달라고 했다. 이곳저곳 시선을 주며 걷다 보니 김 PD와 성철이 조금 뒤쳐졌다.

바닥에 깔린 대리석들이 홀로그램처럼 울긋불긋 빛났다. 주변 상점들의 간판 불빛이 반사되고 있었다. 상점 간판 역시 중국인들이 좋아한다는 붉은색 일색이었다. 홍등가의 야경을 닮았다. 저것들을 보며 일현은 무슨 생각을 할까? 작은 새들이 재잘거리는 고요한 도시와 밤늦게까지 주점이 문을 열고 환락의 세계로 행인들을 이끄는 도시의 차이를 헤아릴까? 평양과 다른 세계를 평양 못지않은 가치로 인정할까?

"노시는 거 보니까 옛날엔 한 가닥 하셨겠어요?"

혜리가 한동안의 침묵을 깨고 입을 열었다.

"놀긴 PD 선생님이 더 잘 놀더군요. 아리랑에 기런 야한 가사가 있는 줄 처음 알았습니다."

술을 한잔 걸쳐서일까? 일현이 허리를 더 곧추 세웠다. 단단한 어깨와 우뚝한 콧날의 실루엣에서 남자다움이 느껴졌다. 허리는 여전히 개미의 그것을 닮았지만.

"나오니까 어떠세요?"

"중국과 우리 공화국의 차이만큼 감독 선생님과 저 사이의 연출에도 간극이 있갔구나 생각을 하는 중입니다."

혜리의 마음을 읽듯 말하는 일현에게 혜리는 안심했다.

"선생님 숙소 책상 위에다 애니메이션 작품들을 담은 CD를 놔뒀어요. 설마 그런 걸 못 보게 하지는 않겠죠?"

"무슨 작품입니까?"

"'뮬란', '반딧불이의 묘', '공각기동대', '센과 치히로의 행방불명'······. 세계적인 명작들이에요. 오래 전에 만들어진 작품들이긴 하지만, '새'의 연출에 도움이 될 것 같아서요."

"제목은 다 들어 본 겁니다. 잘 연구해보갔습니다."

"'새를 잘 만들자구요. 남북이 통일에 한 걸음 한 걸음 다가가고 있다는 걸 세계에 당당히 보여주자구요."

혜리가 자신의 기대를 담아 과장된 말투로 말했다.

"응당 기리 노력하갔습니다."

강 건너 먼 어둠 속에 뿌연 빛기둥이 하늘로 치솟아 있었다. 외계에 보내는 신호처럼 거기만 유독 환했다. 혜리는 안 총경리에게 그 까닭을 물었던 적이 있었다. 신의주역 부근에 있다는 김일성동상을 비추는 조명 때문이라고 했다. 이제 일현은 밖에서 안을 들여다보는 위치에 있다. 차차 저것조차 낯설게 보이는 날이 올까?

혜리의 귀에 익은 노랫소리가 들렸다. 커졌다 작아졌다 했다. 산책 나온 사람의 휴대용 뮤직 플레이어에서 흘러나왔다. 회식 자리에서 혜리도 중국 백주를 서너 잔 마셨다. 몸 밖으로 번지는 취기가 입을 가볍게 했다. 혜리는 노래를 나지막이 따라 불렀다. 중국말 대신 한국말로.

    괜스레 힘든 날 턱없이 전화해
    말없이 울어도 오래 들어주던 너.
    늘 곁에 있으니 모르고 지냈어.
    고맙고 미안한 마음들.
    사랑이 떠날 땐 내 어깨 두드리며,
    보낼 줄 알아야 시작도 안다고.
    얘기하지 않아도, 가끔 서운케 해도,
    못 믿을 이 세상, 너와 난 믿잖니.

다음 구절을 부르기 위해 혜리는 숨을 골랐다. 그때 '너와 난 믿잖니'라는 가사의 여운 속에서 일현의 아내가 불쑥 떠올랐다. 그는 평양에서 아내 이야기에 대해 대답을 거부했다. 그렇다고 가만 놔둘 수는 없다. 옷을 하나 벗기면 또 옷이 있는, 그렇게 수많은 외피에 갇힌 사람 같은 그다. 이제 그 옷들을 모두 벗겨 가슴을 맞대고 연출을 함께 해야 한다. 가슴을 맞대고? 그 말이 풍기는 뉘앙스 때문에 혜리는 피식 웃었다.
"찾으셨어요? 부인 말이에요."
그가 잠시 머뭇거리더니 뒤를 힐끔 돌아보았다. 성철이 귀를 세우고 있을까 염려해서일까? 혜리도 따라 뒤쪽을 살폈다. 김 PD와 성철은 여전히 10여 미터쯤 간격을 두고 따라왔다. 김 PD가 성철에게 뭐라고 떠들고 있었다. 혜리는 되레 자신이 김 PD에게 귀를 세우고 싶은 충동을 느꼈다. 아무 말이나 막 하지 말도록 주의를 주지 못한 것을 후회했다.

"아직."

일현이 계속 앞으로 나아가면서 말했다.

"살아 계신 건 확실하고요?"

일현이 큼큼 헛기침을 했다. 말하지 않을 방도를 찾으려고 고민하는 기색이었다. 혜리가 그를 빤히 쳐다보며 대답을 재촉했다.

"중국에 있다는 소문이 있습니다."

그가 마지못한 듯 입을 열었다. 뭐? 혜리는 깜짝 놀랐다. 평범치 않은 인물의 아내까지 탈북했다니. 한편으로는 그의 슬픔이 자신에게 슬그머니 전이될까 지레 겁이 났다. 하지만 이내 마음을 바꿨다. 암. 그의 슬픔이 내 관심사가 되어야지. 가슴을 맞대고 함께 일해야 할 사이니까.

"여기 나오신 김에 찾으시면 좋겠네요."

혜리가 감정을 누그러뜨리고 말했다.

"나오기 전에는 중국을 그저 하나의 나라라고만 생각했습니다. 그런데 단둥만 보더라도 꽤 큰 도시네요."

일현이 아내의 이야기에서 빠져나오고 싶은 눈치였다. 하지만 혜리는 모른 척하고 아내를 찾기에 중국이 너무 넓다는 뜻으로 일현의 말을 받아들였다.
"아무리 커도 소문의 근거를 추적하시면 답이 나올 거예요. 딸은 누가 돌봐요?"
"M시에 아이 이모가 있습니다."
일현이 강 쪽으로 고개를 돌렸다. 더는 질문에 끌려 들어가고 싶지 않은 것 같았다. 두 사람은 어색한 침묵을 견디며 걸었다. 길가에 도톰히 자란 쑥이나 개망초 따위의 들풀들이 싱그러운 냄새를 풍기는 듯했다. 저만큼 도로표지판이 보였다. 싼마거리로 가는 방향을 알리고 있었다. 아파트로 들어가는 갈림길이었다.
"참, 선물 고마워요."
일현이 준 선물을 혜리는 기억해냈다. 그가 아파트에 도착해 짐을 풀었을 때, 혜리에게 쇼핑백 하나를 내밀었다. 혜리는 애니메이터들에게 스튜디오와 숙소를 배정하고 애니메이션 제작 용품을 나눠 주는 일 따위로 바쁜 와중이었다. 그것을 아직 열어보지 못했다.
"약소합니다. 서울에 계신 아버지께 갖다 드리십시오."
두 사람은 싼마거리를 향해 천천히 걸음을 옮겼다.

4

혜리는 아파트로 돌아왔다. 전등 스위치를 누르자 어둠이 물러갔다. 책상 위에 놓인 쇼핑백이 먼저 눈에 들어왔다. 일현이 준 선물이었다. 이따가 느긋한 마음으로 열리라. 혜리는 잠옷으로 갈아입고 거울 앞에 앉았다. 화장을 지웠다. 뜻밖에 헤어진 지 오래 된 애인의 얼굴이 거울 속에 나타났다. 그는 사소한 다툼이라도 결코 혜리한테 지지 않았다. 혜리의 친구 앞에서까지 다툼의 원인을 물고 늘어졌다. 그 원인의 원인이 또 있다는 것을 몰랐다. 혜리의 친구가 그의 친구인지 착각이 들 정도로 속을 다 드러내놓고 자신의 옳음을 입증하려 들었다. 이런 못된 버릇을 혜리가 지적하면 "오죽하면!"이란 한 마디 말로 혜리의 인간성과 그에 대한 애정까지 묵살했다. 그는 자신의 무결성(無缺性)을 지나치게 믿었다. 혜리는 그를 빛내기 위한 도구에 지나지 않았다. 그 역할에서 이탈하면 가차 없이 버려질 사람이었다. 이별은 오랜 기다림을 이루는 것처럼 홀가분했다. 아쉬운 것이 있다면 이러다가 영영 사랑을 못하게 되면 어쩌나 하는 두려움이었다. 그가 아내를 찾는 일현의 얼굴과 겹쳐졌다.

　화장실에서 김 PD가 씻고 나오는 기척이 들렸다. 혜리는 아파트 같은 층에 방 두 칸짜리 두 채와 한 층 아래에 세 칸짜리 세 채를 임대했다. 그 중 네 채는 북한 애니메이터들이 쓰고, 혜리는 김 PD와 두 칸짜리 같은 채에 머물기로 했다. 원래 김 PD를 일현과 두 칸짜리 한 채를 같이 쓰게 하려고 했다. 둘의 긴밀한 대화와 협력이 일현의 연출에 도움이 되기를 바랐다. 그런데 성철이 북한 사람은 남한 사람과 같은 채를 쓸 수 없다고 손사래를 쳤다. 일을 착수하기도 전부터 다툴 수는 없었다. 김 PD가 저녁 무렵 혜리가 쓰는 채로 옮겨왔다. 일현은 혜리가 쓰는 채의 옆에 붙은 두 칸짜리 한 채를 성철과 함께 쓰기로 했다.

"남녀유별은 안중에 없고 남북유별만 따지네."

짐을 옮기면서 김 PD는 툴툴댔다.

혜리는 자신의 차례가 된 화장실로 갔다. 속옷을 벗어 세탁 바구니에 넣었다. 샤워기를 틀었다. 알맞게 덥혀진 물이 몸을 타고 흘렀다. 인생의 새로운 한 장을 연 것 같은 홍거운 기분이 오롯이 살아났다. 일현의 아내 이야기도 어느새 말끔히 씻겨나가는 것 같았다.

"그의 아내가 중국에 있든 말든 그것은 그의 인생이야."

혜리는 나직이 중얼거렸다.

목욕가운을 걸치고 방으로 들어갔다. 책상 앞에 앉았다. 얼굴에 로션을 발랐다. 거울 속에 일현이 건넨 쇼핑백이 보였다. 그것을 열자 종이박스가 나왔다. 아버지께 드리라고 하던 말이 떠올랐다. 박스를 뜯어 병을 꺼냈다. 병이 책상 위에 놓이기 전에 혜리는 벌떡 일어섰다. 손에서 병을 놓쳤다.

"아악!"

비명과 함께 타일로 된 방바닥에 병이 떨어졌다. 유리조각이 사방으로 튀었다.

"김 PD! 김 PD!"

혜리는 외치며 뒤로 물러섰다. 발등에서 검붉은 피가 솟았다. 김 PD에게서는 아무런 반응이 없었다. 병이 떨어진 자리를 살그머니 훔쳐보았다. 뱀이었다. 유리조각 위에서 똬리를 틀고 대가리를 꼿꼿이 쳐들었다. 너무 긴 시간 갇혀 있었어. 뱀의 눈이 말하고 있었다.

"아악!"

문을 열고 거실로 뛰쳐나갔다.

"김 PD!"

여전히 대답이 없었다. 뱀이 거실로 따라 나올 것 같았다. 돌아서서 방문을 황급히 닫았다. 떨어져나갈 것처럼 방문이 소리를 내질렀다.

"무슨 일입니까?"

출입문을 다급하게 두드리는 소리가 들렸다. 혜리는 뛰어가 얼른 문을 열었다. 일현이었다. 마침 복도를 지나가다 비명을 들은 모양이었다. 그가 현관 안으로 발을 들여놓다가 한 발 뒤로 물러섰다. 순간 혜리는 목욕가운의 앞자락이 벌어진 것을 알아챘다. 도로 출입문을 쾅 닫았다. 그가 "아쿠!" 소리를 내지르며 문밖으로 밀려났. 출입문에 이마를 맞은 것이다. 가운을 여미고 다시 출입문을 열었다. 그가 한 손을 이마에 얹고 안으로 들어왔다.

"무슨 일입니까? 아니? 이 피는 뭡니까?"

일현이 황급히 식탁 위에 있는 티슈를 뽑아 들었다. 그것으로 혜리의 발을 감싸려 했다.

"도대체 무슨 짓을 하려 했던 거예요?"

혜리는 그의 행동에는 관심을 두지 않고 성을 냈다. 그리고는 김 PD의 방 앞으로 가 문을 주먹으로 쿵쿵 쳤다. 그제야 잠옷 차림의 김 PD가 몸을 건들건들 흔들며 모습을 드러냈다. 머리에 무선헤드폰을 걸쳤다. 음악을 듣고 있는가 보았다.

"뭘 하고 있었던 거야? 이분하고 내 방에 가봐! 어서!"

김 PD가 혜리와 일현을 번갈아 훑어보았다. 이내 왼손으로 제 헤드폰을 우악스럽게 잡아챘다. 일현의 얼굴에 꽂힌 눈초리에 점점 더 힘을 주었다. 주먹을 말아 쥐고 일현에게 다가갔다.

"감독님을 어떻게 해보겠다고 한 거야? 이런 미친놈을 봤나."

김 PD가 일현의 목을 거머쥐려고 손을 뻗었다.

"아니, 그게 아니고……."

당황한 일현이 말을 제대로 잇지 못했다. 김 PD의 손을 가로막으며 뒷걸음질을 쳤다.

"내 방에 먼저 가보라니까!"

혜리가 연이어 소리쳤다. 김 PD가 조금 뒤에 죽여도 늦지 않다는 듯 몸을 돌려 혜리의 방으로 갔다. 일현이 당황한 눈빛을 감추지 못했다. 미적미적 김 PD를 뒤따랐다. 그 사이 일현이 뽑아 놓은 티슈로 혜리는 발등을 감싸 쥐었다. 계획적으로 한 짓일까?

김 PD가 방에서 나왔다. 멍하니 앉아 있는 혜리의 어깨를 흔들었다.

"놀라실 만하네."

"능구렁이술입니다. 우리 특산술이란 말입니다."

일현의 목소리가 김 PD의 목소리를 뒤따랐다. 뱀이 똬리를 틀고 앉은 모습을 혜리는 분명히 보았다. 뱀술이라고? 그래도 그렇지. 여자에게 뱀술을 가져오다니.

"귀한 건데 깨뜨려서 어쩝니까? 나중에 한 병 더 가져오갔습니다."

"가져오지 마세요. 그깟 걸 누가 먹는다고."

김 PD가 감정을 누그러뜨리지 않은 채 일현의 말을 받았다.

"하아, 귀한 술인데……."

"주려면 저에게 주든지. 아무튼 그만 돌아가세요. 빨리 발등부터 치료해 드려야겠어요."

5

일현이 혜리의 작업실 안으로 들어왔다. 열 평 남짓한 작업실에는 혜리와 김 PD의 책상이 싼마거리가 보이는 창가를 차지했다. 두 책상 사이에는 긴 작업테이블이 놓였다. 작업테이블 한편에는 대여섯 송이의 붉거나 흰 철쭉꽃이 생수병에 꽂혀 산뜻한 분위기를 자아냈다. 철쭉꽃은 혜리가 산책하다가 꺾어온 것이었다. 작업실에서 가까운 진쟝산공원 부근에 흐드러지게 피어 있었다.

일현이 선 채로 작업테이블 위에 314번부터 328번 신의 스토리보드를 펼쳤다. 그가 오늘 종일 그린 것이었다. 고아나 다름없게 된 주인공 민호가 피란 배로 부산항에 도착한 직후, 부둣가에서 일거리를 찾는 장면이었다. 혜리가 찬찬히 살폈다. 하얀 눈이 덮인 곡물포대 더미와 포대 더미를 등지고 선 험상궂은 사내가 보였다. 그 앞에 장정들이 줄지어 섰다. 곡물을 등에 져 나르는 막일꾼으로 선택되기를 기다리는 중이었다. 다리를 저는 사람이 사내에게 가차 없이 퇴짜를 당하고 사내의 왼편으로 사라졌다. 그때 화면이 트럭 인(truck-in. zoom-in)되었다. 줄의 맨 앞에 선 민호가 드러났다. 중학생에 불과한 민호는 키를 크게 보이게 하려고 까치발을 했다. 사내의 얼굴에 헛웃음이 비꼈다. 사내가 손에 든 막대기로 민호의 배를 쿡 찔렀다. 까치발이 풀리면서 민호가 뒤뚱뒤뚱 넘어지려 했다. 이내 다시 까치발을 만들면서 사내를 향해 천연덕스럽게 웃었다. 늘 그런 자세로 살아온 것처럼.

"저, 백 근짜리 쌀 포대를 지고 백 리도 가 봤어요."

"빨리 꺼져!"

사내가 막대기로 또 민호의 배를 찔렀다. 민호는 비키지 않았다. 사내가 어깨를 잡아채서 떠밀었다. 민호가 언 땅바닥에 엎어졌다. 민호는 사내의 바짓가랑이를 붙잡고 매달렸다.

"잘할 수 있어요."

사내가 이번에는 민호의 옆구리를 발로 걷어찼다. 민호가 배를 그러쥐었다. 아픔을 참으며 처연하게 사내를 올려다보았다.

"잘 그리셨어요. 사내의 윗도리를 검은 물을 들인 군복으로 바꾸면 더 좋겠어요."

혜리가 스토리보드에 OK 사인을 했다.

"당시 가난한 사람들의 복장이 그랬거든요. 자료사진 드린 데서 남쪽 군복을 찾아보세요. 눈을 더 매섭게 치켜뜨게 하고요."

혜리는 덧붙여 주문했다.

"기러갔습니다."

문득 혜리는 옆에 선 일현을 올려다보았다. 일현이 물끄러미 자신을 내려다보고 있었다. 가슴이 좀 깊게 패인 티셔츠를 입었다는 데 생각이 미쳤다. 한쪽 손을 올려 가슴을 가렸다. 그제 밤의 사건이 못내 쑥스러웠다.

"레이아웃도 고치는 게 좋겠어요. 이 장면에서는 위에서 내려다보는 부감 구도로 시작하는 게 나을 것 같아요."

"알겠습니다."

일현이 고분고분 따랐다. 혜리의 작업지시에 무조건 복종하기로 작정한 듯했다. 과도한 추론이겠지만, 그는 윗사람이 동네 개들한테도 절해야 한다면 하도록 습관화된 사람일 터였다.

"하늘에서 부듯가 전체를 조망하다가 카메라를 육지 쪽으로 30도 정도 팬(pan)시키면서 민호를 향해 달려들게 하면 훨씬 스케일이 커 보일 거예요."

혜리는 자신의 말을 작화지 위에 대강의 그림으로 옮겼다. 일현이 고개를 끄덕였다. 설명이 다 끝났는데도 그가 멀뚱히 서 있었다. 혜리는 가슴에 얹은 손에 더욱 단단히 힘을 가했다.

"전화를 잠깐 쓰갔습니다."

일현이 뜻밖의 말을 했다. 망설임 끝에 하는 말인 듯 거침이 없었다.

"선생님 작업실의 전화를 쓰시지 않고요?"

혜리는 영문을 몰라 일현을 쳐다보았다. 어제 혜리는 그에게 휴대전화기를 사 주겠다고 했다. 그는 그것이 왜 필요한지 모르는 것처럼 관심을 보이지 않았다. 휴대전화기를 사용하지 않고 생활해 온 습성 때문일까? 혜리 자신 쪽의 편리를 위해서라도 사 주기는 해야 했다. 하지만 아직은 돈을 써야 할 더 급한 일들이 많았다. 그의 반응을 핑계로 적극 권하지 않았다.

"평양에 통화를 하려고 합니다."

그는 에둘러 대답했다. 자기네 작업실 전화라고 해서 평양 통화가 안 될 리 없었다.

"제가 밖에 나가 있을까요?"

둘러보니 김 PD는 자리에 없었다. 제작 진행을 돕기 위해 옆 스튜디오에 갔을 것이다.

"일없습니다."

일현이 혜리 책상 옆에 붙은 보조테이블 위에 놓인 유선전화기를 들었다. 목소리를 낮췄지만, '작은아버지', '전화번호', '아내' 따위의 낱말들이 들렸다. 동서라는 기태에게 기태의 작은아버지 전화번호를 묻고 있었다. 작은아버지가 중국에 사는 조선족인 모양이었다. 아내가 있을 만한 곳을 추적할까? 같은 말을 반복하는 것을 보면 기태는 어떻게든 안 가르쳐 주려고 버티는 것이 틀림없었다. 통화가 쉽게 끝나지 않자, 일현이 혜리를 곁눈질했다. 혜리를 밖에 내보내지 않음으로써 자신의 통화가 별것 아닌 것으로 보이도록 하려고 했을 것이다. 통화 내용을 들키는 것이 멋쩍은가 보았다. 혜리는 그와 비밀을 공유하는 야릇한 기분에 잠겼다. 그런 한편으로 기태 작은아버지 집에 아내가 있다는 것인지 알고 싶은 궁금증이 일었다. 그의 아내가 중국에 있든 말든 그것은 그의 인생이라고 자신에게 한 말을 까맣게 잊고 있었다.

   그가 통화를 마쳤다. 혜리를 향해 어색한 미소를 머금었다. 검은 커튼을 드리운 듯 얼굴에 수심이 꼈다. 며칠 전 단둥에 도착했을 때의 호기롭던 모습과 사뭇 달랐다. 통화 내용을 물으려고 혜리가 막 입을 떼려 했다. 그때 그가 허공을 올려다보며 어물쩍 작업실을 나갔다.

6

   싼마거리의 은행나무 가로수들이 밤새 잎을 활짝 펼쳤다. 하루아침에 미인이 되어 나타난 여자들처럼 산뜻했다. 은행나무는 일제시대에 일본사람들이 옮겨 심은 것들이라고 했다. 수령이 백 년쯤 되어 아시아에서 가장 오래된 은행나무 가로수라는 말을 근처 종이상점 주인에게 들었다. 2주 전 이곳에 와서 스튜디오를 꾸밀 때는 검은 천에 녹색 점들을 무수히 찍어 놓은 듯 나무들이 움을 막 틔우는 상태였다. 아직은 조막손만 하지만 연록색 잎들이 제법 하늘을 가리기 시작했다. 빛바랜 흑백사진 같은 거리가 밝아지고 있었다. 사람들의 옷차림 또한 가벼워지고 있었다.

   "남한남자가 사랑한 북한여자가 있다네요. 그 여자가 잡혀간대요."

김 PD가 작업실로 들어오며 중얼거렸다. 조금 전 원화제작팀에 타임시트를 전달하러 갔었다. 애니메이터들이 하는 말을 엿들었으리라. 자신이 걱정하지 않으면 세상이 암흑세계로 변할까 우려하듯 잡다한 일들에 관심을 보이는 그의 말을 혜리는 흘려들었다. 민호가 피란민 학교에서 공부하는 351번 이후 신의 스토리보드 검토에 신경을 집중하는 중이었다.

학교는 판잣집들 사이에 있는 조금 큰 건물이었다. 카메라가 학교 창문을 비추면 선생님 앞에 불려 나온 민호가 보였다.

"도둑질이 이젠 몸에 물씬 뱄구나. 또 동무들 벤또(도시락)를 훔쳐 먹었다고?"

선생님이 민호의 뺨을 후려쳤다.

"장차 큰 도둑이 되겠어. 어서 그 길로 나가도록 퇴학시켜 줄까?"

민호가 교실을 뛰쳐나갔다. 선생님이 어안이 벙벙하여 민호의 뒷모습을 바라보았다. 카메라가 하늘 쪽에서 민호를 뒤쫓았다. 민호가 판자촌 골목길을 내달렸다. 그때 민호의 반대방향에서 오던 노파가 민호를 가로막았다.

"어제 평성 사람을 만났다. 거 안골 고개께 살던 침쟁이 말이야. 그 사람 말이 원산에 폭격이 있던 날에도 네 아버진 새에 미쳐서 사진기 메고 들로 쏘다니더란다. 피란 보따리를 쌀 겨를이나 있었갔느냐고 하더라."

민호가 눈물을 머금은 눈으로 노파를 망연히 쳐다보았다. 노파가 무슨 말이든 더 하기를 기다렸다. 하지만 노파는 휑 돌아서서 가 버렸다. 민호는 결심했다. 부모님을 찾을 길은 자신이 유명해지는 길밖에는 없다고. 그러려면 어떻게든 공부를 해야 한다고.

 민호가 결심을 드러내는 몸짓과 표정이 어때야 할까? 결심은 때론 사람의 운명 속에 끌려들어가 끈질긴 생명력을 얻는다. 그래서 그 사람을 전혀 다른 성격으로 바꾼다. 이 순간 민호의 결심도 그런 것이다. 민호가 고개를 천천히 들고 얼굴이 클로즈업되면 눈동자에 투광효과를 줘? 많은 일본 애니메이션들이 이런 연출을 택했다. 이미 진부해졌다. 혜리는 골똘히 생각에 잠겼다.

 김 PD가 작업실 안을 왔다 갔다 했다. 커피포트에서 물이 끓는 소리가 들렸다.

 "남한 남자가 청류관 접대원에게 국제택배로 선물을 보냈나 봐요. 청류관에 있는 성철 부단장 같은 직책을 가진 이한테 그게 걸렸대요. 남북 사이에 사랑해서 안 된다는 건 이해해요. 그래도 이건 너무 야만적인 작태예요. 여자가 잘못한 게 하나도 없는데 단지 선물이 배달됐다는 이유로 잡아가요?"

 김 PD가 감정에 겨워 목소리에 화를 실었다.

 "애니메이터들도 참 이상해요. 안타까워하는 기색이 눈곱만큼도 없어요. 붙잡아 가는 걸 당연하게 받아들여요. 당사자들을 미친년, 미친놈 취급하는 분위기에요."

 "……"

 "이상한 일이 또 있어요. 그 여자 다리에 깁스를 해서 열차에 태운다네요. 석고붕대 말이에요. 외국에서 수갑을 채워 호송할 수 없으니까 그런대요."

"……."

"중죄인도 아닌데 그런 식으로 데려가다니."

"……."

"나중에 이런 소재로 제가 반공작품을 하나 만들어야겠어요."

혼자 씨부렁대던 김 PD가 커피가 담긴 머그잔을 혜리 앞에 놓았다.

"여자한테 무슨 잘못이 있겠지. 그딴 데 신경 쓰지 말고 어서 일이나 해."

혜리는 귓속으로 빨려 들어오는 그의 낯선 말들을 뿌리쳤다. 하지만 머그잔을 드는 순간, 물꼬가 터진 듯 단둥에 퍼진 남북 사람들의 이야기가 머릿속을 뒤덮었다. 단둥은 남북 사람들이 몇 천 명씩 섞여 사는 곳이다. 그들 사이에 별일이 다 벌어지는가 보았다. 단둥에서 일하는 남한 사람들로부터 그동안 들은 것이 적지 않았다. 숨어 있던 이야기들이 와르르 쏟아져 나오는 기분이었다. 북한 사람들과 같이 사업하는 남한 무역업자가 남한의 정보기관요원으로 의심을 사서 결국 망했다거나, 북한의 사업파트너에게 잘 보이기 위해서 남한 정보를 넘겨주는 것이 틀림없는 자가 있으니 조심하라거나 하는 이야기도 들었다. 민경련 단둥대표부의 누가 보위부 단둥 책임자이고, 북한 식당 접대원들은 남한 손님들이 하는 말을 일일이 보위부에 보고한다는 얘기도 있었다. 그리고 어느 한인교회가 탈북자를 돕고 있으며, 뒷돈을 찔러 주고 민경련에서 얻은 북한 원산지 증명을 중국산 수산물에 붙여 남한에 수출해 탈세한 자가 있다는 소문도 돌았다.

"너도 조심해. 북한 여자 애니메이터들에게 눈독 들이지 말라구. 우리한테도 그런 일이 일어나지 말라는 법이 없으니까."

혜리가 커피를 한 모금 마시며 말했다.

"에그, 감독님이나 조심하세요. 감독님은 북한 남자 앞에서 란제리 쇼까지 벌였잖아요."

혜리가 손에 든 스케치용 연필을 김 PD에게 내던졌다. 그의 가슴에 맞은 연필이 바닥에 떨어졌다. 그가 헤헤 웃으며 연필을 주워 혜리 앞에 놓았다.

"그나저나 단장 선생님이 이상해요. 감독님이 안 계실 때 우리 작업실에 들어와서 어디엔가 전화를 걸더라고요. 저를 나가라고 하고서. 뭔가 딴 짓을 하는 게 분명해요."

"네 할 일이나 하라니까."

혜리는 짐짓 무심한 척 대꾸했다. 하지만 그가 방금 한 말이 지금까지 머릿속을 차지한 것들을 밀어내고 새로운 관심사로 자리잡고 있었다. 일현이 아내 일에 작정하고 매달린 것일까?

7

나팔 소리가 시끄러웠다. 열두 발짜리 상모를 돌릴 때 부는 나팔

소리를 연상시키는, 고음을 길게 빼는 중국 전통음악이었다. 편백나무 숲길에 막 들어섰을 때는 희미하게 들렸다. 숲길을 따라 걸을수록 점점 더 커졌다. 이제는 고막을 찢을 기세였다. 둘러보니 숲길이 끝나는 공원의 빈터 한편에 놓인 스피커에서 흘러나왔다. 그 옆에서 울긋불긋한 큰 접이식 부채를 폈다 접었다 하며 소림사 승려들처럼 부드럽고 절도 있게 움직이는 한 무리의 사람들이 보였다. 대부분 중년이 넘은 아주머니들이었다. 남자와 젊은 여자도 꽁무니에 서너 명 끼어 있었다. 나팔 소리에 맞춰 모두 같은 동작을 취했다. 나긋나긋한 동작을 보면 무용 같았다. 같은 동작을 반복하는 것을 보면 체조 같았다. 해질녘 이 근처를 지날 때면 저 나팔소리가 들려오곤 했다.
"그렇게 좋은 솜씨를 M시에서 썩혔던 게 아깝지 않아요?"
진장산공원을 서둘러 빠져나오면서 혜리가 일현에게 물었다.
"여기 와서 제 손이 신이 났습니다. 오랜만에 하고 싶은 일을 하니까 말입니다."
말없이 혜리를 따라 걷던 일현이 애써 기분을 추스르듯 밝은 목소리를 냈다.
혜리는 일현과 단둘이 산책을 나왔다. 가만히 보면 일현은 성철이 없을 때 활기를 띠었다. 단장으로서 부단장을 어느 정도는 장악할 줄 알았다. 그것은 직책에서 비롯된 착시현상에 지나지 않았다. 그들의 관계는 평양에서 혜리가 경험한 것과 다를 것이 없었다. 혜리는 일현과 공모자라도 된 것처럼 성철이 없는 시간을 은근히 기다려 왔다. 마침 성철이 혼자서 1박2일 일정으로 자기네 선양 총영사관으로 떠났다. 정기적으로 무슨 보고를 해야 한다고 했다. 애니메이터들의 동정 따위를 보고할 것이다. 성철은 일현에게 윗사람들에게 인사도 하고 구경도 할 겸 같이 가자고 했다. 일현은 마지못해 따라가려 했다. 혜리가 작업을 핑계로 앞을 가로막았다. 성철이 별꼴 다 본다는 듯 헛웃음을 삼켰지만 강요하지는 못했다. 김 PD마저 사흘 일정으로 서울에 갔다. 지난 3개월분의 자금 사용 실적과 다가올 3개월분의 사용 계획을 혜리 대신 투자사에 가서 제출하고 설명하도록 시켰다. 이젠 작업이 안정궤도에 들어섰다. 김 PD가 가족을 만날 때가 된 것이다. 그들 두 사람이 없는 틈을 타 혜리는 일현에게 산책을 권했다. 같이 일하는 사람으로서 그의 사적인 고민들을 무한정 무시할 수만은 없었다. 일현은 이번에는 성철 대신 에니메이터들의 눈치를 살폈다. 혜리는 막무가내로 그의 등을 떠밀었다.

 음악소리가 차츰 멀어졌다. 두 사람은 압록강변 카이파취(開發區) 쪽을 향해서 걸었다. 창문에 어둠이 낀 빈 건물들이 나타나기 시작했다. 외벽을 장식한 다갈색 타일은 드문드문 떨어져 나갔다. 오르내리는 계단은 겨울을 넘긴 마른 잡초들이 차지했다. 베란다의 경계철책은 시커멓게 녹슬었다. 대부분의 건물들이 간판을 붙인 흔적조차 없었다. 한 번도 입주자를 맞이하지 못하고 쇠락의 길로 들어섰음 직했다. 권력자들의 잘못된 결정이 가져온 흉터만 같았다.

 "부인을 찾는 일은 진전이 있어요?"

 작업에 대한 대화가 얼추 끝나자, 혜리가 물었다. 관심사를 노골적으로 드러내 그가 일부러 감추거나 내숭을 떠는 일이 없도록 하는 것이 좋겠다는 생각을 했다. 일현이 한참을 머뭇거렸다.

"제 동서 기태 동무의 작은아버지가 중국 숭장허라는 데 삽니다. 백두산 부근이랍니다. 기태 아버지 역시 그곳에서 살았는데, 60년대 초에 압록강을 넘어 우리 공화국으로 들어왔습니다. 당시는 중국 사람들이 어렵게 살 때니까 중국에서 탈출한 것입니다. 기태 작은아버지 전화번호를 간신히 알아내 전화를 쳤댔는데, 아내가 거기 없다는 말만 한단 말입니다. 제가 중국에 나와 있다는 점을 알렸는데도 기렇단 말입니다."

일현이 어쩔 수 없다는 듯 대답했다. 혜리가 자신의 전화를 엿들은 것을 의식한 모양이었다.

"왜 살아 계시다는 생각을 하게 됐어요?"

일현이 끄음, 신음소리를 냈다. 더는 말하기 싫다는 것인지, 그 생각만 하면 가슴이 미어진다는 것인지 분간이 가지 않았다. 두 사람은 터벅터벅 카이바춰를 가로지르는 간선도로로 접어들었다. 혜리의 머릿속으로 옛 애인이 들어왔다. 그는 혜리와 헤어진 뒤에도 이따금 전화를 했다. 혜리도 알고 그도 아는 친구의 전화번호 따위를 묻곤 했다. 한밤 휴대전화에서 새어 나오는 그의 목소리는 늘 취기가 진하게 배어 있었다. 혜리가 왜 그것을 내게 묻느냐고 신경질을 부리면 그는 미리 준비해 둔 것처럼 욕설을 퍼부었다. 혜리는 눈치챘다. 친구의 전화번호를 아는 것을 그는 별로 중요하게 여기지 않았다. 하지만 재결합의 가능성은 욕설 때문에 더욱 멀어졌다. 혜리는 전화번호를 바꾸었다.

"중국에 나오길 잘한 것 같습니다. 다시 작품을 할 수 있으니까니 말입니다. 또 감독 선생님 같은 분을 만났으니까니 말입니다."

다시 이어지는 침묵이 어색한지 일현이 입을 열었다.

"부인도 찾아볼 수 있고요."

혜리는 그가 아내를 찾기를 바라는 간절한 마음을 담아 대꾸했다.

"우리 저녁식사 함께 할래요?"

혜리가 덧붙였다. 일현이 거기까지는 곤란하다는 듯 망설였다. 혜리는 눈에 힘을 주고 어찌 그리 답답하게 구느냐는 듯 그를 쳐다보았다. 그러면서 버릇을 들여야 경계 밖으로 나갈 수 있고, 경계 밖으로 나가봐야 연출 작업도 원활하게 할 수 있다는 생각을 떠올렸다.

"때가 됐으니 나온 김에 먹고 가요."

재차 권했다. 그가 마지못해 고개를 끄덕였다.

플라타너스의 시커먼 실루엣 너머로 주황색으로 물든 지평선이 펼쳐졌다. 두 사람은 플라타너스가 늘어선 간선도로변의 압록강식당으로 들어섰다. 서울 변두리에 있는 것 같은 소박한 식당이다. 스튜디오를 꾸리는 중에 김 PD가 알아와서 몇 번 들렀다. 주인아주머니가 조선족이다. 한국에서 식당 주방 일을 하다가 돌아와 차렸다고 했다. 싱싱한 낙지를 싼 값에 내놓았다. 낙지회와 연포탕과 맥주 두어 병을 시켜 먹어도 150위안 정도에 지나지 않았다.

낙지가 식당 입구 수족관 유리벽에 다닥다닥 붙어 있었다. 서울에서 먹을 수 있는 것처럼 이놈들도 서해 개펄에서 잡힌 것이었다. 홀 왼쪽에 있는 방에 들어가 식탁을 사이에 두고 마주앉았다. 혜리가 메뉴판을 펼쳐 일현 앞에 내밀었다.

"무얼 드시겠어요?"

"우리 사람들은 음식 안 가립니다."

그 동안 가려 먹을 형편이 아니었다고 말하는 것 같아 혜리의 가슴에 씁쓸한 파문이 일었다. 전에 먹던 대로 낙지와 맥주를 주문하고, 특별히 백주 한 병을 추가했다.

"민족식당에서처럼 폭탄주인지 뭔지는 하지 않갔습니다. 그날 엄청 욕봤습니다."

일현이 지레 손사래를 쳤다.

"맥주는 제가 마실 거니까 선생님은 백주를 드세요. 저도 폭탄주는 못해요. 남으면 가져가서 다음에 드세요."

"기렇다면야……"

혜리는 맥주잔과 백주잔을 각각 채웠다. 백주는 '용의 타액'이라는 뜻을 가진 라오룽커우 38도짜리였다.

"제가 속을 까발렸다고 가벼운 사람으로 여기지 마십시오."

일현이 백주 잔을 들었다.

"이제부터 우린 동료예요. 가슴을 터놓고 일해야 하는……"

혜리는 어느덧 자신이 그의 아픔 속으로 한 발 디뎠음을 느꼈다. 일현이 잔을 홀딱 비웠다.

"그 동안 많이 힘들었겠어요. 털어놓으시면 좀 가벼워질 거예요."

혜리도 입을 축이며 상투적인 말일망정 위로를 건넸다.

"남에게 속을 털어놓으면 서로 불편해질 뿐입니다."

"누군가 자신과 함께 아파한다는 사실을 알게 되면 위안이 되겠죠."

일현이 한숨을 길게 내쉬었다.

"하나 묻갔습니다."

혜리가 일현의 얼굴로 시선을 옮겼다.

"인터넷으로 어제 남조선 보도를 봤습니다. 중국으로 도망쳐 온 우리 사람을 탈북자라고 한다는데, 여자 탈북자는 국경을 넘자마자 인신매매꾼에게 잡혀 중국 사람 집에 팔려가는 경우가 부지기수랍니다. 장가 못 간 농촌 사람 집에 말입니다. 거기서 감금당하여 성노예로 산답니다. 정말 기렇습니까?"

혜리는 일현의 상상이 짐작보다 심란한 상황에 이르고 있음을 깨달았다.

"사람마다 다르겠죠. 하고 싶지 않으면 죽인다고 해도 하지 않을 수 있겠죠."

"하지 않으려고 해도 하게 만드는 강압을 어떻게 피합니까? 리조시기(조선시대) 여자들처럼 혀를 깨물고 자결하란 말입니까?"

혜리는 이어갈 말을 찾지 못했다. 자신이 미처 알지 못한 세계가 존재할 가능성이 충분했다. 폭력은 인류의 역사만큼 오래되었고, 오래된 만큼 교활하게 진화했다. 잘게 잘린 낙지 다리가 식탁의 접시 위에서 버둥거렸다. 일현의 내면에서 뻗어 나온 촉수들이 알고 싶은 것을 알아내려고 몸부림치는 것 같았다. 얼굴이 괴로운 듯 일그러졌다. 혜리는 '내가 있잖아요'라고 말하듯 그의 손을 슬쩍 잡았다. 그가 어색한지 손을 빼내 혜리에게 백주병을 내밀었다. '오늘은 함께 취해 봐요'라는 말이 얼굴에 어렸다. 그의 번민에 동참하기 위해서 혜리는 백주를 받았다.

 혜리가 몇 번 더 물었지만, 아내에 대한 얘기는 진전을 보이지 않았다. 그 사이 시간이 흘러갔다. 낙지 다리가 버둥거리는 힘을 서서히 잃어갔다. 혜리는 일현이 권하는 백주를 몇 잔 마셨는지 기억할 수 없었다. 다섯 잔째까지는 셌다. 그 뒤부터는 백주가 속절없이 술술 입 안으로 흘러들어갔다. '이러면 안 되는데'라는 생각과 '우리 사이에 이런 경험도 필요해'라는 생각이 차례로 떠올랐다가 사라졌다. 시야에 잡힌 일현 또한 눈을 게슴츠레하게 떴다. 젓가락질을 하는 움직임이 퍽 둔했다. 그는 뭐라고 떠드는 중이었다. 마침내 입이 살짝 열려서 그의 음울한 과거들이 남의 얘기처럼 흘러나오고 있었다. '새'의 주인공 민호는 전쟁통에 이산가족이 됐는데, 어떤 이는 평시에 그리 됐다나. 시인들이 입버릇처럼 읊는 별을 보고서 어떤 이는 밥 한 덩이를 생각했다나. 그래서 어떤 이는 '은하철도 999' 같은 작품을 만들지 못하고 생선을 훔치는 고양이나 그리다가 노동일을 했다나. 하지만 혜리는 그의 말들을 머릿속에 다 담지 못했다. 되레 과거 속에 깊게 침잠한 그를 꺼내 오기 위해 뭐든 말해서 화제를 바꾸고 싶어졌다.

 "숙녀에게 뱀을 선물로 주는 사람이 어딨어요?"

 혜리가 엉뚱한 말을 던졌다. 돌연 만난 지 퍽 오랜 세월이 흘러서

서로 하고 싶은 말을 마음대로 하는 사이처럼 여겨졌다.

"뱀이 아니고 뱀술. 우리 공화국에서 최고로 쳐주는 술입니다."

일현이 히쭉 웃었다.

"조선민주주의인민공화국? 나라이름에 좋은 건 다 갖다 붙였어요. 북한이 민주주의를 해요? 유권자가 대표를 뽑는 공화국이에요? 진실의 가장 큰 적은 거짓보다 꾸며낸 우상이래요."

내가 왜 이러지? 혜리의 말이 이성의 통제를 뿌리치고 계속 엉뚱하게 번져나갔다. 입 밖으로 내뱉지 못해 답답해하던 말들일까?

"우리 공화국을 모욕하지 마십시오. 우리 민주주의는 계급의 적인 자본가와의 투쟁에서 얻어낸 노동자의 전유물이란 말입니다."

"자본가는 사람이 아니에요? 부인도 지키지 못하게 하고, 외국에도 못 나가게 하고, 인민을 굶기면서……"

"먹을 게 없다는 고통을 압니까? 난 압니다. 안다고요."

일현이 외치듯 말했다. 표정은 만만찮았지만, 큰소리를 쳐 본 적이 없었던 것처럼 목소리는 작았다. 그의 입도 이성의 통제 밖으로 빠져 나온 것이 분명했다. 혜리는 방금 전부터 머릿속에서 어른거리는 생각 하나를 잡아냈다. 한국 무역업자 이 사장은 스튜디오를 차릴 때 안 총경리와 함께 혜리를 거들어 주었다. 그 또한 안 총경리처럼 혜리의 대학 동창 형욱이 소개했다. 그는 혜리가 북한과 아주 특별한 관계를 맺고 있다고 믿었다. 북한 사람을 파견 받아 일하는 것이 신기했던 모양이었다. 그는 혜리의 연줄을 통해 북한과 무역하고 싶어했다. 혜리에게 조개탄을 수입할 가능성을 알아봐 달라는 부탁을 몇 차례나 했다. 남한 사업가 중엔 한쪽 다리 부러진 놈을 붙잡고 나머지 한쪽 다리마저 작살내는 사기꾼이 많다는 말을 민경련 베이징대표부를 드나들며 들었다. 그런 말 때문에 그의 부탁을 무시하고 있었던 것은 아니었다. 그가 혜리 자신을 과대평가한다고 여겼다. 더불어 혜리 자신이 겪은 혼란을 겪게 하고 싶지 않았다. 조개탄을 사 주면 일현에게 도움이 될까? 아내 생각을 떨치고 안정을 찾을까?

"공산주의자들이 병사일 때는 존경한다. 그러나 그들이 사제일 때는 증오한다. 누가 한 말인 줄 아세요? 저패니메이션(일본 애니메이션의 별칭)의 거장 미야자키 하야오! 아니. 그 사람은 이런 고상한 말 못해요. 으음, 헤밍웨이?"

혜리는 불꽃이 튀듯 번쩍 떠오른 조개탄 이야기를 이내 잊고서 다른 말을 꺼냈다.

"하나 더 묻갔습니다. 서울에선 여자들이 허벅지를 다 내놓고 다닌다면서요?"

일현이 반격을 하자는 것인지, 궁금증을 풀자는 것인지 모를 질문을 했다. 이야기가 뒤죽박죽으로 엉키고 있었다. 혜리는 천장에 있는 무엇을 노려보듯 눈을 치켜뜨며 정신을 차리려 애썼다. 그렇지. 그를 과거 속으로 돌아가지 못하게 하려면 이런 화제가 낫겠지.

"아예 안 입고 다녀요. 하의 실종. 들어봤어요?"

"감독 선생님도?"

"가끔……."

일현이 또 히죽 웃었다. 식탁 밑으로 시선을 옮겨 바지를 입은 혜리의 다리를 슬쩍 훔쳐보았다.

"병원비가 비싸서 아파도 병원에 못 가는 사람이 넘쳐난다던데?"

"비싼 병원비를 치를 바에야 죽는 게 낫다고 여기는 사람도 있다구요."

"서울역에 노숙자가 득실득실한 이유는 뭡니까?"

"얻어먹을 자유를 누리겠다는 사람이 많은 건가? 아휴, 모르겠다."

게슴츠레 풀린 눈을 하고서 혜리는 일현의 잔에 술을 따랐다. 두 사람은 누가 먼저랄 것 없이 서로 잔을 내밀어 또 한 번 부딪쳤다.

"제 눈이 이상하단 말입니다. 안 보이던 것들이 또렷하게 보인단 말입니다. 먹고픈 대로 먹고, 말하고픈 대로 말하고, 여행하고픈 대로 여행하고, 사랑하고픈 대로 사랑하고……. 기런 것들이 제 두 눈에 막 보인단 말입니다. 이렇게 눈이 밝아져도 되나 모르갔습니다."

"저는 지금 눈꺼풀이 자꾸 내려앉는단 말이에요."

혜리는 잔을 입에 대지 못한 채 도로 식탁에 내려놓았다. 그리고는 눈을 다시 치켜떴다. 몇 번을 더 그렇게 해보았지만 눈꺼풀은 맥없이 내려앉고 말았다. 의지만으로는 어쩔 도리가 없었다. 식탁 위에 풀썩 고개를 떨어뜨렸다. 딱딱하고 차가운 이물감이 느껴졌다. 흘러내린 머리카락이 낙지 접시를 덮친 것 같았다. 일현의 손가락이 가끔 머리에 닿았다. 머리카락을 집어 접시 밖으로 내놓는 모양이었다.

얼만큼 시간이 흘렀을까? 일현이 혜리의 팔을 제 목 뒤에 두르고 옆구리에 팔을 찔러 넣었다. 혜리는 그에게 의지해 비틀비틀 걸음을 옮겼다. 카운터에 앉은 식당 아주머니가 웃었다. 불과 두어 시간 만에 사람이 이렇게 못 쓰게 변할 수 있느냐고 묻는 것 같았다. 혜리가 덩달아 헤헤, 웃었다. 일현에게 이끌려 어둠이 짙게 내린 거리로 나갔다. 그의 걸음이 느려졌다 빨라졌다 했다.

"로일현 선생님, 제가 있다구요. 제가 곁에 있으니 걱정하지 말라구요."

혜리가 중얼거렸다. 이 시간에 꼭 해주어야 할 말이라는 뜬금없는 확신이 들었다. 가로등이 쏟아내는 불빛이 빗물이 흐르는 유리창 건너편을 바라보는 것처럼 어리어리했다. 골목길에 발마사지 간판이 나타났다. 골목 안쪽 벽으로 일현이 혜리를 밀쳤다. 일부러 밀친 것이 아니라 힘에 부쳐 혜리의 허리를 잡은 팔이 풀려 그렇게 되었는지도 몰랐다. 혜리가 건물 벽에 등을 쿵 찧었다. 그가 따라서 혜리 쪽으로 쓰러졌다. 혜리가 양팔을 벌려 붙잡았다. 그의 얼굴이 혜리의 얼굴에 닿았다. 그가 정신을 차려야겠다는 듯 도리질을 쳤다. 다시 혜리의 옆구리에 팔을 끼고 몸을 일으켰다.

세상에 꺾일 때에면 술 한잔 기울이며어.

혜리는 노래를 중얼거리면서 그에게 이끌려 길을 나섰다.

이제 고올 우리의 날들이 온다고오.
너와 마주 앉아서 두 손을 맞잡으며언

두려우운 세상도오 내 발 아래 있잖니이.

건물 벽이 다가왔다. 가로등도 다가왔다. 부딪히지 않으려고 피했다. 그런데도 그것들이 혜리의 코앞에 모습을 디밀곤 했다. 어리어리하던 상점들의 불빛이 점점 뿌옇게 바뀌었다.

8

혜리는 갈증에 시달렸다. 뱃속이 심히 거북했다. 가능하다면 뱃속의 한 부위를 도려내고 싶었다. 겨우 눈을 떴다. 푸른 어둠이 방안에 퍼져 있었다. 천장과 벽의 연속무늬들이 희미하게 보였다. 잔상처럼 밤새 머릿속에서 어슴푸레 떠돌던 일현의 시무룩한 얼굴이 되살아났다.

혜리는 일현에게서 벗어나기 위해 오늘 할 일을 떠올렸다. 남한에서 조류학자로 장성한 민호가 북방쇠찌르레기를 발견하는 장면을 그릴 차례였다. 북방쇠찌르레기는 일제강점기에 중학교 교사로 있던 민호 아버지가 이북지역에서 최초로 발견해 신문에 대서특필되었던 새다. 이번에는 그 새가 이남에도 날아온다는 사실을 민호가 확인하는 것이다. 숲 속 그물에 걸린 북방쇠찌르레기가 날개를 퍼덕이는 장면을 보다 코믹하게 처리할 방법은 없을까? 민호가 그 새를 발견하고 이북에 남아 있을지 모를 부모님을 떠올리는 모습은 어때야 할까? 숙취 탓에 고민이 해결책을 찾지 못하고 그저 고민에 머물렀다. 그 틈을 헤집고 일현의 얼굴이 다시 머릿속으로 들어왔다. 혜리는 침대에서 일어났다. 지난밤 자신의 취한 상태를 나타내는 흔적들이 방바닥에 흩어져 있었다. 바지, 티셔츠, 양말……

잠옷을 걸쳤다. 책상 앞에 앉았다. 속이 쓰렸다. 머리도 아팠다. 두개골과 골이 분리된 듯 머릿속에서 덜그럭덜그럭 소리가 났다. 스탠드를 켰다. 푸른 어둠이 물러갔다. 컴퓨터를 켜고 이메일 아이콘을 눌렀다. 커서가 깜박거렸다. 무슨 쓸데없는 짓을 하려느냐고 묻는 것 같았다.

로일현 선생님.

혜리는 자판을 두드리기 시작했다.

어제 선생님의 이야기를 듣고 사람이 견딜 수 있는 고난의 한계는 어디까지일까 생각해봤어요. 아름다운 설산을 바라보면서 땅 밑 저 깊은 곳에 마그마가 펄펄 끓고 있다는 걸 염두에 두는 사람이 없듯 저 또한 누군가에게 있을 비통한 슬픔을 무심하게 스치고 살아왔다는 생각도 해봤어요. 그러나 선생님의 표정에서 극심한 시련 속에서도 아직 다 망가지지 않은, 아니 시련으로 더욱 단단히 단련될 사람을 보았어요.

사람은 누군가의 마음속에서 사는 거래요. 제가 선생님 곁에 있다는 거 어제 이야기했나요? 당장 무엇을 어떻게 해야 할지는 아직 모르겠어요. 이제부터는 그동안의 희생을 보상받을 길을 찾아보세요. 하고 싶은 일을 하면서 살아 보세요. 힘!

오혜리 올림

혜리는 보내기 버튼으로 마우스를 가져가다가 멈췄다. 아니야. 너무 깊이 빠져들면 안 돼. 두 팔을 벌리고 기지개를 켰다. 김 PD가 후식으로 먹겠다고 사다 놓은 토마토를 기억해냈다. 토마토국을 끓이자. 일현을 불러다가 아침을 함께 먹을까? 혜리는 일어났다. 비틀비틀 주방으로 향했다.

5장
실종

1

 작업테이블 위에 여성 정장들이 흩어져 있었다. 여러 가지 모양의 재킷, 재킷 안에 받쳐 입는 조끼, 블라우스, 스커트, 바지……. 아홉 명이나 되는 여자 애니메이터들이 테이블 주위에 둘러섰다. 옷들을 살피고 골랐다. 자신들에게 맞는지 몸에 대보고, 유리창에 비친 자신들의 모습을 흘끔거렸다. 기대감에 들뜬 표정들이었다. 그러면서도 의아한 기색을 숨기지 못했다. 이런 새 옷들을 왜 버리는지 묻고 싶을 것이다.
 "직장 여성들의 유니폼 견본들이에요. 주인을 정하지 못한 상태에서 미리 만든 옷들이죠."
 혜리가 그녀들의 궁금증을 겨냥해 말했다.
 혜리는 무엇이 되었든 일현에게 도움이 되는 일을 하고 싶었다. 서울에서 의상디자이너로 일하는 친구가 생각났다. 그녀의 회사는 은행이나 병원 같은 큰 회사들을 상대로 여직원들의 유니폼을 제작해

납품했다. 그러자니 눈 높은 고객의 시선을 붙잡기 위해 계절별로 다양한 견본 옷을 만들었다. 유니폼도 요즘은 고급 소재를 썼다. 얼굴만 두껍다면 정장으로 입고 시내를 나돌아 다녀도 손색없을 정도로 우아했다. 더구나 북한 사람들이 입기에 불편하지 않을 만큼 단정했다. 친구는 그런 아까운 견본 옷을 철이 지나면 내다버렸다.

"노숙자들은 멋낼 처지가 아니라고 안 입고, 불우이웃들은 옷보다 돈을 좋아하고……. 버리는 것도 일이야."

혜리는 자신에게 보내라고 전화를 했다.

"네 쓰레기를 치워 주는 거니까 택배비도 네가 부담하고."

친구로부터 "자린고비 년 아니랄까 봐"란 욕을 얻어먹었지만, 그 옷들이 조금 전에 작업실에 도착한 것이다.

"치마 길이가 짧군. 너한테 남자가 생기면 이 치마 때문이라고 해도 괜찮잦다."

성철이 영심이라는 애니메이터를 쳐다보며 빈정댔다. 그녀는 스커트를 자기 몸에 대보는 중이었다.

"저 밖에 다니는 여자들 좀 봐요. 엉덩이가 보일 지경이라고요."

영심이 뾰로통하게 대꾸했다.

"기런 간나들과 미풍양속을 중시하는 우리 조선 사람을 어떻게 비교해? 기건 기렇고. 감독 선생님이 선물로 주는 거니까 이것들을 다 가지고 가서 맞는 걸로 골라들 입으라. 남성 동무들은 좀 기다리라고 하고. 다음번엔 감독 선생님이 남성 옷을 가져올 거니까니."

남성 옷은 구할 수 없는데, 성철이 마음대로 지껄였다. 여자 애니메이터들이 옷을 도로 박스에 담아 들고 나갔다.

작업실에는 일현과 성철, 혜리, 김 PD, 넷이 남았다.

"단장 동무가 옷장사를 한번 해보라요. 다음에 오는 것부터는 평양에 보내 팔기오. 딸내미 시집보낼 밑천은 잡갔는데."

"난 못해요."

일현이 단호히 사양했다. 그냥 해보는 말이 아니었다.

"부단장 선생님이 그래도 양심은 있으시네요."

김 PD가 입꼬리에 비웃음을 머금었다. 성철이 자청해서 일현에게 옷장사를 권하는 까닭을 그가 모를 리 없었다.

일주일 전쯤, 혜리는 고민 끝에 무역업자 이 사장의 조개탄 수입 의향을 일현에게 들려주었다.

"제가 지질대학을 나왔잖아요. 내 친구들이 좋아할 거야요."

일현이 반색했다.

"그래서 주선하려는 거예요."

일현은 M시의 동료들에게 그 소식을 전했다. 그런데 탄광 설비가 낡아서 생산할 수 없다는 대답이 돌아왔다. 이 사장은 17만 달러에 이르는 설비 투자비를 자신이 먼저 대는 것은 큰 문제가 아니라고 했다. 대신 담보를 요구했다.

"남북 간에 담보란 게 무슨 의미가 있어요. 북한은 신용장도 못 여는 나라인데. 안 지키면 그만이에요. 제가 애니메이터들을 이곳에 데려올 때에도 재산상 담보를 해준 게 일절 없어요. 저랑 쓴 합의서 하나 달랑 믿고 여기까지 나왔다구요."

 혜리는 이 사장이 용단을 내리기를 기대했다. 일현이 개입하지 못할 것을 눈치챘더라면 결단코 그런 일이 없었을 것이다.

 "좋아요. 로일현이란 분을 보니까 우리 민족의 순종이 아직 한반도에 남아 있구나 하는 생각이 듭디다. 이때까지 제가 돈 좀 벌었다면 다 사람 믿고 장사한 덕분입니다. 먼저 투자하죠."

 이 사장은 길게 고민하지 않았다. 그는 젊은 시절에 국가대표 유도선수를 지냈다. 혜리도 여고시절 TV를 통해 그의 얼굴을 보았다. 우악스런 인상이기는 했지만, 통 크게 사업을 잘 한다는 소문이 따라다닌다고 대학동창 형욱이 귀띔해준 적이 있었다. 굶주린 악어 떼가 도사린 늪으로 이 사장을 몰아넣는 것은 아닌가 하는 께름칙한 느낌이 스쳤지만, 성철이 이 건을 알게 되기 전까지는 잘 풀릴 것으로 믿었다. 혜리가 낀 식사 자리에서였다. 일현이 성철에게 사업 내용을 알렸다. 자기 생활에 대해 일거수일투족을 성철에게 보고해야 하는 그다.

 "아동영화 제작 외에 남조선과 다른 일을 해서는 안 된다는 걸 모르나요? 조국의 방침을 잊으면 이거야요."

 성철이 정색을 하며 손바닥을 편 손으로 자신의 목을 베는 시늉을 했다. 일현의 얼굴에 안타까운 기색이 얼핏 비꼈다. 하지만 하마터면 큰 실수를 할 뻔했다는 표정으로 이내 바뀌었다.

 "기러나 너무 걱정하진 말라요. 단장 동무만 손을 떼면 되니까니. 내가 민경련 단둥대표부에 부탁해 친구들을 도울 길을 만들어 보갔어요."
  그렇게 일이 얼렁뚱땅 성철에게 옮겨갔다. 혜리가 나서서 막으려 했지만, 이미 상황이 돌이킬 수 없게 된 뒤였다. 바보 같으니라구! 혜리는 속으로 그를 욕했다. 그가 개입해서 친구들로부터 용돈을 몇 푼 얻어먹더라도 흉이 될 일은 아니었다. 그것이 물 건너간 것이다.
  이 사장은 일현이 얼굴마담이었느냐고 혜리에게 불만을 토로했다. 그러면서도 탄광 재건을 위한 설비 투자금 17만 달러를 성철에게 주었다. 일현이 손을 뗐다고 하더라도 그의 과거 동료들을 돕는 일이어서 혜리는 이 사장의 투자를 말리지 않았다. 대신 일이 잘못되면 어쩌나 하는 근심을 떠안았다. 심증뿐이긴 하지만, 성철이 투자금을 얼마쯤 떼어먹었을 것이다. 하는 짓을 보면 그러고도 남을 사람이었다. 그는 투자금을 M시 탄광에 넘기지 않았다. 어차피 중국산 설비를 써야 하니 설비를 민경련이 직접 사서 보내도록 하겠다며 단둥대표부를 들락거렸다. 얼마 전에는 왼쪽 가슴에 빨간 포켓치프가 박힌 재킷을 입고 나타났다. 싱싱한 가죽냄새를 풍기는 구두는 어둠 속에서도 반짝반짝 빛을 발했다. 이 사람이 누군가 할 정도로 달라진 차림이었다. 혜리에게서 받은 첫 월급을 그런 식으로 탕진할 사람이 아니었다. 단둥서 외화벌이를 하는 친구를 졸라서 샀다고 그는 구태여 떠벌렸다.
  성철은 자신의 그런 행태가 마음에 걸렸을 것이다. 그래서 옷 보따리장사를 일현에게 안기려는 것이리라. 차후 문제가 될지 모를 자신의 비리를 감추는 수단으로 쓸모가 있을 테니까. 세상일에 어두운 일현이 범법의 공범이 되면 성철의 비리를 발설하지 못하게 할 수 있을 테니까. 애니메이터들에게 인심이나 얻기를 바란 견본 옷 선물이 장사가 될 수 있음을 혜리는 느꼈다.

"애니메이션 이외의 일에 손대면 안 된다고 한 말을 까맣게 잊으셨네. 그 사이 나라 방침이 바뀌었나요?"

김 PD가 성철을 향해 연거푸 비아냥댔다. 성철이 계속 못 들은 척하기가 어려운가 보았다. 할 말이 있어도 참는다는 듯 훗 콧소리를 냈다.

"단장 선생님이 옷장사 하는 걸 부단장 선생님이 확실히 보장해주실 수 있어요?"

혜리는 일현의 의사를 묻지 않고 성철에게 못을 박았다. 성철이 고개를 크게 끄덕였다.

"전 못 한다고 했잖습니까? 조국의 방침에 따르갔단 말입니다."

일현이 거절 의사를 더욱 뚜렷이 했다. 하지만 혜리는 더는 입을 열지 않았다. 이런 일에서 일현은 밀어야 밀려갈 사람이다.

일현과 성철이 혜리의 작업실을 나갔다. 혜리는 공기조차 무겁다는 듯 축 처진 일현의 어깨를 물끄러미 바라보았다. 엊그제 혜리 작업실로 그를 찾는 전화가 걸려온 기억이 났다. 굵은 남자 목소리였다. 그에게 밖에서 전화가 걸려온 것은 처음 있는 일이었다. 그때부터 그의 얼굴에 정도 이상의 불안감이 얹혔다. 그렇지 않아도 그가 기태 작은아버지에게 자주 전화를 거는 것이 신경 쓰이던 참이었다. 아내가 중국에 있을 것이라는 막연한 심증을 말하고 또 말하면서 아내의 소재를 알려달라고 통사정을 해댔다. 그가 가망 없는 일에 너무 오래 매달리는 것 같아 요즘에는 야속하기까지 했다. 혜리에게는 아직 아무런 부탁이 없었다. 과연 부탁할 일이 있기나 한지……. 차차 기회를 만들어 기태 작은아버지가 산다는 숭쟝허라는 데 같이 가 보자고 할까? 내가 나서서 설득하면 기태 작은아버지가 순순히 알려줄까? 하지만 현재로서는 그가 동행을 수락할 가능성이 전혀 없다고 보아야 했다. 그의 어깨에 또 하나의 짐을 얹은, 전화를 건 사람은 누구일까? 혜리는 이 사장이 일현에 대해 한 말을 떠올렸다.

 "제가 선수생활을 오래 해서 상대의 관상을 좀 볼 줄 알죠. 그분은 남에게는 한없이 관대한 반면, 안 되는 일은 다 자기 탓으로 돌리는 성격을 가졌어요. 책임감이 강한 편이죠. 대신 갈라파고스 제도에서 독자적으로 진화해온 거북이처럼 외부세계에서 경쟁하는 법을 모르는 게 큰 흠이에요. 세상을 알기도 전에 다른 짐승에게 먼저 잡아먹힐 것 같아요. 그런 기운이 강하게 느껴진단 말이에요."

 혜리는 그땐 말도 안 되는 소리를 한다는 표정을 지었었다. 지금은 왠지 아니라고 단정할 자신이 없었다.

2

 "차오셴(조선), 짜요(힘내라)! 차오셴, 짜요!"
 티 한 점 없는 코발트 빛 하늘 아래 5만 관중이 운집했다. 경기장

지붕에 공명된 군중의 함성이 훈허 강변에 메아리쳤다. 그라운드에서는 중국과 북한의 국가대표팀 축구경기가 벌어지고 있었다. 관중의 대부분이 북한팀을 응원했다. 북한 응원단뿐 아니라 중국 사람들까지 그랬다. 상식을 깬 기이한 현상이 일어난 것이다.

 북한, 중국, 일본, 보츠와나 국가대표팀이 벌이는 친선경기 마지막 날이었다. 북한팀과 중국팀이 3, 4위를 다투고 있었다. 현재 스코어는 1대 2. 북한이 한 골 뒤졌다. 전광판에 기록된 남은 시간은 4초. 북한팀에게 페널티 킥이 선언되었다. 이 골을 넣으면 동점이 되어 북한은 중국과 공동 3위를 기록한다. 꼴찌이기는 마찬가지다. 하지만 체면은 세우는 셈이다.

 이틀 전, 북한 선양총영사관은 애니메이터들에게 선양에 올라와 북한팀을 응원하라고 지시했다. 랴오닝성(省)에 나와 있는 북한 사람들에게 총동원령을 내렸는가 보았다. 애니메이터들은 성철과 일현의 인솔 아래 열차를 타고 300km 가까운 거리를 올라왔다.

 성철이 혜리의 작업실에 찾아와 총영사관의 지시를 전할 때 혜리는 짜증을 냈다.

 "안 돼요. 놀 때 다 놀고 언제 일하실 거예요?"

 아이들 겨울방학에 맞춰 '새'를 개봉하려면 작업에 한창 가속도를 붙여야 할 시점이었다. 서울에서 이어지는 편집, 더빙, OST 작곡, OST 녹음 등 포스트프로덕션이 메인프로덕션 뒤에 맞물려 있다. 이들 외주작업팀과 사전 조율된 스케줄을 지켜야 한다. 이름 있는 녹음실은 4, 5개월 전에 스케줄이 결정된다. 그런데 성철은 회식을 요구하는 등 김 빼는 짓을 가끔 해 왔다.

"지시라니까요."

"누구 일하러 나오셨어요? 근무시간에는 우리 일을 하셔야 하잖아요?"

혜리는 물러서지 않았다. 성철은 이곳이 평양이 아닌 것이 한스럽다는 듯 작업실 문을 거칠게 열고 나갔다.

얼마 지나지 않아 일현이 들어왔다.

"영화미술가(애니메이터)들이 중국에 나온 지 2개월이 다 되었습니다. 그동안 스튜디오에 갇혀 일만 했댔습니다. 칸막이 쳐진 작업테이블 위에 종일 고개를 처박고 그림을 그리는 걸 보노라면 양계장에서 평생 알만 낳다 죽는 닭들을 연상시킨단 말입니다."

"그래서요? 어느 나라 애니메이터들이나 다 그런 환경에서 일해요. 일본도, 한국도."

혜리가 신경질적으로 대꾸했다. 자신을 흡사 악덕경영자로 간주하는 것 같아 기분이 더 상했다. 그때 자기 자리에서 일하던 김 PD가 삐거덕 소리를 내며 두 사람 쪽으로 의자를 돌렸다.

"우리 애니메이터들은 외출하는 자유조차 누리지 못하는 게 다르죠."

그가 성철이 말할 때 잠자코 있었던 까닭이 느껴졌다.

"바쁜 시기인 줄 알면서 그런 말을 해? 너도 축구 구경하고 싶어 안달이 났구나?"

사실 애니메이터들은 일요일에도 밖에 나가지 못했다. 숙소에서 세탁이나 하고 노래나 불렀다. 이 도시와 어떤 관계도 맺지 않으려는 듯 자기들끼리만 이야기하고 살았다. 생필품을 살 일이 있으면 한 사람에게 생활부장이란 직책을 주어 그를 시켰다. 서로 생활부장을 차지하기 위해 임명 권한이 있는 성철에게 잘 보이려 애를 쓴다는 풍문이 돌았다.

"앞으로는 이런 무리한 요구가 없도록 해주세요."

혜리는 결국 이 기회에 애니메이터들의 숨통을 틔워 주기로 했다. 따지고 보면 일현에게도 경기 관전은 필요한 시간이 될 것이었다. 그의 심기가 심상치 않을 만큼 불편해 보였다. 굵은 남자 목소리의 전화를 받은 뒤부터는 눈에 띄게 더했다.

혜리 자신도 김 PD를 따라나서기로 했다. 김 PD는 안 갔으면 낙담했을 것처럼 즐거워했다. 혜리는 압록강식당에 에니메이터들이 먹을 점심도시락을 주문했다. 삶은 낙지와 낙지호롱을 듬뿍 넣으라고 했다.

주심이 마크한 곳에 북한팀 주장인 등번호 20번 리명철이 섰다. 중국팀 골키퍼가 골라인 상에서 리명철의 킥을 기다렸다.

"야! 비켜줘!"

"전화 왔다! 전화 받고 해!"

가까운 곳에 앉은 중국 관중 몇이 입에 손을 모아 외쳤다. 자기네 골키퍼에게 하는 말이었다. 혜리는 그런 정도의 중국말은 알아들었다. 하지만 왜 그런 말을 하는지는 몰랐다. 옆에 앉은 일현을 시켜 그 옆에 앉은, 중국말을 할 줄 아는 생활부장에게 물었다. 생활부장은 소속 회사가 다른 뒷좌석의 자기네 사람들에게 물었다.

"지방 선수로 뛰던 저 선수 형이 손전화를 가진 걸 자랑하려고 팬티에 주머니를 만들어 기걸 넣고 다녔답니다. 경기 중에도 전화를 척하니 받곤 했답니다. 기런 행태를 기억하며 퍼붓는 야유랍니다."

자기네 대표팀이 기대에 부응하지 못하자 중국 관중들이 화가 단단히 난 것이다. 차라리 북한팀이 이기라고 응원하는 것이다.

"간신히 체면을 세우겠군."

일현 옆에 앉은 성철이 골인을 기대하며 말했다. 기분이 좀 풀리는가 보았다. 숨겨온 깡통맥주를 따서 들이키고는 낙지호롱을 한 입 베어 물었다.

"공동 꼴찌도 꼴찌죠."

앞좌석의 김 PD가 대꾸했다.

"이런 상황에서 골을 못 넣으면 저 인간들 배때기를 한 방씩 발로 호되게 질러 줄 거야."

"저것이야 넣겠죠."

주심이 휘슬을 불었다.

"차오센, 짜요!"

하늘을 찌르는 관중의 함성이 계속되었다. 리명철이 볼을 향해 내달렸다. 볼이 그의 발끝에서 튕겨나가 골문 안으로 돌진했다. 그런데? 튀어나온 골키퍼의 가슴팍에 안기고 말았다. 경기장이 아우성으로 뒤덮었다. 중국 관중은 중국 관중대로, 북한 관중은 북한 관중대로 불만을 토해냈다. 경기 종료를 알리는 휘슬이 아련히 울렸다.

북한 선수들이 모두 제자리에 털썩 주저앉았다.

"아휴!"

혜리가 아쉬움을 담아 탄식을 토해냈다. 일현은 기가 막혀 헉헉, 헛웃음을 내뱉었다. 모처럼 기분이 풀렸다.

"그래도 걱정 마세요. 오늘 밤엔 제가 한잔 쏠게요."

혜리가 일현의 등을 가볍게 두드렸다. 아침에 선양으로 출발하기 전에 그는 "오늘 축하……" 어쩌고 하는 말을 했다. 북한팀이 틀림없이 이길 것이니 축하주까지 한잔 내라는 말로 혜리는 짐작했다. 제가 말하기 곤란하니까 성철이 시켰으리라. 혜리는 한술 더 뜬다고 속으로 성철을 욕했다.

성철은 맥주깡통을 스탠드 바닥에 내동댕이치고 일어섰다. 광일이라는 애니메이터는 앉았던 플라스틱 의자를 주먹으로 내리쳤다가 아파서 주먹을 입에 대고 호호 불었다.

"부단장 선생님, 우리 모두 쫓아가 리명철 선수 배때기를 호되게 질러 줍시다."

김 PD도 빗나간 기대를 아쉬워했다.

3

단둥행 열차는 창에 농촌풍경을 매달고 달렸다. 붉은 벽돌집들과 옥수수밭, 복숭아밭, 냇가의 왕버들나무, 농로를 걷는 사람들이 보이는 한적하고 평화로운 풍경이 이어졌다.

"동서 작은아버지란 분에게서 온 전화예요? 굵은 목소리로 말하던 분 말이에요."

혜리는 옆자리에 앉은 일현에게 물었다. 일현이 주위를 둘러보았다. 앞쪽에 앉은 애니메이터들은 자기들끼리 서로 바라보도록 좌석을 돌려놓았다. 조금 전에 끝난 경기를 화제 삼고 있었다. 페널티 킥을 정대세가 찼어야 했다는 둥, 후반전에 체력이 떨어진 것이 패인이라는 둥, 북중 친선은 잘 됐다는 둥 말들이 이어졌다.

"패인분석이 다 틀렸어요. 장군님에 대한 선수들의 충성심이 부족해서 진 거예요."

김 PD가 옆에서 대화를 거들었다. 웃자고 한 말일 것이다. 하지만 누구도 웃지 않았다. 자기들이 해야 할 말을 그가 하니까 고깝게 들린 모양이었다. 무안함을 이겨내려는지 그가 뭐라고 더 떠들어댔다. 통로 건너 좌석에 앉은 성철은 중국 사람과 대화를 나누느라 시달리는 중이었다. 손가락으로 제 손바닥에 무엇을 쓰고 지우고 했다. 말하기 좋아하는 사람에게 걸렸는가 보았다. 혜리와 일현을 노골적으로 쳐다보는 사람도 있었다. 통로 건너 앞쪽 세 번째, 역방향으로 돌려진 좌석에 앉은 이였다. 여름이 완연해졌는데 긴 팔 와이셔츠에 원색 넥타이를 맸다. 남한 사람이 틀림없었다. 그 역시 혜리가 남한 사람임을 알아본 것 같았다. 가슴에 붉은 배지를 단 일현과 다정하게 앉은 것이 영 납득이 안 되리라.

"M시 시당 책임비서 동집니다. 인츰 중국에 나올 일이 있으니 만나자고 합니다."

일현이 뒤늦게 대답했다.

"왜요?"

"바쁜 분이 일부러 만나자니까 용무가 있갔지요."

"……"

"저를 소환시키려는 건 아닐 겁니다."

일현이 말실수를 했다는 듯 제 입을 손으로 막았다.

"소환?"

혜리는 일현의 표정을 살폈다.

"M시로 데려간다는 거예요?"

혜리가 거듭 물었다. 무슨 불길한 단서라도 있는 양 일현에게서 시선을 떼지 못하고서. 그가 걱정하지 말라는 듯 입가에 가벼운 웃음을 머금었다. 그런 태도가 되레 걱정을 감추는 것처럼 어색했다.

"그분이 저를 어느 정도 믿는 구석이 있는 것 같습니다. 기렇다고 여기까지 와서 저를 데려가갔다고 하진 않갔지요."

"절대 안 되죠."

"걱정하지 마십시오."

"걱정이 되는데요."

혜리의 머릿속에 진한 구름이 끼고 있었다. 그의 어깨를 더 처지게 했던 까닭이 짐작이 갔다.

산 중턱에 어느 가난한 나라의 아이들 머리에 난 부스럼 같은, 잡풀이 우거진 빈터들이 창에 스쳤다. 일현은 M시에서 부업지 개간에 동원된 적이 있다고 했다. 고려항공을 타고 평양에 들어갈 때 하늘에서 보았던, 북한의 상징 같은 민둥산들이 눈에 어른거렸다.

"저기 개간한 자국이 보이죠?"

혜리가 빈터들을 눈짓으로 가리켰다. 일현의 눈이 혜리가 말한 곳을 더듬었다.

"중국이 60년대 초에 산을 개간했던 흔적일 거예요. 대약진운동이 다 뭐다 해서 새 땅 찾기 운동을 했대요. 수억 인민들을 다 먹여 살리려면 농경지가 부족하다고 본 거죠."

혜리는 신문에서 본 쪼가리지식들을 풀어놓았다.

"요즘은 저런 경사지에는 농사를 안 지어요. 잘 보세요. 산으로 회복시키고 있죠? 산은 산대로 중요하다는 걸 깨달은 거예요."

일현이 산을 유심히 바라보았다.

"저런 곳은 개간할 만하갔습니다. 제가 개간한 곳은 부식토층이 종잇장처럼 얇고 온통 돌투성이였습니다. 돌, 바위 가릴 것 없이 그 위에 흙을 쌓아 밭을 만들어야 했던 겁니다."

"단장 선생님이 다시 그런 일을 하는 경우는 없어야 해요."

"유엔이 경제제재만 안 했어도……"

그동안 혜리는 가급적 정치적 대화를 피하려고 애썼다. 하지만 일현이 M시로 돌아가는 것을 합리화시킬지도 모를 싹을 방치해 둘 수는 없었다.

"핵실험 같은 걸 계속하니까 제재를 당하는 것 아니에요?"

혜리가 대꾸했다. 언론에 워낙 많이 등장해서 모든 북한문제에 대한 유일한 해답처럼 머릿속에 박힌 말이었다.

"세상 모든 나라가 우릴 노리는데 핵을 관둡니까?"

"스스로 그렇게 고립시킨 것 아니에요? 오늘 중국 관중이 공화국 대표팀을 응원하는 걸 보지 않았어요? 그렇게 이웃나라들 편도 들면 얼마나 좋아요?"

대신할 말이 얼른 떠오르지 않았다. 말하고 보니 사례가 적절하지 않았다.

"제 나라 선수들이 못하니까니 화가 나서 우릴 응원한 거지 우리가 좋아서 기런 것입니까?"

"북쪽 사람이라면 그렇게 할 수 있겠어요?"

"우린 절대 머저리가 될 수 없지요."

지지 않겠다는 듯 일현이 말을 이어 갔다. 정치적인 대화에서는 어떤 경우든 이겨야 한다는 잠재의식이 작동하는 듯했다. 자신의 목소리가 아니라 당의 목소리에 채널을 맞춘 느낌이 들었다.

"어느 나라든 자기 혼자 힘으로 살아보겠다는 건 난센스예요."

"우리 식대로 살면서 주체적인 힘을 먼저 길러야 하는 겁니다. 약자가 강자와 친해지면 자칫 강자의 괴뢰가 될 수 있습니다."

일현의 대꾸에 '남조선처럼'이란 말이 끼어 있는 것처럼 들렸다. 혜리 역시 질 수 없다는 오기가 슬며시 일어났다.

"국민 한 사람 한 사람이 자유로운 삶을 살게 하는 게 주체 아닌가요? 애니메이터에게 산지 개간을 시키는 나라가 어디 있어요?"

말을 심하게 했다고 혜리가 깨닫는 중인데, 혜리를 바라보던 일현의 눈망울이 흐려졌다. 배터리 방전을 알리는 신호처럼 눈을 심하게 끔뻑거렸다. 깊이 생각하지 않은 문제라서 더는 할 말이 떠오르지 않는 것일까? 아니면 더는 말하지 않겠다고 다짐을 할까? 대화가 진심보다 서로의 정치적 성향을 고집하는 쪽으로 흘러가는 것에 혜리 또한 불만을 느꼈다. 더 말하기 싫으면 하지 마세요. 말하지 않아도 당신의 표정이 이미 해준 말들을 기억해요. 혜리는 속으로 뇌까렸다. 사람들은 말이 없는 가운데 자신도 모르게 찾아오는 공감을 통해 세상을 터득해 가는지도 몰라요.
 "부인을 찾으시는 일은 아직 뚜렷한 진전이 없는 거네요?"
 혜리가 말머리를 돌렸다. 일현이 대꾸하지 않았다.
 "기태라는 분의 작은아버지가 산다는 숭장허에 한 번 다녀오시지 그래요? 바쁜 시간이 지나면 저와 같이 다녀와도 좋고요."
 일현이 창밖에 계속 이어지고 있는 산 쪽으로 시선을 돌렸다. 예상했던 대로 이 문제 또한 대답을 피했다. 차라리 그가 아내 일에 매달려 준다면 시당 책임비서를 머릿속에서 물리칠 수 있을까? 그런 생각 끝에 혜리 자신에 대한 불만이 슬며시 고개를 들었다. 일현의 사적 공간으로 너무 깊이 빨려 들어왔어. 그는 왜 이렇게 자신의 내부로 나를 한없이 끌고 갈까?
 열차는 줄기차게 달렸다. 혜리는 깜빡 선잠에 빠졌다. 자신도 모르게 가끔씩 일현의 어깨에 머리를 묻었다. 동료들의 눈치가 보여선지 그는 슬쩍슬쩍 혜리를 밀어냈다.

4

 선화(線畵)들이 움직였다. 컴퓨터 화면 왼쪽 상단 하늘에서 세 개의 점들이 나타났다. 그것들이 하강곡선을 그으며 오른쪽으로 비행했다. 남한 대성동 마을에 게양된 태극기가 보였다. 곧 북한 기정동 마을에 게양된 북한국기로 바뀌었다. 점들이 서서히 클로즈업되어 새의 모습으로 변했다. 민호가 인공 번식시킨 북방쇠찌르레기를 휴전선 인근에서 북쪽으로 날려 보내는 것이다. 벌써 7년동안 진행된 13번째 방사였다. 이번에는 카메라가 민호 주변을 잡았다. 제자가 손을 털며 민호에게 다가온다.
 "저놈들에게 가락지 대신 리본을 매달면 어떨까 생각했어요. 제 아버님도 북에 계시잖아요. 제가 태어나기 전에 월북하셨으니 얼굴도 기억할 수 없지만. 리본에 아버지를 찾는다는 글을 써 넣으면……."
 제자가 말을 다 잇지 못했다. 민호는 새가 날아가는 하늘로 다시 고개를 돌렸다.
 예정대로라면 이 522번 신 이후 14개 신의 라인 테스트는 오늘 마쳤어야 했다. 축구 관전 중에도 그것이 마음에 걸렸다. 선양에서 돌아와 저녁식사를 마친 직후, 혜리는 딱 20분만 시간을 내라며 일현을 붙잡았다. 그 사이 애니메이터들은 성철의 인솔 하에 밖으로 나갔다. 김 PD까지 꺼덕거리며 따라갔다. 혜리는 라인 테스트가 끝나는 대로 모두 일현의 숙소에 모아 놓고 맥주파티를 열리라 작정했다.

막상 그 시간이 다가오자, 다들 딴 짓에 관심을 쏟았다.

　북방쇠찌르레기들이 우뚝 솟은 고려호텔을 지나 천리마동상과 개선문 위를 날았다. 그러다가 도심의 숲 속으로 자취를 감췄다. 화면이 바뀌고, 북방쇠찌르레기들이 나뭇가지를 껑충껑충 뛰어다니며 지절대는 모습이 잡혔다. 발목엔 은색 식별가락지가 끼워져 있었다. 민호가 휴전선에서 날려 보낸 북방쇠찌르레기들이 평양에 당도한 것이다. 부근에서 놀던 아이들이 나무 밑에 모여들어 북방쇠찌르레기들에게 고무줄 총을 쏘았다. 북방쇠찌르레기 한 마리가 머리를 정통으로 맞고 떨어졌다. 먼데서 그 장면을 바라보던 머리 허연 노인이 쯧쯧, 혀를 찼다. 카메라가 트럭인되며 노인의 얼굴이 잡혔다. 그는 평양새연구소 소장인 민호의 아버지다. 생각에 잠겼다. 작년에도 그는 연구원들과 함께 사리원 부근으로 탐조활동을 나갔다가 농장 옆 나뭇가지에 앉은 북방쇠찌르레기들을 발견했다. 그놈들도 식별가락지를 끼고 있었다. 농부가 새들이 남새를 망친다고 돌멩이를 던지는 통에 새들이 후드득 망원경의 시야 밖으로 도망친 적이 있었다. 북방쇠찌르레기들이 이젠 남조선에도 사나?

　일현이 독자적으로 연출한 장면들이었다. 혜리는 남의 작품들에서 빼어난 장면을 발견하면 그것을 교묘하게 모방한 적이 많았다. 일현은 그런 낌새를 보이지 않았다. 그의 단점이랄 수 있는, 이 사장이 말한 것처럼 갈라파고스 제도를 막 빠져나온 듯한 사람에게서 풍기는 어색함을 낯설면서도 능란한 동작으로 승화시키고 있었다. 하지만 혜리는 칭찬하지 않았다. 칭찬이 되레 그의 자존심을 깎을 것 같았다.

혜리는 눈에 거슬리는 장면을 발견하고 화면을 정지시켰다. 드디어 하나 걸렸다는 듯.

"만경대 고향집(김일성 주석이 태어난 집)도 그려 넣지 그랬어요?"

혜리는 짐짓 샐쭉한 표정을 지었다.

"만경대는 시내서 멀리 떨어진 곳이야요. 새를 거기까지 날아가게 할 순 없지요."

일현이 히쭉 웃었다.

"골목길도, 사람도 넣으랬잖아요. 그래야 생생한 현장이 되죠. 채색 작업할 때에는 개선문 주변의 색조를 좀 죽이고요. 관객은 남쪽 아이들이에요. 남쪽 아이들이 다 평양에 가서 살겠다고 하겠어요."

"우리 사람들 의식이 늘 밝은 것만 보여주려는 것에 빠져 있다는 생각을 여기 나와서 처음 했댔습니다. 사진 찍으려면 옷 단정히 하고 차렷 자세를 취하는 것처럼 말입니다. 기래야만 하는 줄 알았거든요. 기래도 이 부분은 평양의 명소들이니까니 평양 맛이 나도록 넣었댔습니다. 색조는 좀 죽이갔습니다."

그러고 보니 평양 장면들이 전체적으로는 호화롭게 묘사되지 않았다. 일현이 잘 협조하고 있었다. 혜리는 양해한다는 뜻으로 미소를 머금었다.

"더 지적할 게 없으면 나가자요."

일현이 작업대 위에 벗어 놓았던 재킷을 걸치며 말했다.

"어딜요?"

"감독 선생님을 위해 강변에 뭘 준비해 놓았어요."

혜리를 흘끔거리며 애니메이터들과 쑥덕거리던 일현의 모습이 수상쩍다 했다.

"압록강변에? 뭘요?"

"가 보면 압니다."

아침에 일현이 "오늘 축하……" 어쩌고 한 말을 혜리는 다시 떠올렸다. 짚이는 구석이 영 없는 것은 아니었다. 축하해주는 것이 아니라 축하 받는 것? 설마……. 혜리는 작업테이블 한편에 놓인 숄더백을 집어 들었다. 고개를 갸웃거리며 일현을 따라 거리로 나갔다.

5

밤바람이 혜리의 팔과 다리, 목덜미에 살랑살랑 와 닿았다. 두 사람은 압록강대교를 지나 상류 쪽으로 올라갔다. 밤안개가 짙었다. 강 속의 위화도가 어슴푸레 보였다. 혜리가 몇 번 산책을 나왔던 곳이었다. 중국 쪽 강가에 정자가 나타났다. 거기서 유령처럼 서성이는 사람들이 더 짙은 어둠으로 돋보였다. 성철과 김 PD를 비롯한 애니메이터들이 저 정자 안에 모여 있을까? 이런 데서 뭘 하자는 것일까?

"왜 이리 늦어요?"

성철의 목소리였다.

"라인 테스트를 했어요."

일현의 대답을 앞세우며 두 사람이 정자 안으로 들어섰다. 이때를 기다린 듯 정자 안 여기저기서 노란 불꽃이 돋아났다. 애니메이터들이 각자 종이컵에 꽂은, 불 밝힌 양초를 한 자루씩 들었다. 천천히 혜리를 에워쌌다. 정자 가운데 대리석으로 된 테이블 위에는 맥주 캔과 케이크가 보였다.

　　축하합니다. 축하합니다.

애니메이터들이 합창을 시작했다. 가끔 여자 숙소에서 아코디언 소리가 들렸었다. 그 아코디언으로 반주까지 했다.

　　생일을 축하합니다.
　　아름답고 향기로운 꽃을 골라서
　　지성 어린 다발을 엮었습니다.
　　축하합니다. 축하합니다.
　　꽃다발을 받으시라.

그저 격식이나 차리자는 '해피 버스데이 투 유'로 시작되는 노래가 아니었다. 원화를 남달리 잘 그린다는 숙영이 꽃다발을 혜리에게 안겨 주었다.

　　생일을 축하합니다.

합창은 계속되었다. 꽃다발은 하얀 개망초꽃들 가운데 빨간 장미꽃 서너 송이를 꽂은 것이었다. 애니메이터들이 손수 만든 모양이었다. 이 사람들이 이럴 때도 있다니. 이들과 어느 정도 정이 들고, 손발도 맞았다. 혜리는 진심 어린 축하에 한껏 취했다. 아침부터 보험회사 같은 곳에서 보낸 축하 문자 메시지들을 받았다. 어머니의 전화도 받았다. 오늘이 생일인 줄 그제야 알았다. 애니메이터들이 생일을 알 것이라고는 전혀 짐작하지 못했다.

"개망초꽃이 안개꽃보다 더 곱네요."

혜리는 가슴에 안은 꽃다발의 향기를 맡았다. 여자 애니메이터들이 종이접시에 케이크를 나누었다. 사람들 앞마다 맥주 캔도 밀어놓았다.

"어떻게 아셨어요?"

혜리가 일현과 성철을 번갈아 보며 물었다.

"우리가 모르는 게 뭐 있습니까?"

성철이 건방을 떨었다. 혜리가 민경련에 제출한 서류들을 보고 알아냈을까?

"기획, 연출 다 단장 선생님이 한 거예요."

김 PD가 성철을 향해 아랫입술을 실룩이며 대꾸했다.

"왜 이래. 나도 꽃 몇 송이 꺾어 보냈다고."

성철이 반박했다.

"축구만 이겼으면 오늘 끝내주는 날인데……."

말싸움으로 번질까 봐 일현이 서둘러 말머리를 돌렸다. 그러면서

촛불 그림자가 일렁이는 맥주 캔을 들어 혜리의 캔에 맞댔다.

"이겼으면 밤새워 술판 벌이기 딱 좋은 날이라요."

성철도 끼어들어 자신의 캔을 혜리의 캔에 맞댔다.

"좋아요. 오늘은 밤을 새워 보세요."

혜리가 흔쾌히 선언했다.

"돈은 감독 선생님이 내시는 거야요."

성철이 히쭉 웃었다. 그리고는 캔을 막 입에 대는 광일에게 턱짓을 했다.

"여어, 생활부장과 함께 뛰어가서 쉐화 캔맥주 두어 박스하고, 치킨 대여섯 마리 더 사오라. 구두쇠 선생님이 맘 변하기 전에."

6

혜리는 애니메이터들에게서 받은 꽃다발을 가운데를 자른 빈 생수병에 꽂고 물을 채웠다. 식탁에 올려놓으니 칙칙한 분위기가 싹 가셨다. 식탁 앞에 앉았다. 커피를 마실까 허브차를 마실까 궁리했다. 출입문을 노크하는 소리가 들렸다. 문을 열자 일현이 서 있었다.

"전 술을 그만 마시기로 했습니다. 내일 할 일이 많습니다."

일현이 말했다. 혜리가 들어오라는 눈빛을 보냈다.

일현네 아파트에서는 술판이 벌어졌다. 강변의 술판이 아파트로 옮겨 왔다. 혜리도 조금 전까지 거기 있었다.

"맥주 캔을 이 거실 벽에 일렬로 쭉 세워서 한 바퀴 돌아올 때까지 마시자고."

성철이 혀 꼬부라진 소리를 할 때, 혜리는 여자 애니메이터들과 그 자리를 빠져 나왔다. 혜리 역시 밤새워 마셔 보라고는 했지만, 내일은 정상적으로 작업을 진행해야 한다고 생각했다. 일현까지 나왔으니 성철과 김 PD, 술 좋아하는 남자 애니메이터 너덧 명이 남아 맞붙고 있을 것이다.

"허브차 드실래요?"

식탁 앞에 앉는 일현에게 혜리가 물었다.

"커피를 달라요."

일현은 커피를 음료수처럼 늘 마셔도 되는 것으로 아는 것 같았다. 혜리의 작업실에 오면 권할 때마다 마다하지 않고 마셔댔다. 혜리는 커피포트에 물을 채우고 스위치를 눌렀다.

"커피를 왜 마시는지 사실 저는 아직 모릅니다."

일현이 혜리의 등에 대고 말했다. 따져보니 혜리도 아는 것이 없었다. 한 번도 커피를 왜 마셔야 하는지 의문을 품은 적이 없었다. 남자들이 담배 피우듯 나이 들면 그저 마셔야 하는 것쯤으로 알았을까?

"여유? 마음의 여유를 갖기 위해서?"

혜리는 생각나는 대로 말했다. 그러면서 끓인 물로 커피를 내렸다. 일현 앞에 잔을 디밀고 그것을 따랐다. 구릿빛 액체가 잔에 차올랐다.

"커피 이야기 하나 할까요? 작년 봄 일입니다. 평양의 내각 관광총국에서 일하는 아는 동무가 M시에 출장을 와서 만났습니다. 뜻밖에 그 동무가 말하길, 총국 창고에 60톤짜리 화차로 여남은 량(輛)쯤 되는 예비식량이 있는데, 기걸 우리 시에 줄까 해서 왔다는 겁니다. 기거면 시에 적잖은 선물이 되지요. 당시 그 동무가 시당 일꾼들하고 계산해보니까니 시의 식량 취약기관인 탁아소, 유치원, 기계공장들이 남은 보릿고개를 넘길 정도의 양이었답니다. 제가 속한 부업지 개간반도 조금이나마 허리를 펼 거고요."

"그래서요?"

혜리는 자신을 향해 그의 마음이 꽤 열렸음을 느꼈다.

"물론 조건이 붙은 식량이었습니다. 산수 좋고 명승고적이 많은 M시를 외국인 관광코스에 넣자는 거였습니다. 커피점 같은 거나 몇 개 차려 놓고, 시에서 이름 있는 포도주까지 내놓으면 큰 품 들이지 않고 외화를 벌어들일 수 있다고 그 동무가 시당 일꾼들을 설득했답니다. 농경지를 늘리자고 산판을 개간하는 형편이니까니 굴러 들어온 횡재 아니갔습니까? 기런데 어떻게 되었갔습니까?"

"보나마나 안 됐겠죠. 단장 선생님의 M시에 대한 기억 속에는 되는 일이 하나도 없었을 것 같거든요."

혜리는 일부러 비관적으로 말했다. 일현이 M시로 돌아가면 어쩌나 하는 근심을 떨쳐내지 못하던 참이었다. 커피가 식기를 기다린 그가 잔을 입에 가져다 댔다. 익숙해진 손놀림이었다.

"시당 책임비서 동지가 그 동무를 불러 말했답니다. '과장하고 시비하는 걸 예사로 여기는 놈들, 특히 자본주의 것들이 와서 지금 우리 사는 꼴을 보고 뭐라 시비할지 생각해봤소? 그것들이 어깨춤을 출 게 아니갔소?' 그 동무는 책임비서 동지를 설득했답니다. '시의 극히 일부만 개방하면 됩니다. 관광객이 아침에 버스를 타고 왔다가 저녁에 돌아가도록 하면 됩니다.' 책임비서 동지는 '기건 급한 고비나 넘기자는 미봉책에 불과하오. 우리는 악순환의 고리를 끊기 위해 지금 자력갱생기지를 꾸리는 중이오.'라고 말했답니다. 그러면서 그 동무에게 어서 평양으로 돌아가라고 했답니다."

"책임비서라는 분이 한 말이 옳다고 생각하세요?"

"저렇게 고집 부릴 줄 아는 간부가 있으니 이 어려운 세월에 나라가 서 있구나 여겼댔습니다. 기런데……"

"……?"

"요즘은 자꾸 책임비서 동지의 그 말이 걸립니다."

일현이 눈을 지그시 감았다. 입 밖으로 빠져나오려는 마음속의 말들을 슬며시 누르는 듯했다.

"선생님이 드디어 자본주의에 물들기 시작한 것 같군요. 공화국에만 없고 세계 모든 나라에 다 있는 자본주의 말이에요."

일현이 눈을 흘겼다. 혜리에게 불만스러운 척했다.

"기때 자본주의 것들이 왜 커피를 마시는지 참 궁금했댔습니다. 여유라고 했습니까? 여율 즐겨야 한다고 했습니까?"

일현의 말이 아직은 다 알지 못하지만, 외부 세계에 흔한 것들을 조금씩 받아들이고 있다고 고백하는 것처럼 들렸다. 들판의 전봇대처럼 비바람을 견디며 평생 외롭게 서 있을 것들이 얼마나 될까? 일현도 결국 변해 가는 것이다. 식탁 위 열린 창문으로 하늘이 내다보였다. 별들이 초롱초롱 빛났다.

"책임비서라는 분이 혹시 뒤늦게 깨우쳐서 중국에 관광사업을 유치하러 나오는 건 아닐까요?"

혜리가 물었다.

"기렇기야 하갔습니까?"

"왜 만나자고 하는지 달리 짐작되는 게 없어요?"

"작품 제작을 절반도 못했습니다. 이대로 돌아갈 수는 없습니다."

말과 달리 배 터진 맹꽁이처럼 일현의 목소리에 힘이 쭉 빠졌다. 그저 희망사항을 읊조리는 듯했다.

"제가 민경련에 절대 안 된다고 말할게요."

"안 됩니다. 별소리를 다 했다고 장차 간첩질까지 할 놈이라고 여기면 제가 정말 소환당할 수 있습니다."

간첩질이라는 말이 낯설었다. 하지만 성철이 애니메이터들의 생활을 일일이 간섭하고 영사관에 일거수일투족을 보고하는 것을 보면 개연성이 충분했다.

그때 갑자기 철제 출입문이 부서질 듯 요동쳤다. 누군가 출입문을 발로 거칠게 걷어찼다.

"단장 동무! 나오라! 기리 여자랑 자유주의하면 아니 된단데. 쎄게 혼나보려고 기러나?"

취기가 듬뿍 밴 성철의 목소리였다. 취하기만 하면 그는 일현에게 반말을 했다.

"술은 안 마시고 뭐하는 거야? 치마 입은 건 그렇다 쳐도 바지 입은 건 그래선 안 되지."

김 PD의 목소리도 들렸다. 아예 정신줄을 놓은 목소리였다.

"이제 그만 좀 마시십시오."

일현이 출입문 쪽에 대고 소리쳤다. 그러면서도 어쩔 수 없다는 듯 일어섰다.

"단장 선생님은 내일 일이 바쁘다는데."

혜리 또한 출입문 쪽에 대고 외쳤다. 그 사이 일현은 이미 밖으로 나갔다. 그의 뒷모습을 삼키며 출입문이 삐드득 닫혔다.

7

"단장 선생님은 어젯밤에 그 방으로 간 뒤 다시 안 왔단 말이에요."

아파트 출입문 앞에 선 성철에게 혜리가 퉁명스레 대꾸했다. 이 사람에게 이럴 때가 있나 싶을 정도로 성철의 얼굴이 무척 어두웠다. 혜리가 막 작업실로 나갈 채비를 하는 중인데, 그가 온 것이다. 일현을 찾았다. 김 PD는 어젯밤 과음한 탓에 화장실에서 토악질을 하다가 말소리를 듣고 막 나왔다. 혜리 곁에 엉거주춤 서서 성철을 짜증스럽게 쳐다보았다.

"사우나에 갔나? 손전화도 없는 사람인데……."

성철이 혼잣말처럼 말했다.

"산책을 갔을 수도 있죠."

김 PD가 대꾸했다.

"방에 숨겨 놓은 건 아니지요?"

"어머! 단장 선생님이 애완견이에요? 방에 숨겨 놓게. 무슨 일이라도 났어요?"

혜리가 말을 받았다. 혜리의 머릿속에도 어둠이 끼었다. 나도 감쪽같이 모르게 오래 전부터 진행되고 있던 위기가 마침내 닥친 것일까?

"단장 동무와 감독 선생님 사이가 우정의 한계를 벗어난 것 같아서요."

성철의 덧붙이는 말에 혜리가 이마에 잔뜩 주름을 잡았다. 성철이 작심한 듯 성큼 거실로 올라왔다. 혜리 방 쪽으로 향했다.

"안 돼요. 여자 방에 함부로……."

혜리가 가로막았다.

"문만 열어 보갔어요."

성철이 혜리를 비켜서 걸음을 옮겼다. 김 PD가 앞질러 가 혜리의 방문 앞에 버티고 섰다.

"일현 동무는 잘 드나드는 것 같던데?"

성철의 눈매가 매서웠다. 일현이 몇 번 혜리네 아파트에 온 적은 있어도 방 안까지 들어온 적은 없었다.

"말도 안 되는 소리하지 마세요!"

하지만 혜리는 가로막으면 의심만 키울지 모른다는 생각을 했다.
"김 PD, 들어가 보시게 해!"
"무슨 말씀이세요? 예의는 지켜야죠."
"비켜드리라구."
혜리가 김 PD에게 거듭 말했다. 김 PD가 어쩔 수 없다는 듯 옆으로 한 발 비켜섰다. 성철이 방문을 열었다. 말과는 달리 침대 밑까지 들여다보았다. 혜리의 속옷이 널린 창가의 빨래걸이를 들춰 보고, 창밖까지 내다보았다. 나와서는 화장실도 열어 보고, 김 PD 방문도 열었다. 제 방 안으로 들어가자, 김 PD가 움찔했다. 성철이 김 PD 방에서 나오며 계면쩍은지 큼큼, 헛기침을 했다.
"사람사고가 나면 어떻게 되는 줄 아시지요? 우리 모두 즉각 철수해야 합니다."
억양에 가느다란 떨림이 스몄다.
"잠시 어디 가셨겠죠."
혜리가 속을 들쑤시는 불안을 감추고 가볍게 대답했다.
"기러길 바라는 수밖엔 없는데……. 저는 어젯밤 술자리가 끝난 뒤 눕자마자 뻗었단 말입니다. 아침에 일어나 아래층 영화미술가 동무들 숙소로 식사하러 가려는데 없잖아요. 그 동무들 숙소를 다 뒤지고, 작업실에도 가 봤단 말입니다."
"성인인데 너무 과보호하는 것 같아요."
아무것도 모르는 김 PD가 불만을 보태서 내뱉었다. 그의 말처럼 강변이나 진쟝산으로 산책을 나갔을까? 규칙을 어기면서까지 그렇게 할 사람은 아닐 것이다. 오늘 일이 바쁘다고 자기 입으로 말했는데……

"어디 갈 만한 데가 있는지 잘 생각해보자요. 까딱하면 나까지 죽어요."

성철이 도무지 종잡을 수 없다는 듯 고개를 좌우로 흔들면서 출입문 밖으로 나갔다.

"어딘가로 자주 전화를 해대더니 무슨 일이 일어나긴 났나 보네."

김 PD가 중얼거렸다.

8

하루가 지나고 또 하루가 지나가고 있었다. 난데없이 나타난 파리 떼가 웽웽 작업실을 휘젓고 다녔다. 김 PD가 물티슈로 작화지를 조심스럽게 닦아내고 있었다. 방금 그는 검수하던 작화지 위에 올라앉은 파리를 신문지 뭉치로 내리쳤다. 파리가 뭉개진 모양이었다. 평양새연구소 연구원이 나무 밑에서 아이들에게 둘러싸인 채 죽은 북방쇠찌르레기의 식별가락지를 살피는 장면의 동화였다. 등장인물이 많아 난이도가 높은 컷이었다. 보나마나 그림을 다시 그려야 할 형편일 것이다. 평소라면 투덜거릴 텐데 아무 말이 없었다. 무슨 말만 하면 그것이 도화선이 되어 혜리가 폭발할지 모른다는 점을 염두에 두었으리라. 혜리는 '잘하는 짓이다!'라고 힐난하려다가 정말로 자신이 폭발할까 봐 못 본 척했다.

혜리는 책상 앞에 앉아 상념에 잠겼다. 일현이 정말 도망쳤을까? 일현은 성철에게 메모를 남겼다. 메모는 뒤늦게 성철의 책상 위에서 발견되었다. 사적인 급한 용무가 생겨 외출을 하겠다고 했다. 이틀 후, 그러니까 오늘 밤 12시 안으로 틀림없이 돌아오겠다고 했다. 성철은 일현이 도망갈 시간을 벌기 위해서 연막전술을 쓴 것이라고 펄쩍펄쩍 뛰었다. 그렇다고 자신이 할 수 있는 특별한 일이 있는 것도 아니었다. 성난 황소 꼴로 콧바람만 푹푹 내쉬었다. 평소처럼 티슈에 침을 묻혀 구두코를 닦는 모습도 볼 수 없었다. 물론 그도 돌아올 것으로 믿고 싶으리라. 그러니까 즉각 자기네 영사관에 보고하지 않은 것이리라. 혜리는 아내나 M시 시당 책임비서에 대한 이야기를 성철에게 해줄까 고민했다. 하지만 꺼내지 않기로 했다. 성철이 모르는 이야기를 자신이 알고 있는 것이 좋을 리 없었다. 일현이 돌아온다면 긁어 부스럼에 지나지 않을 것이다.

일현이 숭장허에 갔기를 혜리는 바랐다. 거기에 아내가 없다는 사실을 분명히 깨닫기를. 그래서 번민들 중 하나라도 말끔히 씻어내기를. 인생은 이렇게 실망과 실패의 경험이 쌓여서 성숙이란 미더운 인품을 갖게 되는 것이니까. 하지만 혜리의 낙관적인 상념은 오래 지속되지 못했다. 자신이 모르는 불길한 음모가 일현의 내부에 오랫동안 도사리고 있었던 것만 같았다. 그것이 작동을 개시했을까? 혜리는 일현이 사라진 뒤부터 매달려 있던 생각을 하고 또 했다.

"안 보이던 것들이 또렷하게 보인단 말입니다. 먹고픈 대로 먹고,

말하고픈 대로 말하고, 여행하고픈 대로 여행하고, 사랑하고픈 대로 사랑하고……. 기런 것들이 제 두 눈에 막 보입니다."

압록강식당에서 일현이 술에 취해 한 말이 귓속을 파고들었다.

"저렇게 고집 부릴 줄 아는 간부가 있으니 이 어려운 세월에 나라가 서 있구나 여겼댔습니다. 기런데…… 관광을 반대하며 했던 책임비서 동지의 말이 자꾸 마음에 걸린단 말입니다."

어제 커피를 마시면서 한 말도 귓가에 맴돌았다. 도망쳤을까? 그렇다면? 애니메이터들이 다 철수해야 한다는 성철의 말이 사실이겠지? 3년 동안 있는 속, 없는 속 다 태우며 준비해 온 작업이 도로아미타불이 되겠지? 부도가 나 짓다 만 건물처럼 흉한 이야깃거리로 서울의 애니메이션업계에 오혜리라는 이름 석 자가 떠돌아다니겠지? 전환사채로 받은 투자금을 전액 토해내야 하겠지? 담보물 목록에 오른 부모님 집과 내 집을 하루아침에 날리겠지? 아냐! 아냐! 혜리는 고개를 절레절레 흔들었다.

성철은 남쪽 국정원 요원들이 일현을 납치했을지 모른다는 말을 했다. 일현에게 강제로 쪽지를 쓰게 하여 납치 의심을 차단하려 한 것 같다는 것이다. 정말 그랬을까? 뭐 대단한 인물이라고. 그것도 아니면? 시당 책임비서라는 이에게 M시로 붙잡혀 가지 않으려고 도망쳤을까?

성철은 어제 오늘 일현이 갈 만한 데를 두루 뒤지고 다녔다. 청류관, 삼지연, 송지원, 금강원 같은 북한식당에도 가 보았다고 했다. 압록강호텔에 사무실을 둔 민경련 단둥대표부도 염탐하고 왔다고 했다. 일현이 그런 곳에 사적으로 드나든 적이 혜리의 기억 속에는 없었다. 작업실에 틀어박혀 일에만 집중했다.

애니메이터들은 불안감을 감춘 채 평소처럼 작업에 임했다. 아무리 궁금해도 위에서 하는 일에는 겉으로 관심을 드러내지 않는 사람들이다. 더구나 성철은 그들에게 함구령을 내렸다. 그들이 그린 원화와 동화들은 일현 대신 김 PD가 검수했.

이번에는 라이트박스 귀퉁이를 탁 치는 소리가 들렸다. 김 PD가 계속 파리에 신경을 썼다. 저도 일이 손에 잡히지 않을 것이다. 혜리가 무심코 돌아보았다. 아니나 다를까. 작화지 위에 방금 잡힌 또 다른 파리가 시커멓게 뭉개져 있었다. 그것을 또 김 PD가 물티슈로 살살 닦아냈다. 그래서 돼? 다시 그려야지. 입 밖으로 터져 나가려는 말을 혜리는 입술을 질끈 깨물어 붙잡아 두었다.

어둠이 스멀스멀 창문에 기어오르기 시작했다. 종일 켜져 있던 전등이 서서히 존재감을 드러냈다. 오늘 하루도 다 지나갔다. 일현이 안 오면? 성철이 더 이상 참지 못하고 보고하겠지? 자신에게 닥칠 더 큰 화를 막아야 할 테니까. 세상에 이처럼 무책임한 사람이 어디 있을까? 아무리 다급한 용무라도 내겐 말을 하고 가야 할 것 아냐. 혜리의 머릿속이 더욱 시끄러워졌다. 야릇한 배신감에 사로잡혔다.

복도에서 발자국 소리가 들렸다. 성철이 또 혜리의 작업실로 오는 것 같았다. 마지막 통첩을 할까? 이젠 더 봐 줄 수 없어요. 상부에 보고해야겠어요. 혜리는 책상 위에 머리를 묻었다.

"외출이 무척 깁니다요."

김 PD가 장난치듯 느긋한 목소리로 말했다. 혜리는 허튼소리면 가만 놔두지 않겠다는 다짐을 하며 고개를 번쩍 치켜들었다. 수염이 거뭇거뭇 자라고 눈이 충혈된 일현이 문 앞에 서 있었다. 새벽녘 창문을 열면 몰려오던 상쾌한 바람을 맞는 기분이었다.

"행선지를 말하고 다녀야죠. 놀랐잖아요."

김 PD가 덧붙였다.

"미안하게 됐습니다."

일현의 대답을 들으며 혜리는 가슴을 쓸어내렸다. 그때 복도가 쿵쾅쿵쾅 울렸다. 이내 잔뜩 일그러진 얼굴을 한 성철이 들이닥쳤다. 신경이 곤두서 있던 그의 귀에 기척이 잡힌 모양이었다. 다짜고짜 일현의 멱살을 거머쥐었다. 볼에 주먹을 날렸다. 피할 새 없이 주먹이 꽂혔다. 김 PD와 혜리가 반사적으로 일어나 그의 팔을 붙잡았다. 그가 뿌리치며 다시 주먹을 휘둘러 일현의 명치를 강타했다. 날렵한 솜씨였다. 일현이 배를 그러안았다.

"말로 하면 되지 왜 때려요, 때리긴?"

혜리가 화를 냈다.

"간나새끼, 따라오라!"

성철이 일현의 멱살을 잡아 밖으로 끌고 가려 했다. 일현은 저항할 뜻이 없는 듯 무방비상태였다. 혜리와 김 PD가 성철의 독 오른 팔에 매달렸다.

"긴한 용무가 있었습니다."

일현이 통증을 참으며 간신히 내뱉었.

"주둥이 닥쳐! 내 간이 백 개라도 부족하갔다, 새끼야."

이번엔 성철이 머리로 일현의 얼굴을 들이받으려 했다. 하지만 혜리와 김 PD의 몸에 가로막혔다.

"사회주의자들이 왜 이래요?"

김 PD가 짐짓 아이들을 나무라듯 말했다.

"여기 앉아서 천천히 얘기해요. 제발."

혜리가 사정조로 성철의 팔을 잡아당겼다.

"간나새끼! 이따가 보자."

성철이 멱살을 풀고 비로소 묵은 체증 같은 한숨을 토해냈다. 혜리가 성철의 등을 밀어 작업테이블 앞에 앉혔다. 일현은 바닥에 쪼그려 앉았다. 아픔을 참느라 얼굴을 잔뜩 찌푸렸다. 김 PD가 이젠 됐다는 듯 커피포트의 스위치를 눌렀다.

"그렇다고 두 대로 끝내? 그렇다고 맞고 가만있어? 사회주의자들은 역시 뭔가 달라."

김 PD가 씨부렁거렸다.

9

혜리와 일현, 김 PD, 성철이 혜리의 작업실에 모여 앉았다. 아침회의를 했다. 모두 자기 일에 열중하는 모습을 연출했다. 아무 일 없던 나흘 전의 모습으로 돌아온 듯. 그래야 상처가 아물 것이라고 다들 믿고 있었다. 물론 혜리의 마음속에서는 일현의 행방불명에 대한 궁금증이 부글부글 끓었다. 응당 알아야 할 일을 모르는 것처럼 곤욕스러웠다. 그가 성철의 뒤로 자신을 확 밀어낸 기분이 들었다. 일현이 오면 다 드러날 줄 알았다. 하지만 혜리나 김 PD가 캐물어도 일현은 입을 꾹 다물었다. 성철로부터 아무 말 하지 말라는 주의를 받은 것이 분명했다.

그 동안 성철은 아침 회의에 참석하지 않았다. 오늘은 일현을 따라 회의에 들어왔다. 앞으로는 일현을 따라다니기로 작정한 듯했다. 그는 회의 내용에는 관심이 없었다. 일현을 찾으러 다니면서 얻어 온 노동신문을 펼쳐 놓고 거기에 눈을 박고 있었다.

일현이 스토리보드 속의 민호 아버지를 손으로 짚었다.

"자세히 보십시오. 평양새연구소 연구원에게서 온 전화를 민호 아버지가 받습니다. 연구원의 목소리가 전화기에서 나옵니다. '국제조류학회에서 회신이 왔습니다. 북방쇠찌르레기를 날려 보낸 이가 남조선 사람이라는 겁니다. 원민호 박사라고.' 이 말을 들은 아버지의 행동이 어때야갔습니까?"

그냥 넘어가도 좋을 듯한 장면이었다. 앞으로 불미스런 일을 저지르지 않겠다는 다짐을 이런 식으로 드러내는 것일까? 계면쩍은 기색이 서리긴 했지만, 일은 일대로 해야 한다는 자세였다. 연출가는 등장인물들의 마음속에 들어가 있어야 한다. 인물의 마음을 드러내는 표정 묘사에 집중하려는 모습이 다행스러웠다. 스토리보드 속에서 민호 아버지는 깜짝 놀라는 표정을 지었다. 옆에서 그 말을 들은 민호 어머니가 "우리 민호를 말하는 거야요? 우리 민호가 남조선에 살아 있다는 거야요?"라고 말하며 스르르 무릎을 꺾었다. 이 부분은 일현이 사라졌을 때 혜리가 연출한 것이었다.

"진행이 너무 급하다니까요. 민호가 누굴까? 혹시 6.25때 잃어버린 내 아들이 아닐까? 이렇게 생각하는 부분을 삽입하는 게 필요하지 않겠습니까?"

일현이 덧붙였다.

"민호가 이미 남한에서 훌륭한 조류학자로 성장했다는 걸 아버지가 알고 있어요. 그럴 필요가 없을 것 같은데요. 그림을 몇 초 더 삽입하면 긴장감이 떨어질 테고요."

김 PD가 반박했다.

"착각하시나 봅니다. 486번 신인가 487번 신에서 민호가 서울에서 북방쇠찌르레기를 발견했다는 신문 기사를 아버지가 보는 그림을 걷어낸 걸 잊었댔습니까? 작품의 긴장도가 떨어지니까니 기걸 없애자고 한 게 PD 선생님이 아닙니까?"

김 PD가 머리를 긁적였다.

"작품에 몰입해 있으면 이런 실수가 종종 나옵니다. 제작자는 다 아는 걸 관객은 모르게 되는 겁니다. 민호 아버지가 2.5초 정도 생각하는 장면을 삽입해도 일 없갔습니까?"

"일낼 뻔했군요."

큰 실수는 아니었다. 하지만 혜리는 일부러 과장된 표현을 썼다. 일현이 다짐한 대로 사고 치지 않고 일에 몰두해주기를 바라는 심정으로. 빨간 사인펜으로 스토리보드 여백에 '표정 삽입 2.5초'라고 적어 넣었다.

"그나저나 이 작품을 끝내면 일감이 중단 없이 연결되갔습니까?"

회의를 끝내려는데 일현이 물었다. 민경련이 애니메이터의 파견조건으로 내걸었던 3년간의 일감 보장 문제를 거론하는 것이다. '새'의 메인프로덕션은 이제 중반에 접어들었다. 3D 배경 등 중요한 부분은 아직 손을 대지 못했다.

"무단으로 내빼서 심장에 쥐 나게 하지 말고 하던 일이나 잘하세요. 다른 나라 일을 잡아 놓고 망치면 우리 감독님, 이 지구상에서는 발붙일 데가 없어요. 뿅, 외계로 사라져야 한다고요."

김 PD가 톡 쏘았다. 다음 일감을 한국에서 조달하는 문제는 쉽지 않았다. 한국 애니메이션업계에서 지금 진행 중인 기획물은 열 손가락에 꼽을 만큼 빤했다. 그것들은 대체로 기획 초기부터 외주제작팀이 정해져 있었다. 이런 실정에서는 제작물량이 풍부한 일본이나 미국에서 조달해야 한다. 그것도 처음에는 제작 기술면에서 난이도가 낮은 메인프로덕션의 일부인 원화나 동화밖에 받지 못한다. 물론 받기 전에 제작 기량 테스트를 통과해야 하고, 제작 스케줄을 지킬 조건이 충분하다고 그들을 확신시켜야 한다. 업무별 제작과정이 국제적인 협업 시스템과 TV 방영 스케줄에 맞물려 있는 까닭이다. 혜리네 스튜디오가 하루 늦으면 다음 제작 과정을 처리할 다른 나라 제작팀이 그 이상 놀게 된다. 실수가 서너 차례 발생하면 아무리 웃음을 팔아도 곧장 일감이 끊긴다. 김 PD의 말이 혜리 자신의 생각과 다르지 않았다. 하지만 오늘은 일현의 기를 꺾을 수 없었다.

"외부 일감을 조달하는 문제가 조금씩 진전되고 있어요. 일본과 미국 쪽 제작사들의 발주팀에 벌써 부탁해 놓았어요. 쉽진 않지만 풀어 가는 중이에요."

그때 성철이 보던 신문을 작업대 위에 풀썩 던졌다.

"일이 크게 번지네요. 이러다가 이 작품이나마 제대로 결속하게 될지……."

"무슨 초 치는 소리?"

김 PD가 '외계로 떠날 사람은 바로 당신이야'라고 말하듯 이맛살을 찌푸렸다. 성철을 제외하고 혜리를 비롯한 세 사람이 노동신문 위로 시선을 모았다. '위대한 장군님께서 최전선을 시찰하시었다'라는 헤드라인이 눈에 들어왔다.

"조평통(조국통일평화위원회)에서 성명을 냈다고요."

성철이 헤드라인 밑의 기사를 손가락으로 가리켰다.

"우리는 1992년 채택된 조선반도의 비핵화에 관한 공동선언의 완전 백지화, 완전 무효화를 선포한다."

김 PD가 신문을 끌어당겨 소리 내어 읽었다.

"남조선 괴뢰역적패당이, 에그, 이 사람을 불러다가 고운 말 쓰기 교육부터 시켜야겠어요, 미국과 함께 반공화국 핵, 미사일 소동에 더욱 더 엄중히 매달리는 조건에서 앞으로 북남 사이에 더 이상 비핵화 논의는 없다. 괴뢰역적패당이, 이 말을 또 썼네, 유엔 제재에 직접적으로 가담하는 경우 우리는 강력한 물리적 대응조치를 취할 것이다. 제재는 곧 전쟁이며 우리에 대한 선전포고다. 우리는 이미 도발에는 즉시적인 대응타격으로, 침략전쟁에는 정의의 통일대전으로 답할 만반의 준비가 되어 있고, 제재의 순간 실제 그렇게 할 것이다. …… 늘 하던 소린데?"

김 PD가 읽기를 중단했다. 혜리 역시 들으나마나 한 말로 여겼다. 비슷한 말들을 종종 들었다. 말대로 일어난 일이 없었다.

"실제 전쟁이 일어나면 어카갔나요?"

성철이 정색하고 말했다. 혜리 자신이 뭔가 잘못 생각한 것처럼 오싹 소름이 돋았다. 그가 오래 전부터 적이었다는 인식이 되살아났다. 그는 가끔 우리 정부를 비방하는 말들을 해 왔다. 자신의 관심사는 오직 정치 선전이라는 듯. 미제의 하수인이라느니, 자주적이지 못하다느니……. 처음 혜리나 김 PD는 어떤 말에는 맞장구를 쳐 주었다. 정부를 비난하는 것이 입에 밴 탓이었다. '남쪽 사람은 이럴 수 있어. 당신은 못하지?'라는 우월감도 은연중 작용했을 것이다. 성철은 이런 속사정을 몰랐다. 자신에게 동조할 가능성을 발견했다는 듯 정치적 발언을 습관화하고 있었다.

"우리 공화국은 허튼소리를 하지 않아요. 남조선이 우리 제재에 앞장서니까니 이런 엄중한 사태가 조성되는 거야요."

"전쟁을 일으키겠다는 건가요?"

김 PD가 가소롭다는 투로 물었다.

"기렇게 될 수 있다는 거지요."

"싸워 이길 놈은 싸우자고 안 해요. 꼭 질 놈이 깐작깐작 덤비다가 죽도록 얻어맞죠."

　나도 속이 있다는 듯 김 PD의 대꾸가 신경질적이었다. 성철이 김 PD를 째려보았다. 일현도 김 PD를 바라보는 눈빛에 언짢은 기운을 실었다. 자신이 북한 사람이라는 사실을 구태여 알려 주는 듯했다.

"햐아, 우리에게 핵이 있단데?"

　성철이 믿어 달라는 듯 제 가슴을 쳤다.

"여보세요, 부단장 선생님. 평화로운 작업실에 핵폭탄 터트리지 마세요. 당장 일본이나 미국에 전화할까요? 남북 간에 곧 전쟁이 일어날 거라며 발주 요청한 걸 취소해 달라고 할까요?"

　성철이 시선을 내리깔았다. 한번 제대로 걸리면 가만두지 않을 것이라는 고까운 눈빛을 하고서.

"김 PD! 넌 일하자는 거야, 싸우자는 거야? 네가 대한민국 정부 대표야? 핵이 아니라 너 때문에 일 못해먹겠다."

　혜리가 김 PD에게 쏘아붙였다. 북한 사람들은 그러려니 해도 사사건건 시비를 거는 그가 얄미웠다. 그가 혜리를 향해 피식 웃었다.

　성철이 신문을 집어 들고 일현의 어깨를 슬쩍 쳤다. 회의가 끝났으니 자기네 작업실로 돌아가자는 제스처였다. 일현이 시무룩해져서 성철을 따라 나갔다. 혜리는 그의 뒷모습에서 아직 끝나지 않은, 아니, 끝날 수 없을지 모를 고뇌의 한 자락을 읽었다. 혼자 힘으로는 털어내기 어려운 것들이 그의 어깨에 완강히 달라붙어 있었다.

6장
우기

1

　백두산에서 발원한 압록강이 댐에 갇혀 바다 같은 드넓은 호수를 이뤘다. 전혀 다른 세상이 거기에 존재하는 것처럼 호수 속에서 새털구름이 한가롭게 흘러갔다. 국경이지만 평화로웠다. 창성호라는 이름을 가진 공화국의 작은 여객선이 지척에서 지나갔다. 갑판 위에서 열 명쯤 될까 말까 한 아주머니들이 서너 명의 군인들과 함께 손을 흔들었다. 바지선 위에 있는 이편의 사람들을 중국 사람이라 여겼으리라. 건너편 뗏목 집하장에서는 노동자들이 검붉게 탄 상반신을 드러내고 크레인을 조종하는 중이었다. 떼몰이꾼을 동원해 상류에서 운반해 온 건축자재용 이깔나무나 가문비나무 따위를 끌어올리는 것이다. 일현은 저곳이 평안북도 삭주군 수풍노동자구일 것이라고 짐작했다. 땡볕에서 일하는 그들의 노고와 빈민이 마음에 와 닿지 않았다. 노동계급과 평생을 같이하겠다던 M시 시절의 결기를 까마득히 잊은 자신에게 문득 놀랐다.

혜리, 성철과 함께 일현은 안 총경리를 따라 압록강의 수풍호에 나왔다. 수풍호는 단둥에서 승용차로 한 시간 반 남짓 걸리는 거리에 있었다. 예고한 대로 자신을 찾아온 M시 시당 책임비서를 이곳에서 만났다. 혜리는 안 총경리와 함께 책임비서를 접대한다는 명분을 대고 따라왔다. 아무래도 책임비서와의 만남에 관한 미심쩍은 부분을 풀자는 속셈이 컸을 것이다.

책임비서는 어제 수풍호 인근 콴뎬으로 왔다. 일현이 모르는 업무로 지린성과 랴오닝성을 두루 돌아본 뒤였다. 말로는 바람을 쐬러 나왔다고 했다. 그렇게 마음 편한 사람이 아니라는 것을 M시 사람이면 누구나 안다. 자신과 만나자는 것을 일현이 중요하게 받아들이지 않도록 어설프게 둘러댄 것이리라. 그가 일개 탐사기사에 불과했던 일현의 존재를 지금까지 기억해주고, 직접 만나자고 한 것은 사실 보통 일이 아니었다. 수행원을 콴뎬현(縣) 소재지에 놔두고 혼자 택시를 타고 여기에 온 것을 보면 더욱 그랬다.

2주 전 책임비서의 전화를 처음 받았을 때부터 일현은 그가 자신을 찾는 용무가 무엇일까 줄기차게 헤아려 보았다. 자네가 필요해. 돌아와야겠다마. 부업지 개간을 결속지어야지. 노동 혁명의 동지였으니 승리의 순간에도 동지가 되어야 한다마. 그때마다 그가 머릿속에 떡하니 들어와 속삭였다. 일현은 본심과는 전혀 달리 '당연히 그래야지요'라며 머리를 조아렸다. 책임비서는 지금 느긋한 척, 별일 아닌 척 말을 아끼고 있었다.

일현은 애초엔 책임비서를 콴뎬으로 가서 만날 계획이었다. 그 소식을 들은 혜리가 수풍호를 권했다. 안 총경리가 수풍호에서 내수면 양식업을 한다고 했다. 낚시터용 물고기를 길러 남조선에 수출한다는 것이다. 조선족들이 너나 할 것 없이 남조선에 줄을 대고 살면서 자본주의 사상에 푹 젖은 것 같아 언짢았다. 하지만 혜리 말대로 하는 것이 좋겠다고 여겼다. 책임비서에게 단 하루라도 한적한 곳에서 휴식을 취하도록 해주고 싶었다. 그의 노고를 생각하면 무슨 일인들 못할까? 거기에 더해 이처럼 잘 지내니 M시로 오라, 어쩌라 하는 말은 아예 입 밖에 내지 말라는 시위로도 비춰지기를 내심 기대했다. 이젠 잘 할 수 있는 일로 조국에 기여해야겠다는 다짐을 자신의 입으로 말하는 경우를 가정하면 여간 난감하지 않았다.

"수심이 150미터쯤 될 검다. 들어가지 않는 게 좋겠는데."

안 총경리가 일현과 성철 쪽에 대고 손을 내저었다. 일현은 성철과 함께 어장관리용 막사가 있는 바지선 끝자락에서 담배를 피우고 있었다. 책임비서 앞에서 피울 수 없어 열 걸음쯤 물러나왔다. 안 총경리는 일현과 성철이 수영을 하려는 것으로 아는 모양이었다. 그러고 보니 발밑의 수면이 시퍼렇다. 세상에 한 번도 모습을 드러낸 적이 없는 괴물이 도사린 것처럼 음흉스러웠다. 어깨가 저절로 움츠러들었다.

혜리와 안 총경리는 바지선 가운데 있는 대형 파라솔 옆에 있었다. 점심을 준비하는 어장 일꾼을 도와 쭈그리고 앉아 고기를 구웠다. 단둥을 출발할 때 혜리는 돼지 삼겹살을 사 왔다. 이곳에서 기르는 물고기들은 작아서 매운탕을 끓이기에 적합하지 않다고 안 총경리가 말했기 때문이다. 혜리의 모습을 보고 있자니 일현은 여자가 있는 가정이 무척 그리웠다. 고기 냄새를 맡은 누런 개 두 마리가 혜리 옆에서 혀를 쭉 빼놓고 할딱였다.

책임비서는 파라솔 아래 의자에 앉아 맥주를 마셨다. 노동자와 크게 다르지 않은 옷차림을 했다. 오랜만에 꺼내 입은 듯 와이셔츠의 깃은 낡았고, 바지는 헐렁했다. 전보다 더 꺼진 볼은 불 꺼진 창처럼 어둠을 그득 머금었다. 나라 밖에서 만나고 보니 한 개 시를 책임진 사람으로서의 위엄이 느껴지지 않았다. 어느 시당 책임비서는 험한 세월을 아랑곳하지 않고 자기 집 담장 위에 유리조각을 박고 풍산개를 세 마리나 기른다는데. 그렇게 자기 재산과 권위를 지킨다는데.

일현과 성철은 꽁초를 부근 쓰레기통에 내던졌다. 파라솔을 향해 걸음을 옮겼다.

"호수 가운데인데 웬 개예요?"

혜리가 바지선 바닥을 발로 굴러 다가온 개들을 쫓았다.

"저놈들이 없으면 물고기를 다 도둑맞습다. 저쪽 군인들이 밤에 몰래 와서 퍼감다."

안 총경리가 책임비서를 흘끔 돌아보았다. 자기가 한 말에 신경이 쓰이는가 보았다. 책임비서가 못 들었을 리 없었다. 더 멀리 떨어진 일현 자신에게까지 들렸으니까.

"북한도 내수면어업을 하면 될 텐데. 국경에 있는 강은 두 나라가 공유한다면서 이렇게 넓은 어장을 왜 놀릴까요?"

혜리가 눈치 없이 말을 이어 갔다.

"글쎄 말입다. 우리가 모르는 애로가 있겠지요. 사람들이 도망쳐 대니 그러나?"

안 총경리가 나지막이 대꾸했다. 일현은 자신들이 없을 때 조선족들이 자신들에 대해 어떻게 말할까 궁금했던 적이 있었다. 그때 짐작해보았던 부정적인 말들이 그들의 대화와 크게 다르지 않았다.

"물고기를 남조선에 수출한다더니 그쪽 사람이 다 됐습니다."

파라솔 밑에 당도한 성철이 대화에 끼어들었다. 안 총경리에게 신세를 지면서도 못 들은 척하지 못했다.

"사람이 도망쳐 대는 것뿐이 아니오. 사료도 없고, 어선, 어구도 없소."

책임비서도 안 총경리 쪽으로 고개를 돌리며 한 마디 던졌다. 안 총경리가 입가에 어색한 웃음을 띠었다.

"백주나 한잔 드십시오. 진류푸(중국 백주) 가져온 것 어디 있습니까?"

일현이 불편한 대화를 막기 위해 딴소리를 했다. 그리고는 파라솔 아래 백주가 들었을 비닐백을 뒤적였다.

"고기를 길러 사료를 사면 되지 않나요?"

혜리가 성철을 향해 항변조로 말했다. 성철이 일현에게 주먹다짐을 한 뒤부터 혜리는 그에게 은근히 반감을 드러냈다. 그는 대답하지 않았다. 그도 백주를 찾으려는지 다른 비닐백을 뒤적거렸다. 매번 시비를 걸어 놓고 뒷감당을 못했다.

구운 삼겹살을 비롯한 음식들을 혜리가 파라솔 밑의 테이블에 차렸다. 모두 테이블에 둘러앉았다. 일현이 찾아낸 진류푸의 마개를 땄다.

"야아, 52도나 됩니다."

일현이 책임비서 앞에 놓인 종이잔에 진류푸를 먼저 따랐다.

"내가 왜 여기까지 온 줄 아나? 일현 동무, 맞춰 보라마."

책임비서가 술을 받으며 일현에게 눈을 맞추었다. 초가을의 첫 북풍을 맞는 것처럼 일현의 몸에 으스스 냉기가 스며들었다. 그의 말이 어려운 때 동무만 호사를 누려서야 되겠냐는 질책으로 가슴속에 시리게 파고들었다. 이제 속을 드러내려는 것일까? 시간을 늦춰주면 먼저 자신이 M시로 돌아가지 못할 이유를 그가 눈치채도록 돌려 말할 수 있을 텐데. 그러면 그의 입을 아예 막을 수 있을지도 모르는데.

"바람 쐬러 나오셨다고 하지 않았습니까? 며칠 푹 쉬십시오."

"동무를 데려가려고 왔어. 우리 노동계급들이 기다리는 M시로 가자마."

일현은 숨이 턱 막혔다. 곁에 앉은 혜리가 그것 보라는 듯 눈동자를 확 키웠다. 성철도 마찬가지였다.

"저쪽 전마선 하나만 소리쳐 부르면 차비도 안 들이고 넘어가갔다. 가자."

"중국에 나온 지 겨우 3개월밖에 안 됐습니다."

일현의 목소리가 기어들어갔다.

"당만 무조건 믿고 따르던 일현 동무가 없어 무척 허전했다마."

"외국에 나와서 일하는 것도 다 당적 과업입니다."

성철이 성급하게 나섰다. 책임비서가 이런 말을 하려고 여기 오지는 않았을 것이다. 성철의 말대로 당적 과업을 수행 중이니까. 그러면서도 일현은 책임비서의 말이 사실이라면 어쩌나 하는 걱정에서 벗어나지 못했다.

"우선 들자."

책임비서가 숨을 골랐다. 둘러앉은 사람들이 내키지 않는 낯빛으로 자기 앞에 따라진 진류푸 잔을 손에 들었다. 일현은 손이 떨렸다. 잔에 찬 술이 출렁댔다.

갑자기 호수에 짙은 그늘이 끼고 있었다. 강바람이 습기를 듬뿍 머금었다. 검은 구름이 하늘을 거의 다 가렸다. 소나기를 한바탕 퍼부을까?

2

"예에?"

일현이 눈을 번쩍 뜨고 책임비서를 쳐다보았다. 태어나서 이보다 더 놀라운 소식을 들은 적이 있었을까? 앞산에서 휘몰아치는 바람과 맞서는 나무들처럼 가슴이 격하게 요동쳤다.

"다른 방도가 있으면 동무가 대보라마."

책임비서가 담담히 말했다. 오랫동안 준비한 일인 것 같았다.

"너무 대담해서……."

어장관리용 막사 처마 아래 선 일현과 책임비서 사이에 잠시 무거운 침묵이 흘렀다.

책임비서는 파라솔 아래서 백주를 몇 잔 더 마신 뒤 사람들의 시선이 잘 미치지 않는 이곳으로 일현을 데려왔다. 일현에게 조국으로 돌아가자고 한 책임비서의 말은 진담이 아니었다. 그것을 안 혜리와 성철은 타들어 가던 입술에 침을 축였다. 일현 역시 일단 안도했다. 하지만 그것이 끝일 리 없었다.

"지금 둥베이(東北) 지방의 옥수수 산지를 두루 돌아보고 오는 길이야. 콴뎬에서도 옥수수를 꽤 사들여 갈 거라마. 동무가 며칠간 콴뎬 지역 검수원이 돼 주어야갔어."

책임비서는 처마 아래로 오자 다짜고짜 말했다. 둥베이지방의 옥수수는 대부분 가축 사료용이기 때문에 보관상태가 좋지 않다고 했다. 더구나 한두 해 묵은 것이기 때문에 썩은 것이 적잖이 섞일 수밖에 없다는 것이다.

"인민들에게 식량으로 공급하갔으니 썩은 걸 싣지 못하도록 산지에서 원천 봉쇄해야 돼. 그게 검수원이 할 일이야."

옥수수를 구입하는 일은 언뜻 보면 대수롭지 않았다. 하지만 옥수수를 살 줄 몰라 그동안 인민들을 굶긴 것이 아니었다. 살 돈이 없었다. 거기에다가 책임비서는 옥수수를 밀수로 들여가겠다는 것이다.

먹구름이 동쪽 하늘에서 몰려와 산을 삼키고 있었다. 빗방울이 수면 위로 후둑후둑 떨어졌다. 수면이 찰랑거렸다. 가두리 그물 안에서 시커먼 치어 떼가 퍼드덕댔다. 놀란 개가 컹컹, 짖었다.

"다른 방도를 대보라니까."

책임비서가 재촉했다.

"돈은 어떻게 마련했습니까?"

"승낙부터 하라마. 검수원을 맡아 주갔나?"

"하필 왜 접니까?"

"믿을 사람이 없어. 인민에 대한 굳은 신심을 가진 동무가 흔치 않아."

책임비서의 말에 가는 탄식이 묻어 나왔다.

"저는 이미 떠난 사람인데……."

"마음은 M시 인민들 곁에 놔두고 간 줄 내가 안다마."

"이젠 아동영화 일에 전념해야 합니다."

일현은 꺼내지 않기를 바랐던 변명을 입에 올렸다.

"잠깐이면 돼. M시로 데려가지는 않갔다고 했잖아. 조용히 진행하는 일이야. 아무나 내보내 검수하게 할 순 없어. 검수한답시고 제 배 채우는 데 혈안이 될 일꾼이 없으리란 법도 없고. 검수원으로 딱 열 명을 차출하려는데, 그것도 힘이 든다마."

일현을 보는 책임비서의 눈이 깊어졌다. 속을 샅샅이 들여다보는 것 같았다. 도무지 도망칠 잔꾀조차 찾아지지 않았다.

지난 겨울 개간을 독려하려고 책임비서가 산판에 찾아온 적이 있었다. 깊은 골짜기에서 우우 쏟아져 나온 바람에 숲 전체가 거대한 파도에 난타 당하듯 몸부림치던 날이었다. 그는 일소마냥 언 입김을

턱과 입 언저리의 잔수염 위에 허옇게 달고 있었다. 그가 오기를 벼르던 개간반장이 그를 맞았다.

"옥시쌀마저 절반밖에 섞지 못한 대용식량을 먹으면서 해종일 곡괭이질, 도끼질을 하는 대원들이 책임비서 동지의 자식이라면 어찌하갔습니까?"

책임비서는 한마디도 대꾸하지 않았다. 눈가에 파들파들 경련을 일으키며 한참을 서 있었다. 뒤에 알았지만, 그의 아들도 일현네 대원들과 똑같은 급식을 받으며 다른 산판에서 개간 일을 하고 있었다.

"책임비서 동지를 따르갔습니다."

일현은 낮지만 힘이 들어간 목소리로 대답했다. 누군가를 존경한다는 것은 그의 정신에 무조건 복종하는 것이다. 내가 나에게 강제하는 의무감 같은 것이다. 아동영화 작업에 미칠 지장은 휴일과 밤 시간에 벌충하리라.

"우리 시는 중국에 친척이 있는 사람이 많다. 3주 전 그들에게 친척방문을 전면 허용했어. '가라. 가서 친척들에게 얻어먹고, 얻어 가지고 와라.' 기렇게 선언했다마. 기래야 이 여름의 숨 가쁜 고비를 겨우 넘겨."

책임비서의 얼굴에 그답지 않게 짙은 그늘이 비꼈다. 아무리 시달려도 그만은 수백 년 된 동구 밖 느티나무처럼 의연하게 버티고 서 있을 줄 알았다. 사회주의의 마지막 전사라느니, 보루라느니 하는 말이 그에게 딱 들어맞는 말인 줄 알았다. 지금 보니 아니었다. 고난의 천 리를 가면 행복의 만 리가 온다고 쩌렁쩌렁 외쳐 대던 그가 아니었다.

"친척 방문 신청자가 이만저만 많은 게 아냐. 다 내보내라고 했어. 극소수 성분 나쁜 자들만 빼고. 신청 거부율이 5퍼센트밖에 안된다마."

"잘 하셨습니다."

일현의 목소리가 축축이 젖었다.

"옥수수 살 돈을 어떻게 구했냐고 물었지?"

"말씀하십시오."

"우리 시 부자 놈들을 다 시당 청사로 불러들였어. '당신들이 밀수 따위 불법적인 일로 돈을 번다는 걸 내가 다 안다. 빼앗지는 않갔다. 대신 가진 돈을 다 긁어서 중국에 나가 옥수수를 구해 오라. 국경경비대와 협조해서 국경을 열어 주겠다. 이번에는 당신들이 합법적으로 밀수를 하는 거다. 옥수수를 인민들에게 실비만 받고 팔아라.' 기렇게 말했다마."

책임비서의 말투는 여전히 담담했다. 이미 돌아올 수 없는 강을 건넜기 때문에 더욱 그럴 것이다. 일현은 코끝이 시큰해졌다.

"다른 동무들에게는 절대 발설하지 마라마. 내가 힘이 있을 땐 저마다 충성을 다하겠다고 말하지. 기러나 불행이 닥치면 그들 모두가 내게 잽싸게 등을 돌린다는 걸 알아."

"……."

"검수를 잘 해. M시로 들여온 뒤 검수하면 시끄러워진다마. 사료용은 다 그런 거라면서 중국 업자들이 반품을 받아 주지 않을 거고,

반송하느라 국경을 두 번 열어야 하는 부담도 생기고, 안 팔려 여론도 좋지 않을 거고……"

책임비서가 일현의 어깨를 다독였다. 일현은 비장해졌다. 마치 오래 전부터 오늘을 기다려온 것처럼.

일현이 일행에게 시선을 옮겼다. 혜리와 성철은 파라솔 아래 테이블에 태평하게 둘러앉아 안 총경리와 대화를 나누고 있었다.

"콴뎬이 만족자치현(滿族自治縣)인데도 우리 민족이 산다는 말씀이네요."

혜리가 묻고 있었다.

"그럼요. 일제시기 한때는 광복군총영이 있었고……. 아, 안수길이란 소설가가 쓴 '북간도'를 보셨습까? 그 책에도 콴뎬 조선족촌이 나옴다."

일현과 책임비서는 일행이 있는 곳으로 발걸음을 옮겼다. 크릉크르릉. 하늘이 울었다. 검은 빗줄기가 쏟아졌다. 총탄 세례를 받듯 수면에서 빗방울이 튕겨 올랐다. 건너편 강가에서는 뗏목을 끌어올리던 노동자들이 집하장 사무실의 처마 밑으로 달려가고 있었다.

"이번 일을 잘 해결하면 우리 시는 올 가을까지는 식량 걱정이 훨씬 덜할 거라마. 그 다음 식량계획은 아직……."

책임비서는 말을 맺지 못했다.

3

　호반에 늘어선 방갈로들의 앞마당이 텅 비어 있었다. 마당가의 물푸레나무 밑에서 빗줄기를 피하던 닭들도 어디론가 사라졌다. 오래된 사진 속 풍경이 현실로 깨어나듯 물푸레나무 가지가 흐느적거렸다. 소나기는 갰다. 일시적으로 갰는지 다시 퍼부을지는 알 수 없었다. 산은 여전히 먹구름에 잠겼다. 바람을 타고 먹구름이 호수 안으로 밀려들고 있었다. 일현과 혜리는 호반을 따라 난 방갈로 오른쪽의 오솔길을 걸었다. 빗방울을 단 찔레 잎과 애기똥풀의 노란 꽃, 쇠뜨기의 긴 줄기가 번들번들 윤기를 냈다. 여치 따위의 풀벌레 소리 또한 요란했다.

　일행은 조금 전 소나기를 피해 술자리를 방갈로로 옮겼다. 혜리는 방에 가득 찬 매캐한 담배 연기 속에 곤욕스럽게 앉아 있었다. 그 모습을 보고 책임비서가 일현에게 혜리를 데리고 밖으로 나가라는 눈짓을 했다. 일현이 마음을 다스릴 시간을 갖도록 배려하는 마음 또한 작용했으리라.

　일현은 자신과 혜리 사이에 긴장감이 흐르고 있음을 느꼈다. 혜리가 자신에게서 무슨 말인가를 들어야 마땅하다는 생각을 하는 모양이었다. 며칠 전의 무단외출 사건에 대한 궁금증 때문일 것이다. 알아야 할 것을 모르고 있다고 여기는 서운한 감정이 발동하여 화도 났을 것이다. 둘만 있는 시간이 되자, 숨죽이고 있던 감정이 드러나는가 보았다. 성철이 말하지 못하게 했기 때문에 입을 다물고 있었던 것만은 아니었다. 혜리가 자신에게 얼마나 마음을 쓰고 있는지 잘 알고 있었다. 일현 역시 혜리가 자신의 내부에 커다란 영토를 만들어 가고 있음을 느꼈다. 아, 여성이란 본디 이처럼 따뜻하고 부드러운 것이구나 하는 새삼스러운 감정이 그곳에서 무럭무럭 우러나오고 있었다.

혜리와 단둘이 호젓한 시간을 갖고 보니 일현은 더는 입을 닫고 있기가 어려웠다. 물론 입을 열어 아픔이 증폭되는 것이 두려웠다. 차라리 조금 전 어장에서 책임비서와 나눈 대화를 털어놓을까? 중요 문서를 메모리 장치에 복사해 두듯 혜리의 기억 속에 고스란히 옮겨 둘까? 그러나 이 역시 책임비서나 자신이 이 땅에 존재하지 않을 때나 열어 본다는 보장이 있어야 했다.

"숭쟝허에 다녀왔습니다."

일현이 두 사람 사이의 긴장을 깨뜨렸다. 혜리가 그럴 줄 알았다는 듯 고개를 끄덕였다.

"제가 M시에 있을 때 제 아내가 중국에 있다는 소문이 났댔습니다. 누가 중국에서 봤답니다. 누군지 추적은 안 됩니다. 중국에 몰래 다녀온 게 문제가 되니까 소문을 낸 사람이 드러나지 않았습니다. 중국이라면 기태 작은아버지 집밖엔 갈 곳이 없다는 생각이 들었습니다."

혜리는 잠자코 들었다.

"전화를 걸면 기태 작은아버지는 번번이 아내가 안 왔으니 안 왔다고 하는 것 아니냐고 말했습니다. 저도 아내가 기렇게 잊히길 진심으로 바랐댔습니다. 기런데 기때마다 아내의 얼굴이 허공에 돋아나 자기가 살아 있다고 외쳐 대는 겁니다."

"……"

"감독 선생님 생일날, 부단장 동무와 PD 선생에게 불려가 술을 더 먹었습니다. 취하니까니 아내 생각이 더 간절해졌습니다. 자려고 누웠는데도 중국 사람 집에 갇혀 밤마다 그 집 형제에게 성폭행을 당한다는 조국 여자에 대한 인터넷 기사가 머릿속을 어지럽혔습니다. 당장 아내가 기렇지 않다는 사실을 확인해야 직성이 풀릴 것 같았댔습니다. 북방쇠찌르레기는 휴전선도 넘어가 가족을 이어 주는데, 같은 중국 땅에 나와 있는 제가 못 갈 데가 뭐 있겠나 싶었습니다. 버스터미널로 나가 첫차를 기다렸습니다."

"……"

"숭쟝허에 간 이유가 하나 더 있습니다. 책임비서 동지가 이곳에 오시기 전에 아내 행방을 알아야 한다는 마음도 저를 충동질하고 있었습니다. 왠지 그분을 만나면 제 삶이 헤어나올 수 없는 수렁 같은 다음 장으로 넘어가야 할 것 같았댔습니다."

일현은 퉁화까지는 고속버스를 타고, 퉁화부터는 직행버스를 타고 열 시간이나 걸려서 숭쟝허에 도착했다. 백두산 아래 자리잡은 소도시였다. 기태의 작은아버지인 방 노인은 조그만 방앗간을 운영했다. 젊은 시절에는 도시에서 도서관 사서로 일했다고 했다. 개방 이후 철밥통에 기대지 말고 사회에 나가 제 힘으로 벌어먹으라는 샤하이(下海)운동이 일어났다는데, 그때 직장에서 쫓겨났다. 쭈그려 앉아 책만 들춰 보던 사람이라 그럴듯한 일을 벌일 엄두를 못 냈다. 대신 20년 넘게 방앗간 일에만 매달렸다.

"참 답답한 사람이오. 그리 애면글면 찾을 거면 있을 때 잘하지 그랬소?"

방 노인은 전화로 말한 데서 한 발짝도 더 나아가지 않았다. 그의 말을 듣던 일현은 고추를 빻는 기계 옆 기둥에 걸린 빨간 꽃무늬 치마를 보았다. 아내가 아껴 입던 것과 똑 닮았다.

"이건 누구 겁니까?"

일현이 물었다.

"이 집엔 여자가 나 하나뿐이오."

곁에 있던 방 노인의 부인이 대꾸했다. 일현은 이런 치마가 세상에 어디 한둘이랴 싶었다. 아내 것도 방 노인이 기태네에게 보내 준 것이라 하지 않던가.

"혹시라도 제 아내와 연락이 닿으면, 이 사람이 예전과 많이 달라졌다고 전해 주십시오. 돈을 좀 벌고 있고, 평양에 돌아가서 살 수도 있다고 말입니다."

"당연히 그리 말하리다. 당장 사돈에게도 전화 치리다."

일현은 떨어지지 않는 발걸음을 돌렸다.

"찾았으면 어떡할 뻔했어? 배신자 가족이 되지 않은 게 얼마나 다행이야."

무단외출 경위를 실토했을 때, 성철은 이렇게 말하며 숨을 돌렸다. 일현 역시 다행스러웠다. 성철의 말과는 다른 의미였지만. 아내가 노예처럼 사는 것을 확인하지 못했다는 것은 아내가 그렇게 살지 않을 것이라는 희망을 가져도 되는 것이었다.

"이제 잊을 때가 되지 않았나요? 망상의 세계에 너무 오래 매달려 있는 건 좋은 일이 아니에요."

혜리의 대꾸가 다소 쌀쌀맞았다. 일부러 그렇게 말해서 냉정한 판단력을 찾도록 하려는 것처럼 느껴졌다. 잊을 수만 있다면 얼마나 좋을까? 일현은 옆의 큰 나무 둥치를 붙잡고 고개를 꺾었다. 출구를 찾지 못하던 감정이 툭 터져 나올 것 같았다. 나무 둥치에 이마를 대고 감정을 누그러뜨리려 애썼다. 일현의 기척에 놀랐는지 억척스럽게 울어대던 풀벌레 소리가 뚝 끊겼다. 혜리가 태도를 바꿔 가만히 일현의 어깨를 다독였다. '내가 있잖아요'라고 말하는 듯했다.

"숭장허에 없을 뿐입니다. 찾을 가능성이 좀 더 미미해졌을 뿐입니다."

일현이 간신히 말했다. 나뭇잎에 툭툭툭 빗방울이 떨어졌다. 한동안 단조롭게 그 소리가 이어졌다.

"제게 해줄 말이 하나 더 있죠?"

혜리가 나지막이 물었다.

"책임비서 동지가 저를 찾아온 이야기를 하자면 거짓말을 해야 됩니다."

"단장 선생님의 얼굴에 위험한 일이라고 쓰여 있어요."

"이미 주사위가 던져졌습니다."

일현은 비장함과 불안함이 뒤섞인 감정이 돌연히 쏟아져 나오려는 것을 이를 악물고 견뎠다. 우리가 함께하는 시간은 고작 3년에 지나지 않아요. 당신이 공화국 사람인 내게, 내가 남조선 사람인 당신에게 뭘 어떻게 하갔어요? 다시 울기 시작한 풀벌레 소리가 귓가에 또렷이 들려왔다. 혜리는 대답을 재촉하지 않았다. 두 사람은 가던 길을 계속 걷기 시작했다.
"앞으로는 어디 갈 때 제게 말하고 가세요."
혜리가 일현의 팔을 끼며 말했다.
"제가 왜 이리 혜리 선생님 앞에선 감정이 헤퍼지는지 모르갔어요."
"뭐가 헤퍼요? 입에다 채운 지퍼가 아직도 짱짱한데."

4

 집하장 마당이 거미처럼 꾸물거리는 노란 지게차들의 소음으로 시끄러웠다. 마당 건너편 대형창고는 마당 쪽 벽면이 애초부터 아예 없었던 것처럼 문을 활짝 열어젖혔다. 창고 안에는 옥수수 포대들이 산을 이뤘다. 노동자들이 포대 더미 위로 올라가 포대를 바닥으로 끌어내렸다. 지게차들이 그 사이를 들락거렸다. 마당 한편에 줄지어 늘어선 15톤 트럭에 포대를 옮겨 실었다. 창고 옆으로 늘어진 회화나무 가지가 지게차들의 지붕에 걸릴 때마다 회화나무 이파리들이 은화처럼 반짝거렸다.
 일현은 콴덴의 옥수수 집하장 마당에 나와 있었다. 두 동의 대형

창고와 넓은 마당을 갖춘 집하장은 옥수수밭 가운데 언덕에 자리 잡았다. 옥수수밭은 무릎 높이쯤 자란 새싹들이 드넓은 벌판을 덮으며 초록의 바다로 변신해 가는 중이었다. 높은 데서 보면 집하장은 바다 가운데 뜬 섬 같았다.

수풍호에서 책임비서는 성철에게 일현이 성철의 시선 밖에 머물러 있어도 일주일만 양해하라고 당부했다. 옥수수 수입 문제는 중앙당이 모르게 추진하는 일이다. 검수 현장에 성철이 따라나와서는 안 된다. 성철은 이유를 캐묻지 않았다. 까마득히 높은 사람의 부탁이니 감히 거절할 수 없었을 것이다. 뭔가 찜찜한 일을 알고 있다는 부담 또한 지고 싶지 않았을 것이다. 다만 사람 사고가 나면 어쩔 것이냐는 물음만은 잊지 않았다.

"도망칠 사람으로 보여? 만약 그런 일이 생기면 동무에게 닥칠 곤경을 내가 책임지고 해결해주갔어."

책임비서는 일현을 몰라보는 것이 불쾌하다는 듯 대답했다. 성철은 책임비서가 책임을 지겠다는 말을 기다린 듯 안심하는 표정이었다. 어차피 그는 일현을 장시간 따라나올 처지가 못 되었다. 일현을 제외한 열여덟 명의 애니메이터들을 방치해 두는 것 또한 그의 임무에서 벗어나는 일이었다. 그는 일현에게 휴대전화를 소지하고 2시간마다 한 번씩 현재위치와 이동상황을 보고하라고 했다.

혜리 또한 한숨을 더럭 쉬며 일현의 낮 시간을 빼 주었다. 일현은 제작일에 지장이 없도록 하겠다고 장담했다. 물론 원활하게 돌아가지는 않을 것이다. 일현이 아침에 아파트를 나설 때 혜리는 직접 만든 김밥과 생수를 챙겨 주었다. 그것을 내미는 손길에 맥이 빠져 있었다.

일현은 막 창고에서 빠져 나오는 지게차에 시선을 모았다.

"기건 안 돼!"

일현이 다급히 외쳤다. 창고 안의 썩은 포대들을 이미 본 터였다. 바싹 탄 누룽지처럼 시커멓게 변색되고 축축하게 젖은 것들이었다. 동물도 먹일 수 없을 정도로 푹 썩었다. 어떤 것은 푸릇푸릇한 싹까지 돋았다. 기사들에게 싣지 말라고 일렀다. 그것들을 지금 트럭으로 옮기는 것이다. 지게차는 멈추지 않았다. 일현의 목소리가 지게차들의 소음에 잡아먹히고 있었다. 일현이 지게차 앞으로 내달렸다. 두 팔을 벌려 가로막았다. 낡은 지게차가 일현 바로 앞에서 쿨렁이며 급정거했다.

"이건 안 된다고!"

일현이 다시 한 번 외쳤다.

"실으랬다, 싣지 말랬다, 어쩌라는 겁까?"

조선족 기사가 지게차 밖으로 고개를 쑥 내밀고 맞고함을 쳤다. 그때 누군가 일현의 팔을 우악스럽게 잡아챘다. 뒤쫓아 온 밀수꾼 주익이었다. 그는 방금 전까지 회화나무 그늘의 의자에 앉아 촌장과 담배를 피우고 있었다.

일현은 어제 단둥의 퀴지호텔 부근 커피숍에서 그를 처음 만났다. 사전에 인사나 나누자고 그가 찾아왔던 것이다. 기태보다 배가 더 불쑥 나오고 얼굴에 개기름이 반질반질한 것을 빼놓고는 보통사람과 다를 것 없는 인상이었다. 하지만 찬찬히 훑어보니 모자 차양 밑에 뱀처럼 시린 눈이 숨어 있었다. 그가 돈을 번 비결이 있다면 복잡한 관계를 냉정하게 정리하는 뱀눈에 있는 것 같았다.

"안 됩니다! 싣지 말라요!"

일현은 재차 외쳤다. 그러면서 회화나무 밑으로 주익에게 끌려갔다. 밤에나 얼굴을 드러내고 다니는 자를 시당에서 인정했다. 제 지체가 하늘까지 치솟은 줄로 알았다.

"다 소 대가리 찍힌 거야. 같은 거란데."

그는 어제 일현보다 제가 네 살 위인 것을 확인하고 대뜸 반말을 썼다. 제 딴엔 친근하게 대한답시고 그러는 모양이었다. 하지만 그는 그런 식으로 뱀이 담 넘어가듯 은근슬쩍 제 목적을 향해 질주할 사람이었다. 일현은 초장부터 밀려서는 안 된다고 단단히 별렀다. 그의 말대로 지금 싣는 옥수수 포대들에는 소 대가리나 말 대가리가 인쇄되어 있었다. 짐승 사료라는 뜻이었다.

"저건 너무 심하게 부패했어요."

일현이 항의했다.

"이 사람들은 사료를 파는 거라고."

"우린 사람이 먹을 식량을 사는 거란데."

"양이 중요해. 눅게 많이 사려면 어쩔 수 없어."

"저건 짐승도 못 먹습니다. 한두 포대도 아니고 4분의 1은 됨직한데. 어서 탑재를 중지시키십시오."

"동무가 먹을 건 내가 특별히 마련해 놓았으니까니 근심 놓으라고."

일현은 어제 커피숍에서 주익이 슬쩍 건네는 돈봉투를 뿌리쳤다. 액수를 헤아릴 필요조차 없었다. 일현 곁에 잠시 앉아 있던 성철은 무슨 돈인지도 모르면서 욕심을 숨기지 못하고 덥석 받았다. 일현이 받지 않은 것을 제 앞이니까 내숭을 떤다고 여기는 눈치였다. 주익도 그렇게 생각했을 것이다.

"제발 한 번만이라도 인민의 편에 서서 사십시오."

일현이 손목을 잡은 주익의 손을 뿌리쳤다.

"나야 언제나 인민의 편에 서 있지. 기래서 인민이 원하는 물건을 들여가 팔고 있어. 나라에서 못하는 걸 내가 한다고."

멈춰 서서 그들을 지켜보던 운전기사가 다시 지게차를 몰았다. 일현이 막으려고 기사에게 달려가려 했다. 주익이 다시 팔을 잡아챘다. 손아귀에 단단히 힘을 가했다. 일현은 줄에 묶인 개처럼 그의 곁을 벗어나지 못했다.

"놔! 이 소 대가리 같은 놈아!"

일현이 버럭 욕설을 내뱉었다. 주익이 당황하여 일현을 뚫어져라 쳐다보았다. 뱀눈이 기분 나쁘게 번뜩였다. 일현은 기죽지 않으려고 고개를 뻣뻣하게 치켜들었다.

"당신, 정말 몰라서 기래? 내가 하나 가르쳐 주지. 이 일은 나중에 발각되게 돼 있어. 결국 특대형 사건으로 번질 거야. 책임비서 동지가 죽게 돼 있단 말이야. 물론 책임비서는 죽어도 나는 여전히 살아 있어야 해. 기러려면 돈이 있어야 해. 돈 먹은 총알은 사형수도 피해 가는 것 알지? 제대로 된 옥수수를 사다 팔면, 살아나야 할 때 위에 고일 돈을 어케 마련해? 뭐든 가져다가 수사가 들어오기 전에 제꺼덕 해치워야 한다고. 어디까지나 이 일은 내가 살기 위해서 하는 거야. 하지 않으면 책임비서가 당장 잡아넣을 거니까니 따르는 것뿐이라고. 나뿐이 아니야. 이 일에 동참한 업자들이 다 같은 심정이야."

주익의 목소리에 화가 뱄다.

"이런 식으로 일하면 잘도 살아나갔네."

"따르는 놈을 잡아넣을 수야 없지."

"제대로 따르라고!"

"자, 들어봐. 내가 이곳 콴뎬에서 구입할 옥시 양이 2천 톤이야. 국경 인도가격으로 치면 30만 딸라 좌우 돼. 이걸 조국에 가져다 팔면 45만 딸라쯤 될 거야. 비용 제하면 잘해야 10만 딸라쯤 벌어. 내 목값이 얼마나 되갔어? 내 목을 지키려면 10만은 위에 고여야 겨우 될 거야. 포 띠고 차 치우면 내 목 못 지켜. 알갔어?"

주익의 목소리가 점점 커졌다. 썩은 자본주의사회에나 있다는 돈과 뇌물의 세계를 그가 생생한 육성으로 일깨웠다.

"당신 행실을 당장 책임비서 동지에게 보고하갔어."

"그런 식으로 나대면, 동무야말로 내일도 저 해를 구경한다고 장담할 수 있갔어?"

트럭에 다가간 지게차 기사가 화물 적재함에 포대들을 부렸다.

"소 대가리 같은 놈아, 이 팔 놔!"

일현이 주익의 손을 뿌리치려 했다. 그럴수록 주익의 손아귀 힘이 더욱 완강해졌다.

5

 검은 대리석으로 장식된 벽과 바닥, 어깨 높이의 검은 칸막이들, 칸막이 안 검은 대리석 테이블 위를 하얗게 비추는 삿갓 전등……. 단둥에서 본 게리 로스 감독의 영화 '플레전트빌'에 나온 것처럼 흑백 배경과 천연색 옷을 입은 손님들의 조화가 이채로웠다. 안쪽 구석에서는 검은 정장을 입은 여성이 피아노를 연주했다. 선율이 실내에 아늑하게 흘렀다.
 종일 주익과 실랑이를 벌이다가 성과 없이 하루를 마무리했다. 일현과 주익은 단둥 시내 얼마거리에 있는 카페에서 마주앉았다. 주익이 선택한 곳이다. 그는 콴뎬에 잠자리가 있는데도 일부러 단둥으로 나왔다. 일현과 흥정을 하려는 것이다. 일현 역시 그를 만나기를 원했다. 아무래도 그와 힘으로 맞서서는 안 될 것 같았다. 상대가 안 되는 사람의 샅바를 붙잡은 기분이었다. 책임비서에게 상황을 보고한들 주익이 따르지 않으면 그만이었다. 책임비서는 보나마나 시끄러워지는 것을 원치 않을 것이다. 일이 끝난 뒤 책임비서에게 부탁해 주익의 당적 공로를 인정해주자고 건의하면 어떨까? 입당을 시켜준다든지, 훈장을 하나 받게 해준다든지…….
 "이런 식으로 인민을 먹인다고 잘 살게 되는 게 아니야. 이거야말로 미봉책이야. 우리가 잘 살 길은 지천으로 널렸어. 기런 건 안 거들떠보고……."
 주익이 와인에 젖어 붉게 번들거리는 입을 열었다.

"밀수하고 사기쳐서?"

"말 함부로 하지 말고. 먼저 목 좀 축여."

주익의 목소리가 돌연 부드러워졌다. 부드러움이 단단함을 이긴다는 세상의 이치를 깨달은 사람처럼 인자한 미소까지 띠었다.

카페에 들어왔을 때 주익은 위스키나 한잔하자고 했다. 일현은 사양하며 마지못해 포도주를 선택했다. 그와 함께 술을 마시고 싶은 마음은 추호도 없었다. 그렇다고 안 마실 수도 없었다. 그는 랴오닝성에서는 제일 유명한 와인이라는 우뉴산패(五女山牌) 아이스와인을 주문했다. 아이스와인은 일현이 처음 듣는 술 종류였다. 그만큼 그가 세상물정에 밝다는 증거였다. 보나마나 여권에는 출입국 도장 하나 찍히지 않은 사람일 것이다. 아니, 여권조차 소지해본 적이 없는 사람일 것이다. 제 마음대로 압록강을 타넘고 다녔을 테니까.

일현은 잔을 들어 포도주를 입에 살짝 묻혔다. 혀가 달단 맛을 탐닉하지 못하도록 잔을 얼른 입에서 떼어냈다.

"중국을 봐. 전국 각지에 세계 유수 기업들이 다 들어와 있어. 자본가들이 노동자들을 착취하는 게 아냐. 중국 노동자들을 돈 벌게 해주지. 먹고살고 영화 보고 여행하게 해준단 말이야. 우리 공화국은 왜 기렇게 못하지? 우리가 신용이 없어서 기리 못하는 거야."

주익이 거창하게 운을 뗐다. 밀수꾼 주제에 신용을 들먹이다니.

"나라 탓하지 말고 동무부터 신용을 지키면 좋갔는데."

"철부지 애들처럼 이죽거리지 말라우."

일현은 감정을 억눌렀다. 하고 싶은 말을 다 해서는 안 된다고 마음먹었다.

"중국 기업이 우리 공화국에 진출해? 안 해. 왜? 투자해 놓으면 나가라고 하니까니. 중국 기업을 내보내 투자금을 떼먹으면 우리가 당장은 이익인 것 같지? 기러나 다시는 중국 기업이 안 들어온단데. 어느 나라, 어느 기업이든 다 마찬가지란데. 나선을 보라. 청진, 남포를 보라. 텅 비었잖아. 기럼 신용을 왜 못 지켜?"

"……."

"당의 정책에 일관성이 없으니까니 신용이 없어지는 거야. 정책을 내미는 당이 이러랬다 저러랬다 너무 즉흥적이란 말이야. 왜? 왜 기래?"

"……."

"미국이 고립압살정책을 써서? 왜 우리한테만 고립압살정책을 써? 우리가 미국과 대항하겠다고 하니까니 기렇갔지? 대항해서 남는 게 뭐가 있어? 친하게 지내면 되지. 미국 놈이 평화협정을 안 맺갔다고 한다고? 왜? 러시아, 독일, 일본, 웰남(베트남), 중국, 일케 미국과 맞서 싸운 나라들이 다 미국 친구가 됐는데 우린 왜 안 돼? 이번엔 미국 본토와 태평양상의 미군기지를 타격하겠다고 정치하는 자들이 주둥이를 깠더군."

이자는 기태보다 더 지독한 소리를 했다. 외국물만 먹으면 왜 이렇게 변할까? 할 말이 많은 것 같은데 일현은 막상 아무 말이 떠오르지 않았다. 대신 새벽에 인터넷으로 읽은 노동신문 기사가 머릿속을 파고들었다. 국방위원회 성명이었다.

정전협정을 백지화하고 북남간 불가침에 관한 모든 합의의 전면 폐기를 선언한다. 혁명무력의 위력한 타격수단들이 발사 대기상태에 있다. 핵탄두들은 미국 본토와 태평양상, 남조선의 미군 기지들을 겨냥하고 있다. 이제 단추만 누르면 원수들의 아성이 온통 불바다가 될 판이다. 전쟁은 시간문제다. 그때 가서 후회해야 아무 소용이 없으며, 애당초 살아남아 후회할 놈도 없게 될 것이다.

이제 선전포고를 빼놓고는 할 말을 다한 셈이었다. 여느 때 같으면 미국 놈들이 얼마나 못살게 굴면 이럴까 여겼을 것이다. 이런 식으로 북남관계까지 악화되면 정말 전쟁이 일어나지 말라는 법이 없다고 믿었을 것이다. 당의 말에 딴 마음을 품은 적이 있었던가. 그러나 이제는 세상은 평화로워 죽겠다고 하품을 하고 있는데, 압록강 너머 조국에서만 깽깽 핏대를 올리는 꼴 아닌가 하는 생각이 들었다. 마침내 나도 기태를 닮아 가는 것일까? 일현은 그것을 부정하기 위해서 고개를 슬쩍 내저었다.

"우리 당을 능욕하는 거야?"

"능욕이라니. 공민의 한 사람으로서 정당한 지적을 하는 거야. 당이 잘했으면 왜 우리가 굶갔어? 왜 우리 인민이 10만 명 넘게 중국 땅으로 도망쳤갔어? 왜 2만 5천 명이나 남조선으로 도망쳤갔어?"

"기딴 쓰레기들 이야긴 왜 해?"

"쓰레기, 쓰레기 하는데, 쓰레기조차도 공화국을 벗어나면 굶지 않

아. 당 생활을 안 해도 질서를 잘 유지하고 살아. 왜 기러갔냐고?"

주익은 아이스와인을 다시 입에 댔다. 일현의 입 속에서 조금 전 입술에 살짝 묻힌 달콤하고 부드러운 맛이 살아났다. 일현은 잔을 다시 입에 대지 않았다. 문득 아내의 얼굴이 눈앞에 어른거렸다. 아내도 남조선에 갔을까? 왜 그 생각을 아직까지 못했을까?

"자본주의란 게 잘 사는 것처럼 보이지만, 생존경쟁이 치열해 도덕이 없고, 못 사는 사람은 거지 짓이나 하고⋯⋯. 생존경쟁이란 게 뭡니까? 나만 잘 살면 된다, 그런 것 아닙니까? 기래서 온갖 험악한 짓을 다 저지르고⋯⋯."

일현이 조심스럽게 반박했다.

"생존경쟁도 다 자기들 법 안에서 하는 거야. 남과 경쟁하려면 신용이 있어야 하는 거고, 신용은 법과 도덕에서 나오는 거야. 기런 거 알기나 해?"

"말만 기렇다는 거갔지. 무한대의 탐욕이 기런 허울뿐인 법을 무너뜨리는 걸 모릅니까? 제 잘못이 없는데도 돈 없으면 재판에 지고, 감옥에 가고, 천대 받고, 자본가 기업주 놈들의 노예로 살고⋯⋯. 적들의 거짓 선전에 넘어가 당의 사회주의정책을 비판하면 안 되지."

주익이 입꼬리를 올리며 비웃는 표정을 지었다.

"당 정책이 잘못된 걸 알면서 무조건 박수를 쳐대게 하는 게 우리의 제일 큰 병이야. 옥시 나부랭이나 가져가서 인민을 먹인다고 나라가 살아나? 근본이 바뀌어야지."

일현은 밀수꾼의 번드르르한 말에 귀 기울이는 자신이 한심스러

왔다. 주익을 설득시키려고 마주앉았는데, 되레 설득당하는 느낌이 들었다. 그에게 이야기할 시간을 너무 많이 주었다. 일현은 마른기침을 했다.

"바른말을 맘대로 하는 날이 오도록 우리 노력하자우. 기래서 공화국이 새롭게 일떠서도록 애쓰자우. 나 같은 사람도 떳떳하게 돈을 벌도록 하자우."

주익이 말을 이었다.

"좋아. 당장 우리부터 실천을 합시다. 썩은 포대부터 빼기오. 이번 일을 잘 마무리하면 내가 책임비서 동지에게 동무를 입당시키고, 당적으로 특별히 공로를 인정해주자고 건의하갔어."

일현은 준비했던 말을 꺼냈다. 주익이 얼굴을 찌푸렸다. 너 따위가 나를 알기나 하냐는 듯. 저울질이 가능한 거래라고 여긴 것이 무안할 지경이었다.

주익이 테이블에 놓아둔 제 가죽 손가방을 뒤졌다. 노란 서류봉투 하나를 꺼냈다. 절반으로 접힌 A4용지 크기의 대봉투였다. 그의 표정이 '이게 뭔지 알겠지?'라고 묻고 있었다. 지난번 하얀 편지봉투와는 비교가 안 되게 컸다. 대봉투가 절반으로 접혔다. 적어도 두세 개의 뭉칫돈이 들었음직했다. 한 뭉치가 만 위안이면 2만, 3만 위안? 평생 만지기 힘든 액수였다. 그가 일현 앞으로 봉투를 밀었다.

"이걸 밑천으로 삼으면 동무가 이 생에서 먹고 사는 건 걱정이 없을 거야."

주익이 처음처럼 표정을 인자하게 바꾸었다. M시에서는 100위안짜리 두세 장이면 한 달을 산다. 주익의 말이 지나친 말이 아니다. 일현은 문득 어디로든 마음대로 떠날 수 있는, 무엇이든 마음대로 할 수 있는 티켓이 눈앞에 놓여 있는 기분에 사로잡혔다. 인민을 위해 무엇인가를 해내기에 자신이 너무 지쳤다는 사실이 어렴풋이 고개를 들었다. 아내를 찾아 은숙과 단란하게 살았으면. 평생 여기 주저앉아서 혜리와 함께 작품이나 제작했으면. 일현은 주익의 시선을 피해 고개를 창 쪽으로 돌렸다. 열린 창문으로 습한 공기가 몰려왔다. 그것이 얼굴과 목에 달라붙듯 역겨웠다. 창에 주익의 옆얼굴이 비쳤다. 그가 미소를 더 크게 짓고 있었다. 일현은 봉투를 그 앞으로 밀었다.

"조국에 봉사할 기회를 놓치지 마십시오."

일현은 보다 그럴 듯한 훈계를 내뱉지 못하는 자신이 마땅찮았다. 자신도 모르게 말투가 다시 존댓말로 바뀐 것도 마음에 들지 않았다. 주익이 얼굴에 띤 미소를 싹 지웠다.

"동무야말로 이게 마지막 기회란 걸 잊지 마?"

주익이 봉투를 다시 일현에게 밀었다. 일현이 다시 주익에게 밀었다.

"후회하지 마."

주익이 봉투를 집어 손가방에 도로 넣었다. 손놀림이 거칠고 단호했다. 일현은 후회에 휩싸였다. 내가 너무 오랫동안 밀폐된 곳에 갇혀 있었어. 티켓을 쥐고도 열차를 못 타는 머저리야. 일현은 주익과 타협점을 찾지 못하는 것보다 주익의 돈을 받지 않은 것에 안도감을 느끼는 것이 더 가슴 아팠다.

"인민들이 썩은 옥시를 받으면 뭐라 욕하갔습니까? 인민들을 굶기지 말자는 책임비서 동지의 뜻을 배신하지 말라요."

"지금 동무는 기를 쓰고 죽을 길을 찾아 들어가고 있어."

"씨팔, 기러지 말고 내 말 좀 들어!"

일현이 버럭 목소리를 높였다. 주익의 주먹이 가슴께에서 부르르 떨었다.

"제발 돈을 따라 천만 리 하지 말고 당을 따라 천만 리 합시다."

주익이 벌떡 일어나 카운터로 갔다. 협상이 결렬됐다는 신호처럼 그의 걸음을 따라 구두굽이 대리석 바닥에 탁탁 부딪히는 소리가 났다. 일현도 일어났다. 계산을 마친 주익이 출입문 밖으로 나갔다. 일현이 뒤따랐다.

"싼마거리 시장 알지? 거기서 지난 일요일 아침에 살인사건이 났대. 물건을 사는 사람들을 향해서 '왕 아무개!'라고 부르는 사람이 있었대. 그 사람이 뒤돌아보자 부른 사람이 다짜고짜 칼로 배를 후볐다는군. 길을 막는 사람은 결국 도태되는 법이야. 이 말을 가슴에 새기고 있으라우."

주익이 돌아서서 일현을 노려보았다. 그의 어깨 너머로 보이는 거리에는 비가 내렸다. 출입구 처마를 벗어나자, 사선을 긋는 빗줄기가 불빛을 받아 하얗게 번들거렸다. 막 내리기 시작한 것 같았다.

"동무가 당의 길을 막는 겁니다. 분명 당의 심판무대에 오를 날이 있을 겁니다."

"이 자식이!"

주익이 주먹으로 일현의 턱을 강타했다. 일현이 반사적으로 주익의 얼굴에 주먹을 날렸다. 하지만 일현은 이내 자신의 돌출행동을 후회했다. 이렇게 되면 아무것도 안 돼. 끝내 검수를 실패한 것으로 결말지어서는 안 돼. 그 사이 일현의 가슴에 주익의 주먹이 꽂혔다. 숨을 쉴 수 없을 만큼 가슴이 꽉 막혔다. 저절로 허리가 굽혀졌다. 팔이 오므라들어 가슴을 감쌌다.
"난 빚지고는 못 살아."
주익의 주먹이 이번에는 등에 꽂혔다. 일현이 길바닥에 주저앉았다. 주익이 큰길을 향해서 걸어갔다. 시커먼 뒷모습이 생각보다 훨씬 육중했다.
"주익 동무, 제발 내 말을 들어주라요."
일현은 주저앉은 채 비를 맞았다. 주익의 뒷모습이 어둠에 묻힐 때까지 그에게서 눈을 떼지 못했다. 이제 막 시작된 어떤 사건 속으로 자신의 의지와 관계없이 덜컥 빠져든 느낌이었다.

6

"이 정도면 너무 튀지 않죠?"
혜리가 물었다. 일현이 혜리에게 시선을 돌렸다. 혜리가 옷을 가슴께에 받쳐 들었다. 노란색 여자 재킷이 전등 빛에 화사하게 빛났다. 혜리의 서울 친구가 새로 보내온 견본 옷이었다.

일현은 아파트에 가서 비에 젖은 옷을 갈아입고 스튜디오로 나왔다. 주익에게 얻어맞은 턱이 아직 얼얼했다. 다행히 거울에 비친 겉모습에는 이상이 없었다. 영화미술가들이 낮에 그린 배경그림들을 검토했다. 그림들이 자꾸 시야에서 도망쳤다. 대신 주익의 화난 얼굴이 악령처럼 얼씬거렸다. 그때 혜리가 작업테이블 한편에 쌓인 다섯 개의 옷 박스들 중 하나를 풀었다. 내가 딴 생각에 정신이 팔린 것을 눈치챘을까?

"제 마음을 뭐라 표현해야 할지 모르갔습니다."

일현은 자기 편은 오직 혜리뿐이라는 마음이 일었다.

"일에 몰두하면 잊을 수 있어요."

아내 생각에서 벗어나지 못하는 탓이라고 여기는 모양이었다. 사실 숭쟝허에 다녀온 뒤부터 아내를 향한 그리움은 나날이 원망으로 바뀌어 갔다. 은숙에게 편지를 보냈다.

어머니에 대해서는 아버지가 가장 잘 안다. 떠도는 말을 듣고 이모를 또 울리면 안 돼. 어머니는 이 세상 사람이 아닌 게 맞아.

은숙에게 자초지종을 말해서 또 한 번의 상실감을 안기고 싶지 않았다. 일현은 아내에 대한 자신의 심경을 혜리에게 말하려다가 참았다. 그 대신 혜리에 대한 고마움을 에둘러 드러냈다.

"동서에게 옷을 보내갔다고 전화를 했댔습니다. 제 어머니를 시켜 간부 자제들에게 팔면 돈이 좀 되갔다면서 반기더라고요."

이젠 세상물정에 눈이 트이는가 보다고 기태가 덧붙여 한 말은 입 밖에 내지 않았다.

처음 일현은 옷장사를 하지 않겠다고 뻗댔다. 우리 사회는 감춰지는 것이 없다는 말로 혜리와 성철의 권유에 맞섰다.

"기럼 무단 외출한 것도 밝혀지고 말겠네?"

성철은 설득 반 협박 반의 말을 했다. 그 말에 일현은 '너의 이런 태도가 아내를 사지로 내몬 거야'라는 자책에 시달렸다.

"이건 은숙이 티셔츠에요. 친구에게 예쁜 것으로 두 벌을 사서 보내라고 했어요. 맞을지 모르겠어요."

혜리가 박스 한편에 따로 놓인 비닐봉투를 꺼내 내밀었다.

"고맙습니다."

은숙이 좋아하는 모습이 눈에 선했다. 학교에 들어간 이후 은숙에게 옷을 사 준 기억이 없었다. 모두 아내가 만들거나 얻어 입혔다. 삶에 시달리느라 그랬다고 변명하기엔 너무 미안했다.

복도에서 어지러운 발자국 소리가 들렸다. 김 PD가 성철과 함께 작업실로 들어왔다.

"돈만 떼였어요. 조개탄 말이에요."

김 PD가 의기양양하게 입을 뗐다. 이렇게 될 줄 알았다는 투였다. 혜리는 무슨 말인지 몰라 수명이 다 된 전등을 켰을 때처럼 눈을 끔뻑였다. 일현은 금방 사태를 알아차렸다. 성철의 수출 장담을 다 믿지 않았다. 위태로웠지만, 간섭할 여지가 없었다. 일현은 두 손으로 얼굴을 감쌌다. 자기 실수인 것만 같았다.

"관계부문에서 수출 비준이 떨어지지 않았답니다. 석탄 수출 금지 조치가 내려졌다네요. 하필 왜 이때 기런 조치가 내려졌는지 모르갔네요."

성철이 어차피 해야 할 말이니까 한다는 듯 난감한 표정으로 말했다.

"정말이에요?"

혜리의 눈이 활짝 열렸다. 일현은 석탄의 품질이나 가격을 속일지도 모른다고 예상은 했었다. 하지만 아예 금수조치라니.

"민경련에서 방금 전화가 왔어요. 나라의 전력사정이 나쁜데 석탄을 수출하면 어떻게 공장들을 돌리느냐고 중앙당에서 내리누르나봅니다. 중앙당이 지금 화력발전을 다그치는 정책을 추진 중이라네요."

설비비를 얼마간 떼어먹은 것이 걱정이 되는지 성철의 목소리가 기어들어 갔다.

"그걸 이제야 알았단 말이에요?"

혜리가 물었다.

"갓 나온 정책이래요."

"그럼?"

"제가 나가서 단둥대표부 사람들을 만나보갔어요. 무슨 수가 나갔지요."

성철이 일어섰다. 단 1초라도 빨리 난처한 자리에서 피하려는 것 같았다. 단둥대표부 사람들이 퇴근했더라도 그러면 불러낼 것이다.

제발 솟아날 구멍을 찾기를.

"제가 같이 가 봐야겠어요."

성철을 못 믿겠다는 듯 김 PD가 따라 나섰다. 출입문 밖으로 나가는 두 사람의 뒷모습을 바라보는 혜리의 눈빛이 힘을 잃었다. 그렇게 허무한 시간이 작업실을 차지했다.

"중국 기업이 우리 공화국에 진출해? 안 해. 왜? 신용을 못 지켜서."

주익의 목소리가 몇 배로 증폭되어 귓가를 왕왕 때렸다. 일현이 멍하게 앉은 혜리의 어깨를 흔들었다.

"우리 술이나 한잔 하러 나갑시다."

혜리가 정신을 차려야겠다는 듯 두 손으로 마른세수를 했다.

7

"단장 선생님은 욕심이 너무 없어요. 갖고 싶은 건 망설이지 말고 빼앗아서라도 가지시라구요."

혜리가 일현을 똑바로 쳐다보고 말했다. 일현은 견본 옷장사를 받아들이지 않으려 했던 자신을 나무라는 것임을 알았다. 사회주의 제도를 모르는 사람이 자기 잣대만 들이대는 것 같아 씁쓸했다. 그렇다고 틀린 말이라고 할 수는 없었다. 이악스럽기 그지없이 살던 사람들도 뼝뼝 나자빠지는 세월 아닌가. 일현과 혜리는 조개탄 건에 대해서는 서로 입을 다물고 있었다. 혜리 역시 그것을 걱정하는 것은 죽은 놈을 매질하는 격에 지나지 않는다는 생각을 하고 있을 터였다. 혜리의 그런 암묵적 동의가 고마웠다.

두 사람은 압록강식당의 홀 구석 테이블에 앉아 있었다. 삶은 낙지를 안주로 맥주를 마셨다. 혜리는 방에 들어가 조용히 마시고 싶어했다. 하지만 남조선 사업가들이 홀 왼쪽에 있는 방 두 개를 다 차지했다. 자기들끼리 모임을 가지는 모양이었다. 왁자지껄하게 떠드는 소리가 새어 나왔다.

"미제 날강도놈들처럼 무자비하게?"

혜리의 말에 일현이 농담처럼 대꾸했다. 그러고 보니 농담일지라도 마음에 걸렸다. 옳다고 믿었던 것들이 그렇지 않다고 돌아앉고 있음을 새삼 깨달았다. 일현이 뒷머리를 긁적였다. 맥주잔을 들었던 혜리가 할 말이 남아 있다는 듯 그것을 입에 대지 않고 내려놓았다.

"제가 단장 선생님 같은 남자를 만났다면 당장 결혼했을 거예요. 도망친 여자를 그렇게 애타게 찾아다니는 남자를 싫어할 여자는 세상에 없을 거예요."

겉으로 드러난 말 자체의 의미와 달리 한껏 비꼬는 말투였다. 혜리는 요즘 아내 문제를 자주 거론했다. 아무래도 아내에 대한 일현의 결단을 이끌어내겠다고 각오한 눈치였다. 일현은 스스로 자신의 빈 맥주잔을 채웠다.

"저도 감독 선생님처럼 저를 따뜻하게 받아 주는 여자를 보지 못했댔습니다. 기래도 저랑 살았으면 제 아내처럼 도망쳤을 거라요."

일현이 정곡을 슬쩍 피했다. 예사롭지 않은 질문일수록 예사롭게 응대하는 것이 보다 나은 선택임을 알고 있었다.

"부인을 잊으세요. 찾을 수 없으니까요. 죽었다니까요."

혜리가 노골적으로 책망했다.

"서울에 있다면 찾을 수 있을까요?"

일현은 주익과 대화중에 문득 든 생각을 털어놓았다. 혜리가 이마에 주름을 잡으며 무슨 소리냐는 듯 눈을 치켜떴다.

"증거가 있어요?"

"아뇨."

그때 방 안에서 느닷없이 고성이 튀어나왔다.

"너처럼 그렇게 사람을 못 믿으면 안 돼, 개새끼야! 북한 사람도 사람이야!"

분명 조개탄을 주문한 이 사장의 목소리였다. 두 사람은 시선을 방 쪽으로 돌렸다. 방에서 맥주병이 튀어나와 홀 바닥에 작렬했다. 홀의 손님들이 일시정지 버튼을 누른 것처럼 일제히 동작을 멈췄다. 주인아줌마가 방 앞으로 성급히 다가가고 있었다. 일현은 목을 빼서 열린 문 사이로 이 사장을 찾았다. 그를 닮은 사람은 보이지 않았다. 무슨 일이 있었냐는 듯 방 안이 잠잠해졌다. 안을 기웃거리던 아주머니가 빗자루로 바닥을 쓸었다. 일현과 혜리는 다시 서로에게 고개를 돌렸다. 어리둥절한 표정을 지우고 끊어진 대화를 이어갔다.

"지금 제가 어떤 사건에 휘말린 기분이 들어요."

일현은 엉뚱한 말을 내뱉었다. 그리고는 자신이 한 말에 자신이 먼저 놀랐다. 아까 주익과 헤어지기 전의 시간 속으로 무심코 빨려들어간 것이다.
"조개탄 때문에?"
혜리가 물었다.
"아니. 기게 아니고."
일현은 서둘러 부정했다.
"콴뎬에서 무슨 일이?"
맥주잔을 입에 대던 혜리가 동작을 멈췄다. 일현의 모습에서 불안감을 읽는 듯했다.
"기것도 아니고."
일현은 거짓말을 했다.
"그럼 뭐예요?"
혜리의 얼굴에 근심이 어렸다. 일현은 눈을 깜빡이며 둘러댈 말을 골랐다.
"혜리 선생님이 평양에 와서 산다고 할까 봐서."
일현이 어설프게 웃었다.
"거기까진 아직 생각 안 해봤으니까 걱정 마세요."
또 방 안에서 우당탕거리는 소리가 났다. 이번에는 홀로 냄비가 튀어나왔다. 비질을 하던 주인아주머니 앞에 그것이 작렬했다. 그녀의 얼굴이 쓰레기통에서 기어 나온 사람처럼 순식간에 못 쓰게 변했다.
"조개탄만 들어오면 바로 갚을 거라고!"
그녀의 등 너머로 방 안에서 이 사장 얼굴이 보였다. 팔을 걷어붙이고 누군가를 노려보고 있었다. 뭔가를 곱씹던 혜리가 일어나자는 눈짓을 보냈다.
"기분이 좋지 않은 날 취하도록 마시면 몸만 상해요."
비가 주룩주룩 내리는 거리로 나오면서 혜리가 말했다.

                                    8

 검은 승용차가 물개처럼 옥수수밭을 가르며 다가와 집하장 입구 회화나무 밑에서 멈췄다. 분주하게 나다니는 대형트럭들이 튄 흙탕물을 누렇게 뒤집어썼다. 노란 골프우산을 펴 들고 파란 노타이 차림의 사내가 내렸다. 그가 집하장 마당에 잠시 시선을 주었다. 일현을 발견하자 포대를 옮기는 지게차들을 피하며 다가왔다. 수풍댐에 함께 갔던 안 총경리였다.
 "여기 있었네요."
 창고 입구 처마 밑에 선 일현 곁에서 그가 걸음을 멈췄다. 얼굴에 언짢음이 담겼다.
 "여길 어떻게……?"
 일현은 오늘도 옥수수 집하장에 나왔다. 자신에게 뭔가를 할 능력이 남아 있지 않다는 것을 확인했으면서. 혜리는 오늘도 일찍 일어나 도시락을 챙겨 주었다. 일현은 짐짓 가슴을 쫙 펴고 콴뎬행 버스에 올랐다. 울고 싶을 때 웃는 연기를 하는 것이 얼마나 힘든지 새삼 깨우쳤다.

"안 돼요! 안 된다고!"

일현은 집하장 마당을 바삐 나다니며 지게차 기사들을 향해서 거듭거듭 부르짖었다. 지게차와 트럭이 부산하게 움직이는 소리와 빗속을 오가는 노동자들의 외침 속에 목소리가 묻혔다. 아무도 그를 거들떠보지 않았다. 주익은 오가며 살기 어린 눈빛으로 일현을 쩨려보았다. 주익의 그런 눈빛만이 일현의 존재감을 일깨울 뿐이었다. 어쩌다 뭘 모르고 일현의 말을 용납하는 노동자들이나 지게차 기사들이 있었다. 일의 양이 늘어나자 새로 투입된 사람들이었다. 그들은 응당 그래야 한다는 듯 창고 한쪽에 썩은 포대들을 분리해 놓았다. 하지만 주익은 전과 마찬가지로 그것들을 남김없이 트럭에 싣게 했다. 그 뒤부터 기사들이나 노동자들 모두 일현을 똥개처럼 거치적거리는 놈으로 취급했다. 일현은 무력감에 빠졌다.

"이제 네가 할 수 있는 일이 없다는 걸 알았지? 개자식 같으니라고."

주익은 욕설을 퍼부었다. 두어 시간 전부터 그는 더 이상 일현을 신경 쓰지 않았다. 창고 곁에 붙은 사무실로 들어가 나오지 않았다. 일현은 처마 밑에 서서 회화나무 꼭대기로 쏟아지는 빗줄기를 우두커니 바라보고 있었다. 돌파구를 찾지 못해 댐 밑에 멈춘 물고기처럼. 그때 안 총경리가 나타난 것이다.

"이렇게 순진하셔서 어떡함까?"

안 총경리가 담배를 한 대 권했다. 일현 자신 때문에 일부러 온 것이 분명했다.

"무슨 말씀이십니까?"

"목적을 달성하기 위해서는 사람 목숨을 아무것도 아닌 걸로 생각하는 사람들의 눈총 속에 단장 선생이 끼어들었다는 걸 암까?"

"……."

"여기는 조선노동당의 힘이 미치지 않는 곳임다. 어서 단둥으로 돌아갑시다."

안 총경리가 사정을 다 파악한 것 같았다. 어쩌면 일현 자신이 아는 것보다 더 세세히. 하지만 엄포만은 주익의 것을 그대로 옮기고 있었다.

"끝장을 봐야 하는데, 방법이 마땅찮습니다. 도와주십시오."

일현은 용기를 얻어 입을 열었다. 확 살아나는 마지막 불꽃처럼 이판사판 덤벼볼까 하는 마음이 한순간 솟구쳤다.

"죽을 델 잘 찾아 죽어야 하는 게 사나이요. 앞길이 창창한 사람이 아무 일에나 목숨을 바쳐서야 되겠슴까? 나를 따라오오."

안 총경리가 몇 모금밖에 빨지 않은 담배를 고인 빗물 속에 던졌다. 일현도 담배를 끄고 안 총경리를 따라갔다. 자신을 말려 줄 사람을 기다려온 것처럼. 안 총경리는 사무실로 향했다.

주익이 50대 중반쯤 된 촌장과 철제의자에 걸터앉아 이야기를 나누고 있었다. 촌장이 사무실 안으로 들어서는 안 총경리를 보고 눈동자를 키우며 놀라는 시늉을 했다. 하지만 안 총경리가 온 용건을 이미 안다는 듯 눈빛이 강하지도, 약하지도 않았다. 일현은 사무실에 들락거리는 촌장을 먼발치에서 봤었다. 주익이나 노동자들이 깡

패 두목 대하듯 걸음을 멈추고 그에게 깊이 머리를 숙이곤 했었다.

"우리 촌 양어장 물고기를 팔아 주려 오셨소?"

촌장은 안 총경리 뒤에 선 일현을 안중에 두지 않았다.

"말씀 드렸다시피 이 사람을 데리러 왔슴다."

안 총경리가 일현을 돌아보았다.

"두 분은 어찌 아는 사이요?"

"오래 전부터 잘 암다. 아우라 해도 틀린 말이 아님다."

안 총경리가 거짓말을 했다.

"화주(貨主)는 이 양반인데, 저 양반이 생뚱맞게 시당 책임비서 신임장이란 걸 들고 와서 초상집 비렁뱅이처럼 설쳐대오. 정신 사나워 죽겠소."

촌장이 턱으로 주익과 일현을 번갈아 가리켰다. 엉거주춤 선 안 총경리에게 앉으라는 말도 하지 않았다. 그것이 되레 그렇게 해도 되는 사이처럼 다감한 느낌을 주었다. 주익은 안 총경리를 외면하고 마당 쪽으로 고개를 돌렸다. 일현에게 우호적인 사람을 아니꼬워하는 태도만은 아니었다. 몸을 바짝 움츠린 쥐새끼 같다고나 할까.

"이분이 주익 선생이시고만. 주익 선생, 내가 아우에게 다시는 나대지 못하게 했슴다. 그리 알아주시오."

안 총경리가 손가락으로 주익을 가리키며 말했다.

"잘 단속하오. 시끄러워서 서로 좋을 게 뭐 있소? 내가 사정을 알았으니 총경리 동무 체면은 세워 주리다."

주익 대신 촌장이 대꾸했다.

"그리고 우리 촌 양어장 물고기가 모두 노친네가 돼 가는 중이오. 총경리 동무는 그거나 힘 좀 쓰오."

"노력하겠슴다."

안 총경리가 공손히 고개를 숙였다. 일현은 철딱서니 없이 무법자들에게 삿대질을 하다가 간신히 몰매를 면한 기분이 들었다. 동시에 그런 생각을 하는 자신의 비겁이 못내 싫었다.

"일을 제대로 합시다."

일현이 주익에게 항의 반 사정 반의 말투로 말했다. 주익의 눈까풀이 파르르 떨렸다.

"여보시오 조선 양반, 좋은 걸 고르려면 단가를 더 쳐 주면 되오. 간단하오."

이번에도 촌장이 대신 대꾸를 하고는 쯧쯧, 혀를 찼다. 안 총경리의 눈총을 받으며 일현은 떠밀리듯 밖으로 나왔다.

안 총경리의 차가 뒤뚱거리며 단둥 시내로 나오는 아스팔트 도로 위로 올라섰다.

"제가 여기 있는 걸 어케 아셨슴니까?"

일현이 물었다.

"혜리 선생이 가 보라고 했슴다. 꿈에 단장 선생이 나타났담다."

"……"

"그래서 내가 여기저기 선을 대서 단장 선생이 어디에 있나 수소문했슴다. 그러다가 단장 선생이 처한 사정을 알게 됐슴다. 촌장이 보통사람이 아닙다. 사람 여럿 죽였다는데, 감옥 한 번 안 간 사람으로

이 일대에서 유명함. 주익이란 사람에게도 전화 쳐서 말해 놨습다. 단장 선생을 건드리면 당신이 온전치 못할 거라고. 주익은 한국으로 도망친 동생이 대주는 자금으로 밀수를 하는 사람임. 이런 사실을 조선에 알리겠다고 협박까지 해 놨습다. 촌장도 주익이란 사람에게 단단히 주의를 줬을 겁다."

"썩은 걸 빼낼 방법이 영 없갔습니까?"

"업자에게 맡긴 일에 왜 시당이 나서는지 이해가 안 감다. 세상 물정을 몰라도 너무 모름다. 단장 선생 하는 일이나 잘하쇼. 생뚱맞은데 힘 소진하다 볼썽사나운 일 당하지 말고. 저 사람들의 세계를 혜리 선생 같은 여자들이 알면 기절초풍할 검다. 나는 혜리 선생에게 입을 꼭 다물겠으니 이 순간부터 발을 딱 빼쇼."

안 총경리가 엄한 시선으로 일현을 잠시 쳐다보았다. 차는 어둠이 차츰 풍경을 지우는 압록강변을 내달렸다.

9

일현은 음습한 골목도로를 걸었다. 인적도 없고, 가로등도 없었다. 돌연 앞이 밝아졌다. 지면에 내리꽂히는 빗줄기의 모습이 또렷해졌다. 우산을 쓴 자신의 그림자가 도로 위로 길게 늘어났다. 앞 도로가에 방치된 어린이용의 녹슨 자전거 바퀴에 그림자가 가 닿았다. 등 뒤에서 자동차 헤드라이트가 비치는 것이다. 상향 라이트를 켰다. 무대 위의 배우를 비추는 조명처럼 강렬했다.

콴뎬에서 나온 일현은 혼자서 카페에 들러 맥주를 한 잔 마셨다. 멀쩡한 기분으로 숙소로 들어갈 수 없었다. 저녁도 먹지 않은 빈속인 채였다. 하지만 카페에 혼자 앉아 있으려니 몸에 익지 않은 짓이어서 어색하기 짝이 없었다. 어느 구석에선가 조국 사람이 눈을 흘기고 쳐다보는 것 같았다. 20분도 채 안 돼 카페를 나왔다. 터벅터벅 싼마거리를 걸었다. 오랫동안 혼자 걷고 싶은 바람이 무색하게 자신의 아파트와 연결된 골목 도로가 금방 나타났다. 그때 은행나무 가로수 밑에 서 있던 SUV가 따라온 것이다. 일현의 걸음걸이에 맞춘 듯 천천히. 골목 도로는 차도와 인도의 구분이 없었다. 차 두 대가 간신히 비껴 지나갈 정도의 넓이였다.

일현은 헤드라이트 때문에 끊긴 생각 속으로 다시 빠져들었다. 혜리가 안 총경리를 보내지 않았더라면? 자신이 옳다는 길만 쫓아갔는데, 그것이 나락으로 떨어지는 길이었다. 어떤 이에게는 길만 보이는데, 어떤 이에게는 길 끝에 숨은 나락까지 보이는 모양이었다.

"단장 선생님은 욕심이 너무 없어요."

혜리의 목소리가 귓가에 맴돌았다. 내 욕심대로 하면? 책임비서는 인민을 위해서 자신을 버릴지도 모르는 모험을 하고 있다. 나는 나를 위해서 책임비서와 인민을 버리겠다고?

라이트가 점점 강해졌다. 하얀 빛줄기가 하늘과 지상을 연결하는 줄처럼 끊임없이 이어졌다. 자동차는 바짝 다가와 있었다. 앞질러 갈 생각을 하지 않았다. 차에 밀려가는 기분이었다. 성가셔서 돌아보았다. 라이트가 시력을 빼앗아 아무것도 보이지 않았다. 눈부신 하얀 공간이 펼쳐져 있을 뿐이었다. 일현은 포획된 짐승처럼 맥을 추지 못했다. 어정어정 길가로 물러났다.

"로일현!"

부르는 소리가 들렸다. 날카로운 쇳소리였다. 돌아보는 중인데 급가속하는 엔진의 과열음이 들렸다. 자동차가 자신에게 달려든다고 여기는 순간 일현은 지구가 폭발하는 듯한 굉음 속에 파묻혔다.

일현은 공중으로 떠오르다가 도로 위로 꼬꾸라졌다. 엉덩이를 들이받혔다. 차는 몸 바로 앞에서 멈췄다. 바퀴가 깔아뭉개기 직전이었다. 바닥의 빗물이 얼굴을 흠씬 적셨다. 차 밑에서 빠져나오려고 일현은 버르적거렸다. 손을 뻗으면 잡힐 거리에 자전거 바퀴가 있었다. 그것을 손에 쥐었다.

좌우의 차문이 동시에 여닫히는 소리가 들렸다. 차에서 내린 두 사람이 일현의 다리를 하나씩 잡아끌었다. 빗물이 가슴과 배에 스며들었다. 몸이 차 밑을 벗어났을 때 그들이 다음 행동을 위해 붙잡은 다리를 놓았다. 일현이 벌떡 일어섰다. 손에 쥔 자전거 바퀴로 그들을 후려쳤다. 번뜩이는 검은 눈을 가진 그들이 황망히 두어 걸음 물러났다. 일현은 도망쳤다. 네댓 걸음이나 뛰었을까? 쫓아온 그들 중 하나가 다리를 걸어챘다. 일현은 꼬꾸라졌다. 손아귀에서 자전거 바퀴가 풀려 나갔다. 두 팔에 의지해 기어갔다. 바퀴를 잡아 다시 일어섰다. 바퀴를 휘두르려는 순간 그들이 동시에 등을 구둣발로 내리찍었다. 또 꼬꾸라졌다. 그들이 일현의 등을 짓밟았다.

"누구야? 왜 이래?"

 일현이 숨을 몰아쉬며 소리쳤다. 대꾸가 없었다. 대신 역겨운 냄새가 풍기는 손수건이 얼굴을 덮쳤다. 거부할 수 없도록 빠르게 냄새가 코 속으로 스며들었다. 토하고 싶었다. 마른 구역질을 했다. 그럴수록 몸의 근육들이 느슨하게 풀렸다. 이 생의 마지막 순간 같은 느낌이었다. 혜리와 은숙, 아내, 부모님의 얼굴이 번쩍 떠오르다가 아물아물 잦아들었다. 마침내 죽음 같은 깊은 잠이 덮쳤다.

7장
폭풍의 시간

1

띠리릭, 띠리릭······.

팩스기가 울렸다. 채색이 끝난 컷들을 렌더링(rendering) 작업하던 혜리는 작업테이블 귀퉁이에 놓인 팩스기 앞으로 다가갔다. 팩스기가 막 토해낸 용지를 집어 들었다. 사슴벌레 캐릭터를 넣은 우에노 애니메이션사의 마크가 용지 윗면에 찍혔다. 일본사람들은 아직도 팩스를 애용했다.

이젠 외국 일감을 구하는 일이 급했다. 원화를 그리는 애니메이터들의 일손이 차츰 헐거워지는 중이었다. 하지만 지구 반대편에 있는 사람을 찾으러 가는 것처럼 일감 구하기가 까마득했다. 실력만 있으면 어렵지 않을 것이라고 믿었다. 예상과 달리 혜리네 애니메이터들이 작업하는 2D 애니메이션 일감이 급속히 줄어드는 추세였다. 반면에 3D 애니메이션 일감은 폭발적으로 늘어나고 있었다. 혜리도 이런 추세를 모르지는 않았다. 다만 이처럼 급속히 2D 일감이 줄어들 줄은 몰랐다. 겨우 일본 제작사들을 설득했다. 6일 전부터 테스트를 받았다. 일현에게는 잘 될 것이라고 말해 왔다. 일감을 구해 함께 일하는 것이 이젠 혜리 자신의 희망사항이기도 했다. 일현과 헤어진다는 것을 상상하기 어려웠다. 그에게서 가장 가까운 몇몇 사람과만 나눌 수 있는 흔쾌한 유대감을 느끼고 있었다. 더불어 그가 그려내는 그림들이 기대를 더욱 고조시키고 있었다.

혜리는 팩스 용지를 들여다보았다. 우에노애니메이션사가 언제부터 일감을 넣을까 묻고 있었다. 가슴에 머물던 체증이 쑥 꺼졌다. 일현과 헤어지는 것이 최소한 앞으로 2년 반은 유보된 것이다. 그때 김 PD가 작업실 안으로 성큼성큼 들어섰다. 그는 애니메이터들의 스튜디오에 갔다 오는 길이었다.

"좋은 일도 있고, 나쁜 일도 있어요. 어느 것부터 듣고 싶으세요?"

김 PD의 표정은 좋은 일 쪽에 기울어져 있었다.

"맘대로."

"좋은 일부터 말씀 드리죠. 방금 도쿄에 전화를 해봤어요. 일을 바로 시작하자네요."

"팩스가 왔어. 그동안 테스트 치다꺼리를 하느라고 수고가 많았어."

혜리는 팩스 용지를 들어서 보여 주었다.

"나쁜 일은?"

"단장 선생님이 아직도 출근하지 않았습니다."

"드디어 오버플로가 나기 시작한 거로군. 그리 바빠서야 몸이 견디겠어?"

 지난밤에 일하러 작업실에 나오지 말라고 말하기를 잘했다고 혜리는 생각했다.

 어제 아침 역시 일현은 상쾌한 하루를 시작하는 것처럼 당당한 걸음걸이로 콴뎬으로 출발했다. 그래도 혜리는 그에게서 과장된 행동과 누적된 피로를 읽었다. 더구나 새벽녘 일현이 죽는 꿈으로 몸서리를 치며 깨어났다. 옥수수 포대를 가득 실은 대형트럭에 그가 치였던 것이다. 눈을 희멀겋게 뜨고 겨우 새어 나오는 목소리로 "혜리 선생님! 혜리 선생님!"을 부르며 죽는 장면이 꿈의 마지막을 장식했다. 압록강식당에서 일현이 어떤 사건에 휘말린 것 같다고 한 말이 기억났다. 시당 책임비서를 만난 뒤부터 그에게서 막연히 느껴지던 불안감이 더해졌다. 콴뎬으로 향하는 그에게는 아침부터 유쾌하지 못한 꿈 이야기를 하는 것이 미안해 꾹 참았다. 꿈은 현실의 정반대라는 생각을 해보았다. 그래도 불길한 예감은 지속되었다. 안 총경리에게 전화를 걸었다. 바쁘더라도 콴뎬에 가 봐 달라고 부탁했다. 처음 콴뎬에 갈 때 일현은 거기에 왜 가느냐고 묻자, 차마 거짓말은 못하겠다는 듯 옥수수 검수 일을 해야 한다고 실토했었다.

 저녁 무렵 안 총경리의 전화를 받았다. 일현이 아무 일 없이 제 할 일을 잘하고 있다고 했다. 혜리는 자신이 일현에 대한 걱정에 너무 몰입한 나머지 망상에 사로잡혔다고 믿었다.

 혜리는 다시 렌더링 작업에 빠져들었다. 애니메이터들이 작화지에 그리고 색깔을 입힌 그림들이 동영상으로 바뀌어 갔다. 그들은 이 순간을 월급 받는 날 다음으로 기다렸다. 모니터에 드러나는 영상이 역동적이면서도 부드러웠다. 고민했던 북방쇠찌르레기의 표정이 살아났다. 부리를 앙증맞게 실룩거렸다. 이 모습을 캐릭터로 상품화하면 승산이 있을 것 같았다. 일현이 '평양에서 저를 매몰차게 몰아붙이던 일 기억납니까?'라고 물으며 옆에서 웃고 있는 것 같았다. 그의 굳은 손과 마음이 거의 풀렸다. 혜리의 의도가 작품에 정상적으로 반영되고 있었다. 함께 보면 좋을 텐데. 하필 이런 날에 맞춰 쓰러졌나?

컴퓨터 모니터에 김 PD의 모습이 어른거렸다. 혜리의 어깨 너머로 모니터에 드러나는 동영상을 지켜보고 있었다. 그 역시 만족스런 미소를 머금었다.

"부단장 선생님은 단장 선생님에 대해서 말하는 거 없어?"

"놀고먹는 사람이 오늘은 무척 바쁘네요. 어디다 전화를 걸어 대느라고 정신이 없어요. 조개탄 문제를 어떻게든 해결하려고 그러는지……."

"그 생각만 하면 속상해 죽겠어. 내가 이 사장님을 속여먹은 기분이야."

민경련은 여전히 석탄을 수출할 방법이 없다고 했다. 이 사장뿐 아니라 많은 중국 무역회사들까지 날벼락을 맞았다는 것이다. 중앙당에서 이런 문제들을 안다고 했다. 곧 대책을 내놓을 것이라고 했다. 하지만 진정 그럴 의사가 있다는 신호는 잡히지 않고 있었다.

"단장 선생님이 어디 가셨는지 애니메이터들한테 물어 봤어?"

"아침 먹으러 나오지도 않았다네요."

"부단장 선생님이 지금까지 전화기를 붙잡고 있으면 직접 아파트에 가 보지."

"가긴 가 봐야겠어요. 휴대전화도 안 받아요. 꺼져 있어요."

"몸살이 났을 거야. 못 나올 정도라면 약을 사다 드려."

혜리는 모니터로 다시 시선을 돌렸다. 화면이 도시의 전경을 보여주다가 아파트 건물로, 창문으로, 거실로, 소파에 앉은 민호 부모 모습으로 천천히 트럭인되며 이어졌다. 민호 부모는 민호가 사는 모습을 궁금해하며 대화를 나누는 중이었다. 이런 장면은 실사영화에서는 헬기를 동원해 찍는다 해도 만들어내기 쉽지 않을 것이다. 특별히 수정할 것이 없었다.

이젠 일본 일감까지 확보했다. 평소에는 일본이나 미국 일감을 처리하다가 혜리 자신의 작품이 생기면 즉각 제작에 들어갈 수 있는 체제가 마련되었다. 일현과 같이 할 것이다. 그날이 기다려졌다. 혜리는 만사가 태평해진 기분에 젖었다.

"아파트에 안 계시는데요. 아무리 벨을 눌러도 반응이 없어요."

어느새 김 PD가 돌아왔다.

"무슨 일이지?"

"또 말없이 샌 것 아닐까요?"

"그러면 부단장 선생님이 가만있었겠어? 전처럼 우리 아파트부터 조사하자고 했겠지."

혜리는 아무런 의심 없이 창밖으로 고개를 돌렸다. 비는 여전히 내리고 있었다. 거센 바람까지 동반했다. 가로수의 이파리들이 허연 속을 드러내며 몸부림쳤다. 먼데서 포성 같은 천둥소리까지 쿠룽쿠룽 울렸다. 웬 비가 이렇게 연일 내릴까?

2

 작업실 창문이 비에 씻겨 새 유리를 낀 것처럼 투명했다. 건너편 건물과 가로수가 바짝 다가와 있었다. 비가 멈췄다. 거리에는 하얀 망사를 깔아 놓은 듯 모처럼 오후의 햇살이 살포시 내려앉았다. 알고 보니 오늘이 장마의 끄트머리였다. 귀 설은 남의 나라에 와 있는 통에 현지 소식에도, 한국 소식에도 다 먹통이 되었다. 일부러 챙겨 듣지 않으면 남들이 다 아는 이야기를 자신만 몰랐다. 세상 밖으로 툭 밀려난 느낌이 들 지경이었다. 한국에서는 진작부터 떠들어댔던 모양이었다. 장마전선이 북상하는 것이 아니라 남하하는 유별난 현상이 생겼다고. 그 소식이 장마가 끝나가는 오늘에서야 서울 친구의 안부 이메일에 묻어 혜리의 귀에 흘러들었다.
 작업실 안에 반짝 든 햇살을 지우며 누군가 안으로 들어왔다.
 "계속 아닌보살(시치미를 뗌)하갔습니까?"
 혜리는 렌더링 작업을 멈추고 고개를 들었다. 성철이었다. 얼굴에 낭패감이 짙게 꼈다. 도대체 무슨 말을 하는 것일까?
 "단장 선생님이 또 없어졌단 말이에요?"

혜리가 물었다.

"왜 이리 사람 간을 녹여요. 이번엔 쪽지도 없단 말입니다. 좋은 말로 할 때 내놓으라요."

농담 삼아 해본 말인데, 대답이 기대와 달랐다. 혜리는 자신이 해야 할 말을 상대를 통해 듣는 당혹감에 빠졌다. 불에 덴 강아지가 반딧불만 봐도 끙끙댄다더니 걸핏하면 도망쳤다고 하고, 거기에 연루됐을 것으로 남을 의심하는 성철의 뇌 구조가 어딘가 잘못되었다. 그럼에도 심상치 않다는 예감이 머릿속을 파고들었다.

"왜 대답을 못합니까?"

성철이 혜리에게 해답이 있다는 듯 혜리의 얼굴을 유심히 살폈다.

"또 그 소리예요? 우리 방을 한 번 더 뒤져 보지 그러세요."

"출입문을 잠그지 않으셨더군요. 아침에 들어가서 살펴봤어요."

그럼 그렇지. 가만히 있을 사람이 아니지. 혜리는 옆에서 렌더링 작업을 돕던 김 PD에게 시선을 돌렸다. 그가 일손을 멈추고 고개를 갸웃거렸다. 그는 혜리보다 늦게 아파트에서 나왔다. 출입문을 잠그지 않았다면 그의 탓이었다. 칠칠치 못한 인간!

"주거침입을 했단 말이에요? 도둑이에요?"

김 PD가 끼어들었다.

"벨을 눌러도 안 따 줘서 잡아당겼더니 열리더군요. 따 놓았으면 들어오라고 한 것이나 마찬가지지."

"둘러대기도 잘해요. 아무튼 자기네 사람이 없어졌는데, 왜 우리에게 책임을 떠넘겨요?"

김 PD가 못 참겠다는 듯 말을 받았다.

"남쪽 사람들이 의뭉한 건 온 세상이 다 아는 사실이지요. 숨겼으면 숨겼다고 하갔나요?"

"농담이 아니네. 정말 우리를 의심하는 거네."

"기렇지 않고."

"제발 총알 아낍시다. 아무데나 빵빵 쏴 대지 말고."

성철은 무턱대고 우겨야 일이 해결된다고 믿는 사람을 닮았다. 김 PD는 그만 보면 발톱부터 세우고 으르렁거렸다. 두 사람의 말을 듣고 있으면 곧 멱살잡이라도 할까 봐 걱정이 되었다. 하지만 아직은 거기까지 가지 않았다. 둘은 적당한 선에서 멈추는 법을 알았다.

일현이 사라진 것이 맞다는 쪽으로 혜리의 생각이 확 기울었다. 성철이 아파트에 무단으로 들어간 행동을 따질 형편이 아니었다. 가슴이 요동쳤다. 표창에 심장을 찔린 맹수의 단말마가 이럴까? 요동이 점점 격해졌다. 작업테이블 앞에 다가앉는 성철도 입술을 부들부들 떨었다. 온몸에 번진 심란한 심사가 여실히 드러났다.

"단장 동무는 어제 콴뎬에서 나와 오후 7시에 단둥에 도착했어요. 그 시각에 쥐지호텔 부근 카페에 들렀다 오겠다고 내게 이동상황을 알렸습니다. 그리고 연락이 끊겼어요. 지금까지 손전화기가 꺼져 있고요."

안 총경리의 차를 타고 단둥으로 나온 것까지는 혜리가 알았다. 가슴을 진정시키며 성철의 말에 귀를 기울였다.

"카페들은 저녁 무렵에야 문을 열어요. 여기저기 알아보며 문 열

시간까지 기다렸다가 조금 전까지 중국말을 하는 우리 생활부장을 데리고 쭤지호텔 부근 얼마거리의 카페란 카페는 다 뒤졌습니다. 어느 카페나 남녀가 와서 술을 마시고 갔다, 기런 대답만 한단 말입니다. 단장 동무가 여기서 아는 사람, 더구나 술을 같이 먹을 만큼 가까운 여자가 누가 있습니까? 엊그제 제가 PD 선생과 민경련에 간 뒤에도 같이 술을 마시러 나갔지요?"

성철은 혜리와 김 PD를 일컬을 때 쓰는 '선생님'이란 호칭에서 '님' 자를 떼어냈다.

"어제 이야기만 해요. 단장 선생님이 저와 같이 카페에 간다고 말하던가요?"

혜리는 변명이라기보다는 잘 생각해보라는 뜻을 담아 말했다.

"그런 말은 하지 않았어요. 떳떳하면 왜 말하지 않았갔어요?"

"분명히 말씀 드리는데, 저는 어제 단장 선생님을 만나지 않았어요. 피로가 심한 것 같아 작업실에도 나오지 말라고 했단 말이에요. 어젯밤은 저 혼자 이 작업실에서 일했어요. 밤 11시나 돼서 숙소로 돌아갔구요. 부단장 선생님이 알다시피 아침 일찍 작업실로 나왔구요."

혜리는 전과 다름없이 선생님이라고 호칭했다.

"그 시간에 감독 선생이 아파트로 들어온 건 맞다 칩시다. 우리 숙영 동무가 그 모습을 봤다고 합니다. 기러나 기것으로 혐의가 벗겨지는 건 아닙니다. 단장 동무를 남쪽 사람에게 인계하고 아닌보살하려고 혼자 아파트로 들어왔다고 볼 소지가 충분히 있어요. 기러니까니 의심 받지 않으려고 야간작업에서 빼준 거고. 감독 선생이 기런 정도 머리를 쓸 거라는 생각을 내가 왜 안 하갔어요?"

성철은 일현의 안위 따위에는 관심이 없었다. 지난번과 마찬가지로 그가 중요시하는 것은 사람 하나가 없어졌다는 사실뿐이었다.

"왜 아침에 곧바로 우리에게 이야기하지 않았어요?"

"기동안 선생을 가만히 지켜보았지요."

"그렇다면 우리가 관련이 없다는 걸 아셨겠는데?"

"종일 시치미 뚝 떼고 있는 게 감독 선생이 개입한 게 영락없다, 이렇게 말해주더군요."

"까딱하면 개가 알 낳는 걸 봤다고 우기겠어요. 어젯밤 단장 선생님이 숙소에 안 들어왔을 때, 그땐 왜 가만있었구요?"

"카페에서 만난 사람과 술을 먹고 늦게 오갔거니 했단 말입니다. 밤낮없이 일하다 나니 힘들 텐데, 기렇게라도 쌓인 피로를 풀라고 놔뒀어요."

혜리는 억울했다. 하지만 말이 막혔다.

"그러니까 의심 받을 짓을 왜 해요?"

김 PD가 불쑥 나섰다. 성철이 아니라 혜리에게 하는 말이었다. 혜리가 김 PD를 쏘아보았다. 김 PD가 시선을 슬그머니 아래로 떨어뜨렸다. 과한 말을 했다는 자책이 아니었다. 이 정도로 해두자는 태도였다. 일현과 함께 압록강식당에서 술을 마시고 돌아오던 밤, 아파트를 오르는 계단에서 툭 소리가 나면서 일현의 바지 단추가 바닥에 떨어졌다. 혜리는 일현의 사양에도 불구하고 자기 아파트로 데려와 그것을 달아 주었다. 일현은 큰 타월로 아랫도리를 가리고 김 PD 방에 앉아 있었다. 그때 민경련에 갔던 김 PD가 돌아왔다. 야릇한 눈으로 혜리와 일현을 번갈아 쳐다보았었다.

"혹시 콴뎬에서 문제가 생긴 건 아닐까요?"

혜리는 말머리를 돌렸다. 트럭에 치인 채 혜리를 부르던 꿈의 마지막 장면이 다시 실제 일처럼 생생하게 떠올랐다.

"엊저녁에 분명히 콴뎬에서 시내로 나왔다니까요."

"지난번에 무단 외출한 이유는 뭐예요? 또 거기로 갔는지는 알아 보셨나요?"

혜리는 모르는 척 물었다. 꿈 이야기는 꺼내나마나일 것이다. 옹색한 변명으로 치부될 것이다. 지금은 합리적인 단서를 찾아야 한다. 어떤 사건에 휘말린 기분이 든다고 한 일현의 말이 입에서 튀어나오려고 했다. 하지만 이 말 또한 꺼내지 않기로 했다. 자칫 오해만 키울 것이 뻔했다.

"이번엔 그쪽이 아닙니다. 그쪽은 이미 끝난 일입니다."

혜리의 생각도 같았다. 아내를 서울에서 찾아봐 달라는 말까지 나왔다.

"그럼 카페에서 같이 있던 사람을 찾아봐요. 누굴까요?"

"감독 선생이지 누구야요. 사정이 명백하잖아요? 단장 동무 있는 데를 어서 대라요. 이기 엄중한 사건이야요."

혜리는 울화가 치밀었다. 입꼬리에 주름이 지도록 입을 앙다물었다.

"제가 단장 선생님을 도망치게 할 이유가 뭐 있겠어요?"
"감독 선생이 단장 동무에게 눈독을 들이고 있었다고 해도 틀린 말은 아니지요? 연인을 삼을 수도 있잤고, 남쪽에 가서 아동영화를 같이 하자고 할 수도 있잤고."
혜리는 또 한 차례 넘기 어려운 벽에 부딪혔음을 절감했다. 성철의 말은 명백히 틀렸지만, 터무니없지는 않았다.
"오버하지 마세요!"
혜리는 속마음을 들키지 않기 위해서 큰 소리로 말했다.
"제가 지금 좋은 말로 하는 겁니다."
"좋게 말하지 않으면 어쩔 건데?"
지켜보던 김 PD가 다시 끼어들었다. 성철이 제 마음대로 말하는 것을 그도 꾹꾹 참고 있었을 것이다.
"해보갔다는 거야?"
성철이 눈살을 찌푸렸다. 슬그머니 주먹까지 말아 쥐었다.
"맘대로."
성철이 일어나 김 PD의 멱살을 낚아챘다. 김 PD도 지지 않고 성철의 멱살을 잡고 일어섰다. 이번만은 으르렁거리다 말 것 같지 않았다. 성철의 주먹이 김 PD의 얼굴로 날아들었다. 한 주먹감도 안 된다는 듯 여유 있는 행동이었다. 김 PD가 얼굴을 돌려 피하면서 성철의 팔을 움켜잡았다. 옆구리에 한 방 내질렀다.
"씨팔새끼! 어디다 주먹질이야!"
혜리는 벌떡 일어났다. 다급히 두 사람 곁으로 다가갔다. 성철이 김 PD의 멱살을 잡은 손을 당겨 순식간에 얼굴을 가격했다. 성이 날 대로 났다. 김 PD의 입술에서 피가 흘러나왔다.

"왜 이래요! 말로 해요!"

혜리가 발을 구르며 두 사람 사이에 몸을 우겨넣었다.

"오늘이 네 주둥이를 꿰매는 날인 줄 알아."

"너는 초상날이야, 임마! 조개탄이 수출된다고 뻥을 쳐댄 주제에."

성철과 김 PD가 험할 대로 험한 말을 주고받았다.

"사람 찾는 게 급해요, 싸우는 게 급해요? 어서 손 놔요! 제발 놓으라구요!"

혜리가 애원했다. 하지만 서로 멱살을 움켜잡은 두 사람의 손목은 박달나무 줄기처럼 완강했다.

"김 PD! 어서 놓지 못해?"

혜리가 소리치며 눈을 부라렸다. 성철이 네까짓 놈 정도는 상대가 되지 않는다는 듯 김 PD를 툭 밀어 멱살을 풀었다. 한 걸음 뒤로 밀려난 김 PD가 즉각 주먹을 날릴 기세로 폼을 잡았다. 혜리가 후다닥 그에게 등을 대서 막아섰다.

"앉으세요. 진정하시고."

혜리가 성철에게 의자를 내밀었다. 성철이 거친 호흡을 내쉬었다. 마지못해 작업테이블 앞에 다시 앉았다. 김 PD도 미적거리며 성철의 건너편 의자에 엉덩이를 붙였다. 그리고는 성철을 뚫어지게 쏘아보았다. 그러거나 말거나 성철은 신경 쓰지 않는다는 듯 혜리에게 시선을 고정시켰다. 혜리가 김 PD에게 피를 닦으라고 티슈를 뽑아 건넸다.

"앞으로 서로 어떻게 얼굴을 보려고 싸워요?"

혜리가 말했다.

"보긴 뭘 봐요? 단장 동무가 없으면 우리는 다 철수해야 된다는 사실을 알지 않습니까?"

성철이 대꾸했다.

"맹세해요. 우리는 모르는 일이에요. 아무튼 다투면 뭘 해요? 힘을 합해 찾을 궁리를 해야지."

"총영사관에 보고해야갔어요. 단장 동무가 기런 사람이 아니라는 시당 책임비서 말을 믿은 내가 잘못이지. 아휴, 아니긴 뭐가 아냐."

"오늘 하루만 더 기다려요."

"더는 안 돼요."

"하루 정도는 없어질 수 있는 것 아닌가요? 지난번처럼."

"두말 맙시다. 있는 데나 알켜 달라요. 단장 동무를 바로 찾는다면 없었던 일로 할 수 있어요."

"제가 어젯밤에 아주 나쁜 꿈을 꿨어요. 단장 선생님이 죽는 꿈이었어요. 그래서 안 총경리 선생님에게 콴뎬에 가 달라고 부탁했고, 별일이 없다는 연락까지 받았다구요."

"기런 식으로 나 몰래 뭔가를 꾸미고 있었군."

짐작처럼 성철은 꿈 이야기에 귀를 기울이지 않았다. 의심만 키우는 눈초리였다. 대화와 순리로 풀기에는 이미 그른 것 같았다.

"꾸미긴 뭘 꾸며요? 차라리 중국 공안에 실종신고를 합시다."

"중국 공안 놈들이야 돈 몇 푼 집어주면 남조선 편을 들 텐데? 우리 사람을 숱하게 자기네 국경 너머로 빼돌려도 모른 척하는 놈들인데?"

"자기네 동료면서 의리가 좆도 없네."

티슈로 입술을 닦아 내던 김 PD가 말을 가로챘다. 성철이 김 PD를 노려보았다. 혜리는 또 주먹질이 오갈까 마음을 졸이며 두 사람을 번갈아 쳐다보았다.

"좋습니다. 나도 계획해 둔 조치를 실행하갔습니다."

성철의 어깨가 불끈 솟았다. 성철이 작업테이블 위에 놓인 전화기를 들어 번호를 눌렀다. 거두절미하고 "당장 오라!"라며 누군가에게 명령했다.

"이제부터 여기서 한 발짝도 나가면 안 됩니다."

그가 혜리와 김 PD에게 차가운 시선을 꽂으며 말했다.

"웃기네. 여긴 중국이야. 당신 따위가 가진 알량한 권력이 통하는 데가 아니라고."

김 PD가 한 번 더 붙자는 듯 일어섰다. 그때 남자 애니메이터 네 명이 들어왔다. 자신들의 스튜디오에서 성철의 전화를 기다린 듯했다. 몸집이 작고 얼굴이 맑은 광일이 끼어 있었다. 눈빛에 원망이 잔뜩 서렸다. 아이들을 위해 예쁜 그림을 그리는 사람들의 표정이 아니었다.

"출입문, 창문 다 닫아! 인터넷선, 전화선 다 뽑고, 손전화기는 회수해!"

애니메이터들이 성철의 명령에 따라 움직였다. 전화선을 뽑는 동작이 거칠었다.

"이런 씨팔놈들이……!"

김 PD가 애니메이터들의 행동을 제지하려는지 엉덩이를 들었다. 두 사람이 그에게 먼저 다가와 어깨를 잡아 눌렀다.

"이거 놔! 놓으라고! 불법감금이야! 공안에 신고할 거야! 우리 대사관에도 신고하고! 남북 간에 큰 정치문제가 된다고!"

김 PD의 말이 공허했다. 할 테면 하라는 듯 말없는 네 남자의 거친 행동만이 작업실의 긴장감을 고조시켰다.

"보고하러 선양에 다녀올 테니까 내가 올 때까지 둘이 한 사람씩 맡아 지키고 있어!"

혜리와 김 PD는 어안이 벙벙하여 그들을 쳐다보았다. 성철이 문을 쾅쾅 여닫고 밖으로 나갔다. 애니메이터들은 의자를 하나씩 차지하고 두 사람 곁에 앉았다. 그리고는 손을 내밀었다. 휴대전화기를 내놓으라는 뜻이었다. 혜리는 무력감에 휩싸였다. 지난밤에 도대체 무슨 일이 일어났을까? 일현이 스스로 탈출했을까? 그렇다면 내게 왜 도움을 청하지 않았을까?

3

열차표 판매소 밖에 붙은 전광판의 시계가 오후 9시 3분을 알렸다. 혜리는 거리 풍경을 내다보고 있었다. 인도의 가로등이 어둠을 쫓아내려 안간힘을 썼다. 가로등 밑에서 웃통을 벗어젖힌 사람들이 꼬치구이를 안주로 맥주를 마셨다. 러시아사람들이 샤슬릭을 즐기듯 중국 사람들도 꼬치구이를 즐긴다. 꽤 많은 사람들이 몰려나왔다. 장마 때문에 닷새 정도 실내에서 머문 밤을 보상 받으려는 듯했다. 그들이 떠드는 소리는 들리지 않았다. 하지만 남의 속도 모른 채 퍽 흥겨워 보였다. 상한 고기를 식자재로 쓰다가 적발된 식당이 있다는 이곳 교민신문의 기사를 읽은 기억이 났다.

"별것을 다 먹어도 팔십 넘게 사는 중국 사람들이 쌨어요."

수풍호에서 안 총경리가 한 말도 떠올랐다. 혜리가 검게 탄 삼겹살을 개밥그릇에 버릴 때였다.

열차표 판매소 앞에 연두색 택시가 멈췄다. 꼬리를 물던 꼬치구이에 대한 상념이 온데간데없이 사라졌다. 일현이나 성철이 돌아온다면 저 지점에서 내릴 가능성이 컸다. 그래서 혜리는 이 일밖에 할 것이 없다는 듯 내내 저곳에 시선을 뒀다. 택시 문이 열렸다. 미니스커트를 입은 젊은 여자의 맨살 다리가 밖으로 나왔다. 7시경부터 지금까지 열세 번째 속았다. 오늘밤에는 일현이 돌아오겠지? 꼭 올 거야. 어제까지의 일상이 그리웠다. 그가 돌아와 모든 것들이 제자리를 찾게 되기를 간절히 바랐다. 그러면서도 그가 돌아오지 못하면 어떻게 하나 하는 생각에서 벗어나지 못했다. 그가 자의로 사라진 것은 아닐 거야. 도망칠 뜻이 있었다면 내게 먼저 알렸을 거야. 그런 상념에 잠겨 보는데도 그를 원망하는 마음이 점점 거세졌다. 그가 어떤 처지에 있는지 모르면서 그를 원망하는 것 또한 못 견디게 괴로웠다.
"부단장이란 자는 왜 아직까지 안 와? 밥은 먹어야 할 거 아냐."
 동화를 고치던 김 PD가 저녁식사 타령을 했다. 애니메이터들 중 누구도 김 PD에게 대꾸하지 않았다. 어지간한 일로는 대화를 나누지 말라고 성철로부터 지시를 받았을 것이다. 성철이 나간 직후, 김 PD는 터진 입술을 쭉 내밀고 작업실 출입문을 발로 툭툭 차며 분을 참지 못했다. 하지만 절 문의 사천왕상처럼 두 사람 옆과 출입문 앞에 버티고 앉은 애니메이터들에게 시비를 걸진 않았다. 좋게 생각하면 어느 정도 정이 든 사이라서 그럴 것이다. 나쁘게 생각하면 성철의 꼭두각시들하고는 상대할 수 없다고 자존심을 세우느라고 그럴 것이다. 수적으로 열세인 점은 무엇보다 먼저 고려했을 것이다.
 성철은 오늘 돌아오지 못하리라. 고속버스를 탄다고 해도 선양까지 다녀오는 데 최소한 여섯 시간은 걸린다. 혜리는 그가 전화로 신고하지 않고 총영사관에 직접 찾아간 것을 위안삼았다. 가급적 사건을 확대시키지 않을 방도를 찾는 것이리라.
 혜리는 책상 서랍 속에 있는 초콜릿을 기억해냈다. 돌아서서 그것을 꺼냈다. 몇 개 빼먹은 초콜릿 한 봉지를 작업테이블 위에 올려놓았다. 김 PD가 눈을 반짝이며 낚아챘다. 하나를 꺼내 우득우득 소리가 나도록 베어 먹었다. 그러면서 혜리와 애니메이터들을 번갈아 쳐다보았다. 광일이 목울대를 움찔했다. 표나게 군침을 삼킨 것이 부끄러운지 고개를 외로 꼬았다. 김 PD가 애니메이터들에게 초콜릿을 두 개씩 나눠 주었다.

"컵라면이라도 사오죠."

혜리가 애니메이터들을 향해서 짜증스럽게 내뱉었다.

"제가 나갔다 올게요."

김 PD가 출입문 곁으로 가서 문을 발로 툭 찼다. 하지만 한번 해 보았을 뿐이라는 듯 작업테이블 앞의 제 자리로 돌아왔다. 못 나가게 하려고 몸을 일으키던 애니메이터들이 헛웃음을 머금었다.

4

렌더링 작업을 하다가 혜리는 창 밖으로 시선을 돌렸다. 전광판 시계가 12시 17분을 알렸다. 꼬치구이집 앞은 막노동꾼 같은 사내 둘만 자리를 지켰다. 둘 다 많이 취했는지 상체를 무겁게 주억거렸다. 혜리는 택시를 서른두 대까지 세다가 그만두었다. 밤 12시가 넘었으므로 일현이나 성철이 돌아오려 해도 불가능한 시간이 되었다.

배가 몹시 고팠다. 김 PD가 인심을 쓰듯 모두에게 두 개씩 나눠 준 초콜릿과 커피, 물밖에는 먹은 것이 없었다. 다른 애니메이터들을 시켜서 자기들이 먹는 식사라도 넣어 줄 줄 알았는데, 그냥 넘어갔다. 그들도 굶었을까? 그들도 지금까지 스튜디오를 지킬까? 아랫사람들은 저를 위해서 존재한다고 믿는 성철이 그들을 자유롭게 놔둘 리 없었다. 하지만 복도에 사람이 다니는 기척조차 들리지 않았다. 가동을 멈춘 공장처럼 모든 것이 정지했다. 반면에 실내는 가열 돼 가는 용광로처럼 답답했다. 열 평 남짓 되는 작업실에 여섯 명이나 웅크리고 있는 것이다. 수면 위에 입을 내밀고 뻐끔거리는 물고기처럼 김 PD는 지쳐서 간헐적으로 눈을 깜빡였다.

"창문을 열자구요."

혜리가 광일을 바라보며 말했다. 광일이 고개를 끄덕였다. 김 PD가 창문으로 다가가자, 광일이 손을 들어 막았다. 그 사이 다른 애니메이터가 문을 열었다. 밖을 향해 소리라도 지를까, 몸이라도 내던질까, 구해 달라는 쪽지라도 던질까 우려해서일까? 시키는 것 하나는 똑소리 나게 하는 사람들다웠다.

이 건물을 세 얻은 것에 대한 후회가 밀려들었다. 스튜디오를 꾸릴 때 민경련 측에서는 건물 한 층을 다 썼으면 좋겠다고 했다. 이유를 말하지는 않았다. 자기네 애니메이터들을 쉽게 관리하려는 의도라고 나름대로 짐작했다. 요구대로 3층짜리 작은 건물의 3층 전부를 세 얻었다. 그 때문에 외부 사람들이 얼씬거리지 못했다. 완벽하게 고립된 것이다.

뭔가를 이렇게 간절히 기다린 적이 있었던가? 있긴 있었을 테지만, 지금은 한 번도 그런 적이 없던 듯 여겨졌다. 일현이 아내에게 갔을까? 아내를 찾았다면 이내 돌아올 것이다. 일현이 도망쳤다면? 붙잡히면 처벌될 것이다. 작품 제작을 못해 나는 망할 것이다. 타의에 의해 사라졌다면? 사고라도 났다면? 더는 생각하기 싫다. 성철처럼 속단해선 안 된다. 이제 혜리는 어떤 가정을 해도 일현이 용서되지 않았다. 한 번도 아니고 두 번째다. 죽더라도 자신에게는 알리고 죽어야 할 사람이라는 생각만 들었다.

5

 인도의 늙은 은행나무 밑에서 중년 사내 둘이 손부채질을 했다. 산뜻한 아웃도어 복장을 하고 한가하게 행동하는 것을 보니 한국 단체관광객들이었다. 근처의 골동품상점에 몰려 들어간 일행을 기다리고 있었다. 저들은 여기 4차선 도로 건너편 빌딩에 자기네 사람들이 감금당했다는 사실을 상상이나 할 수 있을까? 곧 압록강변으로 우르르 몰려가리라. 유람선을 타고 건너편 강변에 나앉은 동포들을 구경하리라. 끊어진 철교 위에서 오래된 과거 속 어느 시기의 장면과 닮은 풍경들을 건너다보리라. 잠시 연민에 젖으리라. 하지만 이내 방금 본 모든 것들을 관심의 저편에 팽개치리라. 오늘 밤 술자리에서 이성을 탐할 상상에 골몰하리라.
 전광판의 시계는 오전 9시 55분을 알렸다. 성철이 선양으로 떠난 지 열여섯 시간이 되어갔다. 김 PD는 책상에 고개를 파묻었다. 제가 나서서 될 일이 없다고 믿는 것 같았다. 그림이나 수정하면 좋을 덴데. 혜리 자신과 마찬가지로 김 PD 또한 그럴 경황이 아닐 것이다. 네 명의 애니메이터들도 지친 기색이 완연했다. 작업테이블로 와서 엎드려 졸다가, 파지에 아무 그림이나 끄적거리다가, 일어나 걷다가 지금은 목을 빼고 창밖의 거리를 구경했다.

만약 일현을 찾지 못한다면? 그 보복으로 우리를 납치해 갈까? 미처 생각지 못한 문제가 고개를 쳐들었다. 밤을 꼬박 새웠더니 신경이 날카로워졌나? 다리만 하나 건너면 북한 땅이다. 밤이 되면 압록강에 밀수선들이 뻔질나게 오간다는 말을 들었다. 보위원들이 은밀히 들어와 탈북자들을 잡아간다는 말도 들었다. 남한사람에게 독침을 놓고 사라졌다는 신문기사도 읽었다. 다리에 석고붕대를 감아 야밤에 우리를 강변으로 실어갈지도 모른다. 입에는 테이프를 붙일까? 마취제를 쓸까? 잡혀가면 일현을 영영 못 만나겠지? 김 PD도 지금 나와 같은 상상을 할까? 성철을 기다리는 마음이 회피하는 마음으로 슬그머니 돌아섰다.

젊은 여성이 자전거를 타고 지나갔다. 관광객들이 그녀에게 시선을 모았다. 익명성을 유감없이 드러내고 있었다. 펄럭이는 치마 사이로 여성의 가랑이를 바라볼 것이다. 중국 여자들은 어찌 다리를 오므릴 줄 모를까? 줄지어 가는 대형트럭들이 관광객들을 가렸다. 트럭들은 '평북'이란 번호판을 달았다. 접경 지역이므로 북한 트럭이 직접 들어온 것이다. 저런 트럭 안에 넣어서 잡아갈까?

일현이 사라진 시간을 그제 밤 9시로 치면 서른일곱 시간이 흘렀다. 분명 그의 신변에 중대한 일이 일어났다. 성철의 말처럼 국정원에서 납치했을까? 나도 모르는 사이에 일현이 남한에 못된 짓을 저질렀을까? 아니면 남한에 쓸모 있는 무엇을 가졌을까? 혜리는 일현이 돌아온다 해도 나가라고 소리를 지르겠다고 다짐했다. 영원히 사라지지 왜 와요? 도대체 나를 사람으로 여기기나 한 거예요?

휴대전화기에서 셀린 디온의 노래가 흘러나왔다.

당신은 나의 사랑하는 사람,
언제라도 내게 손 내밀면
내가 할 수 있는 모든 걸 할 거예요.

혜리의 것이었다. 곡이 좋아서 컬러링으로 선택했다. 지금 들어 보니 가사가 일현에게 쏠린 자신의 마음을 표현하는 것처럼 여겨졌다. 혜리는 몸을 움직여 자세를 바로잡았다. 자신의 저주를 알아채고 일현이 오던 발걸음을 되돌릴까 겁이 났다. 아니에요. 어서 오기나 하세요. 갈라파고스 제도에 없는 것들을 내가 당신에게 너무 많이 알려 주었어요. 당신이 모르고 내가 아는 것만 골라서 너무 뻔뻔하게, 자랑스럽게, 그러다 못해 당신이 느낄 모멸감을 내심 고소해 하면서 떠벌렸어요. 당신이 지탱해온 삶을 송두리째 포기해야 할지도 모를 일인데, 그런 문제에는 도무지 관심을 갖지 않았어요. 단장 선생님, 내가 탈출에 성공하고, 당신을 찾는다면 그런 일이 다신 없을 거예요. 혜리는 옛 애인에게 자신을 배려할 줄 모른다고 자주 앙탈을 부리던 기억을 떠올렸다. 제발 '내게도 잘못이 있을지 모른다'는 합리적인 의심을 해보라고 그를 힐난했었다. 그런 힐난들이 지금은 스스로에게 쏟아지고 있었다.

셀린 디온의 노래가 계속 흘러나왔다. 휴대전화기는 광일이 가졌다. 어젯밤과 아침나절에도 저 노래가 흘러나왔다. 그때 광일은 전화를 받아서 제멋대로 혜리가 자리에 없다고 말하고 끊었다. 전화를 건 사람들도 바보들이다. 사람이 감금되어 있는데, 아무런 눈치를 채지 못하고 끊다니. 전화기 주인은 어디 가고 당신이 받는가 물어야 할 것 아냐. 이번에는 광일이 아예 전화를 받지 않고 있었다. 일본에서 온 것일 수도 있고, 한국에서 온 것일 수도 있다. 그가 전화를 가지고 있는 한 감금당한 사실을 외부에 알리는 것은 고사하고 업무조차 볼 수 없다. 혹 안 총경리에게서 온 것일까? 그에게 그날의 상황을 자세히 물었어야 했는데. 지금이라도 그에게 전화를 해보면 좋을 텐데.

"단장 선생님이 건 전화일지도 모르잖아요."

혜리가 신경질적으로 말을 건넸다.

"아니라요. 어제 걸려온 번홉니다."

광일은 어떤 전화번호는 작화지 위에 적어놓았다. 성철에게 보고해야 할지 모른다는 점을 신경 쓰는 듯했다.

"어딘데요?"

"알려드릴 수 없어요."

　　세상 밖이 감당하기 힘들어도
　　당신과 함께라면 끝낼 수 있어요.

그새 노래에 빠져들어 광일이 노래를 즐기고 있는 것일까? 그가 볼펜으로 슬쩍슬쩍 벽을 두드려 장단을 맞추고 있었다.

"노랫소리나 나오지 않게 하세요!"

혜리가 더는 참지 못하고 소리쳤다. 광일이 쑥스러운 동작으로 통화 거절 버튼을 눌렀다.

창밖 건물 벽의 균열들과 대형트럭의 지붕에 걸려 꺾인 나뭇가지가 혜리의 시선을 붙잡았다. 곧 휘몰아칠 폭풍의 조짐들인 것만 같았다. 혜리는 손톱을 물어뜯었다.

"언제 올 건지 부단장 선생님에게 전화를 다시 해봐요. 배고파 죽겠단 말이에요."

광일이 휴대전화기를 다시 손에 넣었다. 그들도 지겹고 배고픈 시간을 보내기는 마찬가지일 것이다. 광일은 아침 일찍 성철에게 전화를 걸었었다. 작업실에 다 들리도록 휴대전화기에서 "머저리쌔끼!"라는 새된 목소리가 튀어나왔다. 광일이 휴대전화기를 만지작거리다가 슬그머니 내려놓았다.

6

전광판의 시계가 12시 정각을 알렸다. 거리의 인파가 늘어나기 시작했다. 점심을 먹으러 나온 사람들일 것이다. 저들의 평범한 일상이 무척 부러웠다. 불길한 예감에 한번 빠져드니 벗어나지지 않았다. 이판사판이니까 덤벼 볼까? 옆 스튜디오에 있는 열네 명의 애니메이터들까지 합세하면 찍소리 못하고 강제진압을 당하겠지. 그렇다면? 문득 혜리의 머릿속에 낚시에 채인 물고기처럼 뭔가 번쩍 걸렸다. 남자들이란 자존심을 긁으면 태엽을 감아 놓은 장난감 병정처럼 원하는 대로, 적어도 그와 비슷하게 작동한다고 했던가. 혜리는 김 PD에게 시선을 돌렸다. 김 PD는 여전히 작업테이블 위에 엎드려 있었다. 저 눈치코치 없는 인간이 호흡을 제대로 맞출까?
"남자가 어찌 그리 배짱이 없어!"
짐짓 김 PD를 향해 외쳤다. 축 처졌던 분위기가 불끈 일어났다. 모두 고개를 혜리에게 돌렸다. 바라던 대로 김 PD는 자존심이 상하는지 혜리를 향해 어설프게 웃었다. 웃느라 입술에 올라앉은 피딱지에 균열이 생겨 아픈 모양이었다. 손가락 끝으로 피딱지를 슬쩍 눌렀다. 이내 커피포트가 있는 보조테이블 앞으로 갔다. 포트를 들었다. 물을 따르려다가 안 나오자 탕 소리가 나도록 내려놓았다. 물이 없는 걸 모르진 않았을 것이다. 그렇게라도 자존심을 세우려는 짓이리라.
혜리가 김 PD에게 눈을 깜박거렸다. 간절한 마음으로 장난감 병정이 되어 줄 것을 기대했다. 김 PD가 갑자기 허리를 수그리고 배를 감싸쥐었다.
"화장실 좀 갑시다."
그가 광일에게 말했다. 옳지. 잘하는 짓이야.
"다녀온 지 얼마나 된다고 기래요?"
"설사가 났어! 폐쇄공포증 때문인지, 강박증 때문인지 소화가 안 된다! 어쩔래?"

눈짓을 알아챘을까? 그래서 의도적으로 수작을 거는 것일까?

"먹은 것이 없는데……."

광일이 볼멘소리를 했다.

"도망가려면 무슨 수를 쓰든 벌써 도망갔어. 우린 쩨쩨한 짓은 죽어도 못해."

광일이 앞에 앉은 두 명의 애니메이터들에게 어쩔 수 없다는 듯 고갯짓을 했다. 그들이 김 PD를 데리고 밖으로 나갔다.

"서울에 있는 부인과 아이를 좀 생각해."

쐐기를 박는답시고 혜리는 김 PD의 등 뒤에 한마디 덧붙였다. 수상쩍은지 광일이 곁눈질로 혜리의 표정을 살폈다. 혜리가 고집스럽게 눈을 맞추자, 슬그머니 시선을 내리깔았다. 애니메이터들에게서 이 작업실에 들어올 당시의 굳은 표정이 많이 풀렸다.

곧 김 PD가 소동을 일으켜 줄까? 일을 잘 저지르는 성격을 보면 어려운 역할은 아닌데. 소동을 벌이면 나는 재빨리 창밖으로 뛰어내릴까? 3층이나 되니까 다리 하나는 부러지겠지? 허리가 부러지면? 크! 다치는 상상을 하니 두려움이 몰려왔다. 아냐. 납치당하는 것보다는 나아. 비록 애니메이션 감독이지만, 나도 산전수전 다 겪은 감독이야. 혜리는 입술을 질끈 깨물었다. 허리를 세웠다. 몸이 팽팽히 긴장했다. 한 사람이라도 탈출해야 이 위기가 끝난다. 일현을 찾을 방도가 생긴다. 스커트를 입은 것이 마음에 걸렸다. 어떤 처녀 탈북자는 탈북 도중 혹 죽게 되면 자신의 시신이 흉측하게 보여서는 안 된다고 생각했단다. 그래서 없는 돈에 수영복을 사 입고 두만강을 헤엄쳐 건넜다나.

혜리는 복도에서 나는 소리에 귀를 기울였다. 김 PD가 화장실로 향하는 발걸음 소리가 들렸다. 나름의 결의를 다진 것처럼 일부러 힘을 실었는지 유독 컸다. 쩨쩨한 짓은 죽어도 못한다고 한 그의 말을 혜리는 자신에게 한 말로 믿었다. 성철이 선양에서 단둥으로 오는 고속버스를 탔다면, 세 시간 정도 걸릴 것이다. 오전에 총영사관에 들러 나머지 일을 보았다면, 10시쯤에는 출발했을 것이다. 1시에는 도착한다. 그가 곧 돌아올 때가 된 것이다. 급하다.

딱, 딱, 딱, 딱…….

밤새 귀에 익은 소리가 들렸다. 바깥벽을 타고 올라온 넝쿨식물의 줄기가 바람을 타고 창문에 부딪히고 있었다. 계곡물 흐르는 소리 같은 거리의 소음도 들렸다. 복도 쪽은 아직 정적이 흘렀다. 혜리의 기대대로라면 김 PD는 지금쯤 화장실에서 일을 보는 척할 것이다. 화장실은 복도 끝에 있다. 혜리는 귀를 더욱 바짝 세웠다.

그렇게 시간이 흐르다가 소리 하나가 잡혔다. 불규칙적인 발걸음 소리였다. 드디어 일을 낸 것일까?

"아! 아아!"

신음소리도 아득히 들려왔다. 복도에서 나는 것이 맞았다. 혜리는 자신이 취할 행동을 마음에 새겼다. 작업실에 같이 있는 애니메이터들은 밖에서 무슨 일이 일어나는지 전혀 낌새를 채지 못하고 있었다. 광일은 멀뚱히 벽을 바라보았다. 다른 한 사람은 다시 테이블 위에 엎드렸다.

귀를 기울일수록 소리는 명료했다. 누가 아파 죽겠다고 신음을 토했다. 김 PD가 그들을 공격했을까? 그렇다면 큰 소리가 났을 것이다. 그가 두 사람에게 당할까? 도망치려 시도한다거나 해서 소동을 벌이기를 바랐는데, 그런 것 같진 않았다. 작업실 안에 있는 두 사람이 밖의 사정에 동요하지 않는 한 혜리는 어떤 행동도 취할 수 없다. 소리가 가까워졌다.

문이 벌컥 열렸다. 김 PD를 따라 나갔던 두 사람이 김 PD의 양어깨를 부축해서 들어왔다. 실내에 있는 두 사람이 의아한 시선을 보냈다. 김 PD는 배를 움켜쥐었다. 얼굴이 한껏 일그러졌다.

"왜? 어찌 된 거야?"

혜리는 그들 앞으로 두어 걸음 옮겼다.

"배가 너무 아파요. 죽을 것 같아요. 창자가 꼬이고, 숨이 턱턱 막혀요. 윽!"

"급성맹장? 대장 출혈? 장이 꼬였는지도 몰라. 빨리 병원에 가야지. 구급차 불러! 뭐해요? 어서 전화 걸어요!"

혜리는 생각나는 대로 병명들을 들이대며 엄살을 떨었다. 광일이 엉겁결에 휴대전화기를 집어 들었다. 그럴 듯하게 연기하는 김 PD가 기특했다. 그래. 너도 감독 한번 해봐야지.

"사람 죽어 나가는 꼴 보려고 그래요? 빨리 전활 걸라니까요!"

혜리가 재촉했다. 광일이 동의를 구하듯 동료들의 얼굴을 살폈다. 얼굴만 순박한 것이 아니라 속마음도 어진 것 같았다. 동료들이 서로 눈빛을 주고받았다. 곤혹스런 표정들이었다.

"중국말을 모르는데요."

광일이 거절하지 못하고 어정쩡하게 말했다.

"내가 걸게요."

혜리가 나서자 그가 고개를 내저었다. 그러거나 말거나 혜리는 얼른 책상 위에서 상용 중국어 회화집을 찾았다. 혹시라도 생활부장을 부르면 애니메이터들의 세력만 늘어난다. 바라는 대로 될 일이 아닌 것은 예감하지만, 일단 밀어붙일 심산이었다. 그 사이 김 PD가 바닥에 주저앉았다.

"아녜요. 구급차를 부를 정도는 아녜요. 윽! 약이나 먹으면 될 것 같아요."

그가 기어들어가는 목소리로 말했다. 애니메이터 네 명의 한숨이 동시에 터졌다. 대신 혜리는 멍해졌다.

"무슨 소리야? 네가 의사야? 얼른 병원에 가야 돼."

"아니라니까요. 예전에도 이런 적이 있었어요. 좀 쉬면 괜찮아질 거예요."

광일이 김 PD 곁에 다가앉았다.

"여기에 누우라요. 혁대를 풀고. 제가 배를 쓰다듬어 줄게요."

"네, 네. 그래요. 그러면 좋아질 거예요. 윽!"

김 PD가 광일의 부축을 받아 조심스럽게 작업테이블 위에 드러누웠다. 광일이 김 PD의 혁대를 느슨하게 풀었다. 그의 손이 김 PD의 배 위로 올라갔다.

"부인과 아이를 생각하라니까."

혜리가 톡 쏘았다.

"난데없이 웬 가족 얘기예요? 아이를 생각하니까 더 아파와요. 흑!"

김 PD가 저 하고 싶은 말을 다 했다. 애니메이터들이 혜리와 김 PD를 번갈아 쳐다보았다. 혜리는 손에 집은 회화집을 책상 위에 내던졌다.

7

"단장 선생님의 소재가 확인됐냐니까요?"

성철이 애써 혜리의 시선을 피했다. 목을 꼬며 딴 데를 보았다. 혜리가 기대하던 소동이 미수에 그친 지 30분이 안 돼 성철이 돌아왔다. 오자마자 혜리와 김 PD를 감시하던 애니메이터 네 명을 자기네 작업실로 돌려보냈다. 풀어주네, 어쩌네 하는 말은 없었다. 하지만 그가 "이거 안 됐습니다"라고 말할 때 혜리는 그것이 감금을 해제한다는 뜻인 줄 알아차렸다. 일현을 빼돌렸다고 기고만장하던 태도는 온데간데없었다. 혜리조차 한국 대사관에 신고하겠다고 벼르던 일을 까맣게 잊었다. 되레 그가 영화 '라이언 일병 구하기'의 밀러 대위처럼 듬직하게 여겨졌다. 일현을 찾았으므로 감금을 해제한 것일 테니까. 일현의 행방이 곧 그의 입에서 터져 나오기를 기다렸다. 그런데 그는 거듭되는 질문을 외면했다.

"확실한 건 단장 동무가 이곳에 다시 일하러 나타나는 일은 없을 거고, 우리는 귀국한다는 거야요."

혜리는 성철이 농담을 하는 것인지 헷갈렸다.

"아직 못 찾았다는 말인가요?"

"더는 할 말이 없습니다."

"돌아가긴 왜 돌아가요? 동료를 찾아서 같이 가야지. 일도 계약대로 마쳐야 하고."

"조개탄 건도 매듭을 지어야 하고. 이 사장님이 지금 얼마나 방방 뜨는지 몰라."

김 PD가 혜리의 말에 덧붙였다.

"북남 정세가 최악에 이른 걸 알지요? 휴전협정조차 폐기된 상탭니다. 북남 간에 전시상태가 되었다는 말입니다. 전쟁 상대방끼리 일을 같이 한다는 게 말이 돼요? 우리 쪽 성명 기억 안 나요? 이제 살아남아 후회할 놈도 없게 될 거라고 했잖아요."

성철이 엉뚱한 말로 대답했다.

"한가한 소리 할 때예요? 자기네 혼자서 휴전협정을 폐기한다고 해 놓고서."

"남조선이 미제 놈들을 앞세워 전쟁 놀음을 쎄게 해대니까 기렇게 된 것이지."

"어서 본론을 이야기하세요. 단장 선생님 행방을 총영사관에서 알아냈대요? 도대체 뭐래요?"

혜리는 무의미하게 반복될 것 같은 성철의 말을 잘랐다. 성철이 지금까지 한 말이 모두 일현의 화려한 복귀를 위한 서곡처럼 들릴 뿐이었다.

"기건 알 것 없고."

"국정원이 납치했다고 하던가요?"

혜리가 성철의 말을 빌려 비꼬았다.

"……."

"좋아요. 공안에 실종 신고를 하겠어요."

"그 문제는 우리 총영사관 관계부문에서 알아서 할 거요."

"그쪽에서 깁스해서 잡아간 건 아녜요?"

성철이 코웃음을 쳤다.

"지금 당장 신고하겠어요. 동료를 버리고 철수하겠다는 게 말이 돼요?"

"얼토당토않은 핑계대지 말고 툭 까놓고 말해."

김 PD도 답답한 마음을 감추지 못했다. 성철의 표정이 돌연 진지하게 변했다. 더 얼버무려서 될 일이 아니라고 판단하는 모양이었다.

"감독 선생이 모르는 사건이 하나 있어요."

"……?"

"이것만 알라요. 기태라고 일현 동서되는 놈이 있는데, 며칠 전 아내를 M시에 놔둔 채 제 부모만 데리고 평양에서 도망친 게 드러났어요. 이번에 일현이랑 우리가 중국에 나온 것도 기태 놈이 작간을 부려 만들어냈어요. 일현이 기태랑 지금 같이 있을 거라고 봐요. 둘이 오래 전부터 계획적으로……."

성철은 말을 다 마치지 못하고 어깨를 움찔했다. 너무 자세하게 말하고 있다고 후회하는 기색이었다. 혜리의 가슴 안에서 점점 커져 가던 불안의 불씨가 확 살아났다. 반전되지 않을까 했던 기대가 끝 모를 바닥을 향해서 곤두박질쳤다.

"두 사람이 같이 도망쳤다는 거죠?"

혜리가 정신을 수습하며 물었다.

"아직 정확히 몰라요. 다만 감독 선생에 대한 의심은 풀렸어요."

"지금 어디에 있는지 모른다는 말씀이세요?"

"알면 우리가 가만있겠어요?"

"그런데 왜 전시상태 어쩌고 하는 핑계를 대세요?"

"그 말이 우리가 귀국하는 문제에 대한 공식적인 대답입니다. 감독 선생이 남조선 당국에 협력사업의 중단 사유를 설명할 때엔 기리 말하라요. 전시상태에서 어떻게 협력사업이 될 수 있갔나요? 도둑맞은 집 앞을 지나가다 도둑놈으로 몰리는 격이긴 하지만, 일현이 있다 해도 우리는 돌아가게 되어 있다, 이겁니다. 하루 이틀 사이에 사업비나 정산합시다. 귀국사증 나오면 바로 들어가갔어요."

성철의 눈빛 속에 뻔뻔스러움이 숨어 있었다. 자기 나라에 자기가 들어가는데도 비자를 받아야 하는 나라니까 나라의 명령을 거역할 순 없겠지. 하지만 혜리의 마음속에서는 말이 안 된다고 아우성치고 있었다.

"조개탄 수출 건은 이 사장에게 민경련과 계속 연계를 가지라고 하라요. 수출 금지 조치가 풀리면 제일 먼저 해결이 될 겁니다."

"이 사장님한테 직접 말해. 전시상태에도 조개탄 수출은 된다니 엄청 고맙군. 아휴, 다 자기들 마음대로야."

김 PD가 작업테이블을 주먹으로 쾅 쳤다.

"전시상태가 오래 가갔나? 핵폭탄 한 방이면 끝날 텐데."

"정말 웃기네."

김 PD가 성철을 째려보았다. 저 멀리 단둥역 앞 광장에서 손을 치켜들고 선 마오쩌둥 동상이 혜리의 눈에 들어왔다. 마오쩌둥이 북한 애니메이터들과 어서 갈라서라고 팔을 휘휘 내두르는 것 같았다. 그토록 든든하게 여겨졌던 애니메이터들과 스튜디오가 하루아침에 물거품이 되고 있었다. 틈만 나면 마음속에 들어와 살던 일현. 이런 연출가가 있다고 서울의 감독들에게 자랑하고 싶은 마음을 억눌러 참았는데……. 기어코 그가 사라진 모양이었다.

"귀국하면 합의 위반이에요. 정산은 고사하고 우리가 손해 본 것까지 배상하셔야 된다구요."

혜리는 슬금슬금 굽어드는 허리를 추스르며 내뱉었다.

"합의서를 잘 봐요. 북과 남 어느 일방이 국가정책상의 문제로 사업을 중단하고 철수할 때는 중단시점에서 정산하도록 돼 있어요."

일현이 없어진 것이 국가정책에 속하는 문제일까? 그렇지 않다고 할까 봐 전시상태가 되었다, 어쨌다 하는 말을 거론하는 것일까?

"정산 못해요. 조개탄 수출도 보나마나 못할 게 뻔하니 돈으로 돌려주시구요."

혜리는 허리를 바짝 폈다. 성철을 매섭게 노려보았다. 눈을 부릅

뜬 김 PD 또한 그의 얼굴에서 시선을 거두지 않았다.

                            8

 초로에 접어든 남자가 작업실로 들어왔다. 시커먼 수염이 턱 밑에 비쭉 자랐다. 게을러터져서 안 깎았을 것이다. 저 사람이 웬일로 여길 다 올까? 그는 혜리의 스튜디오 옆 건물 1층 가게에서 서각(書刻)을 업으로 삼는 사람이었다. 거리가 잘 보이는 창가에 앉아 낙관을 새기는 모습을 그 앞을 오가며 보았다. 혜리는 가급적 그의 몰골에 시선을 주지 않으려고 애썼다. 옷도 한 철을 내리 입는 것 같았다. 여름이 되고서는 검은색 반팔 티셔츠를 걸쳤다. 그가 노트북 가방만 한 박스를 가슴에 끌어안고 출입문 안으로 두어 걸음 들어와 멈춰 섰다. 박스 안에 무거운 물건이 들었는가 보았다. 얼굴에 잔뜩 힘을 주었다. 빨리 받지 않고 뭐하느냐는 표정이었다. 책상에 앉아 일을 하던 김 PD가 다가가 받아 들었다.
 "돌덩이가 든 거 같은데요?"
 박스를 작업테이블 위에 내려놓으며 김 PD가 투덜댔다. 분위기를 파악하지 못한 남자가 웃는 얼굴로 낯빛을 바꿨다. 박스를 열었다. 김 PD의 말처럼 보도블록만 한 돌이 나왔다. 윤기가 흐르는 직사각형의 옥돌이었다. 남자가 뭐라 말했다. 알아들을 수가 없었다. 혜리가 안 총경리에게 전화를 걸었다. 남자에게 전화기를 내밀었다.

"단장 선생이 주문한 서각이란다."

다시 혜리에게 돌아온 전화기에 대고 안 총경리가 말했다.

"그림과 글씨 모두 단장 선생 작품이란다. 자기는 새기기만 했단다. 그제 찾아가기로 했는데, 감감무소식이어서 직접 가지고 왔단다."

남자가 백지를 테이블 위에 펼쳤다. 서각이 붉은 인주로 찍혀 있었다. 나뭇가지에 앉아 하늘을 응시하는 북방쇠찌르레기 그림과 '새'라는 한글이 새겨졌다. '새'의 타이틀을 일현이 나름대로 디자인한 것이었다. 혜리는 일현과 서각 가게 앞을 지나가면서 유리창에 붙은 서각 견본들을 함께 들여다본 적이 있었다.

"저이가 예술적 감각은 탁월해요. '새'의 타이틀을 저이한테 맡기면 어떨까요?"

그때 혜리가 일현에게 물었다. 뜻밖의 말이라고 여겨선지 일현은 대답하지 않았었다.

"제작 일이 날 샜는데, 이게 무슨 소용이에요?"

김 PD가 투덜댔다. 남자가 혜리에게 전화기를 달래서 또 뭐라 지껄였다.

"그 양반이 서각만 45년째 했단다. 랴오닝성에서는 그 양반만 한 사람이 없다고 하네요. 물론 과도한 자화자찬일 테지만. 비용은 300위안이란다."

안 총경리가 남자의 나머지 말을 통역했다.

"셰셰."

7장 폭풍의 시간

혜리가 간단히 인사를 표했다. 지갑에서 지폐 석 장을 꺼내 건넸다. 다감한 칭찬을 기대했을 법한 남자가 말이 안 통하니까 멋쩍게 돌아섰다. 평소 같으면 혜리와 말이 통하든 안 통하든 호들갑을 떨었을 것이다. 지금은 그럴 수 없었다. 애니메이터들이 자기들 숙소에서 짐을 싸는 중이었다. 오늘 밤 열차로 평양으로 돌아간다. 혜리는 민경련 베이징대표부의 김 부대표에게 항의 전화를 했다. 그는 자기네 사람들은 사업 대방에게 절대 그릇된 행동을 하지 않는다고 무턱대고 두둔했다.

김 PD가 제 책상 앞의 의자에 도로 앉았다. 그 또한 실패가 분명해진 작업에 매달린 자신을 후회할 것이다. 우리도 짐을 싸자는 말을 하지 않을까 해서 혜리의 눈치를 살필 것이다.

혜리는 테이블 위에 덩그러니 놓인 일현의 유산 같은 서각을 바라보았다. 눈에 힘을 주어 초점을 바로잡았다. 그런데도 서각의 그림이 자꾸 흐려졌다. 눈에 물기가 고이고 있었다.

9

권양기의 계기판에서 새어 나온 붉은 빛이 겨우 사물의 윤곽을 드러냈다. 검은 나무 밑에서 작업에 몰두하는 세 사내, 권양기에서 강물 속으로 뻗어나간 두 가닥의 로프, 로프에 맨 대형 가죽바구니, 라면박스 두 배는 됨 직한 종이박스들의 더미……. 불빛이 있을 때 봐

두지 않았더라면 모두 짙은 어둠에 지나지 않았을 것들이었다. 사내들은 익숙한 솜씨로 가죽바구니의 뚜껑을 끈으로 여몄다. 이미 열 개쯤 되는 종이박스가 그 안에 들어갔다. 압록강 건너편이라고 짐작되는 곳에서 섬광이 번쩍 일었다. 강 이쪽과 저쪽이 주고받는 신호일 것이다. 과연 섬광을 보았는지 의심스러울 만큼 사위의 어둠은 변함이 없었다.

나무 곁에 선 혜리는 안 총경리의 팔을 붙잡은 손에 힘을 가했다. 모르는 세계가 베일을 벗을수록 맹추위 속에 벌거벗고 선 것처럼 덜덜 떨렸다. 저렇게 아무런 통제 없이 국경을 내왕하는 것들이 실제로 존재하다니. 일현이 저런 가죽바구니 속에 들어가 강을 건넜다면? 점점 심해지는 긴장감을 혜리가 붙잡은 팔에서 느꼈는지 안 총경리가 흠흠, 마른기침을 내뱉었다.

"말해보쇼. 주익이란 자가 어딨음까?"

안 총경리가 사내들에게 재촉했다.

"그자는 요즘엔 이 짓 안 했다니까."

세 사내 중 덩치 큰 자가 하던 일을 계속하며 대꾸했다. 사내들이 살아왔음직한 어지러운 세월이 밴 말투였다. 이렇게 다짜고짜 물어서 대충 나오는 대답을 어떻게 믿을까?

혜리는 조금 전 안 총경리를 따라 콴뎬 인근 압록강 가로 나왔다. 이틀 전 성철을 비롯한 애니메이터들을 단둥역에서 떠나보냈다. 그들은 허탈한 표정으로 출국장 안으로 들어갔다. 광일이나 숙영은 혜리나 김 PD의 시선을 극구 피했다. 원망이 깊어진 눈치였다. 그 직후, 혜리는 안 총경리를 찾았다. 중국 공안에 일현의 실종을 신고하는 문제를 상의할 참이었다. 김 PD는 남의 영화뿐 아니라 인생까지 망치게 한 자에게 무슨 미련이 그리 많냐고 혜리를 질타했다.

"단장 선생이 기태라는 이와 도망쳤다는 건 근거가 충분히 있어서 나온 소릴 겁니다. 북한 보위부가 어느 정도 내용을 파악했다고 봐야다. 괜한 사람을 끌어들여 변명하진 않았을 테니까요. 만약 도망쳤다면 서울로 가려고 도망친 것 아니겠어요? 단장 선생한테는 되레 잘 된 것 같습다. 그렇다면 신고를 할 필요가 없지요."

혜리 역시 공안에 신고를 할 경우 일이 더 복잡해지리라고 생각했다. 무엇보다 일현이 자의로 어떤 일을 진행하고 있다면 그를 더 큰 위험에 빠뜨릴 터였다. 한국 대사관에 알려져 자신들이 억류당했던 사실이 언론에 드러나 시끄러워지거나 자칫 밀무역에 관여한 사람들까지 다치게 되는 것은 그 다음 문제였다.

"남한으로 들어가겠다고 작정한 탈북자들이 남한에 성공적으로 들어갈 확률이 20퍼센트 정도에 불과하다고 해요. 80퍼센트가 도중에 붙잡힌다는데……"

혜리는 뭔가를 해야 하는데 매번 할 수 있는 것이 없는 자신을 한탄했다. 일현이 자신에게 사전에 알렸다면, 무슨 수를 쓰든 중국을 안전하게 벗어나도록 길잡이라도 알선했을 텐데. 돕지 못해서 안달이 난 사람처럼 그에게 마음을 쏟고 있었는데.

그때 안 총경리가 휴대전화기를 꺼내 어디론가 전화를 걸었다. 그의 표정에 까닭을 알 수 없는 그늘이 져 있다고 느끼던 중이었다. 일현이 없어졌다는 말을 전화를 받는 상대에게 전하고는 한참을 듣고만 있었다. 콴뎬에 건 듯했다. 통화를 마치자 그가 평소 표정으로 돌아왔지만, 석연치는 않았다. 그렇지 않아도 그에게 콴뎬에 가 보자고 할까 고민하고 있었다. 거기서 일현이 그와 함께 시내로 나온 것이 혜리가 들은 마지막 목격담이었다. 거기에 무슨 단서가 있지 않을까?

"혜리 선생이 쓸데없이 걱정할까 봐 제가 말을 참고 있던 게 있습다. 콴뎬 사람들 중 무서운 사람들이 있는 건 사실입다. 하지만 단장 선생에게 해코지하지는 못함다. 혜리 선생 부탁을 받고 제가 거기로 찾아갔던 날, 촌장이 제 체면을 세워 주겠다고 약속했습다. 단장 선생과 실랑이를 벌이던 조선 밀수꾼 주익이라는 사람은 그날 밤 콴뎬서 촌장과 술을 마셨담다. 방금 통화로 그 사실을 확인했습다."

안 총경리는 혜리의 의심을 툭 잘랐다. 그러면서 옥수수 집하장에 서 있었던 일을 대수롭지 않다는 말투로 들려주었다.

"그 사람들 말을 어떻게 다 믿어요?"

"여긴 법보다 꽌시(인간관계)가 중요한 뎀다. 촌장이 제게 괜한 거짓말을 못함다. 제 보복이 두려워 주익이란 사람도 함부로 날뛰지 못할 테고요."

그래도 혜리는 안 총경리에게 사정해 그와 함께 콴뎬 집하장에 갔다. 옥수수 밀매는 그제 완료되었다고 촌장은 알려 주었다. 주익은 M시로 돌아가서 옥수수 판매에 신경쓰고 있을 것이라고 했다.

"정 찾아보겠다면 압록강반에서 일하는 자들을 찾아가 보오. 그

자들과 거래를 주업으로 삼고 있는 사람이니까 그자들은 우리가 모르는 걸 알 수 있소."

거짓말을 한다는 증거는 촌장의 표정 어디에서도 엿보이지 않았다. 주익과 거래한다는 자들 또한 안 총경리가 아는 사람들이었다. 이 지역의 조선족 인구가 얼마 되지 않아서 한두 사람 건너면 다 아는 사람이라고 했다.

권양기가 부웅 시동 거는 소리를 내며 로프를 끌어당겼다. 위쪽 로프가 팽팽해지면서 아래쪽 로프가 물속으로 딸려 들어갔다. 종이 박스로 채운 가죽바구니가 뒤뚱뒤뚱 끌려갔다. 바닥의 자갈들과 마찰을 일으키는 소리가 들렸다. 어슴푸레 보이던 가죽바구니가 자취를 감췄다. 로프는 물속으로 건너편에 연결되었다. 가죽바구니가 압록강 밑을 내왕하는 것이다. 안 총경리의 말에 따르면, 북한 쪽에서는 사금을, 중국 쪽에서는 생필품을 보낸다고 했다.

모두가 잠든 사이에 누군가는 이런 음험한 짓을 저지르고 있었다. 세상에서 벌어지는 사건들 중에는 원인과 결과가 상관관계를 갖지 않는 일들이 무수히 많다. 원인은 사건이 미궁에 빠지지 않았다는 것을 보여주기 위해 사후에 추정된다. 선명한 원인일수록 추정된 사실이 거짓말이 아니라는 강변에 지나지 않을 가능성이 높다. 도시락을 받아 들고 부지런히 아파트를 나서던 일현. 그날 아침 그의 행동에서 지금의 결과를 누가 짐작했을까?

"마지막으로 본 게 언젬까?"

안 총경리가 덩치 큰 사내에게 다시 물었다.

"한 달도 넘었어. 옥시 장사한다고 여긴 통 발걸음을 안했다니까. 우리도 그 사람 소문만 듣고 있었어."

"어디를 가면 찾겠는지 암까?"

"알지. M시."

사내가 가려면 가 보라는 듯 헤헤 웃었다. 계기판의 불빛에 비친 눈빛이 기분 나쁘게 번들거렸다.

"언제쯤 여기 나올 것 같습까?"

"바로 나오진 않겠지. 옥시 다 팔면 제 목숨 구하려고 강계로, 평양으로 꽌시를 찾아 뜀박질해 대지 않겠어? 그놈의 나라도 밀수하는 놈, 밀수꾼 잡는 놈이 한솥밥을 먹는다구."

혜리는 안 총경리의 팔에 매달린 채 천천히 강변을 벗어났다.

8장
눈보라 치는 밤

1

 자작나무숲은 송곳들을 세워 놓은 것처럼 속이 휑 비웠다. 빈자리를 바람이 차지해 낙엽을 흩뿌렸다. 숲 아래 도로에서 한 무리의 사람들이 줄지어 걸어오는 것이 보였다. 저 길을 거슬러 올라가면 다리가 나오지. 다리 너머는 중국이야. 그러니까 저 사람들은 다리를 건너온 사람들일 거야. 스무 명쯤 될까? 모두 고개를 푹 숙였다. 손에는 수갑이 채워졌고, 두 팔은 몸통과 함께 밧줄에 묶였다. 밧줄은 사람과 사람에게 연결되어서 앞사람이 뒷사람을 끌고 가는 것처럼 보였다.
 은숙은 사람들을 내려다보며 이모네 집을 향해 가는 중이었다. 조금 전 학교 수업이 끝났다. 동무들과는 각자의 집으로 가는 갈림길에서 헤어졌다.
 이모는 농장 밭에서 가을걷이를 하다가 저곳에서 사람들의 행렬을 보게 되면 한동안 서서 눈동자를 바삐 굴렸다. 그러다가 차츰 눈이 충혈되었다. 누구를 찾는지는 알려 주지 않았다. 하지만 은숙은 짐작했다. 아무래도 이모부일 것이다. 몇 개월 전만 해도 은숙은 저 사람들 속에 진철의 부모가 있는지부터 살폈다. 이모의 충혈된 눈동자를 본 뒤에는 이모부가 있는지부터 살핀다. 이모부가 저 사람들 속에 끼어 있으리라고는 도무지 상상이 되지 않았다. 그래서 이모부의 모습을 찾는 자신이 낯설기만 했다.

  은숙은 지난 몇 개월째 불안감에 휩싸여 있었다. 이유를 꼬집어 말할 수는 없었다. 4개월 전쯤일 것이다. 보위원이 집으로 찾아와서 이모를 데려갔다. 보안서(경찰서)의 보안원이 아니라 국가보위부의 보위원이 온 것은 정치적인 사건과 관련이 있다는 뜻이었다. 은숙은 진철처럼 혼자 남겨지게 될까 봐 무서웠다. 학교에 가지 않고 시 보위부 청사 담 밑에 쭈그려 앉아 종일 울었다. 다행히 이모는 이틀 만에 나왔다. 별일이 아니라며 웃는 얼굴을 만들려고 애를 썼다. 하지만 얼굴 구석구석에 이모에게서 한 번도 보지 못한 시커먼 어둠이 박혀 있었다. 이 일은 연이어 일어나는 이상한 일들의 시작에 지나지 않았다.

  때맞춰 아버지로부터 2주일에 한 번쯤 오던 편지도 뚝 끊겼다. 은숙의 편지에 대한 답장도 없었다. 이모는 아버지가 바빠서 그럴 것이라고 했다. 그러면서도 아버지에게 편지를 보내는 것조차 말렸다. 이모부도 이모에게 연락을 하는 것 같지 않았다. 이모부가 귀국한 지 벌써 8개월이 지났다. 귀국총화를 여태 할 리 없었다. 아직까지 이모를 데리러 오지 않는 것도 이해할 수 없는데, 연락조차 끊다니.

이모는 자신이 평양으로 가면 은숙을 데려가겠다고 했다. 아버지가 올 때까지 함께 살자고 했다. 이제 더는 그런 말을 하지 않았다. 평양에 가려고 싸 놓았던 이삿짐은 진작 다 풀었다. 이모는 자청해서 농장에 나가 일을 했다. 먹을 것 하나라도 자기 힘으로 벌어 보겠다고 했다. 하지만 은숙은 이모가 농장에 나가지 않으면 안 되는 사람이 된 것 같다는 생각을 하고 있었다. 이모부가 어떻게 될지 모른다고 옥수수죽을 먹자던 이모의 말대로, 정말 이모부가 잘못된 것 같았다.

그뿐 아니었다. 아버지의 편지가 끊겼을 즈음, 시당 책임비서가 평양에서 온 검열단에 잡혀갔다. 시내가 얼마 동안 뒤숭숭했다. 책임비서는 아버지가 존경하던 분이다. 시민을 위해서라면 몸을 사리지 않는 분이라는 말을 아버지로부터 여러 차례 들었다. 그분도 아버지를 좋아한다고 했다. 대부분의 이 도시 사람들도 그분에 대해 이야기할 때면 얼굴을 찌푸리지 않았다. 다른 당일꾼에 대해 이야기할 때와 확연히 달랐다. 아버지가 이 도시로 처음 왔을 때에도 그분이 책임비서였다니까 10년 넘게 자리를 지킨 셈이었다. 그래선지 그분의 성품을 모르는 사람이 없었다. 그런 분이 밀수꾼들과 협잡질을 해서 당의 권력을 제 이익을 위해 썼다는 것이다. 사람들은 인민을 굶지 않게 하려고 그랬지, 제 돈벌이하려고 그랬냐면서 그분을 두둔했다. 어떤 사람들은 흥분해서 중앙당에 신소(伸訴)했다는 소문까지 돌았다. 썩은 옥수수에 대해 나쁜 말이 잠시 돈 적이 있지만, 사건이 터진 뒤엔 누구도 그것에 대해 목소리를 내지 않았다. 왜 하필 아버지의 편지가 끊겼을 즈음 그분이 잡혀갔을까? 그분만 잡혀간 것이 아니었다. 그분을 따르던 시당 일꾼들도 잡혀갔다. 그것이 은숙의 걱정을 한층 더 무겁게 했다. 아버지는 외국에 나가 있으니 아무 일이 없다는 말로 이모는 은숙을 안심시켰지만.

사람들의 행렬이 멈췄다. 개털코트를 입은 인솔자들이 행렬 주위를 부산하게 뛰어다녔다. 행렬이 아메바처럼 줄어들었다 늘어났다 했다. 비명소리가 들렸다. 여러 사람이 한꺼번에 내질렀다. 아무래도 인솔자들이 행렬 속의 누군가를 때리는가 보았다. 은숙은 저도 모르게 이를 뿌득 갈았다. 마음은 벌써 저 광경을 외면했는데, 눈이 미처 따르지 못하고 있었다.

"은숙아!"

협동농장 언덕 밑에서 빨간 털모자 하나가 움찔거리며 올라왔다. 이쪽으로 오고 있었다. 모자 주인의 윗몸이 점차 언덕 위로 드러났다. 목소리처럼 이모였다. 은숙이 그쪽으로 가는데도 이모는 재게 발을 놀렸다. 한 순간이라도 더 빨리 다가오고 싶은 모양이었다. 이모가 저런 활기를 여태 감춰 두었다는 것이 신기했다.

숨을 몰아쉬며 이모가 양팔을 벌려 은숙을 끌어안았다. 여느 때와 다른 행동이었다. 은숙은 이모에게서 떨어져 털모자로 반쯤 가려진 이모의 얼굴을 올려다보았다. 눈자위가 흠씬 젖었다. 또 무슨 일이 일어났을까? 이모가 여기까지 마중 나온 것을 보면 예삿일은 아니었다.

"아버지가 오셨어."

"예?"

은숙의 몸이 삽시간에 훈기로 달아올랐다. 활활 타오르는 난롯가에 다가선 것 같았다. 아! 돌아오지 못할 데로 도망친 줄 알았던 기쁨, 희망, 기대 같은 낱말들이 나 여기 있었다고 맹렬히 손 흔들며 모습을 드러내는 듯했다. 은숙은 집을 향해 몇 발자국 뛰어갔다. 그러다가 뒤돌아보았다. 어서 가자고 할 것 같던 이모가 뒤처져 있었다. 이모의 걸음이 이번에는 한없이 느렸다. 이모가 다가오기를 기다려 손을 맞잡았다. 이모의 손이 가볍게 떨렸다. 그러리라. 아버지가 오면 이모는 은숙과 헤어지게 된다. 은숙은 아버지와 함께 살아야 하니까. 이모는 그것이 서운할 것이다.
 "언제 오셨나요?"
 은숙이 물었다.
 "조금 전에."
 "아주 오셨나요?"
 "응."
 무슨 선물을 사왔느냐고 물으려다가 은숙은 자신이 이젠 선물을 바랄 만큼 어리지 않다는 생각을 했다. 보고 싶은 사람이 가져오는 가장 큰 선물은 보고 싶은 사람 그 자체다.
 "걱정이 되나요?"
 "무슨 걱정?"
 "저와 떨어져 사는 걱정."
 "자작나무 숲 마을에서 산 사람은 아무리 먼 곳으로 떠나도 그곳에서 같이 산 사람들을 못 잊는대."

이모가 희미하게 웃었다.

"아버지가 평양에 가서 사시겠대요?"

"기건 아버지께 여쭤."

"전 아버지랑 이모랑 함께 평양에서 살 거야요. 이모, 걱정하지 말라요."

이모가 다시 한 번 희미하게 웃었다.

2

울타리에 커다란 가문비나무가 서 있는 이모네 집 앞에 다다랐다. 아버지가 마중 나왔을 줄 알았다. 마당에는 마른 호박넝쿨 위로 낙엽만 뒹굴었다. 은숙은 서운한 마음을 추스르며 마당으로 뛰어 들어갔다.

"아버지!"

은숙이 외쳤다. 얼마 만에 아버지를 만나는 것일까? 3월 초에 집을 떠났으니까 8개월이 다 되었다. 난생 처음으로 아버지와 이렇게 오랫동안 떨어져 있었다. 아버지가 탐사 일을 할 때나 개간 일을 할 때는 1주일에 한 번씩은 집에 들렀다.

출입문이 안에서 벌컥 열렸다. 아버지였다. 은숙은 달려가 마당으로 내려서는 아버지의 품을 파고들었다.

"눈이 열 번쯤은 빠져나갔을 거야요."

울지 않으려 하는데, 눈물이 슬금슬금 삐져나왔다. 은숙을 껴안은 아버지의 팔에 힘이 더해졌다. 그런데? 아버지 품에서 악취가 풍겼다. 퀴퀴한 곰팡이 냄새 같았다. 담배연기에 찌든 방에 들어섰을 때 나는 냄새 같기도 했다. 은숙은 아버지를 올려다보았다. 오랫동안 감지 않은 듯 헝클어진 머리칼이 이마를 다 가렸다. 볼에서 턱으로 내려온 얼굴선이 굴참나무 껍질처럼 주름투성이였다. 어느새 할아버지가 다 되었다.

은숙은 눈물을 훔치며 아버지에게서 떨어졌다. 아주 오랫동안 이 옷만 입었던 것처럼 아버지의 양복은 노동복과 구별되지 않았다. 아버지가 메고 왔을, 아버지 뒤쪽 발디딤돌 옆에 놓인 헝겊 배낭은 평범한 노동자의 것만 못했다. 낡았을 뿐 아니라 시커멓게 때에 절었다.

"어서 들어가자."

이모가 재촉했다. 출입문이 닫히자 바람소리가 멎고 정적이 감돌았다.

"외국에서 아주 오신 거나요?"

아버지가 고개를 끄덕였다.

아버지와 은숙은 방에 마주앉았다. 그 사이 이모는 부엌으로 갔다. 아궁이에 석탄을 집어넣는 소리가 들렸다. 평소에 이모는 주워 온 나무나 때고 석탄을 아꼈다.

찬찬히 보니 아버지의 눈이 우멍하게 패였다. 얼굴에 가벼운 미소를 지었지만, 일부러 그러는 것이 여실했다. 아버지의 가슴속에는 늘 밝은 등불이 켜져 있는 줄 알았다. 그것이 사그라진 듯했다. 물을 것이 잔뜩 있었는데 막상 말이 나오지 않았다. 아버지가 부딪힌 문제들을 자신이 알게 되면 아버지가 부끄러워할 것 같았다. 자신 또한 두려워질 것 같았다.

방으로 들어온 이모가 한숨을 내쉬었다. 참으려 해도 저절로 나오는가 보았다.

"제 예감이 맞았어요."

이모는 아버지의 모습에서 무엇인가를 확신한 듯했다. 아버지가 이런 꼴로 돌아올 줄 알았다는 것일까? 아버지가 이모부의 어떤 일에 함께 얽혀 있고, 그것이 이모의 짐작과 다르지 않다는 것일까? 그렇다면 그동안 이모의 얼굴에 드리웠던 그늘이 아버지가 돌아왔어도 걷히지 않는다는 것일까?

"절망 속에서 희망을 품는 일이 얼마나 어려운 일인 줄 알아?"

이모는 얼마 전 중국에서 잡혀오는 사람들을 멍하니 바라보면서 은숙에게 말했다. 그 말이 은숙의 머릿속에서 뱅뱅 맴돌았다. 희망이 떠날까 봐 무서웠다. 아버지는 아무리 봐도 누군가에게 힘껏 내동댕이쳐진 사람 같았다. 아버지나 이모는 서로 무슨 말인가를 더 하고 싶은 듯했지만, 입 밖으로 내놓지 않았다. 내게 알리지 말아야 할 것이 있는 것일까?

창문 가장자리에 방풍을 위해 붙인 비닐의 자투리가 타닥타닥 창틀에 부딪히는 소리를 냈다. 그 소리가 되레 방안의 분위기를 더욱 고요하게 만들었다.

"아버지, 이젠 푹 쉬셔야지요."

은숙이 겨우 입을 열기 시작했다.

3

이모네 집이 있는 주택들이 파란 하늘 아래 평화롭게 펼쳐져 있었다. 저곳에 심각한 고민에 빠진 사람들이 산다는 것을 누가 믿을까? 은숙은 발걸음을 재촉했다. 오늘은 이모가 만들어 준 바지를 입었다. 잘 맞고 예쁘다. 어서 이모에게 바지를 입고 다니는 모습을 보여 주고 싶다. 대수롭지 않지만, 지금은 일부러라도 아버지나 이모를 기분 좋게 할 일들을 만들어야 한다.

나흘 전 은숙은 아버지를 따라 원래 살던 아파트로 돌아왔다. 이모는 적어도 이틀에 한 번은 은숙이 자기 집에 들려야 한다고 당부했다. 은숙은 매일 한 번은 짧지만, 이틀에 한 번은 길다고 여겼다. 어제는 이모 집에 갔다가 이모에게서 바지를 받았다. 이모는 자신의 체크무늬 겨울 치마를 잘라서 은숙의 겹바지 두 개를 만들었다.

"여기서 이모 냄새가 날 거야. 이모가 보고 싶으면 이 바지를 입으렴."

"어디 가나요?"

아버지가 온 뒤부터 은숙은 이모가 어디론가 훌쩍 떠날 것 같은 예감에서 헤어 나오지 못했다. 아버지가 평양으로 돌아가면 이모도 같이 가서 살겠다고 대답했다. 하지만 집에 온 지 1주일이 다 되었는데, 아버지는 평양으로 갈 기미를 보이지 않았다. 평양으로 간다고 하더라도 믿을 수 없을 정도였다. 대신 이모에게서 이상한 기운이 감돌았다.

"가긴 어딜……."

이모는 말끝을 흐렸다. 석연치는 않았지만, 은숙은 일단 안심했다. 설령 이모가 어디론가 간다고 하더라도 은숙은 믿지 못했을 것이다. 자신과 헤어져서 사는 것을 이모가 어떻게 견딜까?

"잘 맞아요. 예쁘고."

은숙은 이모가 준 바지를 받자마자 입어 보았다. 이모에게 제 모습을 보이기 위해 방 안에서 빙그르르 몸을 한 바퀴 돌렸다.

그 바지를 입고 은숙은 지금 이모 집으로 가는 중이었다. 아주머니 둘이 은숙을 보고 대화를 뚝 멈췄다. 길가에서 마주보고 서 있던 사람들이었다. 한 사람은 선군남새상점 아주머니였다. 각자 손수레에 뭔가를 싣고 서로 다른 방향으로 지나가다가 마주친 것 같았다. 은숙을 바라보는 아주머니들의 눈길에 그늘이 어렸다. 은숙이 고개를 숙여 인사를 했다. 전처럼 명랑한 인사말이 나오지 않았다. 그녀들이 대화를 왜 멈췄는지, 대화의 내용은 무엇인지 은숙은 짐작했다. 은숙이 나타나면 마을 사람들이 하던 말을 중단하고 은숙이 지나칠 때까지 그저 서 있는 경우가 또 생긴 것이다. 어머니가 죽었다는 말이 나돈 뒤 한동안 그랬던 것처럼. 이번에는 아버지의 이야기를 할 것이다. 중앙당의 호출을 받아 아버지가 평양에 갔을 때에는 마을 사람들이 아버지를 부러워했다. 무역일꾼으로 외국에 나갔다는 소식이 퍼졌을 때에는 더욱 그랬다. 여러 사람들 앞에서 명랑한 소리로 은숙에게 축하하는 말을 들려주었다. 하지만 8개월 만에 돌아온 아버지를 보고 사람들은 쯧쯧, 혀를 찼다.

학교가 끝나고 교문 밖으로 몰려나오는 동무들 사이에서도 아버지에 대한 이야기가 와자지껄하게 번져나가고 있었다.

"네 아버지가 노동단련대에 잡혀갔다가 나왔다며?"

동무들은 대놓고 은숙에게 물었다.

"시당 책임비서가 옥시를 밀수하는 일에 끼었다가 중국에서 잡혀왔단데?"

"밀수꾼 아바이가 신고해서 교화소에 넣었다는 말을 넌 못 들언?"

"그게 아니래. 네 아버지가 네 이모부와 아랫동네로 도망치려다가 네 아버지만 붙잡혔다고 하더라. 자추파가 아니라 도망파라고 하더라니까."

"네 아버지한테 감시가 붙었대. 네 이모부처럼 도망칠까 봐서 그런대."

은숙은 몹시 억울했다. 아니라고 대들었다. 하지만 아버지의 몰골뿐 아니라 행동이 동무들이 떠드는 말의 대부분을 사실로 받아들이게 했다.

아버지는 자신이 달라졌음을 노골적으로 드러내고 있었다. 전처럼 개간장에도 나가지 않았다. 술을 마시는 일이 무슨 해결책이라도 되는 것처럼 늘 취해 있었다. 골칫거리들을 외면하면 그것들이 저절로 해결책을 찾아 움직일 것이라고 생각할까? 이러다가 곧 와르르 무너질 것 같았다. 그것을 알면서 지켜보아야 한다는 사실이 은숙의 불안을 더욱 부추겼다. 아버지는 손에 쥐고 온 돈도 한 푼 없는 것 같았다. 이모가 준 돈을 쓰는 것이 틀림없었다.

은숙은 달음질을 쳤다. 아주머니들 곁을 빨리 벗어나고 싶었다. 이모네 집 마당으로 들어섰다.

"이모!"

대답이 없었다.

"이모!"

방문을 당겼다. 열리지 않았다. 썰렁한 기운이 감돌았다. 도깨비의 자취 같은 푸르스름한 연기를 뿜어내던 굴뚝이 하늘을 향해 멀뚱히 서 있었다. 어디 갔을까? 은숙의 가슴에도 찬 기운이 스며들었다. 어제 이모는 은숙이 바지를 입은 모습을 보면서 은숙과 얼굴이 마주치는 것을 극구 피했다. 그러고 보니 이모가 어디론가 떠난 것 같았다. 왜 말없이 떠났을까? 이모부가 도망쳤다는 말이 사실일까? 몰래 이모부를 찾아갔을까? 그곳이 어디일까? 나를 보고 싶어 어찌 견딜까? 막상 당하고 나니까 상상할 수 없었던 일을 자연스럽게 머릿속에 담는 자신에게 은숙은 또 한 번 놀랐다.

4

벽을 쩌렁쩌렁 울리는 소리가 아파트 계단에 가득 찼다. 계단을 오를수록 소리가 또렷하게 들렸다. 누군가 다투는 소리였다. 은숙 자신의 집 출입문 앞 복도에서 나고 있었다. 함경도 사투리를 쓰는 것을 보니까 다투는 한편은 인민반장 아주머니였다. 인민반장은 아주 오래 전 청진에서 시집왔다고 해서 청진댁이라고도 불렸다. 다른 한편은 아버지 같았다. 평양말을 썼다. 아버지가 이제는 고함도 마다하지 않는 사람이 되었단 말인가? 은숙은 그제 저녁 때 이모가 집에 없더라는 말을 아버지에게 전했다. 아버지는 놀라지 않았다. 그때 아버지는 술에 잔뜩 취해 있었다. 어제 아침 은숙은 이모가 떠난 것 같다고 한 번 더 아버지에게 전했다. 이번엔 술에 취하지 않았는데도 듣는 둥 마는 둥 덤덤한 표정이었다. 이모가 아버지에게 알리지 않았을 리 없다는 생각이 스쳤다. 그래서 더욱 아버지가 갈 데까지 간 사람처럼 구는 것일까?

은숙은 계단에서 출입문들이 늘어선 복도로 들어섰다. 학교가 파한 뒤 혹시나 하는 마음으로 이모네 빈집에 들렀다가 집으로 돌아오는 길이었다. 복도에 선 두 사람이 보였다. 예상한 대로 인민반장 아주머니와 아버지였다.

"우리 집은 부조에 응할 수 없으니까니 기리 알라요!"

아버지가 다시 고함을 쳤다. 오늘이라고 술을 안 마셨을 리 없었다. 하지만 많이 취한 얼굴은 아니었다. 은숙은 가까이 다가가지 못했다. 기둥 뒤에서 지켜보았다. 아버지와 인민반장 모두 흥분했다. 옆집이나 주위 사람을 의식하지 못하는 지경이 된 것 같았다. 의식한다 해도 귀담아 들을 사람은 없을 것이다. 다툼은 마을의 어느 곳에선가 매일 일어났다.

"기럼 광철 어머니 장례는 어케 치른단 말임메? 사회주의 미풍양속이 엄연히 살아 있는데, 은숙네는 방조할 수 없단 말임메?"

"내가 집에 돌아온 뒤만 해도 애국미 추렴이다 뭐다 해서 옥시를 반 킬로나 거둬갔습니다. 반 킬로면 우리 두 식구 사흘치 양식이라요. 이렇게 시도 때도 없이 거둬 가면 응당 살 사람도 죽은 사람을 뒤따라가야 하지 않갔습니까?"

"은숙 아바이, 굶어 죽은 집에 남은 게 뭐가 있갔습메? 광철네 집엔 가정 집물조차 하나 남아 있지 않습메. 기러지 말고 옥시 2백 그램만 보탬메. 어찌 사람이 이리 매정하게 변했담메?"

인민반장이 목소리를 낮추었다. 다투기만 해서는 원하는 것을 이룰 수 없다고 여기는 것 같았다.

"정식으로 건의하갔습니다! 인민반에서 추렴을 아예 없애 주기오!"

아버지가 아랑곳하지 않고 선을 그었다. 옥수수알이 아까워 그런 것보다 더는 세상과 어울리고 싶지 않은 것 같았다. 아버지가 돌아서서 집안으로 들어가려 했다.

"그래도 은숙 아바이는 외국까지 나갔다 왔지 않습메? 은숙 어마니는 숭쟝허라는 데서 품을 팔고 있고. 아무리 은숙 아바이가 잘못돼서 돌아왔다손 치더라도 남보다야 나을 것 아님메?"

인민반장이 참다못해 입을 연다는 듯 눈을 치뜨고 덧붙였다. 은숙의 귀에 '어마니'와 '숭쟝허'란 낱말이 툭 걸렸다. 인민반장이 하는 말은 다른 아주머니들이 하는 말과 의미가 달랐다. 더구나 인민반장은 아버지에게 대놓고 말했다. 가슴속에서 잠자던 것들이 술렁거렸다.

"그 사람이 쑝쟝헌지 어딘지 있단 말을 누가 합니까? 미친 사람이 돼서 죽은 것도 억장이 무너지는 판인데, 산 사람까지 죽일 소릴 하네. 아이구, 억울해. 그 말 한 사람을 당장 이 앞으로 끌고 오라요."

반박을 하면서도 아버지는 슬그머니 눈동자의 초점을 놓쳤다. 이상한 소문이 돌 때마다 어머니는 이 세상 사람이 아니라고 이모나 아버지가 들려준 말을 은숙은 믿었다. 하지만 지금 아버지의 눈빛은 그래서는 안 된다는 사실을 알려 주고 있었다.

"알 만한 사람은 다 아는 이야김메. 집 나가 죽었다고 소문낸 덕에 은숙 아바이가 당증을 지킨 것 아님메? 은숙 아바이 인품을 봐서리 모두 쉬쉬했던 것 아님메?"

인민반장이 코웃음을 쳤다. 은숙의 가슴속에서 단단하게 버텨선 줄 알았던 것들이 허망하게 쓰러졌다.

"당장 여기서 물러가라요! 어서 썩 가라요!"

"당의 신임을 다시 받지 못할 사람이란 걸 내가 똑똑히 알고 감메."

인민반장이 휙 돌아섰다. 아버지는 이제야 기둥 뒤에 선 은숙을 발견했다. 눈빛에 놀람과 낭패감이 뒤섞였다. 아버지가 본 체하지 않고 집 안으로 들어갔다. 은숙은 가슴을 그러쥐고 아버지를 뒤따랐다.

아버지는 방안에 선 채 우두커니 창밖을 바라보았다. 창에서 저녁 햇살이 쏟아져 들어왔다. 활활 타오르는 불 속에 아버지가 들어가 있는 것 같았다. 은숙 또한 우두커니 서서 아버지를 지켜보았다. 시간이 느릿느릿 흘렀다.

아버지가 돌아섰다. 은숙이 스르르 주저앉았다. 벽에 등을 기대고 눈을 감았다.

"인민반장이 제 맘대로 지껄인 거야."

아버지의 목소리가 가늘게 떨렸다.

"숭쟝허라는 데가 중국 땅이나요?"

"마음을 쓸 일이 아니란데."

"어머니가 거기 있단 거 제가 알아요."

"아휴! 너까지 기런 말을 하면 이 아버지가 뭐라 대답해야갔나?"

"이모는 어디로 갔나요?"

아버지가 두 손으로 머리칼을 쥐어뜯었다. 다시 시간이 흘렀다.

아버지가 불현듯 주먹을 불끈 쥐었다. 주먹이 부르르 떨리는가 싶더니 벽에 꽂혔다. 방바닥을 박차고 일어서서 옷장을 벌컥 열었다. 작은 나무상자를 꺼내 내팽개쳤다.

쨍그랑! 쨍! 쨍그르르르르!

상자에서 쏟아져 나온 것들이 오래 참았던 것처럼 마음껏 소리를 내질렀다. 너덧 개나 되는 훈장, 기념메달들이 번쩍번쩍 빛을 내면서 방바닥에 나뒹굴었다. 당의 붉은 전사로서 평생 쌓아 올린 공든 탑을 아버지는 스스로 무너뜨리고 있었다.

아버지가 출입문을 쾅쾅 여닫으며 밖으로 나갔다. 지금 막 벌어진 일들을 은숙은 꿈속의 한 장면처럼 천천히 가슴에 새겼다.

8장 눈보라 치는 밤

5

　전등 대신 켠 호롱불에 비친 아버지의 그림자가 벽과 천장에서 어른거렸다. 아버지가 숨죽여 울고 있었다. 이불 속에 누운 은숙 곁에 앉아서. 은숙이 자는 줄 아는가 보았다. 은숙은 조금 전 아버지가 밖에서 들어오는 기척을 듣고 깨어났다. 아버지가 우는 통에 깬 척하지 못하고 실눈을 뜬 채 지켜보는 중이었다. 아버지는 가끔 어깨까지 들썩였다. 한숨에 섞어 '아버지'와 '어머니'를 부르기도 했다. 풍선에서 바람이 빠지는 소리처럼 맥없이. 그렇게 한참이 지났다. 이윽고 손등으로 눈물을 훔치고 아버지가 은숙의 어깨를 가만히 흔들었다.
　"일어나라우."
　목소리가 무거웠다. 은숙이 못 들은 척 몸을 반대편으로 돌렸다.
　"어서."
　아버지가 다시 어깨를 흔들었다. 은숙이 마지못해 윗몸을 일으켰다. 아버지는 외투를 입은 채였다.
　"옷을 입으라."
　"……?"
　"갈 데가 있어."
　"어머니한테 가는 거나요?"
　눈물이 또 쏟아지려는지 아버지가 천장을 올려보며 은숙의 눈길을 피했다.
　"가면 알아."

물기 가득한 목소리로 간신히 입을 열었다. 이불 곁에 놓인 은숙의 옷을 챙겨 주었다. 벽에 걸린 털목도리도 내려 목과 얼굴을 감싸 주었다. 저녁 식사 후 아버지가 장롱에서 미리 꺼내 놓은 것이었다. 그렇게 하지 않고서는 못 견디겠다는 듯 팔을 벌려 은숙을 가슴에 꼭 끌어안았다. 이윽고 배낭을 등에 멨다. 조금 전 다른 겨울옷 몇 가지를 장롱에서 꺼내 비닐봉투에 넣던데, 배낭에 그것들까지 들었을까?

은숙은 아버지를 따라 집을 나섰다. 겨울이 왔다는 사실을 알리려는지 눈보라가 사나웠다. 갈댓잎처럼 날을 빳빳하게 세워 얼굴을 할퀴었다. 마당엔 벌써 눈이 수북이 쌓였다.

은숙과 아버지는 큰길을 놔두고 산길을 걸었다. 아버지가 자주 주위를 둘러보았다. 눈보라가 마을을 지우고 있는 것이 다행스러웠다. 동무들은 아버지가 감시를 받는다고 했다. 어디로 가는 것일까? 마을을 막 벗어났으니까 협동농장 부근을 지날 것이다. 번뜩거리는 하얀 빛줄기가 보였다. 압록강변의 경비대 막사 망루에서 쏟아져 나오는 서치라이트였다. 빛줄기가 닿는 곳에서 자작나무숲과 강줄기와 기찻길이 부조처럼 돋보였다. 아버지는 강변의 역사 쪽으로 가고 있었다.

서치라이트가 왼쪽에서 오른쪽으로 반원을 그리며 천천히 움직였다. 눈보라를 뚫고 강물이 반짝였다. 하루살이처럼 눈발이 활개를 쳤다. 먼 데서 열차가 바람을 몰고 오는 소리가 들렸다. 이 시간을 마음에 새겨 두라고 일깨우는 채찍처럼 섬뜩했다.

철길 부근에 다다르자 열차 소리가 점점 커졌다. 아버지가 주위를 다시 둘러보았다.
"어머니가 저 열차를 타고 오나요?"
은숙이 물었다.
"잠자코 있으라."
이마에 불을 단 열차가 지나갔다. 서치라이트가 열차 지붕 위에서 꼬무락거리는 물체들을 잠시 비추었다. 도톰한 보따리를 옆구리에 끼거나 등에 진 채 달라붙은 사람들이었다. 저런 고단한 여행자들 속에 어머니가 끼어 있다고 하더라도 은숙은 이젠 놀랄 것 같지 않았다. 그저 어머니를 간절히 보고 싶을 뿐이었다.
"이제부터 정신 바짝 차리라."
아버지가 은숙의 손목을 굳게 잡았다. 열차 꽁무니가 실룩거리며 어둠 속으로 빨려 들어갔다. 아버지가 황급히 철길을 뛰어넘었다. 강변길을 가로질러 강가로 내려섰다. 눈앞에서 강물이 너울댔다. 아버지가 은숙을 가슴에 품고 몸을 바짝 수그려 강둑에 기댔다. 은숙의 심장이 만부하가 걸린 발동기처럼 벌렁벌렁 뛰기 시작했다.
"강을 건너나요?"
"옳다."
은숙이 눈을 지그시 감았다. 진철의 외침이 머릿속을 웽웽 울렸다.
"은숙 동무, 제발 나도 데리고 가줘! 우리 어머니가 동무 어머니랑 같이 있을 거야. 나 죽기 싫어! 싫다고!"
진철이 뒤쫓아 오는 것만 같았다. 지난 초여름 여동생 명희를 고

아원 앞에 버렸다가 전철은 보안서에 잡혀갔다.

"보라구. 나 잡혔어. 이젠 밥을 먹을 수 있게 됐어. 나라가 아무리 어려워도 청소년한테는 밥을 먹여 주라고 위대한 장군님께서 말씀하셨잖아. 명희도 먹고, 나도 먹을 수 있으니까 아주 잘 된 거지 뭐야. 너를 따라가지 않을 거야."

진철이 은숙에게 손을 흔들어 작별을 알렸다. 머저리처럼 헤헤 웃었다.

"진철 어머니도 어머니랑 같이 있나요?"

은숙이 또 물었다.

"……."

망루의 서치라이트가 강을 비추며 지나갔다. 강 건너편 산과 강가의 물푸레나무들이 눈보라를 뚫고 드러났다가 사라졌다.

누군가의 노랫소리가 가깝게 들려왔다. 강변길을 순찰 중인 경비병들이리라. 바람 때문에 노랫소리는 커졌다 작아졌다를 반복했다. 은숙은 그 노래가 무슨 노래인지 알았다. 뛰는 가슴을 진정시키며 속으로 따라 불렀다.

나의 어머니 이제는 늙으셨네.
꽃처럼 곱던 얼굴 주름살 많아지셨네.
잊지 말자, 나를 키운 어머님 정성.
내가 크며 알았네, 어머니 그 사랑을.

노랫소리가 멀어졌다. 아버지가 고개를 들어 경비병들이 지나간 길을 살폈다. 배낭을 끌어안듯 앞으로 메고 은숙을 등에 업었다. 강물 속으로 한 발 한 발 내딛었다. 앞으로 나아갈수록 물은 깊어졌다. 은숙의 발목이 물에 젖었다. 냉기가 쩌릿한 전기처럼 온몸으로 삽시에 퍼졌다.

"저게 뭐지? 사람인 것도 같고……."

길에서 경비병의 목소리가 들렸다. 지나간 줄 알았던 경비병들이 멀지 않은 곳에 있었다. 아버지가 황급히 걸음을 멈췄다.

"벌써부터 웬 눈이 이리 쎄게 퍼붓나? 뭐가 뭔지 분간이 안 가."

경비병들이 계속 지껄였다. 은숙은 아버지의 가슴이 쿵쿵 뛰는 것을 느꼈다. 아버지가 허리를 굽혀 천천히 물속에 몸을 감췄다. 은숙의 엉덩이와 등허리와 가슴에 끔찍하게 시린 물이 차례대로 스며들었다. 아버지는 목만 물밖에 내놓고 다시 길을 살폈다. 은숙도 살짝 길 쪽으로 고개를 돌렸다. 강을 바라보고 선 두 명의 경비병 모습이 눈보라 속에서 희미하게 보였다.

"가만. 고래야."

"바다도 살기가 수월치 않은가 봐."

은숙은 고래가 강을 건너다 죽어 물 위에 검은 등을 보이고 떠 있는 시체를 일컫는 말이라는 것을 알았다. 그래요. 우린 고래야요. 고래라고요. 경비병들이 다시 강변을 걸었다. 아버지는 허겁지겁 걸음을 옮겼다. 물이 아버지의 허리께까지 차오르다가 이내 가슴께까지 닿았다. 은숙은 아버지의 어깨를 두 손으로 꽉 부여잡았다. 웬일인지 서치라이트가 꺼졌다. 경비대와 감옥엔 가장 먼저 전기를 보장해준다는데 정전일까? 아버지는 거침없이 강의 중심부로 나아갔다. 물은 더 깊어지고 더 차가워졌다. 눈보라 사이로 건너편 강 언덕이 희미하게 보였다.

그때 갑자기 강렬한 빛이 눈앞에 총알처럼 날아와 꽂혔다. 서치라이트가 다시 작동하기 시작했다. 그것이 옆으로 비껴가지 않고 조금씩 은숙과 아버지를 향해 다가왔다. 눈이 부셨다. 아무것도 보이지 않았다. 빛이 바로 머리 위에서 쏟아졌다. 아버지가 허둥지둥 물속에 몸을 숨겼다. 물이 은숙의 얼굴을 덮쳤다. 은숙이 아버지의 어깨를 잡은 손을 놓쳤다.

"아버지! 아버지!"

은숙이 외마디 소리를 질렀다. 아버지가 허우적거리는 은숙의 어깨를 잡아챘다. 한 팔에 은숙을 끼고서 다급하게 앞으로 나아갔다. 하지만 빛의 경계 밖으로 벗어나지 못했다.

회이익! 회이익!

호각소리가 날카롭게 허공을 갈랐다.

"저기! 저기야!"

"섯! 서랏!"

경비병들의 외침도 함께 들렸다.

탕! 탕!

총성이 이어졌다. 뭔가가 은숙의 등을 재빠르게 만지고 지나간 것 같았다. 아버지가 내달렸다. 발이 돌에 걸려 넘어졌는지 허우적댔다. 빛은 여전히 은숙과 아버지를 붙잡고 있었다. 은숙은 코와 입으로 물을 들이켰다.

탕! 탕!

"으으악!"

아버지가 비명을 질렀다. 은숙을 끌어안았던 팔이 스르르 풀렸다.

"아버지! 아버지!"

대꾸가 없었다. 아버지와 자신도 강물 위에 등을 내놓고 떠돌던 고래들과 다름없이 될 것 같다는 생각을 어렴풋이 했다.

"아버지! 아버지!"

무슨 소리가 들린 듯했다. 아버지의 대답 소리인지는 알 수 없었다. 은숙은 물살을 따라 떠내려갔다. 끈질기게 달라붙던 서치라이트에서 벗어났다. 눈보라가 얼굴로 쏟아져 내렸다. 물 위에 누웠다. 차라리 편안했다. 물푸레나무들이 손을 내밀었다. 손을 맞잡을 마음이 들지 않았다. 이대로 바다로 흘러가고 싶었다. 바다로 가면 어머니를 만날 수 있을까?

9장
해후

1

 어깨에 멘 숄더백에서 혜리는 뒤로 잡아당기는 힘을 느꼈다. 백을 앞으로 고쳐 메려는데 끌려오지 않았다. 자신과 뒤의 누군가가 서로 당기는 힘이 팽팽히 맞서고 있었다. 뒷골이 뻣뻣해졌다. 아마 칫솔머리의 짓일 것이다. 에스컬레이터를 탈 때 칫솔머리를 유심히 보았다. 보려고 해서 본 것이 아니었다. 유별나게 눈에 띄었다. 그는 머릿속이 훤히 보일 만큼 바짝 쳐서 칫솔처럼 빳빳하게 선 머리 모양을 했다. 거기에다가 얼굴에서 빠져 나와 제멋대로 돌아다니는 것처럼 눈동자를 희번덕거렸다. 오른쪽 코에는 금가락지로 피어싱을 했는데, 부근의 피부가 붉게 성이 나 있었다. 아름답기 위해서 치장한 것이 아니라 얼굴을 망가뜨리려고 작정한 듯했다. 그런 칫솔머리가 지금 혜리 자신의 등 뒤에 바짝 붙어 서 있었다. 무슨 짓을 하는가 보았다. 사람들로 앞이 꽉 막혔다. 달아날 수 없었다. 에스컬레이터가 위층에 도달할 때까지는 이런 상태에 묶여 있어야 할 형편이었다.

김 PD가 해준 말이 떠올랐다.

"아리따운 중국 숙녀가 백화점에서 쇼핑을 하다가 소매치기가 자기 명품 백에 손을 넣고 있는 걸 발견했대요. 뭐 하는 짓이냐고 소릴 질렀대요. 소매치기가 '돈이나 가지고 다니면서 멋을 부려'라며 커터 칼로 숙녀의 얼굴을 쓱 그었다네요. 숙녀가 피를 철철 흘리는데, 그놈은 천연스레 쇼핑객들 속에 섞여서 걸어가더래요. 주변 사람 누구도 찍소리 안하고 그놈을 피하기만 하더래요."

김 PD는 베이징에서 유학하는 친구에게서 들었다고 했다. 혜리는 옆에 선 대학 동창 형욱의 옆구리를 팔꿈치로 쿡쿡 찔렀다. 칫솔머리를 제지해 달라는 뜻으로. 설마 남자의 얼굴을 긋진 않겠지? 형욱이 혜리를 바라보며 싱긋 웃었다. 그는 아무것도 모르고 있었다. 아둔한 사람!

혜리는 선양 베이황허거리에 있는 메가마트 2층으로 올라가는 중이었다. 거기에 통신회사 롄통의 대리점이 있었다. 휴대전화 번호를 선양 번호로 바꿀 작정이었다. 단둥 번호를 그대로 쓰면 선양에서 선양 사람에게 전화를 걸어도 시외전화 요금이 적용되었다. 김 PD는 진작 바꿨다. 혜리는 선양으로 스튜디오를 옮긴 지 3개월이 지난 지금에서야 바꾸러 왔다. 혜리한테는 이런 낭비가 익숙하지 않았다. 일현과의 연결고리인 전화번호를 바꾸면 일현을 버리는 것이 되었다. 그동안은 버텨왔다. 하지만 이제는 전화나 기다리는 것만으로는 의미가 없다는 점을 깊이 깨닫고 있었다.

일현이 실종되고 애니메이터들이 평양으로 소환된 뒤, 혜리는 낮

선 땅에 혼자 버려진 느낌이었다. 악몽에서 깨어난 뒤처럼 기막힌 지난 상황들이 시간이 지나도 지워지지 않았다. 그때까지는 자신의 인생이 애니메이션에 입문하기 전과 후로 구분되는 줄 알았다. 그러나 일현이 곁에 없자, 그가 곁에 있을 때와 없을 때로 구분되고 있었다. 그와 함께한 시간을 통해 애인과 작별한 뒤에 잃었던 웃음과 설렘을 되찾았다. 도망친 아내를 그처럼 죽자 살자 찾겠다고 하는 남자를 싫어할 여자는 없다는 생각까지 했던가. 혜리는 그에게서 빠져나오기 위해 자신에게 많은 질문을 던졌다. 북한 사람과 개인적으로 교류한다는 건 북한측 당사자를 궁지로 몰아넣을 뿐이라는 걸 알지? 그가 탈북했기 때문에 그에게 내가 필요하다고? 유능한 애니메이션 연출가는 많아. 꼭 일현일 필요는 없어. 왜 나답지 않게 고생을 자청할까? 하지만 이런 질문들은 논리적 사고를 거치기도 전에 그를 잃은 상실감 속에 매몰되었다. 그가 남긴 행적의 빈칸 속에서 그가 슬픈 유령으로 떠도는 모습이 어른거릴 뿐이었다. 제작 중인 애니메이션 속의 북방쇠찌르레기를 볼 때면 그 새가 되어 그를 찾아 날아가는 환상에 빠지게 돼 더욱 몸살을 앓았다.

거기에다가 혜리는 연달아 폭발하는 예정된 불운을 감당해야 했다. 투자사는 먼저 투자금 지급을 중단했다. 그리고는 애니메이터들의 철수 이유를 따졌다. 남북관계는 반전될 기미를 보이지 않았다. 전례없는 최악의 상태로 치달았다. 이러다가 정말 전쟁이 터지는 것 아니냐는 우려가 국민들 사이에서 팽배해졌다. 남북협력사업임을 앞세운 '새'의 흥행 전망도 덩달아 어두워졌다. 투자사는 드디어 날카롭게 벼린 발톱을 내밀었다. 부모님의 아파트를 담보로 한 전환사채 추심을 추진했다.

"남북 관계는 고산기후처럼 수시로 변한다니까요. 곧 좋은 시절이 오면 어쩌려구요?"

혜리는 투자사 대표를 설득했다. 애니메이터들의 철수는 투자계약서상에 명시된 불가항력적 상황이라고. 대표의 부인인 선배에게도 호소했다. 계약서 해석을 자신에게 유리하게 하는 데 힘을 보태 달라고.

"오 감독은 죽을 데인 줄 알면서 끝까지 기어들어 가겠다고 하는군요. 돈을 따라 행동하지 않는 사람과는 동반자가 될 수 없어요."

선배가 나름대로 도왔지만, 투자사 대표는 냉정하게 고개를 내저었다. 그는 돈이 안 되는 사람 앞에서는 체온을 영하로 떨어뜨리는 신비한 기술을 구사할 줄 알았다. 나중에는 부모님의 아파트를 혜리 자신이 직접 처분해 투자금을 갚겠다고 사정했다. 그것 역시 허사로 끝났다. 아파트는 정해진 수순에 따라 헐값에 경매에 붙여졌다.

"너나 망하지 왜 집안까지 망하게 해! 결혼도 안 하고, 딱 하나 잘하는 거라는 애니메이션인지 뭔지도 실패하고……. 내가 낳은 자식이 아니었으면 당장 모가지를 홱 비틀어 놓았을 거야!"

아버지는 고래고래 소리를 질렀다. 두 해 전 그는 회사에서 명예퇴직을 당했다. 집에서 세 끼 밥이나 축내는 처지였다. 선을 대 알아보던 공장 경비원 자리도 경쟁이 치열해 발붙이기 어렵다고 했다. 어머니는 넋을 놓았다. 식음을 전폐하고 침대에 드러누웠다.

혜리는 자기 소유의 17평짜리 빌라를 부모님께 드렸다. 대학을 졸업한 뒤 업계를 주름잡던 애니메이션회사에 다니며 벌고 절약한 돈으로 인천공항 부근 신도시에 사 둔 것이었다. 우정도, 사랑도 다 돈으로 계산하는 년, 다시 태어나도 그 성격 못 버릴 년이라는 친구들의 비난을 받으면서. 응당 빌라도 투자사의 담보물 목록에 들어 있었다. 혜리가 투자금을 다 받은 것이 아니어서 그나마 건진 것이었다.

"도대체 잘하는 게 뭐가 있어? 곧 대박 날 것처럼 큰소리치더니 부모님까지 쪽박 차게 만들고. 북한 놈들하고 하는 일이 다 그런 줄 이제야 알았어? 이 낭만주의자야."

부모님이 빌라로 이사하던 날, 단기장교로 군 복무 중인 남동생 또한 전화를 걸어 와 할 소리 안 할 소리를 퍼부어 댔다.

조개탄 수입이 가로막힌 이 사장도 혜리에게는 시한폭탄 같은 위험한 존재가 되어 있었다. 안 총경리는 그가 아주 딴 사람으로 변했다고 전했다. 어떻게 팩스번호를 알았는지 노동당 중앙위원회 서기실로 '장군님 친전'이라고 수신인을 적은 탄원서를 여러 차례 보냈다는 것이다. 그리고는 민경련 단둥대표들에게 '아직 무사하신 모양'이라고 협박 전화를 해댄단다. 멀지 않은 시일에 혜리를 찾아가겠다고 벼르고 있으니 어떻게든 피하는 것이 좋겠다는 말도 덧붙였다. 이 사장의 그런 저돌적인 용기가 무섭기도 했고, 부럽기도 했다.

혜리는 한동안 세상에 태어나서 처음 겪는 비참한 시간 속에서 헤맸다. 자본주의는 자본의 노예를 만드는 천박한 사상이라는, 언젠가 일현이 한 말을 몸서리치도록 체득했다.

하지만 인생이 다 끝난 것은 아니었다. 실패 역시 앞으로 나아가는 삶의 방식 중 하나라고, 남북 관계는 언제고 반전의 기회가 온다고 혜리는 자신에게 고집스럽게 주장했다. 어머니를 설득했다. 북한 측의 돈벌이를 위해 확보한 우에노애니메이션사의 일감을 수단으로 삼았다. 아버지 몰래 빌라를 은행에 저당잡혔다. 근근이 제작을 마무리할 돈을 대출받았다. 인건비가 싼 중국에서 작업을 계속하기로 했다. 스튜디오를 선양으로 옮겼다. 애니메이션 제작 인력을 구하기에 단둥은 작은 도시였다. 애니메이션 산업 자체가 존재하지 않았다. 선양은 인구 9백만의 랴오닝성 성도(省都)다. 애니메이션 전문학교가 있어서 아쉬운 대로 인력 대체가 가능했다. 단둥에서처럼 스튜디오와 숙소를 크게 힘들이지 않고 임대했다. 선양에서 오래 산 동창 형욱의 신세를 또 한 번 졌다. 그는 애니메이터 모집에도 힘을 발휘했다. 직접 전문학교에 찾아가 졸업생들을 소개받았다. 제작능력은 C급에 지나지 않을지라도 머리를 굴릴 줄 아는 애니메이터를 스물다섯 명이나 구했다. 그러는 사이에 혜리는 그와 친구가 되었다. 동창이긴 해도 전공이 달라 대학시절에는 가까이 지낸 사이가 아니었다. 그는 오늘도 시간이 난다며 렌통 대리점까지 에스코트를 자청했다. 자기 병원에서 가까운 베이황허거리로 오라고 했다. 하지만 시간에 맞춰 헐레벌떡 뛰어왔다. 실제로 시간 여유가 있는 것은 아닌 듯했다.

그는 대학 졸업 직후 서울에서 제약회사 영업사원으로 일했다. 의사들 하는 꼴이 하도 아니꼬워 자신도 의사 한번 해보겠다고 결심했다고 했다. 랴오닝대학 의대에 입학했다. 한국에 비해서는 쉽게 의대에 들어갈 수 있는 중국의 실정을 이용한 것이었다. 의학박사 학위까지 받았다. 하지만 한국에 가서 의사생활을 할 수는 없었다. 한국에서는 외국 의사의 자격을 인정하지 않았다. 그렇다고 중국에서 개업하거나 취업할 수도 없었다. 중국은 외국인 의사의 영업을 허용하지 않았다. 철저하게 소외된 상황이 꽤 지속되었던가 보았다. 뒤늦게 사정을 안 지도교수가 보다 못해 편법을 썼다. 모교 부속병원에 자리를 만들어 줬다. 다행히 많은 환자가 밀려들었다. 아무도 취업자격 문제를 거론하지 않았다. 랴오닝성이나 선양시 정부의 고관들까지 그의 환자가 되기를 간청한다나. 그는 자기가 직접 개업하면 큰돈을 벌 수 있는데, 그놈의 법 때문에 병원 좋은 일만 시켜 준다며 불만을 품고 있었다. 이처럼 그는 어정쩡한 신분으로 의사생활을 다섯 해째 하는 중이었다.

혜리는 눈치를 모르는 형욱에게 팔짱을 꼈다. 비수 앞에 내미는 맨주먹 같아 한심했지만, 이 사람이 내 일행이라고 등 뒤의 칫솔머리에게 경고를 보내듯. 형욱이 팔로 혜리의 허리를 감쌌다. 기분이 좋은 모양이었다. 바보 같은 사람! 당신이 좋아서 이러는 줄 알아? 뒤를 돌아보라니까. 혜리는 속으로만 우물거렸다. 형욱이 허리를 감싸는 통에 되레 백이 뒤로 쑥 빠졌다. 혜리가 당기는 힘이 느슨해진 순간에 벌어진 일이었다. 백에 본격적으로 힘이 가해지는 느낌이 멜빵을 타고 팔과 옆구리에 전달되었다. 백을 열거나 찢을까? 어휴! 좋은 시절에 인천공항 면세점에서 50만 원 가까이 주고 산 재산목록 1호인데. 돈 아까워 몇 번이나 망설였는데.

혜리는 형욱의 옆구리를 찌르다 못해 쳤다. 그것도 성이 안 차서 얼굴을 찡그리고 눈을 깜박였다. 형욱이 빙그레 웃었다. 자신에게 윙크를 하는 줄 안 것일까? 한심한 사람! 왼손 엄지를 펴서 슬그머니 뒤쪽을 가리켰다. 형욱이 그제야 돌아보았다. 형욱의 눈이 확 열렸다. 혜리도 엉겁결에 돌아보았다. 칫솔머리의 손이 백 안에 들어가 있었다. 그런 모습을 그 뒤에 있는 사람들도 지켜보고 있었다. 김 PD의 말처럼 남의 일이니 결단코 신경 쓰지 않겠다는 태도일까?

칫솔머리가 백에서 손을 꺼냈다. 당황한 기색이 전혀 없었다. 혜리는 칫솔머리 대신 형욱을 향해 입을 하 벌렸다. 칫솔머리가 뭐라고 말했다. 그리고는 혜리를 따라서 일부러 입을 하 벌렸다.

"손이 구경하고 싶대서. 구경만 했을 뿐이야."

평소의 표정을 찾은 형욱이 칫솔머리의 말을 통역했다. 분노가 느껴지지 않았다. 칫솔머리의 말에 안심했을까? 아예 항의할 생각조차 없는 듯했다. 대든다해도 말렸겠지만, 되레 칫솔머리의 친구라도 되는 것처럼 보일 지경이었다. 중국에서 오래 살면 이렇게 될까? 혜리는 얼른 백을 앞으로 당겨 지퍼를 잠갔다.

에스컬레이터에서 내렸다. 칫솔머리가 혜리와 형욱을 향해 히쭉 웃었다. 그러면서 매장 안쪽으로 사라져 갔다.

"저는 형욱 씨가 저 사람을 꽉 죽여 놓을 줄 알았어요."

"제 눈빛만 보고도 기가 팍 꺾이는 거 봤죠?"

"에그, 입만 살았어요."

"하하하."

할 말이 궁한지 형욱이 큰 소리로 웃었다.

혜리와 형욱은 렌통 대리점 안으로 들어섰다. 형욱의 손이 맛을 들였는지 계속 혜리의 허리를 찾았다. 혜리는 넝쿨처럼 뻗어오는 그의 손을 탁 쳤다.

휴대전화기에 새 유심카드를 꼈다. 대리점 직원이 투명 휴지통에 버린 단둥 유심카드에 시선을 주면서, 혜리는 일현이 자신에게서 내동댕이쳐진 기분에 사로잡혔다.

2

부드럽게 휜 활대 모양의 지평선이 아득하게 펼쳐졌다. 거기까지가 지구라고 붉은 사인펜으로 경계를 표시한 것처럼 지평선에서 검붉은 노을이 사그라지고 있었다. 바다 같은 대평원이 어둠에 잠기는 것이다. 35층이나 되는 형욱의 아파트 거실에서 보니 만주 벌판이란 말이 실감났다. 높낮이가 없는 저 평원에 홍수가 나면 물은 어디로 흘러갈까? 지린성 어딘가에서 파도처럼 물이 너울져 밀려왔다는 신문기사가 기억났다. 그 광경이 구체적인 모습으로 그려지지 않았다. 물이 대평원을 방황하다가 강이나 바다를 만나지 못하면? 대지로 스며들고 말까? 대지로 스며든다는 생각 끝에 혜리는 또 일현을 떠올렸다. 그도 대륙 어딘가로 스며들었을까? 중국에 있다면 왜 내게 전화하지 않았을까? 그도, 아내도 한국으로 가지는 않았다. 통일부에 알아보았다. 한국정부의 영향력이 미치는 곳에서는 탈북자 일현과 그의 아내, 기태조차도 이름이 발견되지 않는다는 답변이 돌아왔다. 중국에서 헤매다가 북한으로 잡혀갔을까? 베이징의 민경련대표부 김 부대표에게도 몇 번 문의를 했다. 일현의 실종 자체를 모르던 그는 통화가 거듭될수록 통화를 부담스러워했다. 뭔가 알면서 그러는 것이 아니라 나쁜 일에 연루될까 겁이 나서 그러는 것 같았다. 이젠 전화번호까지 바꾸었다. 단념하자고 다짐했다. 하지만 혼자 있는 시간을 갖기만 하면 혜리는 진 바둑을 복기하듯 일현에 대한 상념 속으로 빠져들었다.

주방에서 기름이 튀는 소리가 들려왔다. 형욱이 등심과 전복을 굽고 있었다. 전복이 중국에서는 비교적 싸다. 그래도 중국 사람들의 생활수준으로는 비싼 해물이라고 혜리는 마음을 바꿔 먹었다. 그는 혜리를 주방에 한 발짝도 들여놓지 못하게 했다. 중국에서는 남자들이 요리를 한다면서. 혜리를 위한답시고 자신에게 익숙하지 않은 중국 풍습을 팔았다. 아무리 그래도 혜리는 자신의 허리가 그의 팔에 길들여지지 않을 것이라고 믿었다.

형욱의 저녁식사 초대에 혜리는 일부러 김 PD를 끼워 넣었다. 요즘 스튜디오에서는 야근이 잦았다. 예정보다 많이 늦어진 '새'의 메인 프로덕션 갈무리 때문에 눈코 뜰 새 없었다. 선양에서 제작하는 부분의 질이 적잖이 떨어졌다. 혜리는 겨울방학 상영을 포기할 생각을 했었다. 김 PD는 안 된다고 우겼다. 내년 상영으로 미루면 작품의

질이야 나아지겠지만, 흥행 전망이 더 나빠지면 나빠졌지 좋아질 리 없고, 비용 또한 늘어날 것이라는 걱정을 앞세웠다. 게다가 우에노 애니메이션사가 TV 방영시간이 촉박한 일거리들을 보내고 있었다. 신참 거래자의 간을 보는 것이다. 이런 상황에서는 두어 시간일지라도 김 PD까지 스튜디오에서 빼내면 작업에 지장이 크다. 그래도 혜리는 남자 혼자 사는 아파트에서 남자와 단둘이 있어야 한다는 것이 내키지 않았다. 김 PD와 함께 가겠다고 했다. 유쾌하지 않았을 테지만, 형욱은 밝은 목소리로 흔쾌히 오케이했다.

형욱이 식탁에 준비한 것들을 차렸다. 코냑도 한 병 내왔다. 상표를 보니 XO였다. 소파에 기대어 위성안테나에 연결된 한국 TV를 보던 김 PD가 냉큼 식탁으로 다가앉았다. 평소 못 먹던 음식이었다. 식욕이 부쩍 당길 것이다.

"이젠 북한 사람이라면 신물이 나죠?"

코냑을 따르면서 형욱이 물었다.

"약속 안 지키죠. 을이면서 갑처럼 딱딱거리죠. 사람 의심 잘하죠. 매너는 한마디로 똥이죠."

김 PD가 대답을 가로챘다.

"그래도 그 사람들 사는 이야기를 들어 보면 참 안됐어요."

"그렇긴 해요. 국민들이 국가재산 같다니까요. 국민들이 왜 저항하지 않는지 도무지 이해가 안 돼요."

"많지는 않지만 저항하긴 한대요. 탄광 노동자들이 배급을 달라고 갱 안에서 항의농성을 벌인 적이 있었나 봐요. 정부가 군대를 동원해 화염방사기를 쏴서 다 태워 죽였다는 말도 있어요."

혜리는 '누가 악의적으로 꾸며낸 말이겠지'라는 말이 목구멍으로 기어 나오는데도 뱉어내지 않았다. 선양 또한 단둥 못지않게 북한 사람의 왕래가 많은 도시다. 이곳의 교민들 사이에 떠도는 북한 이야기들이 종종 한국 언론에 옮겨졌다. 형욱의 말이 과장됐다고 할지라도 그를 누를 만한 지식이 혜리에게는 없었다.

"오늘 저는 가슴 아픈 소식을 하나 들었어요."

코냑으로 입을 축이다 말고 혜리와 김 PD가 형욱에게 시선을 모았다.

"압록강변에 있는 지안이란 도시 아시죠? 광개토대왕비가 있는 곳 말이에요. 거기에 아는 조선족 분이 있어요. 언젠가 제가 발등의 화상을 치료해준 적이 있는 분이에요. 그분이 어젯밤 늦게 전화를 했어요. 강변에서 총소리가 나서 나가 봤더니 총에 맞은 사람이 신음하고 있더래요. 탈북하다 북한 국경경비대 총에 맞았던 거래요. 젊은 남자래요. 이렇게 저렇게 응급조치를 하라고 알려 주고, 이리로 데려오라 했어요."

혜리는 가벼운 전율을 느꼈다. 지안이라면 일현이 살던 M시와 잇닿은 곳이다. 차라리 그 총상 환자가 일현이었으면……. 하지만 일현은 기태와 함께 도망쳤다고 했다. 성철의 말이 맞다면, 그것이 일현의 예상 가능한 마지막 행적이었다.

"지금 오고 있어요. 그 환자가 중국에 아는 사람이 있긴 하다는데, 신세를 질 만큼 가까운 사이는 아닌가 봐요. 여기 숨겨 두고 치료를 해줘야 할 형편이에요. 오죽하면 자기가 살던 곳을 등지고 탈북하고, 오죽 많이 탈북하면 총을 쏘았겠어요. 이런 북한 현실이 안타까워요."

"그 사람의 상태는 어떻대요?"

혜리가 물었다.

"다행히 팔에 한 발 맞은 것 같아요."

"지안 병원에서는 치료가 안 되나요?"

"치료가 문제가 아니라 작은 국경도시라서 소문이 나 체포당하는 게 문제죠. 그 사람도 한 가닥 희망을 찾아 넘어왔는데, 북송되면 어쩌겠어요?"

"치료해주다가 공안한테 걸리면, 형욱 씨도 무사하지 못할 텐데요?"

"그냥 놔둘 수도 없잖아요? 안 걸리기를 바라는 수밖에요."

국경을 넘는 탈북자들의 이야기는 혜리도 언론을 통해서 숱하게 접했다. 두만강 속에 얼어붙은 시체 사진은 너무 끔찍해서 실제 본 것처럼 눈에 선했다. 얼마 전에는 탈북자가 총에 맞는 장면을 핸드폰으로 찍은 동영상이 인터넷에 돌아다녔다. 중국 창바이현(縣) 쪽 압록강 기슭에 닿자마자, 북한 경비병이 총격을 가해 쓰러뜨렸다. 그런 끔찍한 이야기를 직접 듣자 관자놀이가 팽팽히 당겨졌다. 고급 코냑을 마시며 누군가의 불행을 이야기하는 아이러니라니.

"그런 사람을 치료해주는 게 이번이 처음이에요?"

혜리가 물었다. 형욱이 입가에 미소를 머금었다. 처음이 아니라는 뜻이리라. 자신을 자비심을 가진 사람으로 포장하기 위한 그의 능란한 제스처는 아니었다.

"치료비를 지원해주는 NGO라도 있어요?"

"제가 봉사하는 거죠. 데려오는 사람 차비까지. 총 맞은 사람이 안다는 중국 사람이 여기 와서 간호라도 해주면 좋을 텐데."

형욱이 칙칙해진 분위기를 털어내기 위해 건배를 제의했다.

"불쌍한 북한 동포의 쾌유를 위하여!"

"탈북자가 총에 맞지 않아도 되는 세상이 하루빨리 오도록 하기 위하여!"

"남북통일을 위하여!"

혜리와 김 PD가 형욱의 잔에 자신들의 잔을 부딪쳤다. 그러면서 입에 발린 말일 망정 한마디씩 외쳤다.

3

이틀 연이어 폭설이 내렸다. TV 화면에 비친 선양 시가지는 도시를 재현한 미니어처에 밀가루를 포대째 둘러엎은 것처럼 완벽하게 눈에 덮였다. 무려 126센티미터나 내렸다고 했다. 도시의 기능이 대부분 마비됐다. 어제부터 TV에서 뭐라 시끄럽게 떠들어 댔다. 창밖 풍경이 생각보다 많이 바뀌었다. 혜리는 그저 겨울이면 이 북방의 도시에 있을 법한 폭설인 줄 알았다. 이렇게 많이 내렸을 줄 짐작이나 했을까. 일에 빠져서 시내에 나가지 못한 탓이었다. 숙소와 스튜디오 사이의 골목길만을 오갔다. 같이 일하는 애니메이터들에게서 주워들은 말도 없었다. 그들은 중국말을 잘 모르는 혜리와 김 PD에게는 업무상 꼭 필요한 말 이외에는 하지 않았다. 혹 말을 했다 해도 지나가는 말로 했다면 못 알아들었을 것이다. 혜리는 모처럼 인터넷으로 한국 TV 뉴스를 보다가 밖에 내린 눈이 선양에서는 유례없는 폭설이라는 사실을 비로소 알았다. 선양시 인민정부는 시내 전역에 차량 통행을 금지시켰다. 긴급구호활동에 필요치 않은 공무원들의 출근조차 정지시켰다.

   TV 뉴스에 나온 베이징 특파원은 이젠 선양의 교민 소식을 전하고 있었다.

   "한국인이 다수 모여 사는 서탑 신카이거리 일대의 상점들이 모두 문을 닫았고, 1천 5백여 명으로 추산되는 선양 지역 한국 관광객들의 발이 묶였습니다. 한국으로 수출되는 식료품이나 공산품 운송도 모두 멈췄습니다. …… 11월 중순에 내린 뜻밖의 폭설에 미처 대비하지 못한 선양 지역 한인 상공인들은……."

   선양 시민들에게는 대재앙일 것이다. 하지만 혜리는 어린아이마냥 가슴이 부풀어 올랐다. 폭설이 만든 새 세상이 호기심을 자극했다.

   "형욱 선배한테 안 가요?"

   뉴스가 끝나고 광고가 시작되었다. 김 PD가 책상 앞에 앉은 채 기지개를 켰다. 몸짓을 지나치게 과장했다. 몹시 답답하다는 것을 혜리에게 알릴 때가 되었다고 여기리라. 벌써 나흘째 외출을 못했다.

9장 해후

한국에서는 평생 구경하기 어려운 광경까지 펼쳐졌으니 그 역시 엉덩이가 들썩들썩할 것이다.
 "영화 끝나고 불 들어올 때까지 앉아 있을 관객들을 생각해야지."
 '새'의 엔딩 크레디트 작업에 손대던 혜리는 밖으로 튀어나가고 싶은 심정을 짐짓 숨겼다. 형욱의 이름을 거론하는 것에 대한 거부감 탓이었다.
 "그 선배, 돈 잘 버는 데다 매너 좋고, 인물 좋고, 총각이고……."
 "너, 게이니? 벌써 그 선배한테 반했어?"
 김 PD가 어처구니없다는 듯 눈을 흘겼다.
 "그 사람은 내가 좋아하는 스타일이 아니라는 걸 잘 알 텐데."
 혜리는 김 PD의 쓴 반응을 고소해 했다.
 "지금 감독님이 스타일을 따질 처지예요? 걸핏하면 사라지는 북한 유부남보다야 백 배, 천 배 낫죠."
 이번에는 혜리가 김 PD를 꼬나보았다. 김 PD가 히히 웃었다. 농담이었겠지만, 어쨌든 아픈 데를 꼬집어서 너무했다 싶은가 보았다. 연필이라도 던질까 봐 혜리의 손을 주시했다. 혜리는 일현을 결혼상대로 생각해본 적이 한 번도 없었다는 생각을 떠올렸다. 왜 그랬을까 하는 의아한 마음이 들었다.
 "전화가 여러 차례 오던데, 꾹 참는 감독님이 대단하네요. 하긴 애니메이션은 엉덩이 힘으로 만드는 거라니까."
 혜리는 탈북자를 치료하는 형욱의 갸륵한 동정심을 모른 척할 수 없다는 생각을 진작부터 했다. 그동안 바쁜 것을 핑계 삼아 버텼다.

마침 폭설이 내렸다. 못 가는 것에 대한 핑계거리가 하나 더 생겨 다행스러웠다. 하던 일을 얼른 끝내고 형욱에게는 가지 못하더라도 신카이거리에는 나가 봐야겠다고 마음먹었다. 눈이 더 내릴지 모른다. 문 연 상점을 찾아 식품이나 넉넉히 사다 놔야겠다.

혜리는 '새'의 엔딩 크레디트 작업을 계속했다. 아직 작업에 들어가지 않은 포스트프로덕션의 스태프 명단 자리를 비우고 메인프로덕션 스태프 명단의 제일 밑에 일현의 이름을 타이핑했다. '연출 로 일현'. 이제 리테이크(retake)로 분류된 컷들의 수정만 남았다. 기량이 부족한 애니메이터들에게 잘 그리라고 짜증낼 수 없어 가급적 리테이크 지시를 내리지 않았다. 그런데도 일현이 있을 때보다 장면당 리테이크가 두 배는 더 나왔다. 큰 산은 넘었지만, 아직 첩첩산중을 벗어나지는 못했다.

4

소음 속에서 가느다란 노래 소리가 들렸다. 한국 노래였다. 어두컴컴한 복도 끝에서 났다. 형욱과 함께 입원실로 향하는 복도를 걷던 혜리는 걸음을 가만히 멈췄다.

　　세상에 꺾일 때면 술 한잔 기울이며,
　　이제 곧 우리의 날들이 온다고.

너와 마주앉아서 두 손을 맞잡으면
두려운 세상도 내 발 아래 있잖니.

누군가 나지막이 흥얼거렸다. 아득한 곳에서 흘러나오는 소리처럼 웅얼웅얼 하울링이 꼈다. 하필 내가 좋아하는 노래람.
"그 사람이네요. 통증이 가라앉았나 봐요."
형욱이 말했다. 저렇게 한국병에 걸린 사람이니까 탈북했겠지.
혜리는 형욱을 따라 시내 서쪽의 티에시구(區)에 있는 외과병원에 왔다. 형욱의 의과대학 동창이 운영하는 병원이었다. 형욱은 동창에게 부탁해 총상을 입은 탈북자를 이 병원에 숨겨 두고 치료를 받도록 하고 있었다. 신분을 노출시키지 않기 위해 2인용 입원실의 침대 하나를 비워 두는 배려까지 했다. 인사치레가 아무리 성가셔도 진작 왔어야 도리였다. 마침내 사흘 만에 제설작업이 끝났다. 시내 차량 통행이 재개되었다. 더는 피하기 어려웠다. 그래서 형욱과 함께 그가 동정심을 발휘하는 현장을 찾은 것이다.
혜리는 다시 걸음을 옮겼다. 노래 소리가 점점 분명하게 들렸다. 몸에 딱 맞는 옷처럼 목소리와 노래가 어울렸다. 잘 부르는 노래라기보다는 입에 달고 산 노래 같았다. 그런데? 사람마다 고유한 성문(聲紋)이 있다는 사실을 혜리는 새삼 깨달았다. 순식간에 머릿속이 하얗게 비었다. 가슴에서 뜨거운 기운이 솟구쳤다. 발걸음이 저절로 빨라졌다.

눈빛만 보아도 널 알아.
어느 곳에 있어도 다른 삶을 살아도
언제나 나에게 위로가 돼 준 너.

혜리는 속으로 따라 불렀다.

늘 푸른 나무처럼 항상 변하지 않을
너 얻은 이 세상 그걸로 충분해.
내 삶이 하나듯 친구도 하나야.

 형욱이 입원실의 출입문 손잡이를 잡으려다 말고 허둥대는 혜리를 멍하니 쳐다보았다. 이 사람이 왜 이래? 이해가 가지 않는다는 낯빛이었다. 혜리가 먼저 출입문을 벌컥 열었다. 침대 너머로 환자복을 입은 사내가 옆모습을 보이며 서 있었다. 망연히 창밖을 내다보며 노래를 흥얼대는 중이었다. 볼에 살이 쪽 빠졌다. 턱수염이 퍽 자랐다. 왼팔에는 깁스를 했다. 깁스에 맨 끈을 목에 둘러 팔을 고정했다. 혜리가 달려가 와락 허리를 끌어안았다. 그가 혜리를 돌아보았다. 눈을 번쩍 키웠다. 아침 햇살을 받은 풀꽃 위의 이슬처럼 눈동자가 영롱하게 빛났다. 부상당하지 않은 오른팔로 혜리의 어깨를 감싸 잡았다. 이내 혜리의 가슴에 얼굴을 묻었다.
 "큭! 큭!"
 두 사람의 입에서 동시에 벅찬 기쁨인지 울음인지 알 수 없는 소리가 터져 나왔다. 형욱이 이제야 자초지종을 알겠다는 듯 물끄러미 두 사람을 바라봤다.

"그림 그리는 데 지장은 없겠어요."

혜리가 일현의 오른팔을 맞잡으며 물기가 가득한 목소리로 간신히 입을 떼었다.

10장
푸른 낙엽

1

 옆 건물 옥상에 쌓인 눈에 등고선 같은 바람자국이 선명했다. 거기에 새파란 하늘이 살포시 내려앉았다. 하늘과 옥상의 경계에서 눈가루가 반짝이며 연기처럼 피어올랐다.
 바쁜 형욱이 돌아간 뒤, 일현은 자신의 침대 곁 의자에 혜리와 단둘이 마주앉았다. 혜리가 일현의 얼굴을 세세히 살폈다. 왜 이렇게 못쓰게 되었냐고 묻듯. 전과 다름없는 온화한 태도였다. 일현의 머릿속에서 안도감과 미안함, 억울함, 분함 따위의 감정들이 교차했다. 혜리의 얼굴을 마주보기 어려웠다. 약물이 떨어지는 링거줄 너머 허공에 한눈을 팔았다.
 혜리가 일현의 손을 잡았다. 다시는 놔주지 않겠다고 다짐하는 것처럼 손에서 힘이 느껴졌다.
 "어떻게 된 거예요?"
 한껏 부드러운 목소리로 혜리가 물었다.

조국을 탈출하기로 결심한 뒤, 툭하면 눈앞에 어른거리던 혜리였다. 혜리가 나타나면 희망의 조짐 같은 불꽃이 번쩍 살아났다. 하지만 자신의 불행을 혜리를 통해서 치유하려고 마음먹게 될지 모른다는 데 생각이 미치면 피시식 꺼지고 말았다. 어떤 경우에도 그렇게 되도록 변경 불가능한 명령어가 미리 입력된 것처럼 그러기를 무한정 반복했다. 감독 선생님, 당신한테 가지 못하는 제 옹고집에 저는 치를 떨고 있어요. 어느 때 일현은 혜리를 향해서 독백했다. 당신이 남조선 사람인 건 아무래도 괜찮아요. 하지만 이젠 제 힘으로, 제 의지로 살아 보갔어요. 무엇이 되었든 제 스스로 선택해봐야겠다고요.

압록강에서 조선족 리 씨에게 구출된 뒤, 일현은 어쩔 수 없이 혜리에게 전화를 걸었다. 없는 번호라는 메시지가 나왔다. 단둥에 가서 안 총경리를 찾아 물어볼까? 그것은 형편이 좋은 시절에나 가능한 일이었다. 혜리가 서울로 돌아가지 않았으리라는 보장 또한 없었다. 세상에 아는 사람이라곤 하나도 남지 않은 것처럼 막막했다. 차라리 잘 되었다고 마음을 다잡았다. 그런데 숙명처럼 혜리의 손에 잡히고 말다니. 혜리에게 잡히고 싶어 안달이 났던 것처럼 일현은 지금 가쁜 숨을 돌리는 자신을 발견하고 있었다.

"그날 비가 주룩주룩 내리던 밤에……"

일현은 자신이 단둥에서 잡힌 이야기부터 풀어놓자고 마음먹었다. 시선을 허공에 둔 채 입을 열었다.

일현은 낯선 사내 둘에 의해 단둥의 아파트 앞 골목 도로에 쓰러진 채 짓밟혔다. 냄새가 고약한 손수건에 코가 막혀 죽음 같은 깊은 잠 속으로 빠져들었다. 거기가 그날 밤 기억의 끝이었다.

"깨어난 모양이군."

귀가 소리를 받아들이기 시작했을 때 일현은 살며시 눈을 떴다. 석회칠의 흔적을 미미하게 간직한 시멘트벽과 시커먼 나무 책상이 눈에 들어왔다. 눈으로 주위를 더듬었다. 방금 목소리를 낸 사람을 찾았다. 인민복을 입은 사내가 책상 뒤편에 서 있었다. 어떤 표정도 지을 줄 모르는 강퍅하고 깡마른 얼굴이었다. 사내 뒤로는 파란 하늘을 담은 쇠창살이 보였다. 그 아래 두 평 남짓한 방의 시멘트 바닥에 자신이 쭈그리고 누워 있었다. 여기가 어디일까? 누군가의 신음소리가 옆방에서 간간히 들려왔다. 책상 뒷면 판자에 '남신의주'라고 매직펜으로 갈겨쓴, 화석처럼 희미한 글자가 시선을 끌었다. 과연 여기가 남신의주인지는 알 수 없었다. 그때 사내가 다가와 옆구리를 걷어찼다. 제복을 입지 않은 것으로 보아 사내는 조국의 보위원인 듯했다.

"기태가 어디 있나?"

취조가 시작되었다. 사내는 기태와 남조선행을 공모했다는 혐의를 추궁했다. 뜻밖이었다. 주익의 얼굴이 나타날 것으로 짐작했다. 사내는 옥수수 밀수에 관련된 건을 전혀 몰랐다. 기태가 제 부모와 함께 도망쳤다고 사내는 말했다. 중국 파견 중에 애니메이터들이 일한 대가로 받은 돈 8만 달러를 떼어먹은 것이 들통난 직후였다. 횡령이 탈출을 위한 수작이었다는 것이다. 그들은 압록강을 넘어와 며칠 동안 일현을 감시했다. 기태는 끝내 나타나지 않고 일현이 시내를 벗어나는 등 수상한 행동을 보였다. 그래서 납치했다는 것이다. 해외 파견자에 대한 중앙당의 체포 비준까지 받아낸 터였다.

"너도 같이 남조선으로 탈출하려고 중국 파견을 나갔던 것이지? 탈출자금을 마련하려고 기태에게 옷장사까지 시키고. 교활한 놈!"

사내가 쏘아보았다. 송곳 같은 눈매였다. 일현은 쇠줄에 묶여 천장에 거꾸로 매달렸다. 곤봉으로 허리와 배를 무자비하게 강타당했다.

"송장 치면서 고생할 우리 입장도 생각해줘야지. 살아 나가 딸을 돌봐야지 않갔어? 어서 불어!"

생명이 대수롭지 않게 육신을 떠날 수 있다는 것을 깨달았다. 하지만 사내들이 아는 것은 모두 사실이 아니었다.

열흘쯤 지났다. 결국 일현의 알리바이가 하나 둘 입증되었다. 탈출 모의 혐의가 풀려 갔다. 그런데 이번엔 M시 시당 책임비서의 사욕을 채우기 위한 옥수수 밀무역에 연루되었다는 혐의가 씌워졌다. 책임비서가 도모한 일이 드디어 발각된 것이다. 주익이 단둥에서 일현에게 한 말로 유추하면 발각시점은 그 일당이 옥수수를 판매해 돈을 챙긴 뒤였을 것이다. 그들은 자신들의 운명을 요리할 줄 알았다. 일현은 자신이 한 번도 상상해보지 않은 나락으로 완벽히 떨어졌음을 절감했다. 사실대로 말할 수밖에 없었다. 말할 때에는 시당 책임비서를 옹호한다는 생각을 가졌다. 말하고 보니 그를 배신한 것 같아 마음이 몹시 쓰렸다. 대신 일현은 옛 상관의 강요에 의해 범죄에 가담한 정상이 참작되었다. 자강도 강계로 이송되어 노동단련대에 수감되었다. 출당(당에서 쫓겨남)과 철직(직장에서 쫓겨남)이 뒤따랐다. 석유를 탐사하던 시절 두어 번 간 적이 있던 산에서 2개월 동안 벌목공으로 강제노동을 당했다. 더는 선택의 여지가 없는 막다른 길로 사회가 자신을 밀어내고 있었다. 너는 이 나라에서 살 수 없어. 너 같은 반동에게는 안 맞아. 눈에 띄는 사람마다 자신에게 이렇게 외쳐대는 것 같았다. 거리에 몰려다니는 바람조차 우악스런 기세로 등을 떠밀었다. 책임비서에 대한 신의까지 저버린 처지였다. M시로 돌아가긴 했지만, 마음 붙일 데가 없었다.

"책임비서가 체포되었겠군요."

혜리가 손을 옮겨 일현의 볼을 가만히 쓰다듬었다. 깡마르고 주름진 얼굴이 지금까지 말한 고난에서 비롯되었다는 것을 알겠다는 듯했다.

"가족까지 다 붙잡아갔다니까니 지금쯤은 이승의 사람이 아닐 수도 있갔지요."

"은숙은?"

옥상에 쌓인 눈을 회오리가 강타했다. 눈가루가 물보라처럼 하늘을 향해 솟구쳤다. 풍경이 삽시간에 지워졌다. 일현은 숨을 깊이 들이마셨다.

"데리고 압록강을 건너다가…… 총을 쏘아 대는 바람에…… 놓쳤습니다."

"아이 어째!"

혜리가 벌린 입을 다물지 못했다.

"더는 찾을 수 없다고 합니다. 저를 구출해준 리 선생이라는 분이 강변을 뒤지고 인근 주민들에게 수소문했답니다. 보았다거나 구했다는 사람이 없더라는 겁니다. 하류로 떠내려갔을 것 같다는데……"

일현은 침착하자고 다짐했다. 그런데도 목소리가 자꾸 잦아들었다.

엿새 전이었다. 선양에서 응급조치를 끝냈을 때 조선족 리 씨에게 전화를 걸었다. 구출해준 데 대한 감사인사라는 명분이었다. 하지만 자신이 직접 지안으로 가서 은숙을 찾겠다는 데 더 무게를 실었다. 나서 봤자 될 일이 아님을 뻔히 알면서도 그렇게 하지 않고는 실성의 시간을 견딜 도리가 없었다.

"그날 밤 총소리를 들은 중국 변방대 군인들이 뒤늦게 시신을 찾으려고 강변과 강을 수색했답디. 시신이 없으니까 민가까지 뒤졌습디. 틀림없이 죽었을 검다. 구태여 지안에 온다면 변방대에 체포돼도 내 능력으로는 돕지 못하니 그리 아쇼. 탈북자를 도운 죄로 내가 처벌 받게 되는 건 그 담 문제요."

리 씨는 일현의 요청을 한 마디로 툭 분질렀다. 그 뒤 그로부터 어떤 소식도 들려오지 않았다. 은숙을 이렇게 잃어야 하다니. 은숙을 잃은 시간을 이렇게 허망하게 보내야 하다니.

혜리의 눈가가 젖고 있었다. 혜리가 다시 일현의 손을 잡아 힘을 가했다.

2

 간호사가 링거줄에 주사약을 투입했다. 조절캡을 밀어 올리고 내려 일현의 오른팔 혈관으로 들어가는 약물의 양을 조절했다. 일현은 왼팔 근육과 뼈가 상했다. 총알이 관통했다. 임무를 마친 간호사의 하얀 스커트 자락이 출입문을 빠져나갔다. 혜리가 자신이 사온 과일주스를 컵에 따랐다.
 "선생님이 기태 씨나 부인과 함께 한국에 들어갔나 해서 알아보았어요. 기태 씨도, 부인도 한국에 없더군요."
 혜리가 주스를 일현에게 권하며 말했다. 일현이 고개를 끄덕였다. 이젠 기태뿐 아니라 아내에 대해서 누구보다도 자신이 잘 아는 처지가 되었다.
 "날짐승들을 볼 때조차 혹여 저 놈들이 북방쇠찌르레기처럼 아내 소식을 알까 봐 눈길을 떼지 못한 적이 적잖았댔습니다."
 "저는 제가 북방쇠찌르레기가 되어 선생님을 찾는 환상에 젖곤 했는데."
 혜리가 희미하게 웃었다.
 "출소해서 M시로 돌아간 뒤 며칠 지나지 않은 날이었댔습니다."
 일현의 머릿속에 그날의 기태 아내가 모습을 드러냈다. 기태가 사람을 보냈다고 그녀는 말했다. 추적이 잠잠해지니까 중국에 숨은 기태가 움직이고 있었다.
 "조선족 장사꾼이 찾아왔어요. 숭쟝허에 있는 남편 작은아버지의

심부름으로 우리 집에 왕래하던 분 말이야요. 작은아버지 댁으로 서 나가자고 하더라고요. 기렇지만 어떻게 은숙이를 놔두고 가갔어요."

그녀조차 M시를 떠났다면 은숙은 어떻게 되었을까 걱정하던 순간을 일현은 떠올렸다. 저절로 고개가 수그러들었다.

"이젠 은숙이 걱정일랑 하지 마시라요. 가시라요. 기태와 함께 살아야지요."

일현은 말할 수밖에 없는 말을 힘겹게 뱉어냈다. 그녀는 돈을 내놓았다. 기태가 옷장사를 해서 번 돈에 붉은 중국지폐 여덟 장이 더 얹혀 있었다. 일현이 M시에 살 때 기태가 한 장씩 보내 주던 것을 감안하면 지폐 여덟 장은 일현이 M시를 비운 전 기간에 해당하는 액수였다. 일현은 고개를 들어 그녀의 표정을 찬찬히 살폈다.

"제 아내도 거기 있지요?"

그녀는 기태나 그의 작은아버지 방 노인이 부인했던 것처럼 고개를 내저었다. 왜 한사코 그들이 자신의 의심을 풀어 주지 못하는지 이해할 수 없었다.

"기태가 도망친 뒤까지도 돈을 보낸 셈이잖아요? 어떻게 이런 일이 가능하냔 말이야요? 제 아내가 보낸 돈인 줄 다 압니다."

그때 그녀의 볼 위로 눈물이 주루룩 흘러내렸다.

"동생을 더는 찾지 말라요."

"왜요?"

그녀는 눈을 아래로 내리깔았다. 한참을 침묵 속에 있다가 일현에게 시선을 돌렸다. 입술을 지그시 깨무는 모양이 무언가 굳게 결심한 듯했다.

"조국을 떠난 여자가 중국 남자와 결혼해서 함께 남조선에 들어가면, 그 남자에게도 남조선에서 일하며 살 자격이 주어진대요. 기래서 요즘은 중국 남편이 여자를 잘 대해주는 경우가 많대요."

일현의 머릿속이 순간 들끓었다. 주파수를 찾느라 직직 잡음을 내는 탐사대의 통신장비처럼. 전에도 어쩌다 떠올랐던 생각 하나가 퍼뜩 잡혔다. 아내를 사지로 내몬 죄책감이 두려워 한사코 쫓아냈던 생각이었다. 한참의 침묵이 흘렀다.

"아내가 중국 남자와 산다는 말인가요?"

일현은 겨우 입을 뗴었다. 그녀는 더는 대답하지 않았다. 이번에는 일현이 시선을 하늘로 옮겼다. 퍼런 하늘에 뭉게구름이 흘러가고 있었다. 물기 때문인지 눈꺼풀 위에도 뭉게구름이 잔뜩 끼었다. 아내가 중국 사람의 아내가 되었는데도 내게 돈을 보냈다? 내게 돈을 보내기 위해서 중국 사람의 아내가 되었다? 화가 치밀어 올랐다. 자신에 대한 화이기도 하고, 아내에 대한 화이기도 했다.

"작은아버지가 곧 이리로 사람을 보낼 거야요. 저는 바로 중국으로 나가갔어요. 은숙네도 함께 가자요."

그녀가 멍하니 선 일현에게 말했다.

눈가루에 가려졌던 옆 건물 옥상의 풍경이 열렸다. 물고기 모양을 한 연 하나가 건물들 사이를 떠돌았다. 하늘로 솟아오르려는 듯 오뚝오뚝 머리를 치켜들었다. 일현은 주스를 들이켰다.

"왜 기태 씨 부인을 따라 나오지 않았어요?"

혜리가 빈 주스 컵을 받아 침대 옆 쟁반 위에 올려놓았다.

"저나 기태 아내나 다 보위부의 감시를 받는 신세였댔습니다. 까딱하면 모두 위험에 빠질 수 있었습니다."

"기태 씨 부인은 지금 어디에 있어요?"

"며칠 전 기태 작은아버지에게도 전화를 걸었댔습니다. 기태가 지금쯤은 부모님과 아내와 함께 웰남(베트남)이나 타이(태국)에 도착했을 거라고 하더군요. 메콩강인지 무슨 강인지를 넘는다고 기태한테 전화가 왔다고 했습니다. 남조선으로 가갔다고."

혜리가 일현의 시선을 피해 링거액이 담긴 비닐 주머니 쪽으로 고개를 돌렸다. 투명한 액체가 돔방돔방 관 속으로 떨어졌다. 혜리가 백에서 손수건을 꺼내 자신의 눈자위를 닦았다. 분위기를 바꾸려는 듯 어색한 미소를 지었다.

"제가 선생님을 얼마나 그리워했는지 아세요?"

일현은 진담이냐고 묻고 싶었다. 울분이 가시고 설레는 마음이 고개를 치켜들었다. 혜리와 함께 아동영화를 만들며 살 미래가 눈앞에 그려졌다. 숭장허에 아내가 없다는 것을 확인한 뒤부터 가끔 떠올리다가 깜짝 놀라곤 했던 광경이었다. 지금까지 일현은 자신의 솔직한 감정을 한사코 회피한 셈이었다. 그것 자체가 혜리에게 자신을 의탁하려는 의지를 지녔다는 명백한 증거였다. 숙명처럼 다시 혜리를 만난 지금, 혜리에게 의탁하는 삶을 또 하나의 숙명으로 받아들인다? 혜리를 사랑한다?

"이젠 자신을 위해서 살겠다는 욕심을 가지세요. 저와 함께 서울에서 살아요."

혜리가 정답을 알려 주듯 덧붙여 말했다. 그리고는 집요하게 일현의 눈빛을 살폈다. '그러고 싶어 미치겠습니다'라는 대답이 일현의 목구멍에 차올랐다.

"그러나 제가 지닌 상처를 선생님에게 옮겨 드리기는 싫습니다."

마음의 충동질과는 달리 일현은 준비된 대답을 했다. 혜리가 과장되게 입 꼬리를 씰룩였다. 겸양으로 하는 말인 줄 아는 모양이었다. 지금은 무슨 말을 해도 괜찮아요. 당신은 곧 내 말에 '예!'라고 대답할 거예요. 혜리의 눈빛이 말하고 있었다. 그 순간 쩌릿한 통증이 팔을 타고 지나갔다. 몸이 부르르 떨렸다. 일현이 아픈 왼쪽 어깨에 오른손을 대며 얼굴을 찡그렸다.

"어서 한국으로 가야 한대요. 여기서 치료하는 데는 한계가 있대요."

혜리가 근심스레 말했다.

"가서 저와 함께 작품을 만들어요. 우리가 함께 만들면 훨씬 더 색다르고 좋은 게 될 거예요. 선생님이 '뮬란'을 만든 토니 밴크로프트나 '반딧불이의 묘'를 만든 미야자키 하야오를 능가하는 감독이 되는 걸 보고 싶어요."

혜리가 덧붙였다. 일현은 탈출을 결심하면서 자신의 의지대로 살겠다고 다짐한 각오를 무너뜨리지 않기 위해 입을 앙다물었다.

3

 혜리의 얼굴이 컴퓨터 모니터 위로 올라왔다. 막 작업실로 들어서는 일현을 보고 놀라서 눈을 동그랗게 떴다. 혜리 옆 책상에 앉은 김 PD도 마찬가지였다. 일현은 혜리를 향해 발걸음을 옮겼다. 김 PD는 어제 병원으로 위문을 왔었기 때문에 따로 인사를 나눌 필요가 없었다.
 "어떻게 여길?"
 혜리가 벌떡 일어섰다. 일현은 단둥과 비슷하게 꾸민 실내를 둘러보았다. 제 집에 온 양 오랜만에 편안한 마음이 들었다.
 일현은 형욱의 친구 의사에게서 혜리의 스튜디오가 신카이거리 북쪽의 베이항에 있다는 것을 알아냈다. 맘대로 행동하면 안 된다는 의사의 까칠한 눈총을 받으며 겨우 외출 허락을 받았다. 혜리를 다시 만난 순간부터 가슴에 새겨둔 일을 실천할 셈이었다.
 "두 다리는 성합니다. 궁금해요. '새' 작업한 걸 보아야갔습니다."
 일현이 아무렇지도 않은 듯 말했다. 혜리가 커피포트의 스위치를 누르러 간 사이, 혜리의 의자에 앉았다. 모니터에서는 몇 장면씩 묶어 가편집한 '새'의 영상이 재생되고 있었다. 파일이름을 보니 1029번 신 이후의 대학교 강당 안 장면이었다. '남북이산가족 원민호 교수, 56년 만의 부모 상봉. 만나야 하기에 기다렸습니다'라는 플래카드가 강당의 무대 전면에 걸렸다. 민호 부부가 어리둥절한 표정으로 수많은 학생들과 함께 객석의 중간 줄에 앉았다. 제자들이 민호 부부를 학교로 초청한 장면임을 일현은 기억해냈다. 스토리보드의 대사와 음악 지시를 곁눈질하면서 영상을 지켜보았다. 화면이 바뀌며 무대 뒤에서 백발의 노부부가 나왔다. 한복차림의 노부인은 허리를 잔뜩 구부렸다.

"민호야! 우리 민호, 어디 있어?"

조명에 눈이 부신지 손을 이마에 올린 노부인이 외쳤다. 민호 부부가 픽, 웃음을 터뜨렸다. 노부부는 분장한 남녀학생이었다. 그들이 민호를 만나는 감회를 연기했다. 그러다가 화면이 암전되었다.

일현은 대사와 맞지 않는 입 모양과 균일하지 못한 선이 나오는 컷들의 번호를 책상 위에 놓인 메모지에 적었다. 대가리를 탐하다가 겨우 꼬리를 쥔 채 자신을 원망했을 혜리의 모습이 눈에 어른거렸다. 혜리를 위해 자신이 해야 할 일이 아직 남아있다는 사실이 그나마 위안이 되었다.

하얀 빛줄기 하나가 화면 속의 무대 오른쪽 구석을 비추었다. 사회를 보는 학생의 모습이 드러났다.

"자, 이번엔 진짜, 진짜 원 교수님의 부모님이 등장합니다. 여러분, 기대하셔도 좋습니다!"

화면이 다시 암전되었다. 천장의 조명들이 암흑을 가르며 하나 둘 켜지면서 무대 중앙으로 방향을 틀었다. 스크린이 내려와 있었다. 국제조류학회가 민호의 학교로 보낸 이메일이 스크린에 떴다. '새 발견에 대한 회신'이라는 제목을 달았다. 화면이 바뀌어 점점 굳어지는 민호의 얼굴을 비췄다. 이메일에는 민호 자신이 날려 보낸 북방쇠찌르레기를 아버지가 최근 평양에서 발견했다는 것을 확인시켜 주는 내용이 적혀 있었다. 이어서 평양새연구소가 민호에게 전달해 달라는 부모님의 최근 사진이 스크린을 메웠다. 화면은 민호가 고개를 아래로 떨어뜨리는 장면으로 바뀌었다. 숨죽이고 있던 기자들의 카메라 플래시가 민호를 향해 터졌다.

일현은 민호가 고개를 떨어뜨리는 컷 번호를 체크했다. 이 컷 역시 민호의 동작이 부자연스러웠다. 원화를 수정해 동화를 몇 프레임 더 넣어야 될 듯싶었다.

커피향이 번져왔다. 향기가 자신이 다시 연출가로, 혜리 곁으로 돌아왔다는 사실을 일깨웠다.

"너무 미안합니다."

일현이 혜리에게 말했다.

"그 부분은 제가 한 건데요. 저 신참내기들을 데리고 죽자 살자 해낸 거란 말이에요."

혜리가 대답하기 전에 김 PD가 나섰다.

"내가 속 터져 죽는 줄 알았어요. 김 PD는 앞으로 5년은 더 PD 일을 해야지 감독 데뷔를 할 거예요."

혜리가 김 PD를 험담하는 체하며 커피가 담긴 머그잔을 일현에게 내밀었다.

"이렇게 괄시가 심하니 주눅이 들어 실력 발휘가 될 턱이 있었겠어요?"

김 PD가 뾰로통해져 중얼거렸다. 일현은 영상파일에 마우스를 올려놓고 휴지통으로 드래그했다. 그리고는 별일 아닌 듯 휴지통 비우기 버튼을 눌렀다.

"어! 어!"

혜리가 놀라는 소리를 내며 고개를 곧추 세웠다. 김 PD 역시 입을 하 벌리고 두어 걸음 다가왔다. 오랜 시간 공들인 결과물 파일이 날아간 것이다. 어제 오늘 작업한 것은 백업되지 않았을지 몰랐다. 일현은 자신의 의지를 이렇게 드러냈다.

"작업에 참여하려고요? 안 돼요. 치료나 잘 받아요."

"재회의 기쁨을 망치지 말자구요. 손대다가 또 사라지면 정말 원수 사이가 돼요."

혜리와 김 PD가 각기 한 마디씩 했다.

4

작업테이블에 앉은 일현은 자신이 방금 그린 스토리보드의 그림을 살폈다. 1029번 이후 신의 배경을 야외로 설정해 다시 그렸다. 내가 아내를 만난다면? 은숙을 만난다면? 그리는 도중 문득문득 그런 생각이 들었다. 하지만 그것은 그저 생각뿐인 일에 지나지 않았다. 대신 민호만은 반쪽짜리 상봉일망정 보다 아름다운 상봉 장면을 만들어 주고 싶었다. 그것이 자신의 의무인 것처럼 여겨졌.

작화지 왼쪽에 전광판이 우뚝 섰다. 전광판이 잘 보이는 숲에 하얀 플라스틱 의자들을 놓고 민호와 수십 명의 학생들이 앉았다. 그들 앞에서 부모로 분한 학생들이 설왕설래를 마치자, 전광판에 민호 부모의 사진이 나왔다. 민호가 놀라 고개를 떨어뜨렸다. 그 순간 수백 마리의 북방쇠찌르레기들이 숲에서 전광판 주위의 하늘로 날아올랐다. 그것들이 삐익, 삐익 우짖었다. 부모의 사진이 사라진 전광판에 '무기를 버리고 손을 잡아요.'라는 자막이 떴다. 과연 그럴 수 있겠는지 의문이 들었지만 일현은 내버려두었다.

"강당이라는 실내공간을 아름답게 꾸미는 데는 한계가 있습니다."

옆에 서서 지켜보는 혜리에게 일현이 말했다.

"맞아요. 죽더라도 관 밖에 내놓아야 할 손에서 솜씨가 술술 풀려 나오는군요. 대학 캠퍼스 안에 전광판이 있을 리는 없겠지만, 영화니까 괜찮아요. 그런데 어떡해요? 재작업할 시간이 부족한데……."

"작품은 마음에 들 때라야 내놓는 것이라고 했지요? 주어진 시간 내에서 최선을 다해보자고요."

"치료를 미룰 순 없잖아요?"

"어차피 서울에 가야 제대로 치료 받을 수 있다면서요?"

일현이 씩 웃었다. 정말 말처럼 서울에 가게 되면 어쩌나 하는 걱정이 잠시 일었다.

"그래도 작업은 안 돼요."

"제가 리테이크에 걸린 원화들을 다시 그릴 테니까 동화를 잘 그리는 애니메이터를 몇 명 붙여 주십시오. 올해가 가기 전에 상영이 가능하게 해보갔습니다."

그것만은 정말 곤란하다는 듯 혜리가 손사래를 쳤다. 일현은 아랑곳하지 않고 스토리보드 그리기를 계속했다.

5

혜리가 양팔을 벌려 일현을 포옹했다.
"선생님을 선택한 제가 얼마나 눈 밝은 사람인지 잘 알았죠?"
일현은 기꺼이 혜리의 가슴에 제 가슴을 맞댔다.
만 11일 동안 일현은 스튜디오에 나와서 작업을 했다. 혜리는 일현의 고집을 꺾지 못했다. 대신 우에노애니메이션사에 일감을 당분간 줄여 달라고 사정했다. 일현은 혜리와 김 PD, 숙련도가 비교적 좋은 중국인 애니메이터 네 명과 합세해 매일 야근까지 했다. 이미 작업한 컷들 중에서 선이 나쁜 것은 컬러링 프로그램을 써서 고쳤다. 연출이 어색한 것은 스토리보드부터 원화, 동화까지 다시 그렸다. 혜리가 미처 잡아내지 못한 실수까지 고쳤다. 작업실은 아연 활기를 되찾았다. 일현은 다친 왼손 때문에 작업하는 내내 고통을 감수해야 했다. 왼손이 있어야 오른손이 제 역할을 할 수 있다는 사실을 절감했다. 마침내 '새'의 메인프로덕션이 막을 내렸다.
"여러 수 배웠어요."
김 PD가 일현에게 악수를 청했다. 마지막으로 렌더링한 동영상을 보기 위해 모니터 주위에 둘러선 중국인 애니메이터들이 박수를 쳤다. 그들 중 귀후이의 박수 소리가 가장 크고 길었다. 그는 제대로 된 선생을 만났다는 듯 일현을 각별히 따랐다. 이렇게 인생의 한 장을 마무리하는 것일까?

그때 일현이 팔을 부여잡았다. 진통제로 버티던 팔의 통증이 더는 견딜 수 없을 만큼 격렬해졌다. 작업에 임하는 동안 일현은 밤늦게야 입원실에 돌아가곤 했다. 의사가 퇴근한 뒤라서 환부를 소독하고 주사를 맞는 일을 하루 건너뛸 때도 있었다. 의사는 매우 언짢아했다. 어서 큰 병원으로 가야 한다는 걱정을 입에 달고 있었다. 그나 형욱 두 사람 다 일현을 받아 줄 큰 병원을 찾는 모양이었다. 아직은 신통한 대답을 얻지 못하고 있었다. 형욱은 거기에 덧붙여 한국으로 가기 위해 경유할 제3국까지의 안내자도 찾고 있었다. 그것 역시 일현이 환자라는 이유로 마땅한 사람이 나서지 않는가 보았다. 한 사람을 찾긴 찾았는데 형욱이 아연실색하여 거절했다고 했다. 그가 혜리의 백을 털려고 했던 범죄조직 흑사회의 행동대원인 칫솔머리였다나. 혜리는 혜리대로 일현의 이동에 대비해 옷들을 사다 놓고, 형욱의 조언을 들으며 몸에 좋다는 보약을 준비하고 있었다. 일현은 한국에 가서 혜리 곁에 머물고 싶은 강렬한 충동에 시달렸다. 그 때문에 그들의 행동을 멈추게 할 말을 꺼내지 못했다. 통증이 점차 격렬해졌다. 일현은 다리를 꺾었다. 바닥에 주저앉았다. 혜리가 일현에게 달려들었다. 둘러선 사람들의 얼굴에 짙은 그늘이 꼈다. 무대의 막이 내리는 것처럼 일현은 주위가 캄캄해짐을 느꼈다. 인생의 한 장이 아니라 지상에서의 임무가 끝난 것 같다는 생각이 머릿속에 파고들었다.

6

　일현은 입원실 침대에 누운 채 형욱 앞에 팔을 내밀고 있었다. 형욱이 환부를 소독했다. 혜리의 부축을 받아 허겁지겁 병원으로 오자, 형욱이 직접 일현의 상태를 확인하고 대책을 세우겠다며 달려온 것이다. 그는 혜리가 일현을 몹시 좋아한다는 사실을 아는 모양이었다. 그렇다고 해서 일현에게 옹졸한 처신을 하거나, 치료에 태만하지는 않았다. 되레 더욱 최선을 다해 일현을 도와야 한다고, 그래야 혜리가 자신을 좋아할 가능성이 커진다고 믿는 듯했다. 일현은 진통제를 맞는데도 핀셋이 환부를 헤집을 때마다 몹시 고통스러웠다. 정신조차 몽롱해졌다. 이를 악물었다. 쉽게 나을 것이라고 믿지는 않았지만, 기대보다 훨씬 더 상태가 안 좋은 것 같았다. 내게 언제 쉬운 일이 있었던가?

　"이 지경인데 왜 말을 안 듣고 일을 해요?"

　피고름이 묻은 거즈를 폐기물 수거함에 버리며 형욱이 힐난했다. 혜리는 옆에 서서 그의 손놀림을 지켜보았다. 자기 탓이라도 된다는 듯 얼굴에 수심을 가득 담았다.

　"골수염으로 발전할 가능성이 있어요. 까딱하면 팔을 못 쓰게 돼요. 위팔두갈래근과 세갈래근이 심하게 손상됐는데, 이 근육들 주위의 정중신경까지 끊어졌어요. 이걸 잇지 못하면 손바닥 감각이 없어지고, 손목과 손의 운동 기능이 정지돼요. 내일 퇴근한 뒤 일단 제가 재수술을 해야겠어요. 아시다시피 저나 제 친구는 이 분야 전공자가 아니에요."

형욱이 환부에 반깁스를 다시 끼웠다. 옆에 서서 그를 돕던 간호사가 드레싱카트를 밀고 나갔다. 입원실 문이 닫힐 때까지 그가 간호사에게서 시선을 떼지 않았다.

"친구 말로는 간호사들이 일현 선생을 의심하는 것 같다고 해요."

형욱이 나지막이 말했다. 혜리의 얼굴에 낀 수심이 더욱 짙어졌다. 혜리도 이제야 듣는 말인가 보았다.

"아무나 총기사고를 당하는 게 아니잖아요. 총상 환자는 즉각 공안에 신고하도록 돼 있어요. 어기면 의사면허가 취소되고 형사 처벌될 수 있어요."

"이런 상태로 어떻게 서울로 가요? 비행기를 타고 갈 것도 아니고. 수천 리 길을 수주일 동안 생고생을 하며 가야 한다잖아요."

혜리 역시 목소리를 낮춰 대꾸했다. 일현이 서울로 가는 것을 기정사실화하고 있었다.

"상태가 호전될 때까지는 선양에서 치료를 계속해야 하는데……."

형욱이 어떻게 해야 좋을지 모르겠다는 듯 손가락 끝으로 제 관자놀이를 눌렀다. 그러다가 일어나서 옷걸이에 걸어 둔 코트를 걸쳤다.

"이제부터는 행운이 곱으로 따를 거예요. 그래야만 하니까요."

혜리가 일현의 손을 잡으며 말했다. 작별인사를 하자는 뜻이었다. 일현은 더 머물다 가도록 말리고 싶었다. 혜리와 함께 있는 시간이 길지 않을 것 같다고 막연히 생각하고 있었다. 하지만 붙잡을 명분이 없었다. 밤이 늦었다. 일현은 억지로 얼굴을 조금 폈다. 욱신욱신 쑤시던 통증은 차츰 가라앉았다.

"서울에 가지 않을 겁니다."

일현은 마침내 도망치지 못하도록 가슴속에 단단히 붙들어 맨 각오를 입 밖에 꺼냈다. 이렇게 못을 박으면 더는 흔들리지 않으리라. 혜리와 형욱이 잘못 들었나 의심하는 시선으로 일현을 멀뚱히 바라보았다. 미묘한 분위기 속에서 침묵이 흘렀다.

"서울을 악의 소굴로 여기나요? 평양보단 못한 건 독재자를 숭배하지 않는 것 딱 하나밖에 없어요."

형욱이 침대 곁으로 다가와 일현의 등을 가볍게 두드렸다.

"아니, 기게 아니고……"

"선생은 한가한 처지가 아니에요. 일단 내일 재수술을 하고 나서 차분히 토론해봅시다. 어느 길이 선생에게 옳은지."

형욱이 언짢은 기색으로 일현의 말을 잘랐다.

혜리와 형욱이 돌아섰다. 문밖으로 나가는 혜리의 고개가 몹시 굽었다. 일현은 그들이 나간 문에서 시선을 거두지 못했다.

그때 문이 열리고 혜리가 다시 나타났다. 일현을 향해 힘없이 걸어왔다. 살바람에 흔들리는 풀잎처럼 눈꺼풀이 심하게 떨렸다.

"깊은 생각 끝에 한 말인 줄 알아요. 갈 데를 정해 놓았나요?"

혜리의 목소리가 퍽 가냘팠다.

"아닙니다."

"그럼?"

"이젠 무슨 일이든 제가 혼자서 해볼 차례라고 생각합니다."
"혼자서?"
혜리가 놀라서 눈을 휘둥그레 떴다.
"네. 제 힘으로."
일현이 단호하게 대답했다.
"제가 선생님을 필요로 해요. 선생님도 저를 필요로 하고요. 팔 뿐만 아니라 마음의 상처도 치료해야 해요."
안타까움이 혜리의 얼굴 전체로 번졌다.
"제가 선생님에게 얼마나 의지하려고 하는지 선생님도 이미 눈치 챘을 거야요. 기러나 그런 마음 때문에 선생님이 있는 서울에는 갈 수 없단 말입니다. 선생님이 없는 곳으로 가야갔단 말입니다."
"말씀을 어렵게 하시는군요."
"선생님에게 짐이 되고 싶지 않단 말입니다. 제게 쌓인 울분, 설움 같은 것들이 저를 평온하게 놔두지 않을 거라요. 제가 주변사람들을 무자비하게 해치는 악마가 될 것 같단 말입니다."
폐인, 악마, 복수 따위의 낱말들이 칼날처럼 번쩍이며 일현의 머릿속을 재빨리 스쳐갔다. 아무리 물속에 쑤셔 넣어도 떠오르고 마는 풍선처럼 그 낱말들이 억척스럽게 생각의 중심으로 파고들곤 했다. 하지만 "기래서 어쩌자고?"라고 물으면 답이 막히고 말았다. 과연 어디서 무엇을 하며 살 수 있겠는지. 곰곰이 따져 보면 실현 불가능한 목표를 향해 용감하게 덤벼드는 우매한 행동일 뿐이었다.
"선생님은 제게 짐이 될 자격이 충분해요. 선생님과 함께 다가올 고통의 시간을 견뎌내려고 작정했으니까요. 선생님께 평온이 찾아올 때까지 저는 선생님 곁에 있을 거예요. 아니, 아니에요. 선생님이 내 곁을 떠난다고 해도 붙잡아 함께 있을 거예요."

"제가 조국에서 살아온 방식이 당에 몸과 마음을 다 의탁하고 무한정 견디는 것이었댔습니다. 견뎌내기 위해서 태어난 것 같았어요. 기러나 제가 소중히 여겨온 가치가 어느 순간 가차없이 무너졌습니다. 몸뿐 아니라 영혼까지 산산이 부서진 사람이 되었단 말입니다."

일현은 혜리에게 또다시 슬픔을 안기려는 자신이 무척 못마땅했다. 하지만 해야만 하는 말을 하고 있다고, 용감해지지 않으면 각오를 이룰 수 없다고 자신을 거듭거듭 다잡았다.

"이겨내겠다고 맘먹으면 이겨낼 수 있어요. 사람은 맘에 맞는 사람과 서로 부족한 걸 메꿔 주면서 더불어 사는 거예요. 저와 결혼해요."

혜리가 일부러 눈을 크게 뜨고 큰 미소를 지었다. 끝내 기억해야 할 희망의 징표를 남기려는 듯한 강렬한 표정이었다. 일현이 오른손을 내밀어 혜리의 손을 잡았다. 억센 힘을 가했다. 이 말을 기다려 왔던 것일까? 심장이 거칠게 뛰었다. 하지만 일현은 이내 손을 풀었다.

"용서하십시오. 이번에는 무엇이 되었든 제 스스로 선택하갔습니다. 저 혼자서도 멀쩡히 잘 살아가고 있다는 자각이 들 때까지는 저를 전혀 모르는 사람들 속에 있게 하고 싶습니다. 기래야 제가 존재할 가치가 있는 사람이 될 거요."

일현은 물러서지 않았다. 혜리가 잠시 침묵했다. 결코 일현의 생각에 동조할 수 없다는 의사가 분명히 느껴졌다.

  혜리가 인사도 없이 돌아섰다. 천천히 시간을 갖고 설득하자고 마음먹은 모양이었다. 다시 문밖으로 나갔다. 전혀 딴사람이 된 것처럼 행동이 부자연스러웠다. 일현은 가슴이 저며 왔다.

  일현의 시야 속으로 하얀 천장이 들어왔다. 천장에 그림이라도 그려 놓았더라면 좋았을 것이라는 생각이 들었다. 수많은 사람들이 여기 누워 천장을 바라보았을 것이다. 그들은 왜 하얀 여백을 당연한 것으로 여겼을까? 당연하다고 여겨서 한 행동들이 평생 누적되어 자신을 이 지경으로 몰아넣었다. 이젠 무엇이든 내 의지대로 해야 해. 그것이 인생의 행로를 또 한 번 홱 비틀어놓을지라도.

  일현은 침대에서 일어났다. 옷걸이에 걸린 코트 속에서 작은 상자를 꺼냈다. 낮에 중국인 애니메이터 궈후이가 작별 기념으로 준 선물이었다. 밤색 가죽장갑과 두 번 접힌 타블로이드판 신문 한 장이 상자 안에서 나왔다. 신문은 일부러 넣은 것 같았다. 침대 위에 신문을 펼쳤다. 지린성에서 발행하는 지린신문이었다. 손바닥 2분의 1만한 크기의 사진 두 장이 광고란에 실려 있었다. 그것이 순식간에 눈 속으로 파고들었다. 기태와 자신의 얼굴이었다. 양복을 입은 기태의 사진과 달리 자신은 보위부에서 취조를 받을 때의 모습이었다. 아는 한자들을 총동원하여 내용을 읽었다.

    잡을 사람: 방기태(39세, 남자, 조선족), 로일현(39세, 남자, 조선족)

이 두 사람은 우리 회사의…… 공금 미화 8만 달러를 횡령하고 …… 달아난 자들…… 잡도록 신고해주면 8천 달러를…… 포상합니다.

조양무역유한공사
전화: 13741769988

　중국회사가 중국 사람을 찾는 것으로 공개수배를 위장했다. 귀후이나 중국인 애니메이터들은 일현을 한국에서 온 감독으로 알았다. 일현 역시 등장인물의 성격과 행동에 깊이 빠져들 줄 아는 귀후이를 각별히 좋아했다. 그는 지린성 창춘에서 나고 자랐다고 했다. M시와 국경을 맞댄 지안 또한 지린성에 속했다. 그가 어떤 경로로 고향에서 나오는 신문을 손에 넣은 것이리라. 신문은 벌써 닷새나 지난 것이었다. 8천 달러면 그의 1년치 소득에 가까운 액수였다.
　일현은 실내를 서성였다. 지린성 쪽에서 고속도로를 타고 폭풍이 몰려오는 기분이 들었다. 국경도시를 벗어나면 될 줄 알았다. 이 넓은 중국 땅에서조차 숨을 곳이 마땅치 않다니. 일현은 창문을 열었다. 앞 건물들의 창에서 새어 나온 시린 불빛들 속에서 바람이 플라타너스 가지를 흔들었다. 나무에서 이파리들이 나풀나풀 떨어졌다. 푸른 낙엽이었다. 겨울이 갑자기 찾아오기 때문에 단풍이 들 새 없이 9월 초순부터 시들었다가 떨어지는 것들이었다. 일현은 지면의 어둠 속으로 사라지는 이파리들을 물끄러미 바라보았다. 이 푸른 이파리들처럼 자신의 삶은 일찌감치 낙오될 운명이었을까?

"혜리 선생님, 선생님 곁을 떠나야 할 시간이 예상보다 빨리 다가왔군요. 어디에도 속하지 않고 저 창공을 자유롭게 나는 새가 되고 싶은데, 과연 기릴 수 있을까요?"

일현은 중얼거렸다.

11장
경계 너머

1

혜리는 오디오시스템의 오프 스위치를 눌렀다. 헤드셋에서 흘러나오던 성우들의 슬프고도 능청스런 음성연기가 정적 속으로 사라졌다.

"드디어 끝났어."

혜리는 중얼거리며 헤드셋을 벗었다. 팔을 벌려 한껏 기지개를 켰다. 등받이에 힘이 실려 의자가 삐걱거리는 소리를 냈다. 창밖 오동나무가 처음 보는 것처럼 새로웠다. 파란 하늘 속으로 뻗은 가지들에 얹힌 흰 눈이 오랫동안 혜리의 시선을 기다렸다는 듯 반짝 빛을 냈다. 애니메이션 영화 한 편을 만들기 위해 시달린 지난 9개월의 지긋지긋한 시간들이 몸에서 썰물처럼 빠져나가고 있었다. 빈자리에 홀가분함과 여유로움, 여기에 더해 이젠 기어이 좋은 일들이 생길 것 같은 설렘까지 밀려들었다. 더빙과 편집 같은 일들이 아직 남았지만, 그것은 서울의 전문 스튜디오들 몫이다. 혜리는 더빙에 참여할 열한 명의 성우들을 고르기만 하면 됐다.

　책상 위에서 휴대전화기가 몸부림쳤다. 성우들의 음성연기를 들으면서 다른 데 신경 쓰지 않으려고 벨소리를 진동모드로 바꿔 놓은 기억이 났다. 모처럼 얻은 해방의 시간을 누군가에게 빼앗기고 싶지 않았다. 몸을 더욱 뒤로 제쳤다. 의자가 다시 삐걱거리는 소리를 냈다. 몸에 전달되는 등받이의 탄력이 조금 남은 긴장조차 다 앗아가는 것 같았다. 전화기가 계속 자지러졌다.

"에그."

자신도 모르게 뻗어나간 팔이 전화기를 집어 들었다.

"감독님!"

김 PD의 다급한 목소리가 전화기에서 새어 나왔다.

"그러다가 숨넘어가겠어."

혜리는 느긋하게 대꾸했다.

"일현 선생님이 없어졌어요."

"제발 심장 콩닥거리게 하지 마. 전에도 두 번이나 사라졌던 분이야."

　점심식사 뒤 김 PD는 일현을 문병하기 위해서 꺼덕꺼덕 티에시구(區)행 시내버스를 타러 갔다. 자기 할 일은 오전에 다 마쳤다. 그 역시 9개월 만에 가장 여유로운 시간을 얻었다. 그 시간의 첫머리를 일현을 위해 사용하는 것을 혜리는 내심 반겼다. 그런데 한 시간도 안 돼 방정을 떠는 꼴이라니.

"먹지 않은 점심 식판이 입원실 안에 그대로 있어요. 간호사 말로는 아침식사는 했다고 해요. 여기저기 다 찾아봤어요."

 김 PD의 말이 심상치 않았다. 장난질에 붙인 재미를 세상 살아가는 이유로 여기는 듯한 그다. 자기가 하는 말을 경망스럽게 보이도록 할 리 없다는 것을 왜 모를까.

 "네 입은 내가 꿰매서 될 일이 아니란 걸 알지. 곧 1급 재봉사를 초빙해서 제대로 손을 봐 줄게."

 "아휴, 지금 말장난할 때가 아니라니까요. 병원 부근 편의점과 커피숍, 그런 데까지 다 뒤졌어요. 골목길과 공원에도 가 보고요. 그런 데가 아니면 갈 만한 데가 어디 있겠어요? 중국말도 못하고 이곳 지리도 모르는 분인데."

 되레 김 PD를 가지고 놀고 싶은 심정으로 변해 가던 혜리의 손아귀에서 스르르 힘이 빠져나갔다. 장난으로 치부하기엔 그의 설명이 구체적이었다. 지난밤 일현과 헤어진 이래 그의 처지를 잠시 잊고 있었다. 슬며시 포위망을 좁혀 온 공안에게 덥석 목덜미를 잡히지나 않았을까? 수갑을 찬 손목, 곤봉으로 얻어맞아 피범벅이 된 머리와 얼굴, 원망이 잔뜩 서린 눈빛……. 이미 처참한 지경에 이르렀을지 모를 그의 모습이 눈앞에서 번쩍거리며 지나갔다. 전화기를 놓치지 않기 위해서 손아귀에 힘을 가했다. 몸과 마음이 긴장을 되찾으며 일제히 '비상!'이라고 소리를 내질렀다.

 "사실이지?"

 예감이 틀렸기를 간절히 바라며 혜리는 물었다. 일현은 오늘 재수술을 하기로 했다. 수술하지 않으면 팔을 못 쓰게 될 위험성이 컸다.

"환자복을 개서 침대 한편에 올려놓았어요. 작정하고 나간 거예요."

김 PD가 탕탕 대못을 박았다.

"공안이 잡아간 걸까? 아니면 또 납치당했든지?"

혜리는 목소리를 낮췄다. 슬그머니 주위를 둘러보았다. 물론 작업실 안에는 아무도 없었다. 옆 작업실에도 누가 있을 리 없었다. 작품의 메인프로덕션이 끝난 어제부터 중국인 애니메이터들은 휴식에 들어갔다. 우에노애니메이션사에서도 혜리네의 사정을 헤아려 일주일간 일감을 보내지 않기로 했다. 그들은 동면에 든 곰처럼 숙소에서 며칠 잠에 빠지든지, 세상에서 무슨 일이 벌어지든 자신들과 무관하다는 듯 그동안 만나지 못했던 애인을 불러내 수다를 떨 것이다.

"입원실에 외부인이 침입한 흔적은 전혀 없대요. 찾아온 사람도 없었다고 하고. 간호사들도 난감해 해요."

"원장님을 만나서 간호사들이 혹시라도 공안에 신고하지 못하도록 부탁해. 그리고 샅샅이 더 찾아봐."

"돌아올 사람이라면 행선지를 이야기했겠는데……"

"찾아야 해! 꼭 찾아야 한다구!"

일현이 사라진 것이 김 PD 탓이나 되는 것처럼 혜리는 그를 다그쳤다.

"당연히 그래야죠. 그런데……"

김 PD의 목소리에서 막막함이 느껴졌다. 세상에 모습을 드러낸 지 서른아홉 해가 된 사내. 비로소 하고 싶은 것을 하며 살 기회가

왔는데…….

"당장 내가 그리로 갈게."

혜리는 통화 중지 버튼을 누르고 의자에서 몸을 벌떡 일으켰다. 오동나무에서 떨어진 마른 이파리 몇 개가 바람을 타고 허공을 갈랐다.

2

고속버스가 선양 북역(北驛) 건너편 버스터미널에 멈췄다. 혜리는 버스에서 내렸다. 맵짠 바람이 얼굴을 할퀴었다. 택시기사들이 어디를 가느냐고 물었다. 혜리는 들은 체 만 체했다. 사람들을 헤치고 터미널 건물 앞으로 나아가 주위를 둘러보았다. 형욱은 보이지 않았다. 신문 가판대 옆에 차를 대고 기다리겠다고 했다. 불과 한 시간 전에도 자청해서 문자를 보내 확인시켜 주었다.

단둥에 다녀오는 길이었다. 단둥에서 안 총경리를 만났다. 특별히 기대하는 것은 없었다. 뭔가 놓치는 것이 있어서는 안 될 것 같아 직접 찾아갔을 뿐이었다.

혜리는 이틀 동안 김 PD와 함께 병원 일대를 뒤졌다. 형욱과 형욱의 의사 친구는 공안국의 동정에 신경을 곤두세웠다. 탈북자를 치료한 탓에 제 발이 저려서 더욱 그랬을 것이다. 뒤늦게 사태를 눈치챈 궈후이가 지린신문 인터넷사이트를 열어 광고 하나를 보여 주었다. 그는 신문을 일현에게만 전달했다는 이유로 혜리로부터 지독한 원망을 샀다. 네가 북한 보위부에 신고한 사람이 아니냐는 추궁까지 받았다. 결국 그는 스튜디오를 떠났다. 자신들에게 혹여 화가 미칠까 근심하던 형욱과 형욱의 의사 친구는 광고를 보고서야 가슴을 쓸어내렸다. 그들은 일현이 미리 피신했을 것이라고 나름의 결론을 내렸다. 그렇게 여기는 것이 자신들에게도, 혜리에게도 위안이 된다는 것을 알고 있었다. 지난여름처럼 보위부가 와서 감쪽같이 납치해 갔을 가능성을 완전히 배제하기 어려웠지만, 병원에 어떤 강제의 흔적도 남아 있지 않은 것이 다행이었다. 혜리 또한 납치해 갔다는 상상을 죽도록 하기 싫어 그들의 결론에 동조했다.

"감독 선생과 상의하면 피신처를 제공해주었을 텐데, 사라지다니 말이 됨까? 조금만 참으면 서울사람이 되었겠고요. 얼이 빠진 사람임다."

안 총경리는 일현의 일에 다시 빠져든 혜리를 답답한 표정으로 바라보았다.

"스스로 나타나면 모를까 달리 찾을 방법이 뭐가 있겠슴까?"

그깟 인간을 기억 속에서 훌훌 털어내라는 당부가 그의 눈빛 속에 숨어 있었다. 혜리는 몹시 서운했다.

숭장허의 기태 작은아버지에게도 전화를 걸었다. 일현이 병실에 남긴 수첩 속에서 번호를 알아냈다. 사돈의 연이은 사건 소식을 듣는 것이 그는 무척 힘겨운 모양이었다.

"그 사람, 더는 이곳에 오지 않을 거요. 자기 아내한테 절망했을 테니까요. 아내에게는 그 사람이 없어졌다는 말을 전하지 않겠소. 알게 한들 괴로움만 안길 뿐이잖소."

혜리는 혼자서 택시를 타고 가겠다고 형욱에게 전화를 걸고 싶었다. 하지만 마음처럼 되지 않았다. 몸의 모든 기능이 멈추기 직전에 이른 것처럼, 휴대전화기를 꺼내 전화번호를 누르는 일조차 귀찮았다. 되레 형욱이 오지 못할 일이 생겼다고 전화해주기를 바라며 신문가판대 앞에 섰다. 절반으로 접힌 신문에서 사진 하나가 눈에 들어왔다. 사건 현장의 역동적인 사진이 아니었다. 카메라를 의식하며 포즈를 취한 중앙정부 고관들의 사진이었다. 사진 속 인물들은 모두 평생 행복하게 살았노라고 과시하는 웃음을 머금었다. 누군가에게 일어난 일생일대의 사건과 그것으로 인한 고통이 끼어들 틈이 없을 만큼 완벽한 웃음들이었다.

뻥, 뻬잉.

경적이 가까이서 들렸다. 다양한 경적이 쉴 새 없이 들리던 터였다. 조금 큰 소리이긴 했다. 혜리는 염두에 두지 않았다. 몇 번 더 같은 소리가 들렸다. 그래도 신문에 시선을 주고 우두커니 서 있었다. 누군가 어깨를 두드렸다. 밤색 패딩이 눈에 들어왔다. 형욱이었다. 그가 눈인사를 했다. 혜리는 왜 늦었는지 묻지 않았다. 그는 그대로 단둥에 다녀온 결과에 대해서 묻지 않았다. 혜리가 말하지 않는 이상 자신의 예상이 안 총경리의 예상과 다를 것이 없다고 여겼을 것이다.

"이런 개 같은 경우가 있나 싶네요."

형욱이 일현의 실종보다 더 중요한 사실이 있다는 듯 시부렁거렸다. 혜리는 귀는 열어 두었지만, 그에게 고개를 돌리지 않았다. 간판대 옆 도로에 세운 그의 승용차로 향했다.

"일현 선생이 딸을 찾았다고 해도 잠적했을까요?"

중대한 사실을 가정법을 써서 가볍게 입에 올리는 것이 마음에 들지 않았다. 두 사람은 차에 올랐다.

"지금 농담하자는 거예요?"

혜리가 안전벨트를 매며 힐난했다.

"지안의 리 씨한테 방금 전에 전화가 왔어요. 일현 선생을 구한 사람 말이에요. 중요한 내용이라서 길가에 차를 세우고 통화를 하느라 늦은 거예요."

혜리는 비로소 형욱을 바라보았다. 그는 핸들을 꺾어 차선을 바꾸고 있었다. 다음 말을 재촉하듯 혜리는 그의 얼굴에서 시선을 떼지 못했다.

"딸을 찾았답니다."

까마득히 먼 곳에서 들리는 소리처럼 혜리는 감을 잡지 못했다.

"그 아이는 그날 강물에 떠내려가다가 나무에 걸렸대요. 총소리를 듣고 나온 하류의 강변 주민이 발견해서 집에 데려갔대요. 총알이 옷에 스쳤을 뿐 다친 데는 없더래요."

혜리는 귀를 바짝 세웠다.

"그 사람이 아이 없는 한족 집에 주려고 몰래 보호하고 있다가 리 씨가 일현 선생을 구출했다는 소식을 이제야 듣고 리 씨에게 찾아왔다는 거예요. 천만다행이에요."

"아, 너무 혼란스러워요."

혜리는 고개를 절레절레 흔들었다. 퇴근시간이어서 도로가 혼잡했다. 북역 앞 로터리에 진입한 차들이 엉켜 있었다. 너 나 할 것 없이 경적을 울려댔다.

"리 씨가 아이를 이리로 데려오겠대요. 아이를 찾았다는 사실에 흥분해 있어요."

"은숙이 살아 있다는 신문 광고를 내면 일현 선생님이 돌아올까요?"

"북한 보위부 요원이나 중국 공안이 먼저 와서 기다리겠죠."

다 안 된다고 말할 때 누군가는 된다는 말을 해주면 얼마나 좋을까?

"혜리 씨."

형욱이 혜리를 힐끔 쳐다보았다.

"일현 선생을 잊어요. 그 사람을 대신할 누군가를 만나면 돼요. 그땐 자신도 모르는 사이에 그 사람이 마음속에서 훌쩍 빠져나가게 될 거라고요."

"제가 형욱 씨에게 해주고 싶은 말이에요. 저를 마음속에 넣어 두지 마세요. 인도주의를 실천하는 착한 의사로 형욱 씨를 오래오래 기억할게요."

형욱이 입가에 멋쩍은 웃음을 달았다. 차는 느릿느릿 로터리를 돌았다. 엽전을 본떠 건축한 둥근 은행건물의 유리창에 차가운 겨울 햇빛이 걸려 있었다.

3

 배 한 척이 수평선을 향해 멀어져갔다. 하얀 선체가 수면에 반사되어 반짝반짝 빛났다. 혜리는 배를 눈 안에 가둬두려고 눈을 감았다 뜨기를 반복했다. 초점이 맞춰지지 않은 렌즈에 비친 물체처럼 배가 자꾸 흐려졌다.
 혜리는 '새'의 더빙과 편집 작업을 지켜보기 위해 한국에 왔다. 공항에서 집으로 가는 길에 있는 해변의 커피숍에 들렀다. 모처럼 시야가 탁 터진 바다를 보고 싶었다. 그래야 가슴이 좀 트일까 기대했다. 부모님과 대면하는 시간 또한 조금이라도 늦추고 싶었다. 부모님은 '새'가 상영되면 손실이 상당부분 회복될 것으로 믿고 있었다. 해송 사이로 바다가 드넓게 드러난 창가에 앉아서 혜리는 이런저런 상념에 시달리는 중이었다.
 혜리는 손수건을 꺼내 눈을 닦았다. 다시 보니 배는 어느새 사라졌다.
 "커피 나왔어요."
 여종업원의 몸이 바다로 향한 혜리의 시야를 가로막았다. 카페라떼 한 잔과 시럽이 담긴 커피색 플라스틱 쟁반이 혜리 앞 탁자에 놓였다. 돌아서는 여종업원을 무심코 따라가던 혜리의 시선이 벽의 LED전광판에 멎었다. 새가 하늘을 날고 있었다. 고려호텔과 천리마동상, 개선문이 새의 비행속도에 맞춰 차례로 나타났다. 마지막에는 화면에 푸른 하늘만 남았다. 레이저프린터가 작동하는 소리를 내면서 연기를 피워 올리는 검은 글자가 한 자씩 찍혔다.

   최초의 남북합작 애니메이션!
   국내외 5개 감독상을 휩쓴 오혜리 감독이 북한 최고의 연출가상을 받은 로일현 감독과 손을 맞잡았습니다.
   '새'가 흩어진 가족의 상봉을 위해 비상을 시작합니다.
   Coming Soon!

화면이 디졸브(dissolve)되면서 '새'라는 글자와 북방쇠찌르레기가 새겨진 일현의 서각화가 남았다. 거저먹기로 끼어들어온 배급사가 '새' 광고를 하고 있었다. 혜리는 '로일현'이라는 이름을 광고에 넣어 달라고 요청했었다. 홍행은 염두에 두지 않기로 했다. 2주 후면 '새'의 더빙과 음향, 음악, 편집 따위의 포스트프로덕션도 끝난다. 겨울방학에 맞춰 상영하는 데 문제가 없다. 다만 며칠이나 상영될지……. 남한 정부는 이미 남북교류협력사업을 전면 중단시켰다.

혜리는 다시 바다로 시선을 돌렸다. 해면에서 은빛 비늘들이 찰랑댔다. 바닷새가 해송 사이를 날았다. 김 PD는 일현의 실종을 안타까워하면서도 전쟁이 끝나고 평화가 찾아온 기분이라고 말했다. 풍파의 세월이 이것으로 다 끝난 것으로 여기는 듯 보였다.

"그래서 찾지도 말고, 마음 쓰지도 말자는 거야?"

혜리는 버럭 화를 냈다.

"헤어지면 그리워하고, 그리워하다 보면 만나고 싶고……. 그래야 하는 거 아냐?"

"아휴, 저도 따뜻한 마음을 가진 인간이에요. 감독님을 위로하려고 한 말이라고요."

김 PD는 자신의 마음을 몰라준다고 성질을 부렸다.

혜리는 커피를 한 모금 입에 물었다. 일현 선생님, 저 새가 우리 사이에 가교가 될까요, 북방쇠찌르레기처럼? 은숙이는 어머니와 상의해 서울로 데려올게요. 이모를 찾아 맡길게요. 선생님이 보고 싶을 땐 은숙이를 찾아갈게요. 혜리는 일현과의 재회를 우연에 기대하는 자신이 야속하기 짝이 없었다. 야속하다는 생각이 쌓이고 쌓여서 어느 날 일현이 가슴속에서 훌쩍 떠날까 봐 겁이 났다.

반쯤 남은 커피를 놔두고 밖으로 나왔다. 해송을 스쳐온 바람에 머리카락이 날렸다. 귓바퀴 뒤로 머리카락을 쓸어 넘기며 백사장을 향해 난 나무계단을 내려갔다. 백사장과 물의 경계를 천천히 걸었다. 먼 길을 달려온 파도가 모래밭에 맥없이 쓰러졌다. 파도가 사라지며 남긴 물거품을 바닷새가 물끄러미 바라보았다. 혜리는 눈이 다시 흐려짐을 느꼈다. 점점 앞이 분간되지 않았다.

작가의 말

　압록강(鴨綠江)은 오리의 머리 색깔처럼 초록빛을 띠었다고 하여 붙여진 이름이다. 그 색깔의 상징처럼 압록강은 북한을 외부세계와 연결하는 통로이며 북한의 희망이다. 하지만 내가 체감하는 색감은 거기에만 머물지 않았다. 누군가를 붙잡고 말을 걸고 싶지만 나를 이해해 줄 것 같지 않은, 혼자가 아니라고 생각하지만 혼자인, 존재하지만 만질 수 없는, 그런 의미를 함께 안겨 주었다. 그래서 그 희망과 우울을 동시에 가진 색감의 이름을 나는 '압록강 블루(blue)'라고 부르기로 했다.

　사람들은 북한에 대해서 의견을 개진하는 이를 그 의견의 가치나 진위에 관계없이 좌우로 편을 갈라서 판단하는 경향이 있다. 자신들의 입장과 조금이라도 다를 경우, 북한은 무조건 악이라고 주장하는 이들은 친북세력이 아닐까 하는 사시의 눈길을 보내며 자신들만이 애국자라고 굳게 믿는다. 나쁜 보수가 미국 편만 든다고 주장하거나

약자 편에 서는 것이 정의라고 여기는 이들은 혀를 차며 자신들만이 민족주의자, 통일세력임을 과시한다. 이들 모두 자신이 아닌, 다른 이의 목소리를 대변하는 것은 아닌지 의심이 든다. 어쨌든 결과적으로 또 하나의 견고한 휴전선을 만드는 데 이바지하는 셈이다.

나는 북한에 대해 직접 보고 겪은 것들과, 그것들에 기초해 상상하게 된 것들을 소재로 삼아 글을 쓰면서 나름 정직한 시각을 가지려고 노력해 왔다. 이 소설에서도 마찬가지다. 독자들이 선입견을 앞세우지 않았으면 좋겠다.

집필 중에 탈북작가 이지명, 도명학, 김유경 형들과, 근래에 나온 북한 출판물들에서 미처 알지 못했던 북한사회의 일부분을 파악하는 데 도움을 받았다. 오랫동안 친분을 나눈 평양의 친구들에게서도 적잖은 영감을 얻었다. 정중한 감사의 인사를 드린다.

이 소설을 위해 한국문화예술위원회는 아르코창작기금을 지원해주었다. 이천 부악문원, 담양 글을낳는집, 원주 토지문화관은 몇 개월씩 창작실을 내주었다. 역시 깊은 감사의 인사를 드린다.

2018년 봄을 앞두고
북한산 아랫마을에서
이정